BARBARA PARKER

Née à Columbia, Caroline du Sud, Barbara Parker étudie le droit à l'université de Miami. Ses études terminées, elle devient procureur dans cette même ville, se marie et a deux enfants. Le goût de l'écriture lui vient en composant une nouvelle pour son fils, tandis qu'elle trouve l'inspiration dans la galerie de personnages, juges et avocats, qui passent dans son bureau. C'est au milieu des années quatre-vingt que Barbara Parker décide de changer de carrière : elle s'inscrit alors à l'université internationale de Floride pour apprendre les techniques d'écriture. Elle est l'auteur de douze romans, dont neuf déjà parus chez Payot, parmi lesquels *Procès d'intention* (2001), *Vengeance amère* (2006), *Furie meurtrière* (2007) et *Mensonges et illusions* (2008).

BARBARA PARKER

TRAÎTRISES ET TRAHISONS

Traduit de l'américain
par Mélanie Blanc-Jouveaux

PAYOT SUSPENSE

Titre original :
SUSPICION OF BETRAYAL
Dutton Plume, a division
of Penguin Putnam. Inc, New York, 1999

ISBN : 978-2-266-16607-2

REMERCIEMENTS

Comme toujours, je me suis appuyée sur d'autres pour donner vie à cette histoire. Un grand, grand merci à maîtres Adele Blackmore, Laura Fabar, Milton Hirsch, Eric Cohen et Richard Cahan. Pour leurs avis éclairés sur nombre de mes personnages, toute ma gratitude à Norman Powell, Merry Haber, Rick David, Patti Neill et Andrea Lane. Pour les précisions dont je n'aurais pu me passer, je remercie également Jorge Milian et Mary Hoerber Milian, Dave Gilbert, Jerry Reichardt et Harry Coleman. Et pour ma merveilleuse sœur, Laura, une nouvelle salve d'applaudissements.

1

Comme tout abonné au téléphone, Gail Connor avait eu son lot d'appels anonymes, mais elle n'avait encore jamais eu droit à la voix déguisée qui, après l'avoir insultée, lui annonçait sa mort prochaine.

Sur le moment, l'incident lui avait paru plus irritant qu'effrayant. À trente-quatre ans, cette avocate spécialisée dans les litiges n'était pas du genre à se laisser démonter. Et puis elle pensait connaître l'auteur de l'appel : le fils des voisins d'en face, un adolescent de quatorze ans qu'elle avait chassé de son jardin un peu plus tôt dans la soirée.

Après coup, Gail avait mis son accès de mauvaise humeur sur le compte des nombreux changements qui avaient bouleversé son existence en si peu de temps : son divorce, sa rencontre et ses fiançailles avec Anthony Quintana, sa décision de quitter un cabinet reconnu pour s'établir à son compte, et, pour finir, son emménagement dans une vieille maison qui la rendait folle. Installées depuis moins d'un mois, sa fille et elle ne parvenaient pas à s'y faire, se débattant au milieu de problèmes de plomberie, de climatiseur, et de fenêtres si difficiles à fermer qu'elles laissaient passer l'eau à la moindre averse un peu violente. Quand elle disait à Karen qu'elles vivaient une grande aventure, celle-ci croisait les bras en levant les yeux au ciel. La mère de Gail l'avait prévenue des conséquences d'un changement de cadre brutal sur un enfant ; un discours que Gail avait bien compris avec le recul, mais elle n'y pouvait plus grand-chose. Afin de remonter le moral de Karen, elle l'avait autorisée à rapporter un chaton du refuge pour animaux, une petite femelle noir et blanc prénommée Missy qui avait déjà vomi deux fois sur un tapis et uriné sur une des plus belles vestes d'Anthony.

Gail et son fiancé avaient tout d'abord prévu d'emménager après le mariage dans une demeure entièrement rénovée, mais une semaine après la mise en vente de son ancienne maison, un couple de Brésiliens avait proposé à Gail de l'acheter au prix fort à condition de conclure la transaction sur-le-champ. Ne voulant pas perdre cette opportunité, elle avait appelé des déménageurs pour transporter toutes leurs affaires de leur maison moderne de South Miami dans la ruine en stuc et pierre de corail de Coconut Grove.

Elle s'était imaginé que les travaux seraient l'affaire de deux ou trois semaines et ne bouleverseraient pas trop son emploi du temps. À tort. Les ouvriers – dont une minorité parlait anglais – venaient quand bon leur semblait et lui coûtaient une fortune en heures majorées. On ne pouvait pas repeindre tant que le menuisier n'avait pas terminé et celui-ci attendait le plombier. Le mariage devait avoir lieu dans deux mois, et elle s'attendait au pire.

Gail reçut le fameux appel téléphonique un jeudi soir de la mi-juin. Officiellement, Anthony occupait encore sa maison de Key Biscayne, à vingt-cinq kilomètres, mais il passait souvent après le travail. Ce soir-là, il s'était arrêté chez un traiteur pour acheter le dîner.

— Regarde, Karen. Des lasagnes !

— Berk.

— *¿ Qué pasa, mamita ?*

— Je déteste les champignons.

Gail se retourna, la main sur la hanche.

— Karen ! Si tu as oublié la politesse, file dans ta chambre. Tu redescendras quand tu l'auras retrouvée.

— Parfait. Comme ça, je mourrai de faim.

— Et prends un bain ! Je monterai te voir tout à l'heure.

— Pas la peine. Je serai déjà morte.

Karen récupéra son chaton, qui jouait avec un faux lézard sous la table. De grosses baskets martelèrent les marches et quelques secondes plus tard une porte claqua.

— Désolée, dit Gail.

Elle secoua un tiroir pour l'ouvrir, sortit des couverts et les tendit à Anthony.

— Qu'est-ce qu'elle a ? Elle est furieuse contre moi ou quoi ?

— Non, contre moi. Je lui ai dit qu'elle ne pouvait pas sortir jouer, pardon, « traîner », avec Jennifer et Lindsay.

— *Que va.* Il fait presque nuit.

— Ne fais pas attention à elle, lui conseilla Gail. Elle va avoir onze ans. Les filles traversent ce genre de phase au moment de la puberté. C'est normal, à ce qu'il paraît.

— Ah oui, l'âge ingrat, marmonna Anthony à moitié pour lui-même.

Gail lui adressa une petite grimace avant d'enfourner les lasagnes et de reprendre la préparation de la salade. Il sortit deux verres du placard.

— Tu veux boire quoi ?

— Du vin. Si je prends un truc plus fort, ça va m'endormir, et il faut que je travaille après.

Anthony versa du vin blanc dans un petit verre – les verres à vin étaient perdus dans la pile de cartons du séjour – et du rhum ambré sur des glaçons dans un autre.

— J'aurais bien revu mon dossier au bureau, poursuivit-elle, mais le réparateur est passé. Ça m'a coûté une centaine de dollars. Enfin, l'évier est réparé au moins. Il y avait un jouet pour chat coincé dans le tuyau d'écoulement, ne me demande pas comment.

— *Salud*, dit Anthony en trinquant avec elle.

Elle but une gorgée avec gratitude et se pencha pour lui donner un petit baiser.

— Merci. Et bonsoir, *mi cielo*, que je n'ai pas vu depuis deux jours ! Ta secrétaire dit vraiment la vérité quand elle prétend que tu es injoignable ? Pourquoi faut-il que ce soit toujours moi qui ouvre aux réparateurs ?

— Eh bien, tu vis ici, non ?

Anthony s'appuya sur le comptoir à côté d'elle en sirotant son verre.

— Mauvaise réponse, fit Gail en tirant sur sa cravate desserrée. Je parie que tu ne sais même pas ce qu'est un siphon.

— Bien sûr que si. J'en ai plein le tiroir de ma table de nuit.

— Désespérant ! lâcha-t-elle, les yeux plissés.

Il posa son verre et l'embrassa. La glace avait rafraîchi ses lèvres douces et pleines, et l'alcool leur avait donné une saveur piquante et sucrée. Il glissa les mains sous son chemisier, découvrit qu'elle ne portait pas de soutien-gorge et la plaqua contre le comptoir.

— Reste cette nuit. Allez, insista Gail en reprenant son souffle. (Elle parsema sa joue de baisers légers.) Allez, allez, allez. Je te promets plein de délices exotiques…

— Vraiment ? Tu as du travail et Karen est dans sa phase… Je reste si tu y tiens, mais est-ce bien raisonnable ?

— Non, mais c'est toi qui me rends si déraisonnable. Je suis folle de toi. Complètement dingue.

Anthony porta les doigts de Gail à ses lèvres et ce mouvement fit étinceler sa bague de fiançailles sous la lumière bourdonnante du néon. Il leva la tête et la regarda droit dans les yeux.

— Gail, quand est-ce que tu vas te décider à me dire ce qui s'est passé au tribunal ?

Depuis le matin, le sujet la tracassait par intermittence, comme un mal de dents insidieux. Elle saisit son verre.

— Le juge va désigner un psychologue pour qu'il voie Karen. Je ne lui en ai pas encore parlé.

— Comment ça, un psychologue ? Je croyais que la demande concernait le droit de visite.

— Oui, eh bien, ils ont quand même soulevé la question quand le juge a dit qu'il trouvait un peu excessif que Dave ait Karen cinq après-midi par semaine. D'après eux, Karen a peur d'avouer qu'elle veut vivre avec son père à cause de moi. Qu'est-ce qu'ils s'imaginent ? Que je la frappe ? Ce qui me tue, c'est que Dave se fiche éperdument que tout ça affecte Karen. Peu importe ce qu'elle doit endurer, il faut qu'il prenne sa revanche sur moi. Pour lui, notre mariage a échoué par ma faute, et en plus c'est moi qui ai obtenu l'enfant et la maison. Désolée, mais c'est lui qui n'en voulait plus, de ce mariage. Il s'est tiré sur son foutu voilier pendant six mois. Il a vécu avec une fille à San Juan, et il n'écrivait presque jamais à Karen. Le nombre de fois où elle a pleuré et où j'ai dû lui inventer des excuses. « Oh, ma chérie, bien sûr que ton papa t'aime, mais il n'y a pas de bureau de poste sur les îles. » Et maintenant qu'il est revenu, je suis une si mauvaise mère qu'ils ont besoin d'un psychologue pour évaluer l'étendue des dégâts.

Gail laissa retomber ses bras.

— Pardon pour la tirade enflammée. Allons, ce n'est pas contre toi, ajouta-t-elle, sentant qu'Anthony s'échauffait. C'est à moi que Dave en veut. Toi, tu es la cerise sur le gâteau.

D'un haussement de sourcils, il indiqua qu'il en doutait fort.

— Karen est assez grande pour décider chez qui elle veut vivre, tu ne crois pas ? Pourquoi le juge ne s'en remet pas à elle ?

— Elle refusera. Elle ne veut pas nous peiner, alors elle ne dira rien.

— Tu ne lui as pas posé la question ?

— Je ne tiens pas à lui mettre la pression.

— Ce n'est pas un bébé, Gail. Tu devrais y réfléchir. Une fille est mieux avec sa mère, qui peut lui parler de… toutes ces choses de femmes. Rien ne l'empêche d'aller voir son père quand elle en a envie, mais son toit, c'est le tien. Use de toute la subtilité nécessaire, mais insiste là-dessus. Tu as plus d'influence sur Karen que lui.

— Peut-être, mais j'aimerais bien qu'on laisse tomber le sujet pour ce soir.

Gail s'empara d'un torchon pour sortir les lasagnes. Son doigt effleura le métal brûlant.

— Aïe ! Et merde !

La porte du four se referma brutalement et elle lâcha le plat sur la table avant de secouer la main.

— Ça va ?

— Ce n'est rien. J'aurais dû mettre les lasagnes dans un joli plat. Comme si je pouvais trouver quoi que ce soit dans le chaos du garage !

Après un long soupir, elle remarqua la chemise cartonnée qu'Anthony avait posée au bout de la table en arrivant.

— C'est quoi, ça ? Les plans de l'architecte ?

— J'ai pensé qu'on pourrait y jeter un œil après dîner.

Tandis qu'Anthony étalait sur la table les dessins coloriés au lavis sur traits de plume, Gail se demanda si l'architecte ne s'était pas trompé de maison : il était allé bien au-delà du projet initial. Le séjour long et étroit avait doublé de volume, et un énorme chandelier en cuivre était suspendu au plafond. L'escalier avait été déplacé et montait en spirale pour former une sorte de balcon à l'étage.

Gail reposa doucement sa fourchette sur son assiette quand Anthony lui soumit un dessin de leur nouvelle chambre.

— Voici une vue de la terrasse depuis notre chambre. Elle est totalement privée. Les trois autres chambres auraient leur balcon. La maison des invités serait à côté de la piscine, soit séparée, soit rattachée à la maison principale, comme on préfère.

— La piscine ?

Comme s'il se rendait enfin compte de ce qu'il lui montrait, Anthony farfouilla dans les croquis.

— Eh bien, l'architecte pense que ça donnera plus de valeur à la maison.

— Mais on prévoyait juste la réfection de la cuisine et quelques réparations mineures, pas de casser tout le plan !

— C'est à ça que servent les entrepreneurs.

— Mais il faut que quelqu'un soit là pour traiter avec ces gens. Et ce ne sera pas toi. Ça va me retomber dessus parce que j'habite ici.

— Je ne veux pas vivre dans cette maison telle qu'elle est aujourd'hui, et à mon avis, il vaut mieux le faire maintenant, pour être débarrassé…

— Anthony, contentons-nous de refaire la cuisine.

— Pourquoi es-tu si négative ?

— Je ne suis pas négative, c'est de la folie ! Combien ça coûterait ? À la louche.

Il haussa les épaules.

— Je n'en sais rien. Deux cent cinquante. Trois cents.

— Au moins ! Ça m'ennuie de t'en parler, poursuivit-elle, menton dans la main, mais j'ai pas fricassée, comme disent les Hawaiiens.

Devant le regard vide d'Anthony, elle répéta :

— Pas fric-assez, pas d'ar...

— OK, j'ai pigé.

— Miriam m'a demandé une augmentation, les ordinateurs me coûtent une fortune, et ça me stresse de dépenser de l'argent en ce moment.

Il repoussa sa chaise et lui prit la main.

— Écoute, mon cœur. C'est moi qui ai décidé d'engager un architecte, et les travaux qui ne rentrent pas dans ton budget, je m'en charge. Rien ni personne ne t'oblige à investir autant que moi dans cette maison.

— Mais moi, j'y tiens.

— Pourquoi ?

— Parce que.

Il partit d'un rire incrédule.

— Qu'est-ce que tu essayes de prouver ?

— Rien du tout. Simplement, quand tu te mets à parler de trois cent mille dollars à la légère...

— On n'aurait peut-être pas dû acheter cette maison, dit-il en balançant le dessin sur la table. Peut-être qu'on devrait en chercher une autre.

— Je ne te dirai pas que ça ne m'a pas traversé l'esprit, quand je poireautais en attendant que quelqu'un vienne réparer le toit.

— C'est ça que tu veux ? Très bien, *vamos a venderla*. Demain, j'appelle un agent.

— Et voilà ! Encore une de tes réactions extrémistes...

Par-dessus le bourdonnement du climatiseur, Gail entendit une note aiguë. Il lui fallut quelques secondes pour comprendre qu'il s'agissait d'un cri. Elle se leva brusquement.

— Qu'est-ce que c'était ? demanda Anthony.

— Karen !

Après un coup d'œil au plafond, il se précipita vers l'escalier. Un nouveau cri retentit, plus proche : il venait du jardin. Gail se rua sur la terrasse. Elle ne vit rien sinon des arbres aux branches emmêlées et, à travers elles, un miroitement sur l'eau.

Karen jaillit comme une flèche de l'obscurité, suivie de près par une autre fille. Gail traversa la terrasse en courant, manquant trébucher sur une dalle cassée.

Une troisième gamine arriva d'un pas moins pressé.

— Allez quoi, c'était pour rire !

Les poings serrés, Karen fit volte-face. Haletante d'excitation, la fille qui l'accompagnait se mit à glousser. Gail s'assura que Karen n'avait rien avant d'aller se poster devant elle pour la protéger de toute menace extérieure. Le belvédère était un enchevêtrement de lignes pâles ; un petit point orangé – une cigarette – brilla dans l'obscurité.

— Qui est là ?

— Mon frère, répondit la dernière fille. Il a fait ça comme ça.

Un garçon descendit les marches avec nonchalance. Gail ne distingua qu'une silhouette mince et des boucles blondes. Sa voix lui parvint clairement dans l'air lourd et humide.

— Ma mère m'a envoyé chercher Lindsay.

Gail le fusilla du regard : c'était lui qui avait dérapé sur son gazon tout neuf avec la moto de son frère aîné.

— Rentre chez toi, Payton. Immédiatement ! Et ne remets pas les pieds ici.

— Je n'ai rien fait de mal, inutile de vous exciter ! cria-t-il.

— Je t'ai dit de rentrer chez toi ! Tu veux que j'appelle tes parents ?

— Allez-y.

— Payton, espèce de salaud ! hurla Karen.

Gail lui saisit le bras.

— Ne parle pas comme ça !

— Aïe !

— Eh, oh, je ne t'ai pas fait mal.

Se rapprochant, elle lui renifla les cheveux.

— Qu'est-ce que tu faisais là-bas ? Tu fumais ? demanda-t-elle avant de la secouer. Réponds-moi.

L'ado disparut dans les buissons, sa sœur sur les talons.

— Non !

Karen tenta de se dégager, mais elle glissa et se retrouva sur le derrière. La fille à côté d'elle, une petite brune boulotte, s'écarta vivement et Karen se mit à pleurnicher.

— Oh, arrête tes jérémiades !

La porte de derrière s'ouvrit brutalement et alla claquer contre le mur. Anthony apparut.

— *¿ Qué en el demonio… ?*

— Jennifer !

Gail reconnut la femme qui se tenait près de la maison : Mme Cabrera, la mère de ladite Jennifer. La famille Cabrera vivait quelques maisons plus loin. Avec une certaine insistance, elle appela de nouveau :

— Jennifer, *ven aca*. Il est l'heure de rentrer. Tout de suite !

Attrapant Karen par le bras, Gail l'obligea à se relever. Sous le regard accusateur de sa voisine, elle s'empressa d'expliquer :

— Elles étaient dans le belvédère avec des copains. Je ne sais pas ce qu'ils fabriquaient.

— Rien du tout ! brailla Karen. Lâche-moi, maman !

Jennifer adressa un petit signe coupable à Karen.

— À plus.

Avant d'entraîner sa fille, Mme Cabrera leur lança un dernier coup d'œil suivi d'un simple :

— Bonsoir !

Gail emmena Karen à la cuisine.

— Toi, monte dans ta chambre et mets-toi au lit. J'arrive dans une minute. Il faut qu'on parle.

Elle la guida vers l'escalier et lui donna une petite poussée pour la faire avancer. Anthony referma la porte de derrière et la verrouilla.

— Qu'est-ce qui s'est passé ?

— J'en sais autant que toi. Elles étaient dehors avec Payton Cunningham, qui fumait. Je me demande combien de mégots je vais trouver demain, et ça va barder si je tombe sur autre chose. Payton a quatorze ans, c'est lui, le petit voyou qui a laissé des traces de pneus dans le jardin la semaine dernière.

Avec un petit gémissement, Gail repoussa ses cheveux en arrière.

— Bienvenue dans la vie de famille !

— Je connais. J'ai des gosses moi aussi.

— Oui, mais toi, t'es peinard, ils sont bien loin dans le New Jersey. Il faut que je m'occupe de Karen, dit-elle en apercevant les dessins sur la table. On peut parler de la maison plus tard ? Pas ce soir. Il faut vraiment que je travaille. Tu peux rester si tu veux.

— Non.

Comme s'il ne savait comment poursuivre, Anthony regarda en direction de la terrasse avant de reporter son attention sur Gail.

— Tu lui passes trop de choses.

— Qu'est-ce qui s'est passé dehors, Karen ? demanda Gail d'une voix calme. Pourquoi as-tu crié ?

La fillette hésita.

— N'aie pas peur. Payton t'a fait quelque chose ?

Gail s'installa à côté d'elle au bord du lit.

— Il m'a embrassée. Je ne voulais pas, maman.

Ses yeux se remplirent de larmes.

— Jennifer, elle a rien dit, mais moi je ne voulais pas. Il m'a attrapée, et il riait.

— Ne t'inquiète pas, ma chérie, dit Gail en l'étreignant. Tu as eu bien raison de dire non. Ne fais jamais quelque chose dont tu n'as pas envie avec un garçon.

Elle lui embrassa le sommet de la tête.

— Bravo, en tout cas ! Je suis fière de toi.

Karen leva vers elle son visage baigné de larmes.

— Je suis désolée, maman. Je ne pensais pas tout ce que j'ai dit. Je ne vous déteste pas, toi et Anthony, je te le jure.

— Bon. Mais tu es quand même punie.

— Je sais.

Le soleil avait bruni la peau de Karen et éclairci ses cheveux. Sa mésaventure dans le jardin les avait emmêlés. Gail les peigna avec les doigts.

— C'est terrible à ce point, ici ? Tu es en train de te faire des amis. Tu sais, on a parlé de la maison avec Anthony, tout à l'heure. Il aimerait faire construire une piscine, derrière. Qu'est-ce que tu en penses ? Tu pourrais recevoir, inviter tes copines d'avant.

— Ce serait chouette.

— Tu as adoré cette maison la première fois que tu l'as vue. Tu te rappelles ? Et Anthony aussi. Je crois que j'ai accepté parce que vous l'aimiez tellement tous les deux !

Gail berça doucement Karen quelques instants.

— Tu n'as pas dîné. Tu as faim ?

— *Très* faim.

— OK. Je vais t'apporter quelque chose.

Karen s'accrocha à elle.

— Je peux dormir avec toi ? J'ai peur. S'il te plaît, maman !

Gail se dégagea.

— Chérie… Personne ne va venir t'enlever.

— Si ! Ai peur, moi !

— Voyons, Karen !

Gail avait déjà observé ces revirements, ces oscillations entre maturité et puérilité. Autrefois, sa fille ne craignait rien, et maintenant un rien l'effrayait. Que faire ? Si Anthony avait été là, il n'aurait pas voulu d'un visiteur dans leur lit. Mais ce soir, Karen avait besoin d'elle.

— D'accord, mais juste pour cette nuit, dit-elle enfin.

Karen se jeta dans ses bras et enroula ses longues jambes autour de sa taille. Son corps était tendu comme un fil.

— Porte-moi, porte-moi, maman.

Luttant contre le poids qui la tirait en avant, Gail traversa le couloir, ouvrit la porte de sa chambre, et lâcha Karen de son côté du lit, où elle rebondit avant de se réfugier sous le drap et la couverture d'été.

— Missy ! Je veux Missy !

Gail retourna dans la chambre de Karen, trouva le chaton sous une chaise et le ramena.

— Interdiction de faire pipi sur le lit, prévint-elle en le fourrant à côté de sa fille. Je reviens tout de suite.

— Tu vas où ?

— Te chercher quelque chose à manger. Je n'en ai pas pour longtemps.

— Raconte-moi une histoire !

— Pas ce soir, Karen. J'ai du travail.

— Papa me raconte toujours une histoire, lui.

— Ça m'étonnerait bien, rétorqua Gail en mettant le ventilateur en route. Je t'apporte un livre, d'accord ?

Elle alla lui en chercher un sur-le-champ et l'assura de nouveau qu'elle revenait tout de suite.

Une fois en haut des marches, Gail faillit descendre l'escalier en courant. Une audience était prévue tôt dans la matinée, et elle avait rendez-vous avec sa cliente aux premières heures pour revoir sa déposition. C'était stupide de s'y prendre à la dernière minute, mais une foule de choses lui avait dévoré le peu de temps dont elle disposait.

Elle prépara un sandwich et un chocolat à Karen, puis mit de l'eau à bouillir pour le café. Pendant qu'elle chauffait, Gail rangea les restes et rinça la vaisselle. Des éclairs se succédaient à l'est, mais l'orage était trop éloigné pour qu'on entende le tonnerre. Les palmiers ressemblaient à des silhouettes hérissées. Son reflet lui renvoya l'image d'une grande blonde aux cheveux ébouriffés.

Le téléphone sonna alors qu'elle commençait à monter l'escalier avec un plateau. Sa montre indiquait 21 h 52. À cette heure-ci, il ne pouvait s'agir que de sa mère, d'un client affolé, ou d'Anthony. Si seulement c'était lui ! Ils discuteraient un peu, et tout s'arrangerait.

Un téléphone était posé sur la table du séjour. La lumière d'un lampadaire brillait faiblement à travers les stores, formant des rayures irrégulières sur le sol. Gail posa le plateau.

— Allô ?

La seule réponse fut un vague bourdonnement indiquant l'établissement de la communication. Entendant des bruits de fond, elle les attribua à la circulation.

— Allô ? Anthony ?

L'espace d'une seconde, elle crut qu'il y avait un problème sur la ligne. Après une succession de cliquetis et d'échos, son esprit identifia une sorte de discours.

C'était bien ça. Un robot, un ordinateur, quelque chose qui parlait d'une voix métallique et monocorde. Enfin, elle reconnut son nom : *GailConnor.*

Puis un autre mot : *mourir.* Elle retint son souffle.

… *vasmourir, salegarce. Tuvasmourir.*

Comme si le combiné était un serpent, Gail raccrocha brutalement. Alors elle se mit à rire, à rire de sa propre frayeur.

— Sale petit merdeux !

Elle traversa le séjour et écarta les lattes du store. Chez les Cunningham, la lumière brillait à travers la haie élevée qui courait le long de leur propriété. Gail envisagea d'appeler ses parents mais que dire, sans preuve ?

Elle monta le plateau. Karen s'était endormie, livre ouvert sur le ventre.

— Merci mon Dieu !

Sur la pointe des pieds, elle alla consulter le boîtier qui lui permettait d'identifier ses correspondants. Une lumière rouge clignotait, signalant un nouvel appel. Appuyant sur un bouton, elle lut : CABINE PUBLIQUE.

— Petit malin, chuchota-t-elle.

Elle choisit de l'effacer pour le rayer de son esprit et coupa la sonnerie. Penchée sur Karen, elle lui embrassa la joue.

— Demain, l'histoire. Promis.

Sans bruit, elle ouvrit la boîte à archives qui contenait ses dossiers du bureau. *Sweet, Jamie. Procédure de divorce*. Elle étala les conclusions et les diverses pièces – attestations, témoignages et autres documents – du côté où dormait Anthony, attentive à ne pas déranger l'enfant qui ronflait doucement à côté d'elle, roulée en boule sous la couverture.

Il était presque 2 heures du matin lorsqu'elle éteignit la lumière.

2

— Maître Connor…

Bras tendus appuyés sur le pupitre, l’avocat jeta un œil à ses notes.

— Maître Connor, trouvez-vous justifié d’avoir pris sur votre temps de travail pour assister Mme Sweet dans ses démarches domestiques ? Je vois une heure, page 16. Vous avez consacré deux cent cinquante dollars de votre temps à aider Mme Sweet à chercher une femme de ménage alors qu’elle-même est actuellement sans emploi ?

La note d’honoraires détaillée, soit trente et quelques feuillets, était posée devant elle, sur la balustrade du box des témoins. Gail en connaissait le contenu par cœur, pourtant elle tourna lentement les feuilles jusqu’à la page en question.

— Maître Acker, si vous voulez bien regarder ce poste de plus près. J’ai passé une heure à examiner la situation financière de ma cliente pour déterminer si elle pouvait continuer à déléguer ces tâches, ce qui n’est plus possible. Comme vous le savez, les Sweet employaient quelqu’un pour s’occuper des enfants.

Mme Sweet avait un travail qu'elle a perdu, et elle est en recherche d'emploi. Compte tenu des arriérés du crédit hypothécaire sur la maison, elle n'a pas le choix.

La femme avait été accusée de paresse tandis qu'on avait reproché au mari sa radinerie et sa rancune. Cet échange entre Gail et son adversaire, Marvin Acker, durait depuis un quart d'heure. Réclamant des honoraires pour ses services, Gail était venue à la barre.

Il y eut un grincement de ressorts du côté du juge Ramirez. Son Honneur commençait à s'impatienter ; l'audience n'allait pas se prolonger indéfiniment. Tandis que Marvin Acker ajustait ses lunettes et s'humectait le pouce pour tourner les pages à la recherche d'un point précis, l'attention de Gail fut distraite par le son étouffé d'un klaxon dans Flagler Street, onze étages plus bas.

— Vous avez indiqué… une heure vingt d'appels téléphoniques au frère de Jamie Sweet à Pascagoula, Mississippi, appels relatifs à un déplacement à Miami. Vous faites aussi agence de voyages, maître Connor ?

Gail parla directement dans le micro.

— Non, maître Acker. Nous avons envisagé l'éventualité de le faire venir à l'audience où nous avons demandé le placement sous contrôle judiciaire. À plusieurs reprises, il a vu M. Sweet frapper…

— Objection, l'interrompit Acker avec lassitude. Hors de propos. Je demande que la réponse soit supprimée du compte rendu d'audience.

Le juge tambourina sur son bureau.

— Rejetée. Vous vouliez une réponse, vous l'avez. Continuez, maître.

Imperturbable, Acker poursuivit, cependant le cœur n'y était pas, Gail le sentait. Cela ne pouvait signifier que deux choses : soit il n'était pas payé, soit son client était un emmerdeur. Elle penchait pour la seconde hypothèse : Marv Acker avait la réputation de prendre des honoraires élevés et de les réclamer d'avance, donc Wendell Sweet mentait quand il prétendait ne pas avoir d'argent.

Gail jeta un œil dans sa direction ; il regardait par la fenêtre d'un air parfaitement détaché. Ce qu'elle savait sur lui, elle le tenait de Jamie. Trente-huit ans, né à Brownsville, Texas, d'une mère à moitié mexicaine et d'un père monteur de derricks, Wendell avait commencé de la même façon, puis, son diplôme de Texas A & M en poche, il avait fait des études géologiques et trouvé le filon sur la côte nord du Venezuela. On disait qu'il pouvait repérer un gisement rien qu'en scrutant l'océan. Wendell s'était alors lancé dans le conseil, jouant les intermédiaires entre les Américains et les grosses compagnies pétrolières vénézuéliennes. Cinq ans plus tôt, les Sweet s'étaient installés à Miami, la plate-forme commerciale entre les États-Unis et l'Amérique latine.

Jamie Sweet, la cliente de Gail, était perchée au bord de sa chaise, le dos raide. À trente-deux ans, cette vraie rousse au visage constellé de taches de son avait des hanches larges et une poitrine généreuse. Avec son tailleur en soie rose trop extravagant pour le tribunal, elle s'habillait comme une femme partie de rien qui ne tenait pas du tout à y retourner.

Aînée de sept enfants, Jamie Sue Johnson avait quitté l'école à seize ans et gagné Atlanta en stop avec un routier. Elle était tombée enceinte et, un mois plus tard, avait trouvé sur la commode une enveloppe contenant cinq cents dollars en liquide ainsi que l'adresse d'une clinique. Passant d'un minable à l'autre, elle avait vécu à Nashville, Memphis et Dallas pour échouer comme danseuse à La Nouvelle-Orléans, qu'elle prononçait « Noè'Rléans ». Pendant une cuite, elle s'était fait tatouer une rose sur la cuisse ; Wendell avait admiré ce tatouage. « C'était un beau brun qui savait parler aux filles, Wendell : "J'vais t'traiter comme une reine, poupée." »

Il était toujours beau – si on aimait les yeux trop rapprochés et le menton en galoche – et possédait la carrure et les gros poignets d'un homme qui avait manipulé des tiges de forage en acier. Le sourire lascif, l'accent un peu traînant mais charmant, il portait bien le costume, et ses boutons de manchette étincelaient ; pourtant Gail était persuadée que si elle l'observait suffisamment longtemps, les aspects les moins raffinés de sa personnalité apparaîtraient sous le vernis.

Après leur mariage, Jamie avait été serveuse et avait vendu des cosmétiques pour payer les études de Wendell. L'alcool le rendait mauvais, et elle avait appris à se tenir à carreau. Dix années difficiles s'étaient écoulées avant que l'argent ne commence à rentrer, et ils s'étaient empressés de le dépenser. À Miami, ils avaient acheté une grande maison avec piscine, emmenaient les enfants en Land Rover à l'école et prenaient la Cadillac pour sortir. Afin de s'occuper, Jamie avait refait trois fois la décoration de la maison, suivi des cours de cuisine, et grossi. Elle avait été hospitalisée après avoir perdu quinze kilos avec des pilules coupe-faim, et avait fini par tout reprendre. Lorsqu'elle avait surpris Wendell en train de la tromper, elle lui avait pardonné. Elle lui pardonnait aussi quand il la frappait parce qu'elle avait trois gosses, pas d'instruction, et la conviction qu'il s'arrêterait si seulement elle arrivait à mieux s'en sortir. Pour ne pas sombrer dans la folie, elle s'était fait engager par une société hôtelière.

Un jour, Wendell avait déclaré qu'il en avait marre d'être marié à une péquenaude au gros cul qui s'exprimait mal et l'embarrassait devant ses clients. Un déclic s'était produit dans la tête de Jamie : cette fois, c'en était trop. Son patron avait touché deux mots de sa situation à Anthony Quintana, qui l'avait adressée à Gail.

Il avait fallu une décision judiciaire pour obliger Wendell à quitter le domicile conjugal. Garé devant la maison, il appelait Jamie avec son portable, alternant complaintes larmoyantes et menaces de mort. Il l'avait suivie à l'épicerie, au centre commercial... Une ordonnance de placement sous contrôle judiciaire avait été rendue. Wendell avait fait appel à un avocat, mais les négociations de gré à gré avaient échoué. Cinq mois avaient passé depuis que Gail avait pris le dossier et ils se retrouvaient là parce qu'elle avait sollicité des mesures provisoires et le défraiement de ses honoraires. Wendell se prétendait pauvre : son affaire de consultant allait à vau-l'eau, victime de la crise de l'industrie pétrolière et de l'instabilité politique au Venezuela. Charlene Marks, une amie de Gail spécialiste du droit de la famille, lui avait expliqué que, selon toute vraisemblance, Wendell avait attrapé le SIDRA, Syndrome Irréversible de Dénuement Récemment Acquis. « Dès qu'une procédure de divorce est engagée, les revenus du mari s'effondrent. »

Le juge Ramirez interrompit l'avocat de Wendell au beau milieu d'une question.

— Maître Acker, je pense en avoir suffisamment entendu pour rendre une décision.

Acker, un homme costaud, parut presque soulagé. Avec un soupir, il ôta ses lunettes et les rangea dans sa poche de poitrine.

Wendell se détourna de la fenêtre pour écouter ce que le juge avait à dire.

Gail referma son dossier et regagna son siège. En s'asseyant, elle sourit à Jamie et lui adressa un clin d'œil discret.

Ramirez parcourut les conclusions des parties.

— Vous êtes prête, madame la greffière ?

La femme d'une cinquantaine d'années assise devant son bureau hocha la tête en répondant qu'elle était prête à tout. Il y eut quelques rires, puis le juge déclara :

— La cour n'est pas convaincue que le défendeur, Wendell Sweet, ait dévoilé la totalité de ses actifs. Le témoignage du comptable de la demanderesse suggère que le défendeur s'est engagé dans… bref, disons qu'il semblerait que sa déclaration de revenus ait manqué de précision. Par conséquent, en évaluant lesdits revenus sur la base des dépenses exposées par les parties, je vais attribuer une contribution au devoir de secours comme suit. La cour estime que la demanderesse, Jamie Sue Sweet, a besoin de trois mille dollars par mois au titre de pension alimentaire, et de cinq cents dollars par enfant et par mois au titre de contribution à leur éducation et à leur entretien. Le mari doit régler les arriérés et continuer à payer le crédit hypothécaire, l'emprunt pour la voiture de l'épouse, et tous les frais médicaux et dentaires. Toutes les sommes mentionnées doivent être réglées immédiatement.

Sous la table, Gail pressa la main glacée de Jamie Sweet. C'était exactement ce qu'elles avaient demandé.

Le juge poursuivit :

— L'épouse a également fait état d'un besoin de vingt-deux mille cinq cents dollars au titre de provisions sur honoraires d'avocat. Cette question est renvoyée à trente jours. Je rendrai alors une décision sur les honoraires et reconsidérerai le montant du soutien accordé compte tenu de la solvabilité du mari.

Gail conserva une expression neutre, dissimulant sa stupéfaction.

Ramirez consulta ses notes.

— En outre, la cour estime qu'il y a bel et bien eu obstruction à la justice. Malgré sa mise en demeure, M. Sweet n'a pas fourni de copies des documents relatifs à toute transaction offshore dans laquelle il a eu, a, ou espère avoir un intérêt à titre personnel ou pour sa société. Vous fournirez lesdits documents d'ici à une semaine, ou la cour devra envisager une peine de prison. Vous m'entendez, monsieur Sweet ? Si vous ne donnez pas ces documents à Me Connor avant 17 heures vendredi prochain, vous irez en prison. Est-ce clair ?

Acker poussa son client du coude, et Wendell Sweet se trémoussa sur sa chaise.

— Oui, Votre Honneur, répondit-il de sa voix traînante.

— Bien.

Ramirez regarda Gail avec un petit sourire.

— Il va falloir vous activer si vous souhaitez que la cour confirme ce niveau de soutien. Vous avez du pain sur la planche, maître Connor.

Elle se leva.

— Monsieur le juge, dois-je comprendre que cette décision deviendra caduque dans trente jours ?

— Non. La cour reverra sa position. La somme restera peut-être la même. Ou pas.

— Bien.

Une victoire mitigée. Jamie obtenait une assistance immédiate, mais Gail ne serait pas payée. Pas encore. Et tout dépendait de ce qu'elle réussirait à découvrir sur Wendell. Elle lui lança un regard froid et vit des éclairs dans ses yeux sombres.

Le juge donna un coup de marteau.

— L'audience est terminée. Rendez-vous en octobre pour le jugement définitif. Désolé que cette date soit aussi éloignée. Voyez si vous pouvez parvenir à un accord d'ici là.

Tout le monde se leva quand il quitta la salle.

Jamie paraissait abasourdie. Ses lèvres remuèrent à peine pour murmurer :

— Oh ! mon Dieu. On a gagné ?

— Plus ou moins. Nous en parlerons après leur départ.

Gail se dirigea vers Marv Acker pour discuter. Elle n'éprouvait aucune animosité à son égard : tous deux faisaient leur travail.

Acker tournait le dos à son client. À voix basse, il déclara :

— Je vous préviens, Gail, il ne peut pas donner ce qu'il n'a pas. S'il y a un magot planqué dans une banque à Nassau, c'est un scoop pour moi.

— Les clients ne sont pas toujours coopératifs, répliqua-t-elle.

— Jetez un œil aux documents, mais, à mon avis, ça ne vous mènera nulle part. Au fait, le cabinet, ça marche ? Je devrais faire un saut pour voir vos nouveaux bureaux.

— Je suis ravie, répondit-elle. Pas de comptes à rendre, sauf au personnel. Mais c'est quand même dur, après huit ans dans une grosse structure.

— M'en parlez pas.

En se détournant, il reprit son air revêche.

— Venez, Wendell, nous allons discuter de votre appel.

Il formula la dernière remarque assez fort pour que Gail l'entende, mais elle semblait plus destinée à son client qu'à elle.

Jamie l'aida à charger le chariot à bagages avec lequel elle était arrivée deux heures plus tôt. Peu désireuses de se retrouver dans le même ascenseur que Wendell, elles prirent leur temps.

Tandis que son avocat rangeait ses dossiers, Wendell Sweet traversa nonchalamment la pièce. Ses lèvres rouges et boudeuses rappelaient celles d'Elvis Presley. Rejetant la tête en arrière, Jamie le fixa d'un air de défi, mais son visage était devenu si pâle que ses taches de rousseur ressortaient comme des éclaboussures de peinture.

— Monsieur Sweet…, commença Gail.

— Tu as une sacrée avocate, Jamie. Elle te présente une note de plus de vingt mille dollars, et tu veux que je paye l'addition.

— Wendell, le juge a eu parlé, un point c'est tout.

— Pas « a eu parlé », ma petite reine du Mississippi. Le juge *a parlé*. En effet. Un bel exemple d'esprit judiciaire.

— Ne vous adressez pas à ma cliente, monsieur Sweet.

Les yeux bruns – à cette distance, on aurait dit qu'ils louchaient – se reportèrent sur Gail.

— D'où je viens, on a un dicton pour les femmes comme vous. « Le mec assez cinglé pour l'enfiler se la fait geler. »

Son avocat le tirait par le bras.

— Taisez-vous, Wendell.

— Maître Acker, apparemment, votre client n'a pas bien compris le terme « outrage à la cour ». Le juge siège en référé. Si je le lui demandais, je suis sûre qu'il lui expliquerait.

La main sur le coude de Sweet, Acker l'entraîna dehors.

Jamie les regarda partir avant de s'effondrer sur sa chaise. Repoussant sa frange rousse en arrière, elle exposa un front luisant de transpiration.

— Oh, Seigneur !

Gail lui sourit.

— Ne vous en faites pas. Wendell défend sa virilité avec ce genre de réflexion. Ça s'est mieux passé que la dernière fois, non ?

Lors de sa déposition, il était monté sur la table, Jamie s'était réfugiée en dessous pour lui échapper, et la machine de la greffière avait volé au milieu des cris.

— J'imagine. Au moins, j'ai pu rester dans la même pièce que lui sans me mettre à trembler. Merci mille fois.

Jamie prit la main de Gail dans les siennes et eut un petit rire qui illumina son visage.

— Vous savez quoi ? Je commence à croire que je vais peut-être survivre à tout ça.

— Nous avons encore du chemin à parcourir, lui rappela Gail. La décision n'est que provisoire. Dans un mois, le juge reverra la question. En attendant, Wendell doit fournir des copies du moindre bout de papier concernant ses affaires offshore. J'aimerais que vous m'aidiez à tout passer en revue.

Jamie acquiesça, et Gail lui demanda si elle avait des questions.

— Non, j'ai bien compris dans l'ensemble. Simplement, je vois pas trop comment je pourrais vous aider. C'est Wendell qui s'occupait de l'argent. S'il a fraudé pour les impôts, je l'ai jamais su. Il parlait pas beaucoup de son travail. Il pourrait avoir des comptes n'importe où. J'ai été vraiment bête de jamais mettre un sou de côté pour moi et les enfants.

— Peu de femmes y pensent. Ce n'est pas votre faute.

Gail lâcha son exemplaire corné du code de procédure civile dans une boîte et replaça le couvercle.

— Pour être honnête, Jamie, je ne suis pas sûre que Wendell nous donnera tout, ou même de ce que nous trouverons si c'est le cas.

Jamie retint le chariot à bagages tandis que Gail posait ses boîtes l'une après l'autre.

— Vous savez ce que je pense ? On devrait en parler à Harry Lasko.

Harry Lasko était l'ancien patron de Jamie. Elle avait perdu son travail de réceptionniste chez Premier Resorts quand le procureur général avait inculpé Lasko pour blanchiment d'argent. Relâché sous caution, défendu par Anthony, il attendait son procès. C'était lui qui, quelques mois plus tôt, avait conseillé à Jamie Sweet de contacter un avocat.

— Que sait Harry sur Wendell ? demanda Gail.

— Eh bien, lui et Wendell étaient amis. Enfin, pas des super-potes, mais ils connaissaient les mêmes gens, et Wendell dit qu'Harry l'a emmené plusieurs fois sur son bateau. Vous savez comme les hommes parlent entre eux.

Gail fit oui de la tête, imaginant Wendell Sweet et Harry Lasko sur un yacht mouillant dans un petit port à bonne distance de la juridiction américaine, en train de remonter des mérous et de comparer leurs notes sur les paradis fiscaux.

— Nous savons qu'Harry est un criminel en col blanc, alors pourquoi pas Wendell ?

— Harry n'est pas comme ça ! Il a fait quelques bêtises, mais c'est pas un criminel. Vous devriez voir toutes les photos de ses petits-enfants dans son bureau. Il les adore. Et il a été bon avec moi, Gail. Il m'a donné de l'argent pour payer les provisions sur honoraires.

Gail fit marche arrière.

— Bien sûr, vous le connaissez mieux que moi.

Jamie tendit le bras au-dessus du chariot pour lui prendre la main.

— Je voulais pas vous agresser comme ça. C'est juste que je me sens tellement mal pour lui. J'espère que M. Quintana pourra l'aider. Toutes les nuits, je prie pour qu'Harry n'aille pas en prison. À son âge, il en sortira peut-être jamais. Dites à M. Quintana de faire le max, d'accord ? Dites-lui de ma part.

— Je le lui dirai. Si Harry Lasko vous apprécie autant que je le pense, il nous aidera. Vous savez, il faut d'abord que je consulte Anthony, puisque la procédure pénale est en cours, mais je ne vois pas pourquoi il y aurait un problème.

Charlene Marks eut un profond rire de gorge qui fit trembler ses boucles d'oreilles en or.

— Attends, attends. Le mec assez cinglé pour l'enfiler se... C'est quoi, la suite ? Avec l'accent ! Refais l'accent.

Gail sourit.

— Se lô fé g'ler.

— C'est trop bon !

Charlene frappa le bureau de sa paume.

— Félicitations, en tout cas. Et bonne chance pour le deuxième round.

— Merci, Charlene. J'apprécie ton aide.

— Tu parles ! Tu sais y faire, au tribunal. Je t'ai déjà vue étriper un pauvre abruti de la partie adverse.

— Jamais comme ça. Les divorces sont trop personnels. Ils déchaînent la haine, les gens sont prêts à s'entre-tuer.

— L'amour qui tourne mal, commenta Charlene.

Faisant pivoter son fauteuil en cuir avec son talon aiguille, elle se pencha en arrière pour saisir une petite flasque en argent sur sa desserte.

— Ça te dit ?

— Qu'est-ce que c'est que ça ?

— De l'eau russe, répondit-elle en dévissant le bouchon.

— De la vodka à 11 heures du matin ?

— Pas toute seule, bon sang !

Elle pressa un bouton sur son téléphone.

— Ruth, pouvez-vous nous apporter...

Gail secoua la tête et articula silencieusement « Rien pour moi ».

— Juste à moi, alors. Un V-8 épicé avec des glaçons, s'il vous plaît. Et une belle branche de céleri. Je suis au régime, expliqua-t-elle en souriant à Gail. Salade au déjeuner.

Si on écoutait attentivement, on reconnaissait l'accent de New York dans la voix rauque de Charlene Marks. Elle avait des cheveux gris frisés, une vilaine peau qu'elle dissimulait sous du maquillage, et des jambes incroyables qu'elle exhibait dans des jupes moulantes s'arrêtant bien au-dessus du genou.

Charlene avait été procureur, et les avocats de la défense avaient applaudi des deux mains quand elle avait démissionné pour rejoindre leurs rangs. Alors qu'elle avait couché avec un juge de cour d'appel une semaine avant de plaider dans une affaire de divorce avec des millions de dollars en jeu, elle s'était montrée tellement surprise de sa victoire que son adversaire lui avait pardonné. Pour ses cinquante ans, elle s'était offert une Porsche Carrera turbo rouge vif, mais, à cinquante-deux ans, elle l'avait sagement échangée contre une Jaguar. « Je suis trop vieille pour ces conneries. » Gail avait oublié combien de fois Charlene s'était mariée, avait divorcé ou perdu ses maris. Mais c'était avant qu'elle se spécialise dans les affaires matrimoniales. « Maintenant, j'ai compris la leçon », disait-elle.

Sa secrétaire lui apporta son jus de légumes, laissa quelques messages sur le bureau, et sortit pendant que Gail expliquait pourquoi, à son avis, la décision du juge avait été si favorable à Jamie Sweet.

— Le mari ne lui revenait pas, tout simplement. Il pense qu'il a menti. Quand j'ai regardé Wendell en sachant qu'on le tenait, c'était génial.

— Vous ne le tenez pas encore. D'abord les preuves, puis l'exécution.

Charlene versa un peu de vodka dans son verre.

— Un conseil. Plains Jamie Sweet si tu ne peux pas faire autrement, mais ne lui montre pas tes émotions. Tu dois maintenir une certaine distance entre le client et toi. Tu n'es ni leur maîtresse, ni leur copine, ni leur mère.

— Je croyais qu'on était copines, toi et moi.

— Oui, mais je ne devrais pas.

— Bon, à part ça, quoi de neuf, maître ?

Quand Gail était revenue du tribunal, Miriam l'avait prévenue que Charlene Marks voulait la voir. Elle avait donc repris l'ascenseur jusqu'au dernier étage.

Charlene remua sa boisson avec le céleri.

— L'assistante du juge m'a communiqué le nom et le téléphone du psychologue qui doit recevoir Karen. Désolée d'être l'oiseau de mauvais augure, mais…

— Quel mauvais augure ?

— Ce type est un gland. C'est aussi un abruti bourré d'ambition. Il s'appelle Evan Fischman, mais il aime que les gosses l'appellent Dr Fish. Il est tout sucre tout miel avec les petits chéris. Il mesure environ un mètre soixante talonnettes comprises, et il compense comme un fou.

D'un coup de dents vigoureux, Charlene croqua le bout du céleri avant d'ajouter :

— Je crois qu'il déteste les femmes.

— Formidable ! Qu'est-ce que je fais, je prends rendez-vous pour Karen ?

— Dès que tu pourras. Il voudra vous rencontrer, Dave et toi, et Anthony aussi, à tous les coups. Pour tirer le portrait de la famille au complet.

— Je devrais m'inquiéter ?

— Pas encore. S'il prend position contre toi, on engagera quelqu'un pour réfuter son opinion. Des psys, j'en ai un plein répertoire.

Gail eut un rire las. Son amie la considéra avec sympathie.

— Je sais que ce n'est pas marrant pour toi. En fait, ça craint. Je te mentirais, ma chérie, si je te garantissais que la garde de ta fille, c'est du tout cuit.

Dans un geste involontairement protecteur, Gail serra ses bras contre sa poitrine.

— On peut toujours compliquer les choses, poursuivit Charlene. Je pourrais faire grimper ses frais de justice tellement haut que le sang lui jaillirait par les oreilles. Mais à mon avis, tu devrais parler à Dave, voir ce qui le motive.

— Lui parler ? Comment ?

— Trouve un prétexte. Je n'ai pas envie que son avocat m'appelle pour geindre. Écoute, tu vas être liée à cet homme jusqu'à la fin de tes jours, et pas seulement à travers Karen. Un jour, il y aura un gendre, si Dieu le veut, et des petits-enfants, et ça leur fera plaisir que Dave et toi vous ne passiez pas votre temps à vous dauber dessus. Ça gâche les vacances. Tu sais que je n'aime pas les compromis, et je ferai l'impossible pour le démolir si c'est ce que tu souhaites. Mais ça te rapportera quoi, au bout du compte ? Essaye de trouver ce qu'il veut vraiment, et si ça ne te fait pas gerber, donne-le-lui pour qu'il te laisse tranquille.

— Il lui faut Karen.

— Tu crois ? Un homme de trente-six ans qui tient un bar, passe ses journées à faire du bateau et à mater les filles en maillot de bain, un mec bronzé qui joue au tennis avec les gens friqués, avoir une gosse dans les jambes ? Il s'imagine peut-être qu'il veut récupérer Karen, mais c'est faux. C'est un substitut pour autre chose.

— Quoi ?

— Bon sang, je n'en sais rien. Tu es son ex-femme, non ? À toi de le découvrir.

Charlene croisa ses longues jambes et décrivit un cercle du bout du pied.

— Mais inutile de lui poser la question directement. Les hommes sont rarement assez introspectifs pour comprendre leurs propres motivations. C'est soit l'argent, soit le sexe. Tu n'as qu'à partir de là.

3

Depuis plus d'une semaine, en rentrant chez elle après une journée de travail, Gail trouvait généralement le camion des couvreurs dans l'allée.

Il était bien là, bloquant l'accès au garage. Des palettes de tuiles creuses avaient été déchargées dans le jardin. En désespoir de cause, Gail se gara dans la rue étroite mouchetée de soleil.

Une fois dans l'allée, elle remarqua les traces que les doubles pneus arrière du camion avaient laissées sur son gazon tout neuf. Puis elle aperçut la petite allamanda qui venait de chez sa mère : visiblement, on l'avait piétinée avec de grosses bottes. Elle ramassa l'une des branches : les fleurs jaunes en forme de trompette semblaient pour le moins fatiguées. Gail jura à voix basse.

Les hommes descendaient du toit, ils avaient fini leur journée.

— Regardez ça, dit-elle en désignant l'arbuste.

Ils regardèrent dans la bonne direction, mais aucun d'eux ne parut remarquer quoi que ce soit.

— *Aquí. Mira.*

L'un des hommes, un gars ventripotent au tee-shirt trempé de sueur et aux bottes noires de goudron, s'approcha pour voir de quoi elle parlait. Elle supposa que c'était le responsable du chantier.

— Il y a un problème ? demanda-t-il.

— C'est vous qui conduisiez le camion ?

Comme il haussait les épaules, elle ajouta :

— Eh bien, vous avez roulé sur cet arbuste. Il était juste là ! Vous ne l'avez pas vu ?

— Un arbuste…

Gail lui agita la branche cassée sous le nez.

— C'est ma mère qui l'a planté. Et la semaine dernière, on m'a cassé deux asperseurs. Je vous avais pourtant demandé d'éviter la pelouse. Et ça ! (Elle montra les palettes.) Elles n'étaient pas censées être posées là. On vient de nous apporter le gazon. Il ne faut pas qu'elles restent ici toute la semaine, ça va bousiller l'herbe.

— Je ne peux pas les déplacer maintenant. Le chariot élévateur est sur un autre chantier.

Gail entendit un petit rire étouffé derrière elle. Les autres ne comprenaient peut-être pas la conversation, mais la scène les amusait. Se tournant vers eux, elle aperçut une gamine en short qui grimpait à l'arrière du camion.

— Oh, mon Dieu ! Karen, descends !

Suspendue par les mains, celle-ci se laissa tomber, et sa queue-de-cheval se balança.

— Rentre, ma chérie, et va te laver.

— Mais la porte est fermée !

— Tu as une clé dans ton sac.

Comme Gail reportait son attention sur les ouvriers, la lumière aveuglante l'obligea à cligner des yeux. Il faisait chaud dehors, et déjà elle sentait la transpiration dans son cou. Ces hommes avaient passé la journée sur le toit, à cuire au soleil et à se faire éclabousser de goudron, et voilà qu'ils devaient subir le sermon d'une avocate qui débarquait dans sa petite Mercedes climatisée.

— C'est bon, dit-elle en jetant la branche.

Les hommes montèrent dans le camion, deux à l'avant, les autres accrochés à l'arrière. De la salsa se mit à beugler par les vitres baissées. Les pneus arrière manquèrent la pelouse de peu, et le camion partit dans un grincement de vitesses et une explosion de fumée, arrachant au passage les branches basses d'un olivier.

Quand le vacarme s'éloigna, Gail sortit ses clés pour déplacer sa voiture et entendit *snik-snik-snik*. De l'autre côté de la rue, les buissons bougeaient, et de petites grappes de fleurs rouges s'agitaient. Quelqu'un était en train de tailler les haies derrière le muret en pierre. À travers les grosses feuilles en forme de cœur, elle entrevit le bandeau blanc et les lunettes de soleil d'une femme qui faisait semblant de ne pas avoir remarqué le coup de gueule de sa nouvelle voisine contre les couvreurs.

Gail traversa la rue et se planta devant le muret, les pieds sur le gravier qui tenait lieu de trottoir.

— Bonsoir, Peggy.

Un gant de jardinier la salua, et Peggy Cunningham se montra. Elle avait le bronzage doré d'une femme qui passe du temps au bord de la piscine.

— Bonsoir. Il fait une de ces chaleurs, aujourd'hui !

— Ah ça ! Dites-moi, Peggy, votre fils était à la maison hier soir, aux alentours de 22 heures ?

— Payton ? Pourquoi ?

— Quelqu'un a appelé chez moi et m'a débité des grossièretés. Je n'ai pas reconnu la voix. Elle était déformée par un gadget électronique, à mon avis.

Peggy Cunningham se rapprocha.

— Un coup de fil obscène ?

— Non, pas obscène, juste… grossier. Bref, hier soir, Payton était dans le jardin avec Karen, derrière, alors qu'elle n'avait pas le droit de sortir. Je lui ai dit de rentrer chez lui. Peut-être qu'il était furieux contre moi…

— Oui, il m'a dit que vous lui aviez crié dessus parce qu'il était chez vous.

Gail se força à sourire ; elle n'aimait pas la tournure que prenait la conversation.

— Il a peut-être voulu me jouer un petit tour.

Elle eut droit à un sourire glacial.

— Non, ce n'est pas son genre.

— À cet âge-là, qui sait ? Les enfants sont parfois imprévisibles. Si je pouvais m'en assurer, je cesserais de m'inquiéter. Je ne lui en veux pas. Vraiment.

— Je ne vois pas Payton faire une chose pareille.

— Eh bien, il était à la maison ou pas ?

Peggy Cunningham émit un petit rire et chassa un insecte de son visage.

— J'ai l'impression de subir un contre-interrogatoire.

— Ça vous ennuie, si je lui pose la question ?

— Oui, ça m'ennuie. Je n'apprécie pas vos accusations. Payton n'est pas du style à harceler qui que ce soit. Je connais mon fils.

— Ah oui ? Alors vous savez qu'il fume.

— Il ne fume pas.

— Je l'ai vu dans le belvédère avec une cigarette, hier soir.

Les lunettes de soleil fixaient directement Gail.

— Si c'est vrai, je dirais que ça fait partie des expériences de la jeunesse. Payton ne *fume pas*.

— Ça fait aussi partie des expériences de la jeunesse, de se jeter sur ma fille pour l'embrasser ?

Le silence fut ponctué par un oiseau quelque part au-dessus de leurs têtes. *Twip-twip-twiiii*.

— C'est ce qu'elle vous a dit ? Eh bien, je ne suis pas sûre que ça se soit passé comme ça. Dans ce domaine, Karen semble en avance sur la plupart des filles de son âge.

— Karen ?

— Oh oui. La semaine dernière, j'ai surpris les filles en train de parler de sexe dans la chambre de Lindsay. En détail. Karen leur racontait ce qu'elle entend quand votre fiancé est là. J'ai eu une petite discussion avec elles, mais je ne voulais pas vous embêter avec ça.

Elle ramassa le panier qui contenait ses outils de jardinage.

— Si j'étais vous, je commencerais par remettre de l'ordre chez moi avant d'accuser les autres.

Comme Gail se contentait de la dévisager, Peggy Cunningham inclina la tête et sourit.

— Mais ça doit être dur, j'imagine, avec une carrière qui vous absorbe à ce point.

En s'éloignant, elle se retourna pour lancer :

— Au fait, dites à vos couvreurs de ne pas sortir leurs saletés avant le jour de ramassage. Nous essayons de garder la rue propre.

— Je n'en doute pas. On en a, de la chance, que vous soyez là pour ouvrir l'œil !

Mais Peggy Cunningham avait déjà disparu dans les buissons.

— Quelle garce ! marmonna Gail entre ses dents avant de faire demi-tour.

Que s'était-il passé dans le belvédère ? Peut-être Karen avait-elle eu envie qu'on l'embrasse. Ou peut-être avait-elle taquiné Payton, s'imaginant qu'il ne ferait rien du tout ou que s'il essayait, elle pourrait toujours le repousser et en rire. Elle ne s'était jamais retrouvée avec des garçons de quatorze ans avant, des ados musclés qui pensaient au sexe.

Gail songea à Jennifer, la gamine au sourire coupable. C'était probablement elle qui avait commencé avant de rejeter la faute sur Karen.

Ce qui l'ennuyait, c'était l'éventualité que sa fille lui ait menti. Jusqu'à ce jour, elle avait toujours eu l'impression que sa relation avec Karen leur permettait de parler librement. Sa fille n'avait jamais appris à considérer le sexe autrement que comme une chose naturelle et bonne ; en fonction des circonstances, bien sûr. S'était-elle montrée trop ouverte ? Et qu'avait pu surprendre Karen ? À une ou deux reprises, Anthony lui avait plaqué la main sur la bouche pour étouffer des gémissements trop forts. Il était possible qu'ils aient ri. L'idée de Karen, l'oreille collée à la porte, la hérissait.

« Arrête », s'ordonna-t-elle. Quelques mots de Peggy Cunningham avaient suffi à lui mettre l'esprit en ébullition. Peu importait ce que Karen avait entendu ; au moins, c'était de l'amour. Les enfants de la pauvre Jamie Sweet, eux, s'étaient bouché les oreilles pour ne pas entendre les coups et les injures.

Elle monta dans sa voiture, la gara dans l'allée et rentra. Tout en se précipitant à l'étage, elle consulta sa montre : 17 h 15. Quand Dave avait sa fille pour le week-end, il passait généralement la prendre, mais

Gail avait déclaré que, cette fois, ça ne la dérangeait pas de déposer Karen à la marina. Cela lui donnerait l'occasion de lui parler, même si elle n'avait que peu de temps : on l'attendait à 19 heures chez les grands-parents d'Anthony. À Miami, on plaisantait sans arrêt sur l'horaire cubain, qui permettait d'arriver en retard, mais il n'était pas en vigueur chez les Pedrosa. La santé du vieil homme était fragile, et sa femme le mettait au lit à 21 heures.

Entendant l'eau couler dans la salle de bains du couloir, Gail passa la tête. La porte de la cabine était couverte de buée, mais elle aperçut le corps rose et luisant de sa fille qui imitait une chorégraphie des Spice Girls.

— Tu as bientôt fini, Karen ?

Un cri perçant lui répondit.

— Maman, je suis toute nue !

— J'espère bien, sous la douche !

— Va-t'en !

— Désolée. Dépêche-toi, d'accord ?

— D'accord !

Gail referma la porte, décidée à reprendre Karen sur sa façon de parler. Dans sa chambre, elle se déshabilla et alla se mettre sous l'eau.

Où se trouvait Payton Cunningham la veille ? Chez lui, ou dans une cabine téléphonique ? Sa mère avait refusé de répondre. Cela pouvait indiquer sa culpabilité, ou simplement que Peggy ne voulait pas que son fils se fasse cuisiner par une avocate, une femme capable de s'en prendre à un simple ouvrier pour avoir écrasé une plante. Et si Payton n'avait pas téléphoné, alors qui ? Le nom de Wendell Sweet lui traversa l'esprit, et elle revit son regard haineux. Bien qu'elle ne soit pas dans l'annuaire, il avait peut-être réussi à se procurer son numéro. Mais pourquoi appeler avant l'audience ? Cela n'avait aucun sens.

Gail se souvint du conseil de sa mère concernant ce genre d'appels : « Ignore-les. Si le type au bout du fil n'obtient aucune réaction, il ira importuner quelqu'un d'autre. »

D'un geste brusque, elle ôta son bonnet de douche, fit bouffer ses cheveux, et se sécha avec une serviette avant de s'en servir comme tapis de bain tandis qu'elle enfilait un soutien-gorge en dentelle rose et le slip brésilien assorti. Un cadeau d'Anthony : il aimait laisser de petites surprises dans son tiroir à sous-vêtements. Gail mit une touche de parfum entre ses seins et constata qu'on les voyait nettement à travers le tissu. Une touche de parfum sous la dentelle qui couvrait le bas de son ventre ; le slip montait juste assez pour masquer des vergetures argentées. Anthony avait dit que c'était un témoignage de sa maternité avant de l'embrasser, et elle avait fondu. Essuyant la buée du miroir, elle s'observa d'un œil critique : trop maigre, trop pâle. Comme elle aplatissait sa poitrine, son diamant étincela. Gail examina ses hanches aux os saillants ; il les avait embrassées aussi, pourtant. Et ses genoux osseux. Et tout ce qu'il y avait entre. *Mi girafa linda*. Ma jolie girafe.

Dans l'autre salle de bains, l'eau ne coulait plus.

— Tu es en train de t'habiller, Karen ?

Une réponse étouffée lui parvint : un oui irrité.

Gail trouva l'ombre à paupières qu'il lui fallait et se pencha vers la glace.

— N'oublie pas ton maillot de bain ! Tu en auras sûrement besoin ce week-end.

Karen apparut sur le seuil en short blanc et petit haut rayé.

— Ta-dam ! C'est moi la première. Je t'ai eue, patate crue !

— Oui, reconnut Gail qui appliquait son mascara tout en gardant l'œil sur Karen. Viens discuter un peu.

Sa fille s'assit sur le couvercle des toilettes pendant qu'elle achevait de se maquiller.

— Je regrette que tu ne puisses pas venir avec moi ce soir, ma puce.

— C'est pas grave. Je m'ennuierais, avec toutes ces vieilles personnes. Je ne parle pas de toi, m'man.

— Et Anthony, tu le trouves vieux ?

— Entre les deux.

Elle renifla dans la direction de Gail.

— Tu sens bon.

— Merci. Tu peux en mettre un peu si tu veux. Pas trop, prévint-elle en lui tendant le flacon. M. Pedrosa a quatre-vingt-quatre ans et sa femme, quatre-vingt-un. C'est beaucoup. Ils sont mariés depuis plus de soixante ans, tu te rends compte ?

Sa fille fit glisser le bouchon en verre sur son bras nu.

— L'amour des gens mariés est une chose magnifique, Karen.

— T'es pas mariée !

— Tu sais bien de quoi je parle. C'est très intime, aussi. Pas le genre de choses dont on discute avec ses copines.

Karen lui lança un bref regard avant de se mettre du parfum derrière l'oreille.

Gail se brossa les cheveux, les soulevant et les enroulant vers l'intérieur d'un mouvement adroit.

— Si jamais tu as des questions, tu peux t'adresser à moi, d'accord ?

— Je sais.

Fermant un œil, Gail s'envoya une petite giclée de laque, puis fit signe à Karen de se lever.

— Viens par ici. On va juste la lisser un peu sur le dessus, dit-elle en lui défaisant sa queue-de-cheval.

Karen se regarda dans la glace, sa tête oscillant légèrement tandis que Gail la coiffait en arrière.

— Je suis jolie ? Pas de mensonge, OK ?

— Bien sûr que oui ! Tu as des yeux bleus à tomber et un très beau sourire, quand tu veux bien le montrer.

La carrure exceptée, Karen ressemblait à son père. Elle avait ses sourcils droits, sa mâchoire carrée, et son grand nez. Un visage imposant pour une fille, le genre qui vous marquait.

— Tu es très jolie, reprit Gail en lui ébouriffant la frange pour lui dégager les yeux. Tu vois ?

— Pas autant que toi.

— Oh, ma chérie ! Bien sûr que si. Tu es belle et unique.

Se détournant du miroir, le regard de Karen croisa celui de Gail.

— Excuse-moi de te dire ça, maman, mais tu ne devrais pas te balader en sous-vêtements dans la maison.

Dave avait acheté et rénové un restaurant proche de la marina à Coconut Grove. Il était situé à moins de trois kilomètres de Clematis Street, mais à cette heure-ci, le trajet prenait du temps.

Sur le chemin, Gail parla du Dr Fischman à Karen. Avant de décider où elle devait vivre, le juge voulait qu'elle rencontre le psychologue – d'ailleurs, ils auraient tous un entretien avec lui – pour connaître son avis. La procédure habituelle, affirma Gail. Ce n'était pas tout à fait vrai, mais elle ne tenait pas à culpabiliser sa fille.

— Tu as des questions ? Des remarques ?

— Non.

D'un air concentré, Karen faisait rebondir sa raquette sur le bord de sa tennis, les yeux dissimulés par la visière de sa casquette des Miami Hurricanes.

— Eh bien, si tu en as, n'hésite pas.

Main Highway était une étroite bande de bitume qui obliquait au nord-est à travers un tunnel vert de figuiers banians. Elle longeait un théâtre des années vingt, une série de restaurants avec terrasse, et des petites boutiques. Un vendredi comme celui-là, les rues de Coconut Grove seraient encombrées avant la tombée de la nuit.

Au bout d'un moment, Karen prit la parole.

— Ça ne t'est jamais arrivé, de faire un vœu impossible à réaliser, mais de le faire très fort quand même ?

Gail lui lança un coup d'œil avant de reporter son attention sur la route.

— Ça arrive à tout le monde, j'imagine. C'est quoi, ton vœu à toi ?

— Promets-moi que tu ne vas pas te mettre en colère.

— Je le jure.

— J'aimerais qu'on soit tous réunis. Toi, papa, et moi. Voilà, c'est ça mon vœu.

La casquette se tourna vers la fenêtre.

— Mais je sais que ça n'arrivera pas.

Quelques secondes s'écoulèrent, pendant lesquelles Gail choisit soigneusement ses mots.

— Non, ça n'arrivera pas. Mais ce n'est pas ça, l'important… tant que nous n'oublions pas que nous formons encore une famille. Nous devons essayer de nous aimer.

— Est-ce que tu aimes papa ?

Deux yeux bleus la fixaient. Gail s'arrêta au feu et considéra sa fille.

— Pour l'instant, je ne suis pas très… contente de lui. Tu te disputes bien avec tes copines parfois, non ?

Le regard de Karen devint sévère.

— Vous n'êtes pas amis. Tu le détestes.

Au vert, Gail attendit que tous les piétons aient traversé avant de tourner.

— Non, je ne le déteste pas. On voudrait tous les deux faire ce qu'il y a de mieux pour toi, mais ce n'est pas toujours facile.

Sa fille se détourna de nouveau.

— Je t'aime très fort, Karen.

Gail hésita avant de poursuivre :

— Et j'aime aussi Anthony. Il t'adore, tu sais. Il te trouve super.

Sa fille émit un grognement.

— Fais un effort, s'il te plaît. Juste pour moi.

— Bon, d'accord.

Pour la première fois, l'idée d'abandonner le combat traversa l'esprit de Gail. Si Karen voulait vivre avec son père, peut-être était-ce la meilleure solution, après tout. Son droit de visite serait respecté. Au fond, Dave était un type bien. Karen, elle, le trouvait parfait : une nouvelle peluche chaque fois qu'elle allait le voir, sa propre télé, le dîner quand ça leur chantait, avec ce *qu'elle* voulait au menu. Dave reportait la vaisselle au lendemain, mais l'appartement était propre. Et même s'il lui permettait de se coucher tard, elle dormait suffisamment. Il lui racontait toujours une histoire avant d'éteindre la lumière, et elle avait plein de copains dans l'immeuble. Tennis, promenades en bateau… Son père n'était jamais de mauvaise humeur et, ensemble, ils s'amusaient comme des fous.

Gail avait rencontré David Metzger à l'université de Floride, et avait sans doute été attirée par la coupe de ses shorts de tennis blancs. C'était une star de l'équipe. L'amour ne leur était pas tombé dessus d'un coup, comme avec Anthony, mais était venu petit à petit, et, un jour, ils s'étaient retrouvés fiancés. Après la fac de droit, Gail avait été embauchée dans un prestigieux cabinet de Flagler Street. De son côté, Dave tenait un magasin de matériel nautique. Quand ils en avaient eu les moyens, ils avaient acheté une petite marina qu'il avait administrée, hélas pas très bien. Elle avait tenté de l'aider, mais il n'appréciait pas son ingérence. Pour occuper ses week-ends, Dave jouait au tennis, et elle rapportait de plus en plus de travail à la maison. Jusqu'au jour où il avait déclaré qu'il ne voulait plus de ce mariage.

La vente de l'affaire leur avait à peine rapporté quelques milliers de dollars de plus-value. Gail avait gardé Karen et la maison, et Dave était parti sur leur voilier de douze mètres, le *Princesse*. Elle était restée sans nouvelles pendant des semaines, et un jour des cartes postales avaient commencé à arriver, portant des timbres de Saint Thomas, Antigua, Grenade, la Martinique, Curaçao. Elles provenaient de grands hôtels où il donnait des cours de tennis et proposait des excursions en bateau. Gail y voyait un message : « Tu vois comme je m'amuse bien sans toi ? » Il appelait rarement sa fille, mais les coups de fil se terminaient généralement par Karen disant : « Moi aussi je t'aime, papa. Tu me manques. »

Gail ne savait pas trop ce qui s'était passé, mais Dave était revenu à Miami, laissant le *Princesse* à un revendeur de bateaux à Porto Rico. Apparemment, il en avait tiré suffisamment pour verser le premier acompte du restaurant. Comme il n'était pas entré dans les détails, elle n'avait pas posé de questions.

Au début, elle s'était réjouie de son retour : pour Karen, c'était mieux d'avoir son père à côté. Gail s'était montrée généreuse concernant les visites ; jamais une plainte. Et soudain, il avait réclamé la garde. Elle avait bien l'intention de suivre le conseil de Charlene Marks et de trouver ce que cachait cette demande.

Elle franchit le grand portail et se gara sous un palmier. Saisissant son sac à main, elle expliqua à Karen qu'elle devait parler à son père et lui suggéra d'aller chercher des crackers dans la cuisine pour les jeter aux poissons.

L'Old Island Club faisait face à l'eau ; elles suivirent le chemin paysager qui le contournait. Il y avait une salle avec de grandes baies vitrées, mais la plupart des tables étaient dehors. Un nouveau parquet sentait encore la résine de pin, et deux douzaines de parasols à rayures frémissaient dans la brise de fin d'après-midi. Karen abandonna sa raquette et son sac à dos sous l'un d'eux et passa en courant entre deux rangées de portes avec moustiquaires. La cuisine était derrière ; Gail entendit le fracas de la vaisselle. Elle se dénicha un tabouret au bar, qui ressemblait à la version Disney d'un bar des îles : couleurs pastel, ventilateurs au plafond et reggae s'échappant de haut-parleurs dissimulés dans des noix de coco.

Une serveuse en chemise à fleurs vint lui demander ce qu'elle désirait.

— Merci, mais je ne reste pas. M. Metzger est dans les parages ?

— Oui, je l'ai vu il y a cinq minutes.

Les yeux sur Gail, elle se pencha au-dessus d'une glacière pour remplir un verre de glaçons.

— Vous ne seriez pas la mère de Karen, par hasard ?

Gail dit que oui et lui adressa un sourire poli. Athlétique, cheveux bruns courts coiffés à la diable, la jeune femme n'avait guère plus de vingt ans. Ce n'était pas le type de Dave, décida Gail. Puis elle se demanda ce qu'il avait raconté aux gens sur son ex-femme. L'avait-il décrite comme quelqu'un de froid ?

Après avoir parcouru le menu où figurait, entre autres, « La Soupe du jour du Capitaine Dave », Gail leva les yeux vers l'horloge placée dans la gueule d'un espadon : 18 h 10. Ses ongles tambourinèrent sur le comptoir : des coquillages, du sable et de fausses pièces en or étaient emprisonnés dans une résine plastique. « Pas mal », songea-t-elle.

Ses compagnons formaient un groupe hétéroclite : un vieil homme tanné avec une casquette de marin lisait les pages sportives d'un journal ; un groupe d'employés de bureau pressaient des rondelles de citron vert dans leur Corona. La table la plus proche de l'eau était occupée par trois hommes très bronzés en short et tee-shirt, qui portaient assez de bijoux en or pour attirer l'attention d'un voleur ou d'un agent de la brigade des stupéfiants. C'était sans doute à eux qu'appartenait l'énorme vedette amarrée au ponton.

Karen courait le long de la digue, jetant des crackers à tout ce qui se précipitait à la surface. Un peu plus loin, dans l'herbe, un chien dormait sous un jeune cocotier encore maintenu par des tuteurs. Pour créer une atmosphère insulaire, on avait ajouté une rangée de bananiers, et des bougainvillées ornaient une palissade turquoise.

Quand Gail se retourna vers Karen, elle découvrit Dave à ses côtés. La fillette lui glissa quelque chose et il regarda en direction du bar. Même à cette distance, elle distinguait la couleur de ses yeux. Il demeura immobile un instant, puis se faufila parmi les tables. Le soleil lui avait bruni la peau et doré les poils. Il avait un peu grossi, mais son short lui allait toujours aussi bien.

— Bonjour, capitaine Dave.

— Salut, fit-il d'un air méfiant. Quoi de neuf ? Karen m'a dit que tu voulais me parler.

— J'ai un numéro de téléphone pour toi. Celui du Dr Evan Fischman. Choisi par le juge.

Elle sortit un papier plié de son sac à main.

— Mon avocat me l'a déjà communiqué.

— Ah bon. En fait, je pensais que ce serait une bonne idée de nous entendre sur le rendez-vous de Karen.

— Joe Erwin veut qu'on passe par lui pour tout.

— Évidemment. Si tu passes par lui, il peut le mettre sur sa feuille d'horaires et te le facturer. C'est comme ça que ça marche.

— Tu es bien placée pour le savoir.

Gail lâcha le papier dans son sac.

— Dave, ce n'est pas un problème, c'est une question. Qui conduit Karen chez le Dr Fischman ? Tu veux l'emmener ? J'y vais ? On y va ensemble ?

Il laissa passer quelques secondes.

— Je suppose que je pourrais l'emmener. Ou toi. Je vais y réfléchir. Je te tiens au courant, d'accord ?

— Très bien. Appelle-moi.

Dave la jaugea.

— Tu es sur ton trente et un, dis-moi. Une grande soirée en perspective ?

Gail portait une petite robe noire, ainsi que des boucles d'oreilles et un collier en or.

— Juste un repas de famille chez les grands-parents d'Anthony.

— De toute façon, j'allais t'appeler, dit-il en s'accoudant au bar. Il y a un tournoi de tennis à Key Biscayne dans huit jours. J'aimerais y emmener Karen.

— Tu veux la prendre aussi le week-end prochain ?

— Juste une journée. Samedi ou dimanche, peu importe. À moins que tu aies des projets.

— Rien de spécial. Je laisserai Karen choisir.

— Il faudrait qu'elle voie jouer les pros. Elle a du talent, et je ne dis pas ça parce que je suis son père. Elle est naturellement douée. Mais je ne suis pas comme ces parents qui poussent leur gosse à se consacrer totalement au sport. J'ai vu ça trop souvent. J'essaye de faire ce qui est bien pour elle.

— Moi aussi.

Cherchant à gagner du temps pour trouver le moyen d'orienter la discussion, Gail fit mine de découvrir le bar.

— Impressionnant, dis donc ! Tu en as fait des choses, ici. Comment vont les affaires ?

— Du feu de Dieu.

— J'espère bien.

— Tu n'as jamais trop cru en moi, pas vrai ?

— Enfin Dave ! Ce n'est pas ce que je voulais dire. Je souhaite que tu réussisses.

Il martela le comptoir et acheva son solo en pointant le doigt sur elle.

— Cet endroit va devenir une mine d'or. Le week-end, avec le groupe de Jamaïcains, c'est plein à craquer. J'ai même eu la visite de Jimmy Buffett[1] la semaine dernière.

— Génial !

Avec un petit sursaut de surprise, Gail se rendit compte qu'elle souriait. Détournant le regard, elle reprit le menu.

— Old Island Club. Accrocheur.

Du menton, Dave désigna une carte des Caraïbes encadrée par un cordage.

— Tu vois cette carte ? Le véritable Old Island Club est sur Sapphire Beach, à Saint Thomas. Plages de sable blanc, un bon port, les plaisanciers l'adorent. Ils ont un énorme écran de télé pour le sport, et ils cueillent les noix de coco directement sur l'arbre pour faire un cocktail spécial avec du rhum. Les gens font la fête toute la nuit. Si tu navigues dans ce coin, tu vas forcément là-bas.

— Tu ne risques pas de t'attirer des ennuis en utilisant leur nom ?

1. Chanteur de country. *(N.d.T.)*

Dave eut un large sourire.

— J'ai acheté le nom. C'est contre ça que j'ai échangé le *Princesse*.

— Mais ce bateau vaut plus de cent mille dollars !

— C'était une affaire, crois-moi.

La serveuse refit son apparition.

— Excusez-moi, Dave. Je vous sers quelque chose ?

— Tu aimes toujours la Red Stripe, Gail ? C'est la maison qui offre, en souvenir du bon vieux temps.

— Non, je ne peux pas rester.

Elle saisit son petit sac noir sur le comptoir, mais il posa la main sur son bras.

— Cinq minutes. Je ne peux pas rester non plus, je dois emmener Karen au tennis. Vicki, une Red Stripe et deux chopes du freezer.

— Très bien.

La femme leur adressa le sourire amical typique de la serveuse. Elle alla chercher les chopes, mais jeta un œil à Dave avant que la porte de la cuisine ne se referme bruyamment. À la réflexion, elle n'était pas si mal que ça.

— Il y a quelque chose entre vous deux ? demanda Gail.

— Entre Vicki et moi ? Nan. Pas vraiment.

— Plus ou moins ?

— C'est fini. On est sortis plusieurs fois ensemble, mais je dois penser à Karen. Je cherche la perle rare.

S'il y avait l'esquisse d'une accusation, Gail préféra l'ignorer.

— Dave…

Le soleil avait tracé des lignes au coin de ses yeux bleus frangés de cils pâles.

— Je peux te poser une question ? Pourquoi… me juges-tu si mauvaise mère ? Tu en es vraiment persuadé ?

— Je n'ai jamais dit ça, répondit-il en s'appuyant contre le bar.

Pendant un instant, il observa l'arrivée dans la crique d'un petit ketch aux voiles ferlées.

— Mais c'est écrit où, que c'est toujours la mère qui garde l'enfant ? J'ai lu des livres qui disent qu'une fille peut s'en sortir aussi bien avec son père. Écoute, tu bosses cinquante à soixante heures par semaine. Tu as mis Karen dans un centre aéré qui ferme assez tard. Je peux la récupérer à 16 heu…

— Et toi, tu t'occupes d'un restaurant, Dave. Le week-end, vous fermez à une heure du matin.

— J'ai un gérant, je vis à trois rues d'ici, et je sais quelle est ma priorité, OK ? *Ma fille*. J'ai passé un paquet de nuits seul en mer à contempler le ciel vide, poursuivit-il en lui faisant face. J'ai eu tout le temps de réfléchir à ce qui compte vraiment dans la vie.

— Ah oui ? Je croyais que ta copine et toi, vous étiez logés au Hilton de San Juan en échange de tes compétences de tennisman.

Vicki arriva avec la boisson. Pas un mot ne fut prononcé tandis qu'elle versait la bière dans deux chopes glacées.

— Voilà, dit-elle avec un nouveau sourire.

Puis elle alla s'occuper d'un client.

Gail appuya son front sur sa paume.

— Pardonne-moi. Cette histoire me rend folle.

Dave fit glisser une chope vers elle.

— Tu n'es pas la seule. J'aimerais tellement qu'on trouve une solution. (Il rit.) Ce fichu avocat me bouffe tous mes bénéfices. Santé !

Il choqua son verre contre le sien, et ils demeurèrent silencieux. Au bout d'une minute, Dave reprit :

— Tu as vraiment bonne mine, en tout cas. L'argent te réussit.

— Venant de toi, ce n'est pas forcément un compliment, répliqua-t-elle, vu le peu de valeur que tu lui accordes.

Il sourit.

— Tout est relatif, Gail.

— Bien sûr.

Dave reposa sa bière et la fit tourner sur son sous-bock.

— L'argent. Tout le monde court après le fric.

— Mais tu t'en sors bien.

— Très bien.

Son sourire accentua ses pattes-d'oie.

— Et le meilleur est à venir.

Il se pencha si près qu'elle sentit la chaleur de son épaule contre son bras nu.

— En fait, une société très importante est intéressée par une franchise. On travaille encore sur les détails de l'accord, alors je préfère ne pas en parler pour l'instant…

— Méfie toi. Arrange-toi pour qu'ils te montrent l'argent avant de signer quoi que ce soit.

— Ne t'inquiète pas pour ça. C'est un marché en or.

Gail hésita longuement avant de demander :

— Dave, tu m'en veux, pour notre séparation ? Selon toi, c'est ma faute ?

Son sourire disparut.

— Tu crois que je fais ça par esprit de revanche ? Que je me donne tout ce mal juste pour régler des comptes ? Non.

Une fois de plus, ils se retrouvaient dans des camps opposés.

— Non, Gail. J'aime ma fille, un point c'est tout. Je veux qu'elle ait un mode de vie qu'elle n'aura pas avec toi et… – c'était comme si Dave ne parvenait pas à prononcer son nom – et ce type avec qui tu es fiancée.

— Comment ça ? Qu'est-ce que…

De l'index, il heurta le comptoir, accentuant les mots qu'il murmura avec fièvre.

— Une vie simple, modeste et honnête, à l'américaine. Très rare, de nos jours. À Miami, c'est mission impossible, ou presque. Mais c'est ce que je souhaite pour ma fille, et je ferai de mon mieux pour le lui donner. Si tu veux épouser Quintana, vas-y. Mais sans Karen. Il est trop roublard et beaucoup trop louche. N'importe quel mec qui gagne sa vie en défendant des trafiquants de drogue et des tueurs professionnels…

— Oh, pour l'amour du ciel !

— Réfléchis un peu : qui est sa famille ? Tu as lu l'article du *Herald* le mois dernier ? Ils ont enquêté sur les contrats de la ville et ont découvert que Pedrosa Construction Company était en cheville avec le responsable de l'urbanisme. Le reporter a failli se faire tuer !

— Ça n'a rien à voir avec Anthony !

Dave la regarda avant de secouer la tête.

— Tu n'as donc aucun recul, Gail ? Toi, la femme indépendante par excellence, épouser un Cubain ? Ça ne durera pas.

— Tu te trompes complètement.

Dave jeta un œil derrière lui. Des pas précipités se rapprochaient d'eux.

— Si seulement ! lança-t-il. Rien que pour *elle*, je préférerais avoir tort.

Il pivota sur son tabouret.

— Salut, princesse. Qu'est-ce que tu as là ?

— Un coquillage. C'est Vicki qui me l'a donné. Qu'est-ce que c'est ?

— Fais voir ?

Dave attira Karen à lui. Le coquillage, un cône veiné de marron, avait une fente teintée d'un rose délicat dont sortaient des piquants.

— Oh, on en trouve un peu partout dans les Caïmans. L'eau y est transparente comme du verre. Je t'emmènerai là-bas un jour, princesse.

Gail jeta un œil à sa montre.

— Il faut que j'y aille. À dimanche. Et sois sage, dit-elle à Karen. Allez, un bisou.

— Au revoir, m'man.

Inclinant son visage, Karen se laissa embrasser avant de retourner le coquillage et de se demander à voix haute à quoi servaient les piquants.

— Je t'appellerai, pour le rendez-vous, glissa Dave.

Pendant un long moment, ils demeurèrent les yeux dans les yeux au-dessus de la tête de leur fille.

Gail acquiesça et tourna les talons.

4

Les ombres s'étaient allongées quand Gail arriva chez les Pedrosa. Franchissant les grilles, elle repéra l'Eldorado d'Anthony parmi les voitures garées dans l'allée circulaire, s'arrêta derrière, attrapa son sac et se précipita vers l'entrée. Elle sonna et, peu de temps après, la gouvernante lui ouvrit la lourde porte.

— *Buenas noches, señora.*

— *Gracias*, répondit Gail en souriant.

Du salon lui parvinrent des bribes de conversation et des rires. Lorsque Anthony – qui venait de pénétrer dans le hall – la vit, il lui tendit la main pour l'attirer à lui. Dans son expression se mêlaient soulagement et irritation.

— Pourquoi tu n'as pas appelé ? Je me faisais du souci.

— Tout le monde meurt de faim ? Je suis vraiment désolée. Mon téléphone est dans mon autre sac. Il fallait que je parle à Dave et la circulation…

Il lui embrassa la joue.

— Tout va bien. On prend l'apéritif. Détends-toi.

Dans le salon, embrassades et salutations recommencèrent comme s'ils ne s'étaient pas tous retrouvés une semaine plus tôt au baptême du dernier arrière-petit-fils. Généralement destinés à célébrer un événement, les repas de famille étaient fréquents. Ce soir, on fêtait l'anniversaire de quelqu'un. Une grand-tante, songea Gail, qui fut momentanément prise de panique avant de se rappeler qu'Anthony avait promis de s'occuper du cadeau.

Installée sur un canapé, Digna Maria Betancourt de Pedrosa – qui portait une élégante robe de soie et des perles aux oreilles – tendit les bras vers elle quand Gail se pencha pour l'embrasser. Le grand-père d'Anthony lui adressa un clin d'œil derrière ses verres épais.

— Anthony, *ya ella está hecha una cubana.*

C'est une vraie Cubaine, déjà, traduisit Gail en lui rendant son clin d'œil ; une référence à son arrivée tardive. Malgré sa parfaite maîtrise de l'anglais, le vieil homme le parlait de moins en moins. Dans les années quarante, il avait fait partie de l'équipe d'équitation cubaine, mais à présent, il se déplaçait en fauteuil roulant. Il avait beaucoup lutté contre ce qu'il considérait comme une atteinte à sa dignité, pourtant, après une nouvelle chute, Digna avait obtenu gain de cause.

Quand cette dernière saisit les poignées du fauteuil, tout le monde se dirigea vers la salle à manger. La porte à double battant était ouverte, et un lustre illuminait le sol en marbre et la table cirée autour de laquelle on avait serré vingt chaises. La *señora* Pedrosa conduisit son mari à une extrémité avant de s'installer à l'autre. Anthony frôla la taille de Gail :

— Viens t'asseoir à côté de moi.

Il lui tint sa chaise et elle se retrouva assise entre lui et Pepe, le mari de sa cousine Elena. Sur une remarque de celui-ci, les deux hommes se mirent à rire et se lancèrent dans une conversation en espagnol. Ils parlaient trop vite pour qu'elle puisse suivre.

En regardant autour d'elle, Gail compta douze personnes qui administraient l'une ou l'autre branche d'un empire familial estimé à trois cents millions de dollars : une banque, une entreprise de construction, des locations immobilières, des centres commerciaux, le tout contrôlé par Ernesto Pedrosa, qui avait plus de quatre-vingts ans. Jusqu'à quand pourrait-il demeurer décisionnaire ? Il faudrait bien que quelqu'un prenne la relève. Il y avait trois petites-filles et leurs maris, des petits-neveux et nièces, et Anthony.

Mais son grand-père et lui étaient en désaccord depuis des années à cause du conflit qui avait déchiré leur pays. Pedrosa avait quitté Cuba avec les siens après la prise de pouvoir par Castro ; Anthony et une de ses sœurs étaient restés avec leur père, Luis Quintana, un héros décoré de la révolution. Anthony avait treize ans lorsque Ernesto Pedrosa s'était arrangé pour qu'il vienne voir sa mère à Miami ; ensuite, il avait refusé de le laisser partir. Anthony avait été obligé d'aller à l'école en territoire ennemi et d'apprendre une nouvelle langue. À vingt ans, il avait été mis à la porte par son grand-père après une terrible dispute. Brillant et rebelle, le jeune homme était parti faire des études de droit à New York.

Ses relations avec Pedrosa s'étaient progressivement assouplies, et ils en étaient arrivés à se respecter. Anthony ne dirigeait aucune entreprise du groupe. Comme il n'avait rien demandé, on ne lui avait rien donné. Il était le principal sujet d'irritation de son grand-père, mais aussi son plus grand espoir. Tout le monde savait qu'il était le préféré, statut qu'il avait pourtant refusé.

Le dîner fut servi et les plats traditionnels se succédèrent : par solidarité envers les exilés, Ernesto Pedrosa Masvidal avait décrété qu'on ne servirait que de la nourriture cubaine sous son toit.

Soudain, une main bronzée ornée d'une bague en onyx remplit adroitement le verre de Gail. Anthony. Elle lui sourit.

— Tu essayes de me saouler ?

— Je m'excuse pour hier soir, murmura-t-il. Je n'aurais pas dû te quitter comme ça.

— Ce n'est pas ta faute, j'étais stressée. Comment fais-tu pour me supporter ?

Ses lèvres s'entrouvrirent juste assez pour qu'elle le voie sourire. Se penchant vers elle comme s'il voulait l'embrasser, il chuchota :

— *Porque me gusta tu sabor.*

Son haleine était chaude dans son oreille. Elle se concentra sur les mots : « Parce que… j'aime… j'aime ta saveur. » Parcourue de petits frissons, elle parla, avec son verre devant la bouche.

— Tout à l'heure, je vais t'attacher au lit, ouvrir ta braguette…

Comme elle s'arrêtait, il l'incita à poursuivre :

— Et ensuite…

— Eh bien, je ne sais pas trop. Si on reste tard comme d'habitude, je serai peut-être trop fatiguée.

— On ne reste pas. On dira au revoir à Nena quand elle aura couché *el viejo*.

— Pas de cigare avec les hommes, alors.

— Et pas de discussion interminable à propos du mariage.

Au moins le mariage lui avait-il fourni un sujet de conversation. Les femmes du clan Pedrosa se montraient polies, elles l'enlaçaient et lui embrassaient la joue, mais elle serait toujours *la americana*. Rosa, la première femme – cubaine – d'Anthony, avait été plus à sa place, même si, fille d'un ouvrier des abattoirs du New Jersey, elle n'appartenait pas au même monde. Mais elle était jolie, et Anthony si jeune. Quand pesaient sur elle ces regards qui la jaugeaient, Gail n'avait aucun mal à imaginer leurs pensées : c'est une Américaine, mais bon, elle vient d'une bonne famille et fera une excellente épouse.

Elle repoussa une tranche de tomate et aligna les morceaux de viande dans son assiette. Elle n'avait aucun appétit, et le porc lui donnait la nausée.

— Anthony, il faudrait que je rencontre un de tes clients, Harry Lasko.

La fourchette d'Anthony demeura suspendue à mi-chemin de sa bouche.

— C'est à propos de l'affaire Sweet que tu m'as envoyée. Wendell Sweet prétend qu'il n'a pas d'argent, mais il ment. Harry Lasko le connaît, il pourra peut-être nous dire ce qu'il a fait de son fric. Si je ne dégote pas d'infos, Jamie risque de se retrouver dans la mouise. Sans compter mes honoraires ! J'ai déjà consacré vingt-deux mille dollars de mon temps à ce dossier. Le juge refuse de prendre une décision tant qu'il ne sait pas ce que Wendell peut payer. Il faut que je parle à ce Lasko.

Anthony secoua la tête en finissant de mâcher.

— Non.

— Comment ça, non ?

— N-o-n. Harry ne parlera à personne tant que je n'aurai pas négocié une réduction de peine avec les procureurs. Ils risquent de retenir de nouvelles charges contre lui si jamais ils mettent la main sur autre chose.

— Sur quoi, par exemple ?

Il eut un léger haussement d'épaules.

— On ne sait jamais.

Gail ne l'avait pas quitté des yeux.

— Donne-moi quelque chose sur Wendell. Allez.

Anthony ne voulait pas rentrer dans ce genre de discussion, elle le voyait bien. Remuant imperceptiblement les lèvres, il lui glissa :

— Harry et Wendell faisaient des affaires ensemble à Aruba, et avant que tu poses la question, oui, c'était parfaitement légal. Cela dit, Wendell connaît des gens pas très recommandables, et la brigade des stupéfiants aimerait bien avoir leurs noms. Je ne veux pas donner de coups de pied dans cette fourmilière-là avant d'avoir convaincu l'État que ce pauvre bougre d'Harry Lasko n'a franchi la ligne jaune que par distraction...

— Wendell est trafiquant de drogue ?

— Disons plutôt... qu'il choisit très mal ses amis.

— Mais quel rapport avec une affaire de divorce ?

— Aucun. Mais si Harry cafouille, qu'il en dise trop, et que tu fasses figurer au dossier Sweet une liste d'actifs qui permet d'établir un lien avec Lasko...

— Mais qui le verrait ?

— Non, Gail.

— Je veux juste lui parler. Un entretien confidentiel.

— Désolé.

— Je ne vois pas pourquoi c'est impossible.

— Tu n'es pas pénaliste, *bonboncita*.

— Dans ce cas, je m'en remets à l'expert. À contrecœur.

— Merci.

Anthony se pencha vers Alex pour lui demander *los moros*, le plat de riz aux haricots noirs. Il n'y avait que chez ses grands-parents qu'il mangeait cubain, avait remarqué Gail.

— Pourquoi Harry plaide-t-il coupable ?

— Ça arrive souvent quand un client estime qu'il risque plus gros en passant devant un jury.

— Mais tu es trop bon en plaidoirie pour renoncer si facilement.

— Eh bien, la situation n'est pas si simple.

— C'est-à-dire ?

Ignorant sa question, Anthony versa un peu de vinaigre sur ses *moros*.

— Voilà ce qu'on va faire. Quand j'aurai négocié une réduction de peine, tu pourras lui parler. Il sera encore dans les parages un moment. OK ?

— Quand est-ce que tu comptes négocier ?

— Sûrement la semaine prochaine.

— Je ne veux pas trop attendre, dit Gail. Wendell doit se soumettre à une injonction de communication de pièces, mais s'il fait traîner ça jusqu'après la date du renvoi, je serai obligée de le poursuivre pour obstruction…

— Passe-moi le pain, Gail, s'il te plaît.

Le bébé s'agita. Comme Digna tendait les bras, Betty se leva afin de le lui confier. Ouvrant les yeux, il fixa son arrière-grand-mère avant d'émettre un gazouillis accompagné d'un sourire édenté. Tout le monde éclata de rire et il se mit à pleurnicher. Digna le calma de la voix et le berça contre sa poitrine. Ernesto

Pedrosa déclara que ce petit *machito* savait déjà comment s'y prendre pour charmer ces dames.

Puis il inclina la tête, orientant ses lunettes vers l'autre bout de la table. Anthony discutait immobilier avec Bernardo, le mari de Xiomara. S'immisçant dans la conversation, Pedrosa lança un commentaire en espagnol et Anthony exprima son désaccord. Son grand-père se mit à rire et fit un geste dédaigneux de sa grande main osseuse. Anthony lui adressa un sourire glacial et jeta quelques chiffres. Au regard courroucé du vieil homme succéda un haussement d'épaules : il reconnaissait que, cette fois-ci, son petit-fils pouvait avoir raison. Il s'autorisa un sourire avant de claquer des doigts pour réclamer du *puerco asado*.

Gail avait repéré les points communs – la ressemblance physique, le côté pince-sans-rire, la fierté –, mais comme l'avait souligné Anthony, ils n'en étaient pas moins différents. Malgré le petit accent dont il ne parvenait pas à se débarrasser, ses idéaux et ses opinions politiques n'avaient rien d'une survivance des années cinquante, et elle accueillait chaque dissimilitude avec reconnaissance.

La discussion s'orienta sur les maisons, dont celle de Clematis Street, et Anthony annonça qu'ils allaient la faire refaire, probablement d'ici à un an. À la suite de quoi, ainsi que Gail l'avait prévu, la conversation dériva vers le mariage.

Elle sourit, pas très à l'aise à l'idée d'être l'objet de l'attention générale. Non, elle n'avait pas encore choisi de robe. Elena suggéra une boutique de Coral Gables.

— Il faut absolument que tu la voies, Gail. Vraiment ! Je viendrai avec toi.

Betty proposa de les accompagner : c'était là qu'elle avait acheté sa robe de mariée. Gail fit non de la tête sans cesser de sourire.

— Ne vous dérangez pas pour moi. Je trouverai bien quelque chose.

Mais elles poursuivirent sans elle : quel grand couturier de Gables convenait le mieux pour un remariage, est-ce qu'on pouvait trouver la robe idéale à Dadeland…

— Dadeland ? s'exclama Xiomara en riant. *¡ Que va !* Peut-être chez Saks, *pero* tout se ressemble, *y la gente*… Et c'est toujours tellement bondé.

Depuis le début, c'était comme ça : l'événement semblait doué d'une vie propre, et les choses étaient en train de s'emballer. Sa mère avait d'abord proposé de s'occuper de l'organisation. Gail lui avait donné ses instructions : la famille et les amis proches, point. Puis Ernesto et Digna Pedrosa avaient annoncé qu'ils paieraient la réception. Ils avaient réservé l'Alhambra Ballroom, une immense salle de bal à l'hôtel Biltmore, et comptaient faire venir un orchestre de quinze musiciens pour jouer de la salsa, du jazz et de la musique pop. Flattée, aux anges, Irene avait cédé. Elle avait prévu une soprano de l'Opéra de Miami pour chanter l'Ave Maria. À présent, la liste des invités dépassait largement les trois cents noms. « Ma chérie, s'ils veulent inviter le gouverneur, on ne peut tout de même pas refuser ! » Ce n'était plus un mariage, mais un happening, une déclaration politique, la détente trilatérale entre les exilés de droite – dont Ernesto Pedrosa était le représentant par excellence –, les Cubains plus libéraux comme Anthony, et l'establishment anglo-américain.

Gail avait l'impression qu'Anthony et elle étaient cramponnés à un missile. Ces dernières semaines, l'idée lui était venue que si Pedrosa se montrait généreux à ce point, ce n'était pas parce qu'il l'aimait bien ou qu'il avait un faible pour les mariages, mais parce qu'il cherchait à récupérer Anthony.

« Laissez-le tranquille, Ernesto », songea Gail.

Le vieil homme était encore puissant. L'article du *Miami Herald* n'avait fait qu'effleurer la surface, même si le terme de corruption était trop vulgaire pour décrire les activités de Pedrosa. Mieux valait parler de trafic d'influence. On rendait service à ceux qui étaient à même de renvoyer l'ascenseur, et plus la personne était influente, plus les services étaient considérables. Un juge de cours d'appel cubano-américain avait confié à Gail : « Là d'où nous venons, l'État était très peu respecté. J'ai bien peur que nous ayons apporté cette attitude avec nous. »

Anthony avait reproché cette absence de respect à son grand-père, et Gail l'avait admiré pour son courage. Il était avocat parce qu'il croyait en la loi, pas à cause des bénéfices qu'il pouvait en tirer. Il aimait son grand-père, mais n'avait pas besoin de ses relations ou de son argent pour autant.

On ramassa la vaisselle sale et on apporta le gâteau. Tout le monde chanta « Joyeux anniversaire » avant de faire passer les cadeaux à tante Adelita, qui s'extasia sans discontinuer. « *¡ Que linda ! Que precioso...* » Un joli chemisier, du parfum, une photo encadrée... Anthony lui avait offert des boucles d'oreilles et avait signé pour Gail sur la carte.

La tête rentrée dans les épaules, Ernesto Pedrosa fermait les yeux. Sa femme ne tarda pas à s'en apercevoir. Elle se leva, alla gentiment le secouer et ordonna à tous de rester aussi longtemps qu'ils le souhaitaient.

Le vieil homme se souleva pour le défilé des embrassades. Puis Digna poussa son fauteuil dans l'ascenseur et la porte se referma sur eux.

Tandis qu'on débarrassait la table, les invités retournèrent dans le salon en ordre dispersé. Gail aurait bien aimé partir, mais Anthony lui avait dit qu'Hector Mesa souhaitait s'entretenir avec lui. Elle n'y aurait attaché aucune importance si le rôle de Mesa au sein de la famille n'avait été si mystérieux. Ce n'était ni un ami ni une relation, et, à sa connaissance, il n'exerçait pas d'activité particulière dans le domaine comptable ou juridique. Sa carte annonçait pourtant « consultant ». Le cheveu rare, vêtu d'un costume bleu ou gris, il se fondait facilement dans un groupe. Ses seuls signes distinctifs étaient ses lunettes à monture noire et sa petite moustache grise.

On prépara des boissons pour ceux qui le désiraient, ainsi qu'un plateau d'espressos. Gail s'approcha de Betty, qui lui tendit son bébé : il avait des yeux d'un bleu profond et un fin duvet blond sur la tête.

— Quel superbe mâle tu fais ! Et lourd avec ça ! Karen ne pesait que deux kilos sept.

Elle lui chatouilla la joue jusqu'à ce qu'il lui sourie.

— Ça y est, je suis amoureuse.

Tante Adelita, qui était encore plus âgée que Digna, posa une main parcheminée sur le genou de Gail et le tapota affectueusement.

— *¿ Con Anthony, quieren hembra o varon ?*

Voulaient-ils une fille ou un garçon ? Embarrassée, Gail rit et rendit le bébé à sa mère.

— Non, pas pour nous. Pas de bébé.

Adelita n'eut pas besoin de traduction pour comprendre. Elle fixa Gail comme si elle la trouvait décidément bien étrange avant de changer rapidement de sujet.

Pas d'enfants ; Anthony et elle avaient tranché des mois plus tôt. Il en avait déjà deux, et avec sa carrière à elle, Karen lui suffisait. C'était une décision raisonnable, qui ne nécessitait pas d'explication. Pourtant, Gail savait qu'on venait de la juger.

Elena la tira par le bras en riant.

— Ne fais pas attention à tante Adelita. Elle vit encore dans La Havane des années quarante.

Gail repéra Anthony et Mesa dans le hall, juste à côté de l'entrée. Mesa effleurait le bras d'Anthony, et celui-ci souriait d'une manière énigmatique. Il avait ôté sa veste et déboutonné son col de chemise. Quand il l'aperçut, elle mima un baiser. Pendant qu'Hector Mesa regardait ailleurs, il leva les yeux au plafond comme s'il était déjà mort d'ennui.

Murmurant des excuses, Gail se porta à sa rescousse. Elle sourit à Hector en s'emparant du bras d'Anthony.

— Ils viennent d'apporter le café. Vous en voulez, messieurs ?

— Allez-y, Hector. On discutera plus tard.

L'homme eut un petit hochement de tête à l'adresse de Gail ; son regard était masqué par le reflet jaunâtre de ses verres.

— *Señora.*

Il traversa le hall carrelé sans bruit et disparut dans le salon.

— Que voulait-il ?

— Il a eu un petit problème. Lors d'un contrôle pour excès de vitesse, il a été arrêté pour port d'une arme non déclarée, un Beretta .22 qu'il veut récupérer. Je vais voir ce que je peux faire.

— Ce bon vieil Hector et ses jouets !

— Hector est un type réglo.

— Si tu le dis. Je ne l'ai jamais entendu prononcer plus de trois mots d'affilée. Tu veux du café ? Moi pas.

— Moi non plus.

Se rapprochant, Anthony lui frôla l'oreille de sa bouche.

— J'ai une autre idée.

— Ah oui ? Laquelle ?

— Suis-moi, je vais te montrer, dit-il en l'entraînant vers l'escalier.

— Tu m'emmènes voir ta collection de *Spiderman*, c'est ça ?

— Moi qui voulais te surprendre !

Il marchait à reculons, en tirant sur sa main.

— Ils vont nous chercher, protesta-t-elle en riant.

— Mais non ! Allez, viens. Nena ne redescendra pas avant une demi-heure.

— On ne peut pas ! chuchota-t-elle. Ce serait comme faire ça dans une église.

— Encore mieux. Sinon, ajouta-t-il comme elle lançait un regard en direction du salon, on peut toujours aller écouter oncle Humberto nous raconter pour la millième fois comment Kennedy a trahi les exilés à Playa Girón.

Anthony avait été fichu dehors à vingt ans, mais la petite chambre du premier étage située tout au bout du couloir était demeurée la sienne. Il y passait quelquefois la nuit, comme en témoignaient ses quelques vêtements dans le placard et ses affaires de toilette dans la salle de bains.

La lune couvrit d'argent le figuier banian devant la fenêtre et éclaira faiblement la pièce. Pour ne pas froisser leurs vêtements, ils les avaient mis sur le lit. Agenouillée sur le fauteuil, les bras autour de sa tête, elle lui faisait face. Il avait serré si fort ses hanches contre les siennes qu'elle allait sans doute se retrouver avec une dizaine de petits bleus sur les fesses.

Les feuilles s'agitaient en ombres chinoises dans les contours de la fenêtre dessinés sur le mur.

Comme elle lui embrassait le front, il ouvrit lentement les yeux ; dans la pénombre, ils étaient noirs. Elle lui sourit.

— Eh bien ! Nettement mieux que Playa Girón.

Il lui répondit par un grognement sourd, et ses yeux se refermèrent. L'air frais de la ventilation lui soufflait dans le dos. Dépliant maladroitement les jambes, elle se leva.

— Ne t'enfuis pas.

Dans la salle de bains, elle vit son reflet dans le miroir. Pas trop catastrophique. Une brosse et un rouge à lèvres, et le tour serait joué… si seulement elle avait eu son sac à main !

Gail remit ses sous-vêtements pendant qu'il prenait sa suite à la salle de bains. S'emparant d'une brosse posée sur la commode, elle se recoiffa devant le miroir.

La voix d'Anthony se répercuta sur le carrelage.

— Gail, j'ai une question à te poser. Qu'est-ce que tu faisais avec Dave ?

— Quoi ?

L'eau cessa de couler.

— Tu es arrivée en retard parce que tu étais avec Dave. Pourquoi ?

Gail alla se planter devant la porte. En slip, Anthony suspendait une serviette. S'emparant de sa chemise, il la regarda.

— Je… On a parlé du psychologue désigné par le juge. Il fallait que je voie avec Dave lequel de nous deux allait accompagner Karen, c'est tout.

Avec un haussement d'épaules, elle poursuivit :

— On a réussi à avoir une conversation entière sans se crier dessus, alors on peut dire qu'il y a du progrès.

Anthony acheva de boutonner sa chemise et prit son pantalon.

— Tu ne devrais pas lui parler. C'est le boulot de ton avocate.

— Eh bien, justement, c'est elle qui me l'a suggéré.

— Pourquoi ?

Après avoir remis une chaussure, Gail faufila son pied dans l'autre en se tenant au fauteuil et se pencha pour remonter la lanière étroite sur son talon. Elle sentait les yeux d'Anthony sur elle.

— Charlene croit que Dave veut récupérer Karen pour une autre raison que la sacro-sainte paternité. Si on savait ce qu'il a derrière la tête, on serait en meilleure position pour négocier. Alors je suis allée voir ce que je pouvais trouver.

— Qu'est-ce qu'il a dit ?

Elle enfila sa robe par le bas et passa les bras dans les manches.

— Je lui ai posé la question, mais s'il y a autre chose, je n'ai pas réussi à le découvrir. D'après lui, il fait ça pour le bien de Karen. Il dit qu'il peut passer plus de temps avec elle que moi.

Gail se tourna et souleva ses cheveux.

— Tu me remontes ma fermeture ?

— Je ne veux plus que tu discutes avec lui, déclara Anthony en s'exécutant.

— C'est ridicule. Il fallait qu'on parle de Karen.

— Quand tu es entrée, tu sentais la bière.

Gail fit volte-face pour l'affronter.

— Il faisait trente-deux dehors ! J'ai bu une bière pendant qu'on parlait. Et puis ? Et puis quoi, Anthony ?

Dave et elle avaient partagé une bière « en souvenir du bon vieux temps ».

— Et puis rien, dit-il en lui tendant la main. Je suis désolé.

Elle ne bougea pas d'un pouce.

— Gail. S'il te plaît.

— Tu n'as aucune raison d'être jaloux, dit-elle en l'enlaçant.

Anthony éclata d'un rire bref.

— Je ne suis pas jaloux de Dave. C'est un faible, un raté. Les hommes comme lui sont dangereux.

Gail réprima sa première réaction, renonçant à prendre la défense de son ex-mari.

— Pour Karen, il vaut mieux que ses parents s'entendent, et à mes yeux, ses sentiments comptent autant que les tiens.

Afin d'en finir avec cette discussion, elle alla éteindre la lumière de la salle de bains.

Anthony s'assit au bord du lit pour enfiler ses chaussures. Il les laça l'une après l'autre avant de s'immobiliser, les avant-bras sur les genoux, les doigts vaguement entrelacés.

— Tu n'as jamais envisagé de te remettre avec lui ?

— Non. Comment tu peux imaginer ça ?

— Je pense que c'est dur d'oublier quelqu'un qu'on a aimé.

— Je *l'ai* aimé. C'est du passé.

— Tu as ma bague au doigt. N'essaye pas de l'enlever.

Main sur la hanche, elle rétorqua :

— Et qu'est-ce que tu ferais, *machito*, tu me tuerais ?

Il fut long à sourire.

— Non. Je trouverais un moyen de te garder. Il n'a pas réussi. Tant pis pour lui.

— Oh là là ! Quel homme irrésistible !

Saisissant le bas de sa robe, il l'attira à lui avant de passer les bras autour de ses cuisses.

— Ah, Gail, on aurait dû se marier bien plus tôt.

— Oh oui ! J'ai tellement hâte que tout soit terminé.

— Une simple cérémonie, une coupe de champagne et *adiós*.

— Merveilleux ! Je crois qu'ils prévoient une fontaine de Dom Pérignon.

— On pourrait faire ça la semaine prochaine. S'enfuir. Envoyer une carte de Las Vegas.

— Et toutes les invitations ? Et l'argent ? Ils nous tueraient.

— Oui, sûrement, reconnut-il en riant.

Gail lui caressa les cheveux.

— Anthony. Pourquoi on est venus ce soir ?

— Comment ça ?

— Ils n'ont pas arrêté de parler affaires. Peut-être que tu ne voulais pas être tenu à l'écart.

— On est venus parce que Nena nous a invités.

— Elle aimerait bien que tu présides à cette table, un jour.

— Probablement. Mais ça ne veut pas dire que moi, j'aimerais bien.

— Chaque fois que le *señor* Mesa pose ses petites pattes d'araignée sur ta manche, j'ai envie de le repousser. Il n'est pas de la famille de ton grand-père. Pourquoi sont-ils si proches ?

— Hector est intelligent.

— Juan, Bernardo et Pepe aussi. Et Elena, si les femmes comptent.

Anthony laissa glisser un bras le long des cuisses de Gail.

— Je crois que c'est à cause de la loyauté d'Hector. Quand il était gosse, il cirait les chaussures devant la banque de mon grand-père, à La Havane. À la révolution, Hector l'a supplié de l'emmener à Miami. Comme il l'appréciait, mon grand-père a accepté. En retour, Hector a juré fidélité à la famille.

— Il veut que tu prennes la relève, pas vrai ? Avec ton grand-père, ils sont en train de te faire entrer dans leurs affaires. Tu disais que tu ne voulais pas t'impliquer là-dedans.

— On se fout pas mal de ce qu'ils veulent, Gail ! Personne ne m'a jamais dicté ma conduite, et ce n'est pas maintenant que ça va commencer, d'accord ?

— Tout à fait.

Elle l'embrassa légèrement sur la bouche.

— C'est une des raisons pour lesquelles je t'aime.

— Ah oui ? Donne-m'en une autre.

Après un nouveau baiser, elle répondit :

— Tu es si élégant ! D'ailleurs, je crois savoir comment t'attirer à Clematis Street. En kidnappant ta garde-robe.

— Je suis anéanti. Cette femme est amoureuse de mes fringues !

— Et… voyons voir. Tu sais danser ! Tu es le seul homme qui ait réussi à m'apprendre le cha-cha-cha, alors que des centaines de types s'y sont cassé les dents.

Elle sursauta quand on frappa à la porte ; Anthony lui serra le bras. Il se leva et ouvrit juste après le second coup, plus fort.

Un homme en costume sombre se tenait sur le seuil. En l'espace d'une seconde, ses lunettes à monture noire décrivirent un petit arc de cercle en direction de Gail.

— *¿ Qué pasó ?* demanda Anthony.

Mesa parla à voix basse mais pressante.

— *Tu abuelo se cayó en el baño.*

À présent, Gail entendait la rumeur qui enflait. Un bruit de course. Des cris. Un sanglot de femme.

— *¡ Ay, mi Dios !*

Elle se précipita vers la porte.

— Anthony, qu'est-ce qui s'est passé ?

Mais il avait déjà filé comme une flèche à travers le couloir, distançant l'homme derrière lui. Il bouscula les gens devant la chambre de ses grands-parents, et Gail s'engouffra à sa suite. C'était la première fois qu'elle entrait dans cette pièce, et les images de ce qui l'entourait s'imprimèrent rapidement en elle : un lit à baldaquin, un téléviseur, une grande armoire, d'épais rideaux en velours ; et partout, des photos encadrées et des portraits. On s'écarta pour laisser Anthony pénétrer dans la salle de bains.

Gail aperçut un carrelage blanc, des lumières aveuglantes et un anneau cassé provenant d'un rideau de douche.

Une voix faible, celle d'Ernesto Pedrosa, s'écria :

— *Anthony, mi'jo, por favor, ayúdame.*

Je t'en prie, mon fils, aide-moi.

— *Estoy aquí contigo, no te preocupes.*

Je suis là, ne t'inquiète pas.

Tout le monde recula et Digna sortit en tremblant. Anthony la suivit, son grand-père dans les bras, attentif à ne pas heurter ses pieds nus dans l'encadrement de la porte. Le vieil homme était très maigre et très pâle. Ses os saillaient sous la peau distendue. Une serviette lui couvrait le bassin, et il faisait son possible pour l'empêcher de glisser. Malgré sa faiblesse, il restait digne. Anthony demanda à quelqu'un de lui apporter un peignoir.

Gail détourna le regard pour leur ménager un peu d'intimité et sortit dans le couloir. Elle entendit des sirènes. Xiomara passa en courant devant elle ; Alex aussi, mais dans l'autre sens. Des voix au rez-de-chaussée, des pas lourds : des hommes montaient leur équipement par l'escalier. Se mordant la lèvre inférieure, Gail s'installa sur une banquette un peu à l'écart.

Quelques minutes plus tard, Pedrosa fut emmené sur un brancard, un masque à oxygène sur le visage. Il avait la peau grise. Hector Mesa descendit derrière les ambulanciers.

Regroupée autour d'Anthony, la famille s'entretenait bruyamment en espagnol, et la tante Graciela sanglotait. Betty et Alex devaient partir à cause du bébé. Elena et Pepe allaient conduire Humberto. Les enfants de Xiomara et de Bernardo étaient déjà chez la mère de ce dernier et pouvaient donc y passer la nuit. Les autres s'arrangèrent entre eux.

Enfin, Anthony vint trouver Gail.

— Il faut que j'y aille.

— Tu veux que je vienne ?

Il fit non de la tête.

— Rentre à la maison. Tu ne peux rien faire. Si ça se trouve, je serai bientôt de retour, mais ce n'est pas sûr. Je pense qu'il va s'en tirer. Il est plutôt solide, tu sais. Je te passerai un coup de fil.

Gail se leva en même temps que lui.

— Tiens-moi au courant. Tu peux m'appeler à n'importe quelle heure.

— D'accord.

Il l'embrassa et accompagna sa grand-mère et la tante Graciela dans l'ascenseur. Un chandail sur les épaules, Digna Pedrosa portait un petit sac. Ce ne serait ni la première ni la dernière fois qu'elle vivrait cela, sauf si, là, son mari ne rentrait pas à la maison.

La maison de Clematis Street semblait bien vide lorsque Gail ouvrit la porte. C'était la première nuit qu'elle y passerait seule, sans Karen ni Anthony.

Elle alluma une lampe avant d'aller se préparer un chocolat chaud à la cuisine. Après avoir mis l'eau à bouillir, elle monta se changer et enfila son pyjama.

« Ne mourez pas, s'il vous plaît », pria-t-elle silencieusement. Pourtant, au fond d'elle-même, elle savait que si le vieil homme mourait, Anthony serait à l'abri. Pedrosa n'aurait pas le temps de modifier son testament. A priori, il avait déshérité son petit-fils des années plus tôt et lui agitait toujours la perspective du pouvoir sous le nez.

Le hurlement strident de la bouilloire la fit accourir à la cuisine. Elle tourna la manette de gaz et la flamme crachota un peu avant de s'éteindre.

— Mon Dieu, je jure que je ne souhaite pas sa mort. C'est horrible de ma part d'y penser.

Le vieil homme avait de l'affection pour elle. Il aurait très bien pu lui tourner le dos : après tout, elle n'était rien pour lui. Mais il l'avait accueillie comme un membre de sa propre famille. Alors que Digna et lui voulaient faire de ce mariage un événement unique, elle n'y avait vu que les intrigues d'un roi mourant. Et quand il était tombé, elle était rentrée chez elle au lieu de veiller avec les autres.

Gail se moucha dans une serviette. Après avoir éteint, elle emporta son chocolat à l'étage. Pendant un moment, assise en tailleur, elle regarda les infos. Puis elle appuya sur la touche arrêt de la télécommande et l'écran devint noir.

Allongée dans l'obscurité, Gail aurait voulu qu'Anthony revienne. Elle aurait voulu entendre ses pas dans l'escalier, le léger craquement du bois de lit ; sentir le déplacement du poids, ses bras autour d'elle, la chaleur de son corps. Parfois, elle rêvait qu'il la touchait, et les sensations la réveillaient. C'était dangereux, de désirer un homme à ce point.

Une sonnerie lointaine ; un téléphone. Elle finit par se réveiller et jeta un œil au réveil : 00 h 37. Soudain, elle sut : le vieil homme était mort, et Anthony l'appelait pour le lui annoncer.

Le combiné qu'elle avait saisi maladroitement lui échappa. Elle le reprit et le colla contre son oreille. Ses yeux étaient toujours fermés.

— Comment va-t-il ?

Silence. Elle s'éclaircit la gorge.

— Anthony ?

Alors, une voix pareille à du métal frottant des cordes de piano s'éleva : *SalutGailConnor.*

Encore groggy, elle s'assit avec peine. *Salutsalegarce.* L'affreux bruit métallique ressemblait à un rire. *C'estl'heuredemourir.*

Soudain réveillée, le cœur battant à tout rompre, elle serra automatiquement ses draps contre elle.

— Qui êtes-vous ? Pourquoi faites-vous ça ?

Venirtechercher. L'heuredemourir. Commentveuxtumourir ?

— Va te faire foutre, dit-elle en raccrochant brusquement.

Quelques instants plus tard, les sonneries reprirent. Gail alluma sa lampe et loucha sur le boîtier : CABINE PUBLIQUE. La même que la veille ? Elle ne s'en souvenait pas. Cette fois-ci, elle garda le numéro en mémoire.

Quand elle désactiva la sonnerie, le silence dura quelques secondes, puis une sonnerie étouffée lui parvint du séjour. Rejetant la couverture, elle se leva, les yeux fixés sur le couloir sombre qu'elle apercevait par la porte ouverte. Elle envisagea d'appeler l'hôpital en demandant la chambre d'Ernesto Pedrosa avant d'y renoncer. Elle ne pouvait pas déranger Anthony pendant qu'il attendait le pronostic des médecins.

Au rez-de-chaussée, le téléphone se remit à sonner puis se tut. Dans sa chambre, le boîtier indiquait le même numéro, mais le répondeur ne clignotait pas.

Gail songea à sa discussion houleuse avec Peggy Cunningham. Celle-ci avait peut-être confronté Payton aux accusations de sa voisine avant de le punir et de l'envoyer dans sa chambre, où il devait fulminer. En regardant par sa fenêtre, il avait pu voir sa voiture dans l'allée.

— Oh, laisse tomber ! s'exclama-t-elle à voix haute. Il n'a que quatorze ans.

Elle enfila rapidement un jean et un tee-shirt, et descendit vérifier toutes les portes et les fenêtres et désactiver la sonnerie du séjour. Assise dans le noir, elle guetta les bruits. Dans son esprit tourbillonnaient des images de visage collé à la vitre. Si Anthony avait été là, il serait sorti avec une arme. Gail n'en possédait pas.

Elle composa le 911, mais raccrocha dès la première sonnerie : la police avait mieux à faire.

Le téléphone était en mode silencieux. Et si Anthony appelait ?

« Tu te montes la tête, songea-t-elle. Quelqu'un te fait une blague, c'est tout. » Elle réactiva la sonnerie, remonta et fit de même pour le téléphone de sa chambre.

Il était 2 heures passées quand la sonnerie retentit. Gail était parfaitement réveillée. Voyant MERCY HOSPITAL sur le boîtier, elle décrocha.

Anthony lui dit que son grand-père avait un rythme cardiaque irrégulier. On l'avait mis sous traitement, et les médecins étaient en train de décider de la marche à suivre.

— Dis-lui que je l'aime. Et Digna aussi. Tu lui diras, hein ?

— Promis.

— Je t'aime, Anthony.

— Je te rappelle dans la matinée. Rendors-toi. *Te quiero.*

5

— Je ne suis pas vraiment inquiète.

— Eh bien, à ta place, je le serais. Tu devrais prévenir la police. Promets-moi de le faire.

— Je te le promets, maman. Si ça se reproduit, je les appellerai.

Gail était venue chez sa mère pour lire les journaux du dimanche, se détendre sur la terrasse, et se faire chouchouter.

Un coup de vent souleva le chapeau d'Irene Connor ; elle le rattrapa et l'enfonça fermement sur sa tête. Tendant le bras, elle orienta le tuyau d'arrosage vers les pervenches nichées au pied d'un palmier.

— Il fait tellement chaud ! Regarde-moi ça, elles sont toutes avachies. Quand je pense que je m'en suis occupée hier !

Les fleurs se courbaient sous le jet.

— Ma pelouse est presque fichue, dit Gail. On vient d'étendre le gazon, et il est en train de brunir. Les couvreurs ont cassé des asperseurs. Ils n'ont pas encore terminé, et il y a des tuiles brisées partout. En plus, ils ont écrasé la petite allamanda que tu m'avais donnée.

— Vraiment ? Eh bien, je t'en apporterai une autre. Mon Dieu, il fait une de ces chaleurs aujourd'hui ! Ça va être comme ça tout l'été, tu crois ?

Irene donna une secousse au tuyau pour le dégager et dirigea l'aspersoir vers des broméliacées, remplissant d'eau les corolles rosées. Un petit lézard gris se précipita dans le philodendron.

— À mon avis, c'est quelqu'un que tu connais, affirma-t-elle. Sinon, pourquoi déguiser sa voix ? Tu as repéré un accent ?

— Non, juste cet atroce frottement métallique. La dernière fois, c'était un robot. Ce sera quoi, la prochaine ?

— J'espère bien qu'il n'y en aura pas !

À moitié pour elle-même, Gail répéta :

— Quelqu'un que je connais.

Irene se pencha pour inspecter une feuille grignotée.

— Tu devrais en parler à Anthony.

— J'ai essayé hier, mais il était crevé, après sa nuit blanche. Ensuite j'ai oublié, et quand ça m'est revenu, il venait de repartir pour l'hôpital.

— Pauvre M. Pedrosa. J'ai de la peine pour Digna. J'aimerais passer prendre de ses nouvelles. Tu crois que je peux ?

— Bien sûr.

Gail avait rendu visite au grand-père d'Anthony la veille et envisageait d'y retourner dans la journée. Elle avait juste passé un petit moment avec lui et tenu compagnie à Digna. Les médecins avaient déclaré qu'il avait besoin d'un pacemaker. L'opération devait avoir lieu mardi. Ernesto Pedrosa disposait des meilleurs soins, mais à quatre-vingt-quatre ans…

— Anthony a dormi chez ses grands-parents pour conduire Digna à la première messe du matin. On n'a pas vraiment eu l'occasion de discuter depuis vendredi. Il a dit qu'il passerait ce soir.

— Pourquoi ne pas dîner ici ? proposa Irene. Il aime les asperges ? On pourrait se faire un repas froid. J'ai de l'excellente dinde fumée, si ça ne te dérange pas de manger des restes.

— Merci beaucoup, maman, mais on n'aura pas le temps. Il ne dormira même pas à la maison. C'est tellement dur, de vivre séparés. Je ne le vois presque jamais. Si Dave n'examinait pas mes moindres faits et gestes à la loupe, je demanderais à Anthony d'emménager avec moi. Karen serait bien obligée de l'accepter.

Irene eut un sourire espiègle.

— La séparation n'est pas forcément un mal. Imagine comme votre première nuit sera excitante ! Tu te souviens de cette scène d'*Autant en emporte le vent* ? Rhett Butler qui monte l'escalier avec Scarlett O'Hara dans les bras…

— Il n'avait pas le choix, elle ne voulait pas qu'il la touche. Pendant qu'il monte les marches, elle n'arrête pas de lui bourrer la poitrine de coups de poing : « Rhett, Rhett, lâchez-moi ! » Ce n'est pas ça, notre problème.

Le rire qui envahit le jardin paraissait trop sonore pour une femme aussi petite. Avec ses sabots de jardinage jaune vif, Irene atteignait difficilement le mètre cinquante-sept. Les gens la trouvaient « chou » et avaient tendance à ignorer son opinion. Gail pensait que cela arrangeait sa mère : ainsi, elle pouvait les observer à sa guise sans se faire remarquer. Irene possédait un sens de l'organisation digne d'un P-DG. Depuis la mort de son mari, Edwin, elle se consacrait à la collecte de fonds pour des organisations culturelles locales.

Comme elle tirait un coup brusque sur le tuyau, la roue fixée au mur tourna, dévidant une bonne longueur supplémentaire. Une brume légère et rafraîchissante orna les bégonias de perles d'argent ; de petites gouttes ruisselèrent le long du gingembre rouge, des cycas et des crotons. La pelouse absorbait l'humidité dans un doux murmure rythmé. Un chat tigré les observait depuis un banc en béton placé sous un cassia couvert de fleurs roses.

Les parents de Gail avaient emménagé dans cette maison trente ans plus tôt et elle n'avait pas changé, avec sa façade en brique et ses colonnes blanches. Gail l'avait quittée à dix-huit ans, lorsqu'elle était partie faire ses études, pourtant elle s'y sentait toujours *chez elle*. Pour Karen, « la maison », c'était encore celle de South Miami, et pour Anthony, la demeure de ses grands-parents sur Malagueña Avenue. Gail se demanda combien de temps il leur faudrait pour éprouver le même attachement envers celle de Clematis Street.

Irene s'éventa le visage avec son chapeau.

— Tu sais, je crois que l'opérateur de téléphonie peut t'indiquer la provenance des appels. Mais si ça mène à une cabine publique, ça ne t'avancera pas beaucoup, pas vrai ?

— Ce qui est très bizarre, c'est qu'il y a juste cette voix désincarnée, inhumaine, qui n'a pas l'air de vouloir quoi que ce soit. J'ai raccroché assez vite chaque fois, alors elle n'a pas eu l'occasion d'en dire beaucoup. Je me demande ce qu'elle me sortirait si je restais en ligne.

— Ne lui donne pas cette satisfaction.

— J'ai presque envie d'écouter pour comprendre. Je me sens tellement impuissante ! Cette personne a envahi ma maison, elle m'a fichu la trouille, et je ne peux rien faire.

— Si, raccrocher.

Gail suivit sa mère sur l'étroit chemin de pierres rongées par le temps qui menait aux orchidées. Des rais de lumière floue passaient à travers les arbres. Irene régla le jet de façon à brumiser une immense orchidée épiphyte aux tiges d'un mètre vingt de long. Aussi loin que remontaient ses souvenirs, Gail l'avait vue pousser sur ce chêne particulièrement vivace, et chaque printemps elle donnait une demi-douzaine de fleurs blanches avec une touche de jaune pâle.

Elle était aussi venue chez sa mère pour avancer la préparation du mariage, mais les dossiers attendaient toujours dans une boîte au salon. S'installant sur le banc en ciment, elle caressa le chat, qui s'affala et roula sur le dos pour l'inciter à continuer.

— Maman, j'aimerais que tu viennes m'aider à choisir une robe de mariée. Les cousines d'Anthony m'ont recommandé une boutique à Coral Gables.

Se sentant coupable d'avoir repoussé la proposition, elle en avait reparlé avec Elena à l'hôpital.

— J'ai besoin de quelqu'un à mes côtés, sinon je risque de dépenser une fortune.

— Ne compte pas sur moi pour te freiner. Il faut que tu prennes une robe qui le fasse tomber à la renverse.

Le chat fourra son nez dans la main de Gail, et elle le gratta énergiquement ; sa gorge vibrait de contentement. Irene aspergea lentement une rangée d'orchidées miniatures suspendues à la clôture en bois dans de petits pots en terre.

— Ma chérie, ça te plairait, de porter les boucles d'oreilles de ma mère ? Tu sais ce qu'on dit : quelque chose de neuf, quelque chose d'ancien… Ce serait pour l'ancien, pas pour l'emprunté. Je veux que tu les gardes.

Les boucles étaient des virgules de diamants sertis dans du platine. Dans les années trente, John Strickland, le grand-père de Gail, avait fait tout le trajet en train jusqu'à New York à seule fin de les acheter chez Tiffany's et de les offrir à la femme qu'il aimait.

— Ça fait des années que j'en rêve ! Mais je ne peux pas les garder, elles sont à toi.

— Je ne les porte jamais. Elles sont trop classiques pour moi.

Dirigeant le tuyau vers une immense fougère corne-de-cerf, elle demanda à Gail quand elle avait l'intention de faire les boutiques.

— Pas mardi, j'espère. J'ai rendez-vous avec le fleuriste. Mais bon, je peux toujours décaler. Tu me diras.

Gail avait complètement oublié le fleuriste.

— Il te reste combien, sur ce que je t'ai donné ?

— Eh bien… je ne sais pas trop.

— Maman ! Ne me dis pas que c'est toi qui payes, s'il te plaît.

— Et alors ? C'est moi qui offre les fleurs, un point c'est tout.

Elle passa à une fougère géante, un cheveu-de-Vénus qui tombait en cascade d'un arbre. Un arc-en-ciel miroita sur les fines gouttelettes.

— À part ton petit voisin, qui peut bien t'en vouloir ? Qui a une dent contre toi ?

Gail lui avait raconté ce qui s'était passé dans le belvédère ainsi que son coup de gueule contre Payton Cunningham. Elle haussa les épaules.

— Dave, mais ce n'est pas son style.

— Moi, je l'aime bien, Dave. Peut-être qu'il finira par revenir à la raison. Où ça en est, au fait ?

— Il faut attendre le rapport du psychologue qu'on doit rencontrer. Comment ça, tu aimes bien Dave ?

— Eh oui. Ce n'est pas quelqu'un de méchant. Il est simplement en train de commettre une erreur. Je ne peux pas changer mes sentiments sur commande.

— Excuse-moi, maman.

Le jet d'eau décrivit un arc au-dessus de la pelouse pour retomber sur la fougère de Boston le long de la clôture. Irene regarda sa fille.

— Je vois bien que tu es soucieuse. Tu es pâle, et tu n'as presque pas touché à ton petit déjeuner. Tu ne serais pas enceinte, par hasard ?

— Non ! répondit Gail en riant.

— C'est vraiment dommage que vous n'en ayez eu qu'un, Dave et toi.

— Maman…

Irene donna un coup de sabot à une mauvaise herbe.

— Je remercie tous les jours le ciel d'avoir eu deux enfants, Gail. On ne sait jamais ce qui peut arriver, ici-bas.

Renee, la sœur de Gail, avait été assassinée l'année précédente. Irene n'en parlait pas souvent, mais Gail savait que la souffrance ne la quitterait jamais.

Elle suivit sa mère le long de la clôture.

— Charlene Marks dit que Dave réclame Karen parce qu'il a une idée derrière la tête. Tu trouves ça plausible ?

— Une idée derrière la tête ? Pour moi, c'est évident qu'il est jaloux d'Anthony. En voilà, un homme qui réussit ! Il est riche, attirant, il t'a déjà toi, et Dave ne veut pas qu'il ait aussi Karen. C'est une question de rivalité entre mâles, voilà ce que je pense.

Irene ôta un caillou du paillis et le jeta dans les buissons.

— Dave n'a jamais eu la fibre des affaires, pas vrai ?

— Autrefois non, mais sa chance a peut-être tourné.

— Ce sera bien, pour toi, de ne plus avoir de soucis d'argent.

— Je n'épouse pas Anthony pour son argent !

— Je n'ai pas dit ça. (Irene ferma le jet.) Il a pas mal d'atouts dans son jeu. Mais quand on a le choix, autant que l'homme soit riche.

Elles se dirigèrent vers la maison. Irene, qui traînait le tuyau derrière elle, le soulevait de temps en temps d'un geste vif pour le faire passer par-dessus une pierre du chemin.

— Je me disais, pour cette histoire d'appels, ce ne serait pas un de tes clients ? Tu t'es disputée avec l'un d'eux, récemment ?

— Non, rien qui justifie une réaction aussi tordue, en tout cas. En général, quand un client est furieux, il se plaint auprès du barreau de Floride.

— Et quelqu'un qui aurait perdu contre toi, au tribunal ? Tu sais, ce type dans le pétrole dont tu m'as parlé. Ce Sweet, là, j'ai oublié son prénom. C'est peut-être lui.

— Wendell ? Non, j'ai reçu le premier coup de fil avant l'audience.

— Et il ne t'en voulait pas, avant l'audience ?

Gail réfléchit à la question.

— Ça fait des mois qu'il m'en veut, mais il n'avait aucune raison d'appeler à ce moment-là.

— C'est parce que tu t'imagines que les gens sont logiques. Eh bien non. Ils ne raisonnent pas, ils agissent sous le coup d'une impulsion. Les gens n'aiment pas les avocats, et tu es une dure à cuire.

— Je suis monstrueuse à ce point ? L'auteur des appels m'a traitée de garce. « C'est l'heure de mourir, sale garce. »

— Tu n'es pas monstrueuse ! Tu es bonne et généreuse. Mais tu peux aussi avoir la dent dure.

— J'ai la dent dure ?

— Tu es bien obligée, pour défendre ton client, mais la personne en face peut te trouver froide et agressive. C'est une question de point de vue, ma chérie. Si quelqu'un déteste les avocats et qu'un avocat lui prend ce qu'il a, surtout si l'avocat en question est une femme… Après tout, tu lui as coupé les couilles.

Irene regarda sa fille par-dessus ses lunettes de soleil et sourit.

— Enfin, façon de parler.

— Tu savais, dit Gail, que c'est notre profession qui a le taux de suicide le plus élevé ? Nous sommes plus déprimés que les psychiatres et les policiers.

— Eh bien, c'est le genre d'information dont on peut se passer, répliqua Irene.

Tournant la manivelle, elle se mit à enrouler le tuyau qui glissa sur la pelouse comme un serpent vert et luisant.

— Pourquoi ne pas venir dîner ici un soir de la semaine ? Tous les trois.

— Je ne sais pas trop. Il faudra que je voie avec Anthony.

— Si j'ai un regret concernant ton mariage, c'est bien celui-là : tu vas être tellement occupée avec ton nouveau mari que je ne te verrai plus.

— Maman…

— De toute façon, pour ce que je vois Karen en ce moment… Elle va finir par ne plus me reconnaître.

— Pour l'amour du ciel ! Je demanderai à Anthony, et si on est libres, on vient.

— Fantastique ! N'oublie pas, ma chérie, rien n'est plus important que la famille. Je vais faire du poulet au barbecue, oui, voilà, c'est décidé. Tu crois qu'Anthony aime la tarte au citron meringuée ?

Gail passa un bras autour des épaules de sa mère en riant.

— Il adore la cuisine étrangère.

6

— Choisis le règlement à l'amiable, Sam. Si on va au procès, tu prends un gros risque… Parce que moi, j'ai une hôtesse de l'air de quarante et un ans, mère de trois enfants, qui a un sérieux problème de ménisque. Elle ne peut pas s'accroupir ni même rester debout pendant plus d'une heure. Le jury aura pitié d'elle. Cinquante ? Hors de question. Il nous faut au moins cent. Au moins.

Tout en parlant, Gail passa en revue la pile de courrier qu'elle n'avait pas eu le temps de regarder le vendredi. Elle n'aurait pas été surprise d'apprendre que l'avocat à l'autre bout du fil était en train de signer des conclusions pendant qu'il expliquait à Gail que son client, une compagnie d'assurances, n'avait pas à débourser plus de cinquante mille dollars pour un traumatisme du genou, même s'il ne croyait pas à ce qu'il disait.

Quand Gail aperçut la réceptionniste sur le seuil, elle lui fit signe d'entrer.

— Elle a besoin d'une opération du genou et de rééducation. Pour elle, c'est la fin de vingt ans de carrière.

Lynn, qui avait quelques chèques à lui faire signer, attendit devant le bureau qu'elle ait terminé.

— Tiens-moi au courant, et vite, parce que je suis prête pour le procès… Super. À bientôt, alors.

Gail fit pivoter son fauteuil et raccrocha.

— Ouf ! Je pense qu'on va décrocher un accord à l'amiable pour Zimmerman.

— Félicitations.

— Voyons voir. S'ils nous donnent cent mille…

Elle consulta la liste des frais qu'elle avait avancés dans l'affaire.

— Un tiers, plus le remboursement… Ça fait dans les trente-huit mille dollars. Vous savez quoi, Lynn ? Avant, je faisais la fine bouche sur les affaires de préjudice corporel, mais je n'avais pas encore mon propre cabinet, à l'époque, dit Gail en décapuchonnant son stylo. Maintenant, je demande juste s'il y a une assurance dans le coup.

Comme Lynn la regardait de travers, elle précisa :

— Je plaisante. Je vous assure.

— Oh !

Lynn Dobbert n'avait pas l'éclat de la secrétaire à plein temps de Gail, Miriam Ruiz, mais elle travaillait dur et se plaignait rarement. L'activité du cabinet justifiait le recours à une personne supplémentaire, mais pour chaque rentrée d'argent, Gail avait l'impression qu'il en sortait autant.

D'ordinaire, elle n'interrompait pas son travail pour signer des chèques, mais Miriam l'avait rappelée à l'ordre : il fallait qu'ils partent le jour même, car la plupart des factures auraient déjà dû être réglées.

L'argent d'une transaction était arrivé avec trois semaines de retard, et les fonds ne seraient pas disponibles avant mercredi. Gail n'aimait guère les chèques de cavalerie, mais juin avait très mal commencé, et la décision du juge dans le dossier Sweet n'avait pas arrangé les choses. Si l'affaire Zimmerman se réglait, ça irait mieux ; pour un temps au moins.

La ligne interne sonna, Gail décrocha et Miriam l'informa que Charlie Jenkins était en ligne.

— Qui ? Ah oui !

Elle pivota et appuya sur un bouton.

— Merci d'avoir rappelé, monsieur Jenkins. Vous vous souvenez de moi ? Je vis dans le Grove, Clematis Street. Vous avez réparé mon évier la semaine dernière, et des toilettes aussi… Eh bien, j'ai une nouvelle urgence. Il n'y a plus d'électricité dans la cuisine. Vous faites aussi les interventions de ce genre, non ?

Il l'assura une nouvelle fois qu'il faisait tout.

Charlie Jenkins, un barbu brun, courtaud et bedonnant, avait remarqué l'état de la maison de Gail un mois plus tôt, tandis qu'il passait au volant de sa camionnette. Il lui avait dit qu'il travaillait pour les Cabrera. « Je fais tout : menuiserie, électricité, plomberie. » Gail lui avait menti, affirmant qu'elle passait par un entrepreneur, mais Jenkins avait sorti une carte de sa poche de poitrine en l'assurant qu'il prenait moins, quel que soit le prix fixé par l'autre. Il avait souri, montrant ses fossettes. « Et en plus, je parle anglais. » Gail avait jeté la carte dans un tiroir et l'avait oubliée jusqu'au fameux dimanche où elle n'avait pu trouver un plombier agréé prêt à déboucher ses toilettes pour un prix raisonnable. Le matin même, juste avant de partir au travail, elle avait laissé un message à deux électriciens à propos de ce problème de cuisine, mais aucun n'avait rappelé. Du coup, elle avait contacté Jenkins.

— Un disjoncteur différentiel… ? Non, il y a des fusibles, et ils ont l'air en bon état… Oui, je sais qu'on devrait tout refaire, mais pour l'instant, j'ai juste besoin d'un réfrigérateur qui marche et de lumière dans la cuisine… À 17 heures, je ne pourrai pas être là avant. D'accord, à tout à l'heure donc. Et merci.

Elle raccrocha et s'empara du chèque suivant.

— La pauvre Karen est descendue chercher du lait la nuit dernière et zzzzzt !

— Il faut faire attention, avec l'électricité, dit Lynn. Tom a essayé d'installer une prise supplémentaire dans la chambre des garçons, et il s'est pris une sacrée décharge.

Gail sourit.

— Je serai prudente.

La ligne interne sonna de nouveau.

— Oui, Miriam ?

Jamie Sweet la rappelait, ligne deux.

— Merci, je la prends.

Gail invita Lynn à s'asseoir une minute.

— Jamie ? Ici Gail.

Elle lui expliqua qu'elle avait parlé à Anthony pendant le week-end.

— Il m'a demandé d'attendre pour parler à Harry. Il veut d'abord négocier une réduction de peine avec les procureurs. À mon avis, il prend un peu trop de précautions, mais Harry est son client, et c'est lui qui décide. Mais ne vous inquiétez pas. On a encore du temps.

Un éclat de rire étouffé, celui d'un enfant, retentit à l'autre bout du fil.

— Ricky, repose-moi ça ! cria Jamie. Excusez-moi une seconde, Gail.

Ricky était le numéro trois, le petit dernier. En fond sonore, Gail entendit un talk-show, couvert par la voix de sa cliente.

— Tu restes ici jusqu'à ce que je raccroche.

Quelques instants plus tard, Jamie reprit, un peu essoufflée :

— Je suis désolée. Vous parliez d'Harry…

— Oui. Je vais devoir attendre une semaine pour discuter avec lui.

— Pas de problème. (Soupir.) C'est peut-être pas la peine de le déranger, de toute façon.

Rires et applaudissements du public à la télévision.

— Jamie ?

— Je suis là. Wendell est passé hier avec l'argent pour les gosses.

— L'ordonnance dit qu'il est censé l'envoyer, pas l'apporter lui-même. J'espère qu'il ne vous a pas causé d'ennuis, ajouta Gail.

— Non, pas du tout, il a juste joué avec les gamins. Il a réparé la cabane dans l'arbre. Ils se sont pris une bonne suée, alors Becky l'a arrosé avec le tuyau, et ils se sont bien marrés avec ça. C'est là que Bobby est venu me dire : « Maman, papa peut rester manger avec nous ? »

Gail eut un rire incrédule.

— Jamie, on n'autorise pas un mari dont on est séparée à traîner chez soi.

— Mais il était gentil, et les gosses voulaient qu'il reste. Gail, je vous jure, on aurait dit le Wendell d'avant.

— Le Wendell d'avant vous battait.

— En fait… on en a parlé, de ça. Il a pleuré. J'arrivais pas à y croire. J'ai pleuré aussi, Gail. Il a dit que moi et les enfants, on lui manquait beaucoup…

— Arrêtez, Jamie. Vous ne voyez pas ce qu'il est en train de faire ? On l'a bien maté au tribunal vendredi, et maintenant il essaye de s'en tirer. Je vous assure qu'il ne s'est pas repenti par miracle.

— Mais il est pas totalement mauvais, sinon, je serais pas restée si longtemps avec lui.

— Vous êtes restée parce que vous aviez trois enfants et pas de diplôme. Wendell Sweet est un salaud de manipulateur. Ne vous faites pas avoir. On a déjà prouvé qu'il avait menti aux impôts. Il a la pétoche qu'on trouve autre chose… Les revenus qu'il n'a pas déclarés, par exemple. Il a peur d'être obligé de vous en reverser une partie, à vous et aux enfants.

Jamie Sweet se mit à pleurer.

— Oh, Jamie, je suis désolée. Attendons de voir ce que nous dit Harry, d'accord ? Et on examinera les documents de Wendell ensemble. Quand il viendra chercher les enfants, arrangez-vous pour qu'il ne reste pas plus d'une minute. Juste : « Salut Wendell, voilà les enfants, n'oublie pas de les ramener à l'heure. » Le mieux, c'est d'avoir une amie avec vous quand il passera. Si jamais il a des remarques à faire, qu'il appelle son avocat, et son avocat m'appellera. C'est comme ça qu'il faut procéder. Jamie ?

Une voix ressemblant à un couinement étranglé lui répondit :

— Tout ça me fatigue à en mourir.

— Je sais ce que c'est. J'ai divorcé, moi aussi, et c'est dur. Il faut être courageuse. Si vous le laissez revenir, ce sera pire. Allez, Jamie, ne baissez pas les bras maintenant. Tout va bien se passer.

Gail murmura d'autres paroles de réconfort ; finalement, Jamie lui promit de dire à Wendell que son avocate lui avait interdit de lui parler. Gail raccrocha.

— Parfois, on a envie de crier à certains clients : réveillez-vous !

— Elle veut le reprendre ? demanda Lynn en se levant.

Gail se tourna vers son ordinateur.

— Non, ce qu'elle veut, c'est que tout ça soit terminé. Voilà comment elle se débarrassait de ses problèmes, avant. Elle faisait ce qu'il lui disait.

Le dossier Sweet s'afficha sur son écran. Gail tapa un petit mémo, puis le code indiquant *entretien tél./client*. Douze minutes apparaîtraient sur la prochaine note.

— Ça m'étonnerait que je récupère quoi que ce soit là-dessus, marmonna-t-elle.

— S'ils se remettent ensemble, je parie qu'il ne paiera pas les frais d'avocat. Vous serez obligée de lui faire un procès.

— J'en ai bien peur. J'ai plus de vingt mille dollars de frais dans cette affaire. Les gens trouvent les honoraires trop élevés, mais ils ne se rendent pas compte du travail qu'on fournit. (Sa main se transforma en pistolet.) Laisse ma cliente tranquille, sale voyou, j'ai un loyer à payer. Je plaisantais, ajouta Gail en regardant Lynn.

— J'avais compris.

Lynn lui passa le dernier chèque et attendit qu'elle le signe avant de les rassembler en une pile parfaite. Les ongles courts et non vernis, elle ne portait qu'une alliance et une montre bon marché. Vêtue très simplement pour travailler, elle laissait ses cheveux blonds et raides lui encadrer le visage. Son seul maquillage était un peu de fard à joues sur des pommettes hautes, presque slaves. Deux mois plus tôt, quand Miriam l'avait rencontrée à la cafétéria, Lynn était intérimaire. Gail avait besoin de renfort, mais ce salaire supplémentaire commençait à peser lourd.

— Gail ? Si ça ne pose pas de problème, je peux venir jeudi à la place de vendredi ? L'animateur du centre aéré m'a dit qu'ils avaient besoin de parents pour encadrer une sortie au Metrozoo.

— Vérifiez l'emploi du temps. Ça devrait aller, je pense.

Lynn travaillait trois jours fixes par semaine, mais demandait parfois à changer pour convenance personnelle.

— Il faudra amener les garçons, un de ces jours. J'aimerais beaucoup les rencontrer.

— Bonne idée. Mais ils ne sont pas toujours faciles.

— Attendez, Lynn.

Celle-ci se retourna sur le pas de la porte.

— Il y a eu des coups de fil bizarres, dernièrement ? Des gens qui raccrochent brutalement ou qui ne laissent pas leur nom ?

La jeune femme écarquilla les yeux.

— Non, pourquoi ? Vous avez reçu un appel de ce genre ?

Gail haussa les épaules.

— Pas ici, mais j'ai eu quelques coups de fil tordus à la maison.

La veille, le boîtier avait de nouveau indiqué : CABINE PUBLIQUE, et elle n'avait pas décroché, après avoir purement et simplement interdit à Karen de répondre au téléphone.

— Et qu'est-ce qu'on vous a dit ?

— Eh bien… rien qui vaille la peine d'être répété. Ce sont sûrement des gamins. Je devrais les ignorer.

— Surtout pas ! Les gens sont cinglés, surtout à Miami. Quelqu'un vous harcèle peut-être. Tom n'aime pas que je sorte le soir, et il vérifie toujours si la maison est bien fermée. Dans notre quartier, une femme s'est fait poignarder par un homme qui l'avait suivie jusque chez elle. Vous devriez prévenir la police.

Gail acquiesça. Quel que soit le sujet, Lynn Dobbert avait toujours une catastrophe à raconter.

Martelant son bureau de son stylo, elle considéra le téléphone avant de composer le numéro de Jamie. Un répondeur se mit en route, provoquant chez elle un accès de détresse.

— Oui, Jamie, c'est encore Gail. Je voulais juste m'assurer que tout allait bien. Si vous avez besoin de me parler, n'hésitez pas : appelez-moi. À n'importe quelle heure.

Après avoir cherché sans succès un conseil avisé à lui prodiguer, elle raccrocha. Se souvenant du conseil de Charlene Marks, elle se moqua d'elle-même. « Tu dois maintenir une certaine distance entre le client et toi. Tu n'es ni leur copine ni leur mère. »

Entendant un clic, elle se retourna. Miriam était entrée, refermant la porte derrière elle. Visiblement, quelque chose l'avait mise en rogne.

— *¿ Qué pasa ?* demanda Gail.

Les feuilles que tenait Miriam s'agitèrent lorsqu'elle tendit le bras pour les lui montrer.

— Regardez ça. Regardez ce qu'elle a fait ! Elle a mis South Miami Motors à la place de South Miami Hardware sur la requête. Et je viens d'appeler le coursier ! Il faut que ce soit déposé au tribunal cet après-midi.

— Eh bien, dites-lui de recommencer.

— Pourquoi l'avez-vous donné à Lynn ?

— Vous étiez partie déjeuner, Miriam, et ça n'avait pas l'air trop compliqué.

— Elle n'a pas encore compris comment ça fonctionne, elle est tellement lente !

— Inexpérimentée, pas lente.

La bouche fardée de rouge qui s'était ouverte pour émettre une nouvelle plainte laissa échapper un long soupir.

— Vous avez raison.

Miriam n'avait que vingt-deux ans, mais elle avait assuré le secrétariat de Gail pendant trois ans chez Hartwell, Black & Robineau. Gail l'avait débauchée en lui accordant les mêmes avantages sociaux et une augmentation, et elle prenait son ancienneté très au sérieux.

— Au fait, quelqu'un a laissé un message.

La fiche rose que lui tendit vivement Miriam indiquait qu'Elena Godoy pouvait la retrouver chez Lola Benitez Couture samedi matin à 10 heures. Merci de confirmer.

Gail posa le message à côté du téléphone.

— Elena Pedrosa Godoy est une cousine d'Anthony. Elle veut m'aider à choisir une robe de mariée.

Miriam eut un sourire de gamine ravie.

— Qu'est-ce que j'ai hâte de la voir ! Elle sera comment ?

— Je ne peux pas porter de blanc, alors plutôt une tenue longue dans les tons pastel, j'imagine. Pour Karen, ça va être plus dur. Est-ce qu'elle acceptera de porter une robe ?

— Elle va être adorable.

— Ma petite demoiselle d'honneur. C'est un des neveux d'Anthony qui portera les alliances.

— Et qui va se charger des *hadas* ?

Gail répéta le mot lentement.

— Adas ?

— *Hadas*. Avec un « h » muet. C'est comme… de l'argent. Des petites pièces.

— Je n'en ai jamais entendu parler.

— Si, si ! Après les alliances, le marié offre les *hadas* à son épouse. Elle tend les mains comme ça, il ouvre la petite boîte, prend les pièces, et les lui donne. C'est une façon de dire, « je m'occuperai toujours de toi, tout ce qui m'appartient est à toi ». C'est une coutume des mariages cubains. Et de tous les mariages hispaniques, j'imagine.

Gail sourit.

— C'est charmant. Je ne sais pas si c'est très approprié pour Anthony et moi, mais c'est charmant. Ah là là ! On aurait déjà dû choisir les textes, pour la cérémonie, mais on est tellement pris ! Peut-être qu'on s'en tiendra aux trucs classiques. Comment ça s'est passé pour vous ?

— Si seulement je vous avais connue à l'époque, je vous aurais invitée ! On s'est mariés à l'église San Lazaro de Hialeah. Moi, j'avais une longue robe en satin avec une traîne, et Danny portait un smoking blanc. On a eu les *hadas*, le *lazo*, et nos mères ont épinglé la *mantilla* sur nos épaules. Puis on nous a conduits à la salle des banquets en limousine blanche. Il faudrait que je vous montre la vidéo ! Toute la famille et tous nos amis étaient là, et on avait un DJ et une boule à facettes au plafond ! (Elle rit.) J'ai d'abord dansé avec mon père. *Papi* n'arrêtait pas de sourire. Ensuite, il m'a confiée à Danny, et on a dansé ensemble. Tout était parfait. On a fait la fête jusqu'à une heure du matin, et après, on est allés dans un hôtel de Miami Beach.

Avec un petit rire, Miriam mit la main sur sa bouche.

— Et là, Danny était tellement fatigué qu'il s'est endormi ! On n'a pas… enfin bref, on n'a pas fait l'amour avant le matin, mais à ce moment-là le soleil se levait au-dessus de l'océan et on a entendu les vagues et les mouettes.

— À vous entendre, c'était merveilleux.

— Ça l'était. Vous savez qu'on a conçu Berto pendant notre voyage de noces ? C'était une sacrée surprise ! Danny veut m'emmener à Hawaii, comme ça on aura peut-être des jumeaux !

Miriam ramassa les papiers qu'elle avait apportés.

— Bon, il vaudrait mieux que je refasse ça avant l'arrivée du coursier.

Gail la regarda partir en souriant. Miriam et Danny étaient bénis, à la différence de Wendell et Jamie Sweet, dont l'union avait été maudite dès le début. Depuis l'échec de son propre mariage, Gail en était arrivée à la conclusion que rien n'aurait pu le sauver parce que la passion n'était pas au rendez-vous. Dave et elle n'avaient pas été des amants, mais deux personnes vivant sous le même toit. Avec Anthony… Gail ferma les yeux et appuya son menton sur son poing. Avec Anthony, il n'y avait aucune échappatoire possible. Leur séparation lui semblait inconcevable. Impensable. Elle se souvint des paroles qu'il avait prononcées avec une assurance exaspérante chez ses grands-parents : « Je trouverais un moyen de te garder. » Et ses yeux sombres qui la fixaient. Elle avait ri, mais s'il avait ouvert les bras, elle aurait refait l'amour avec lui.

Gail eut un sursaut en s'apercevant qu'il était déjà 15 h 30 ; l'après-midi s'était envolé, ou presque.

Elle s'attaqua aux lettres des avocats qui avaient répondu à son annonce dans la *Business Review*. La plupart écrivaient bien et avaient joint de solides CV, mais tous sans exception voulaient être embauchés ; salariés. Or l'annonce disait clairement : *bureaux à partager*. Désespoir dans les rangs, trop d'avocats. Gail se félicitait de ses relations. Si son cabinet coulait, elle pourrait retrouver du travail. Mais ce serait un emploi salarié, pas son affaire à elle.

Elle tapa rapidement une lettre de remerciement type, à charge pour Miriam de personnaliser chacune des réponses. La ligne interne sonna et Gail décrocha sans quitter l'écran des yeux.

— Oui ?

Lynn l'informa que Mme Sweet était en ligne.

Si Gail avait espéré que Jamie suivrait son conseil, il devint vite évident qu'elle s'était trompée. Entre deux sanglots, la jeune femme lui apprit que Wendell venait de partir. Ils étaient montés pour parler, espérant arranger les choses entre eux, au lieu de quoi ils s'étaient disputés. Il lui avait dit qu'ils n'en seraient pas là si elle ne s'était pas laissé bourrer le crâne par son avocate. Puis il l'avait accusée en hurlant de lui prendre ses enfants, de s'acharner à lui bousiller la vie, et de lui voler son argent comme la petite pute qu'elle était avant leur rencontre. Sur le même ton, elle lui avait ordonné de se tirer, et il l'avait frappée.

— Mon Dieu, Jamie ! Ça va ?

— J'ai la lèvre fendue, mais c'est ma faute. Je lui ai crié dessus et je l'ai insulté.

— Ce n'est pas votre faute ! Je veux que vous appeliez la police. On va porter ça devant le juge.

— Non, Gail, ne faites pas ça, s'il vous plaît.

— Jamie…

— Je… je n'en peux plus. Si y avait pas les enfants, je me flinguerais, je vous le jure.

— Jamie, je vous en prie…

— Est-ce que… je ne veux pas vous embêter, Gail, mais est-ce que vous pourriez passer ? S'il vous plaît, dit-elle en sanglotant. Je ne sais plus quoi faire.

— Bien sûr. Bien sûr que je vais passer.

Gail examina rapidement son bureau, décidant de ce qu'elle pouvait laisser et de ce qu'elle devait emporter. Elle feuilleta son agenda : un client n'allait pas tarder, mais on pouvait déplacer le rendez-vous. En fourrant les dossiers et son ordinateur portable dans sa serviette, elle cala le téléphone sous son menton et s'exprima de son ton le plus calme.

— Jamie, je ne veux pas que vous vous inquiétiez. J'arrive. Vous avez du thé ? Parfait. On discutera autour d'un thé. Je serai là dans un quart d'heure. Si Wendell revient, ne le laissez pas entrer.

— Il ne reviendra pas. Je lui ai dit que s'il remettait les pieds ici, je le descendrais, ce salopard.

— Je pars maintenant, déclara Gail en attrapant son sac à main.

Dans le couloir, elle jeta un œil à sa montre : 16 h 15. Il fallait qu'elle appelle le centre aéré pour que Karen prenne le bus ; il la déposerait à 17 h 30 devant chez elle. Gail ne serait sans doute pas rentrée, mais sa fille avait une clé et savait qu'elle devait rester à la maison. À 18 h 30, Anthony les emmènerait pour une courte visite à son grand-père, et ensuite ils iraient dîner. Gail ne pouvait donc pas s'attarder chez Jamie.

Miriam était devant la photocopieuse, et Lynn installée au bureau derrière la vitre en verre dépoli du guichet qui donnait sur la salle d'attente. Quand elles relevèrent la tête, Gail leur raconta ce qui s'était passé.

Elle s'apprêtait à franchir le seuil lorsqu'elle se souvint du réparateur.

— Et merde !

Revenant en arrière, elle demanda une volontaire.

— Il va arriver à 17 heures, et je ne peux pas annuler.

Après une discussion rapide pour comparer leurs emplois du temps respectifs, Lynn accepta d'y aller ; elle prendrait la clé de Miriam.

— Je le paierai à mon retour, dit Gail. Je serai là entre 17 h 30 et 18 heures. Vous pourriez garder un œil sur Karen, aussi ?

Lynn se leva et joignit nerveusement les mains.

— Faites attention, Gail. Et si jamais Wendell revient et qu'il est armé ?

— Je lui tirerai dessus avec l'arme de Jamie.

7

Wendell Sweet avait frappé sa femme au visage. Elle avait la lèvre supérieure enflée, des bleus sur les bras et une bosse sur la tête car il l'avait poussée contre le mur de leur chambre.

Explorant avec précaution l'épaisse chevelure rousse de Jamie, Gail trouva la bosse. Jamie avait eu beau l'assurer qu'elle allait bien, elle avait préféré vérifier par elle-même. Gail ne comprenait pas son refus de porter plainte : elle aurait voulu que Jamie soit aussi furieuse qu'elle. C'était comme si Wendell avait vidé tout l'oxygène de la pièce, laissant sa femme sans force et prise de vertige.

Tête baissée, elle était assise sur une ottomane couverte de satin dans une chambre à la décoration kitsch. La moquette était jonchée de jouets et de livres d'images.

— Je vais *bien*, répéta Jamie.

S'écartant de Gail, elle se lissa les cheveux. Ses yeux bleus étaient gonflés par les pleurs et barbouillés de mascara. Elle but une nouvelle gorgée de thé. Gail avait laissé le sien sur la commode : il était trop peu infusé et déjà froid. Frustrée, elle répliqua :

— C'est faux. Il vient de vous frapper. Je devrais déposer une requête pour non-exécution d'une ordonnance du tribunal.

— C'est à moi de décider !

— Il ne faut pas avoir peur de Wendell. Un petit séjour en prison ne lui ferait pas de mal.

— Non ! Je ne veux pas que mes gosses sachent… (Elle eut un hoquet.) Qu'ils sachent que la police est venue arrêter leur papa.

— Mais Jamie, il vaudrait mieux qu'ils voient que la justice ne le laisse pas s'en tirer quand…

— Ne venez pas me dire ce qui est mieux ! Mon père était en prison. Je sais ce que ça fait. (Jamie leva les mains.) Je suis désolée, Gail, vraiment désolée. J'ai la tête à l'envers, là.

Gail arpentait lentement la pièce ; ses talons faillirent se prendre dans la moquette épaisse. Les yeux sur Jamie, elle se demandait comment l'obliger à écouter. Inutile de lui seriner : « Je vous avais bien dit de ne pas le laisser entrer. »

— L'accord doit être approuvé par le juge. Il empêchera Wendell de dicter ses termes.

— Si je continue à lui mettre la pression, il risque de m'envoyer paître et de quitter le pays. Et moi, alors, qu'est-ce que je deviendrais ? Je dois rembourser près de cinq mille dollars par mois pour la maison. J'ai tellement de retard qu'ils vont finir par me flanquer dehors.

— Ça n'arrivera pas, je vous le promets. Wendell ne va pas s'en tirer comme ça. Sans vous, il serait encore monteur de derricks. Vous avez travaillé très dur pour qu'il fasse ses études, et maintenant c'est à lui de s'occuper de vous. Il y est légalement obligé, et vous n'avez aucune raison de vous sentir coupable.

— Wendell dit qu'il n'a pas les moyens de nous garder ici, moi et les gosses, ni de nous faire vivre aussi bien qu'avant.

— Il vous ment.

— Mais la maison est si grande ! Je n'y arrive pas.

Dans les miroirs de la penderie, Gail aperçut le reflet de deux femmes : l'une en mouvement, l'autre prostrée, la tête entre les mains. Elle alla s'agenouiller près de Jamie et lui dit d'une voix douce :

— Très bien. Pour le moment, vous avez l'impression d'avoir la tête sous l'eau. Vous devriez peut-être chercher un autre endroit. Pas de piscine à entretenir, un jardin plus petit. Mais le choix du quartier est important, pour les enfants.

Avec un sourire mal assuré, Jamie releva la tête. Ses yeux étaient brillants de larmes.

— Vous voulez en entendre une bien bonne ? Pendant qu'on discutait, moi et Wendell, avant qu'on commence à s'engueuler, il a dit qu'il m'aimait encore.

Gail lui prit la main.

— Faire du mal à quelqu'un, ce n'est pas un acte d'amour. Un homme qui vous frappe au visage ne vous aime pas.

— Mais il m'aimait avant. Et moi aussi. (Sa voix était rauque d'émotion.) Pourquoi l'amour a disparu ? Et puis d'abord, est-ce qu'il a vraiment existé ?

— Je n'en sais rien, répondit Gail en secouant la tête. Les gens changent.

L'attention de Jamie se porta sur quelque chose à l'autre bout de la pièce et elle s'essuya rapidement les yeux. Gail se retourna et aperçut un petit visage à la porte. Elle se releva.

— Coucou, ma puce ! Viens par ici, mon bébé.

Une petite fille entra timidement, marchant en crabe comme pour échapper au regard de Gail.

— Je te présente mon amie, Gail. Elle mord pas, tu sais.

La fillette grimpa sur les genoux de sa mère et posa la tête contre sa poitrine. Elle suçotait le bout de son index, et ses lèvres étaient soulignées de rouge comme si elle avait bu du Kool-Aid ; elle avait les mains et les genoux sales, et les cheveux noirs de son père. Gail connaissait son âge : cinq ans. La cadette.

— Bonjour, lui dit-elle en souriant. C'est toi, Becky ?

— Tu dis pas bonjour, trésor ?

— Non.

Jamie démêla doucement les boucles de l'enfant.

— Parfois, j'ai envie de rentrer chez moi. Une petite ville, ce serait mieux pour les gamins. J'aime pas tellement Miami. Il fait trop chaud. Et puis, j'en ai marre d'entendre parler espagnol à longueur de journée. Je suis désolée de dire ça, parce que je sais que vous êtes fiancée à un Cubain. J'ai fait sa connaissance quand il est venu au bureau d'Harry. Je vous l'avais dit ? Il est bel homme, et il a toujours été très poli avec moi.

Jamie continua à caresser les cheveux de sa fille.

— Vous avez de la chance, de divorcer et d'avoir un homme comme ça qui vous attend. En plus, vous avez une bonne situation. Regardez-moi. J'ai même pas terminé le lycée. J'étais jolie avant, vous savez. Les hommes se battaient pour moi. (Elle rit.) Je suis plus si jolie, maintenant.

— Bien sûr que si. Vous devez avoir confiance en vous, Jamie.

Celle-ci lui lança un regard perçant : « Que savez-vous de la souffrance ? » semblait-elle dire.

L'horloge du couloir annonça l'heure en égrenant cinq notes mélodieuses. Il lui restait si peu de temps ! Gail était arrivée l'épée au poing, prête à défendre sa cliente, mais s'était retrouvée enlisée dans un marécage de léthargie et de désespoir, à traîner Jamie derrière elle comme un poids mort. Elle était frustrée par l'ambivalence de la jeune femme et par sa propre incapacité à la convaincre.

— Becky n'aimerait pas retourner jouer un peu ? demanda-t-elle avec un sourire à la petite.

— Bien sûr. Becky chérie, tu veux bien aller voir si Ricky fait la sieste ? Après, tu pourras regarder une cassette avec Bobby. Allez, va.

La fillette enfouit son visage entre les seins de Jamie.

— Maman doit parler à la dame. S'il te plaît ! Je viendrai te voir dans un petit moment.

— Je veux pas.

— Ne m'oblige pas à compter jusqu'à trois.

Avec un regard hostile à l'intruse, Becky abandonna les genoux de sa mère et se précipita dans le couloir. S'assurant qu'elle était bien partie, Gail laissa quand même la porte ouverte pour guetter les éventuelles catastrophes. Quand elle posa les yeux sur Jamie, celle-ci, debout devant sa commode, déplaçait des flacons de parfum. Le plateau du meuble était presque entièrement masqué par un peignoir en soie, une pile de CD, des camions-jouets, des verres et des tasses vides.

— Vous savez ce qu'a dit Wendell ? Il a dit que… si je le laissais revenir, il se pourrait bien que ça puisse remarcher, entre nous.

— Oh, Jamie !

— Mon papa était alcoolique. Maman l'a fichu dehors quand j'avais douze ans. On l'a pas revu souvent après ça. Sept gosses, qu'on était. Il voulait revenir, mais elle, elle a jamais voulu. J'ai un frère qui a fait de la prison, et les deux autres ne valent pas grand-chose. Y a que la petite dernière qui s'en est bien sortie.

— Tout ça parce que votre père n'était pas là ?

Gail s'approcha et désigna le reflet de Jamie dans le miroir.

— Regardez votre lèvre. Qu'est-ce que Becky peut en déduire sur le rôle d'un père ? Qu'est-ce que ça lui apprend sur la relation entre un mari et sa femme ?

Quand Jamie baissa les yeux et se mit à arranger les vêtements en désordre sur la commode, Gail comprit qu'elle l'avait perdue.

On sonna à la porte. Jamie traversa la chambre et écarta le rideau. Dans l'allée circulaire, Gail aperçut sa propre voiture ainsi qu'une Lincoln d'un rouge éclatant.

— Qui est-ce ?

— Harry.

Des deux index, Jamie frotta le mascara sous ses yeux.

— Bon sang, j'ai une tête affreuse.

— Harry Lasko ? Que fait-il ici ?

— Je lui ai laissé un message pour lui dire ce qu'avait fait Wendell.

Comme on sonnait de nouveau, Jamie se rua hors de la pièce et Gail la suivit dans l'escalier. Pieds nus sur le sol en marbre de l'entrée, la jeune femme tira son tee-shirt rose sur son jean.

Quand elle ouvrit, la lumière de l'après-midi pénétra à flots, embrasant ses cheveux.

— Salut, poupée, murmura une voix d'homme.

— Harry, fallait pas venir !

— Bien sûr que si. Laisse-moi te regarder. Ohhh, le salopard !

Les mots étaient à peine audibles.

— Tu as de la compagnie ?

— Mon avocate. Entre vite, tout l'air froid s'en va.

Quand il s'exécuta, Gail découvrit un homme grand et maigre aux épaules un peu tombantes qui portait une chemise de golf d'un bleu délavé et un short à carreaux. Les verres de ses lunettes de soleil s'éclaircirent, révélant des sourcils en bataille qui surplombaient des yeux inquisiteurs couleur noisette. Son crâne dégarni luisait et des boucles blanches lui effleuraient le col. Autour de son cou brillait une chaîne en or.

— Gail Connor, Harry Lasko.

— Enchantée, dit Gail en tendant la main.

— Anthony Quintana m'avait dit que vous étiez jolie. Il a menti. Vous êtes superbe.

Son large sourire lui creusait les joues.

— Harry est un sacré dragueur !

Jamie lui sourit avant de l'entraîner vers le séjour.

— Allez, viens t'asseoir.

Gail les suivit avec hésitation, partagée entre le manque de temps et la curiosité. Elle ne voyait aucun mal à discuter avec Lasko avant l'accord sur sa peine, mais Anthony était souvent tellement strict concernant ses clients qu'elle préférait éviter les histoires à ce sujet.

Harry Lasko repéra les coussins du canapé, qui avaient servi à ériger un fort. La moquette était couverte de Lego, de cubes, de vêtements de Barbie et de biscuits.

— Nom de Dieu ! Les Indiens n'y sont pas allés de main morte, ici ! Ils ont ligoté l'employée de maison dans le placard ?

— Non, elle est partie. (Jamie eut un petit rire.) Dis donc, c'est pour me voir que tu es venu, ou pour le ménage ?

Il l'observa un moment, puis il éclata de rire et ouvrit largement les bras.

— Qu'est-ce que ça peut bien faire ?

— Tu as raison. On s'en fout.

Le visage de Jamie disparut une seconde dans sa chemise bleue.

— Je suis contente de te voir.

— Et moi, je suis un fumier de ne pas venir plus souvent.

Lasko prit la main de Jamie dans les siennes.

— Ça va, mon ange ? Je m'attendais à tomber sur les flics.

— Je les ai pas appelés. Tu bois quelque chose ?

— Pourquoi t'as pas appelé la police ?

Elle haussa une épaule.

— J'avais pas envie. De toute façon, j'ai pas l'intention de parler de Wendell, de moi ou de mon foutu mariage.

Lasko regarda Gail en fronçant les sourcils.

— Ce conseil ne vient pas de vous, j'espère ?

Gail fit non de la tête.

— C'est Jamie qui a pris cette décision.

Et elle en resta là. Si Jamie ne souhaitait pas donner d'explication, son avocate ne pouvait pas parler à sa place. Elle jeta un œil à sa montre : 17 h 25. Karen n'allait pas tarder à rentrer, Lynn surveillait le réparateur, et Anthony arriverait à 18 h 30. Il ne fallait pas qu'elle parte à la dernière minute.

Avec un sourire, elle tendit la main.

— Monsieur Lasko, ça m'ennuie de vous quitter si vite, mais il faut que j'y aille…

— Vous n'avez pas cinq minutes ? demanda-t-il en lui donnant une petite tape sur l'épaule. Je comptais réclamer un verre au barman. Pas vous ?

Sentant qu'il désirait lui parler, Gail hésita.

— Deux minutes alors. Mais rien pour moi.

— Une vodka-tonic, chérie, et vas-y mollo sur les glaçons.

Quand Jamie disparut dans le couloir, Lasko proposa :

— Allons nous promener un peu. J'ai besoin de fumer.

Il conduisit Gail au salon, dont les baies vitrées ouvraient sur une terrasse, et s'effaça pour la laisser passer. Des ventilateurs à hélice tournaient sous l'avant-toit. L'air était étouffant. Lasko examina la pelouse grillée et envahie de mauvaises herbes. Les algues avaient pris la piscine d'assaut. Apparemment, Jamie n'avait plus de jardinier ni d'employé pour la piscine.

Lasko sortit un briquet en or et un paquet de cigarettes de la poche de son short.

— Je ne savais pas que c'était à ce point. Qu'est-ce qui se passe, exactement ?

— Jamie en discutera avec vous, si elle le souhaite.

— Quelle discrétion ! C'est une vertu, chez un avocat.

Il alluma sa cigarette. Il portait une Rolex au poignet. Ses verres étaient redevenus sombres, mais il la regardait.

— Je suppose que vous connaissez ma situation, dit-il en soufflant la fumée.

Elle choisit soigneusement ses mots avant de répondre.

— Je ne connais pas les détails. Si la discrétion est une vertu, alors Anthony est un saint.

— Saint Anthony !

Harry Lasko eut un petit rire qui se prolongea en sourire.

— Je vais aller en taule. La seule question, c'est : pour combien j'en prends ? À Quintana d'arranger ça. En attendant, je liquide mes affaires. Je passe du temps avec ma famille : ma femme, mon fils, ma fille, mes petits-enfants. Fantastiques, ces gosses ! Ils ont promis d'écrire. Combien de personnes qui vivent en Floride habitent près de leurs petits-enfants, hein ? Il faut que je voie les choses sous cet angle. J'ai quelques amis, aussi. Jamie en fait partie. J'aimerais l'aider, si je peux.

— Vous m'en voyez ravie, parce qu'elle a besoin de votre aide, là.

À l'ouest, le ciel semblait meurtri. Il régnait une chaleur lourde et humide : la pluie n'était pas loin. Gail ôta sa veste couleur beurre frais assortie à sa robe et la posa sur un fauteuil de la véranda.

— Quelle petite idiote ! s'exclama Harry en tirant sur sa cigarette. Elle ne me demande jamais rien, ne parle jamais de ses problèmes. Écoutez, Gail. Faites au mieux pour elle. Jamie n'a pas besoin de subir un procès. Il n'y a qu'une solution : un accord à l'amiable. Rapide, pour que ça ne saigne pas trop.

— Allez dire ça à Wendell.

— Wendell et moi, on ne se parle pas. Jamie vous doit vingt mille dollars d'honoraires, pas vrai ? Oh, ce n'est pas un reproche. Les avocats sont chers, je suis bien placé pour le savoir. J'en fais mon affaire, si vous voulez. Sérieux.

— Non. Quand j'ai dit que votre aide lui serait précieuse, je ne pensais pas à l'argent. Je suis presque sûre que le juge condamnera Wendell à payer les frais.

« Incroyable », songea Gail. Une arrestation pour blanchiment d'argent entraînait généralement la saisie de tous les biens de l'accusé, et pourtant Harry Lasko venait de lui proposer vingt mille dollars. Visiblement, l'État était passé à côté de quelque chose.

— Jamie m'a dit qu'elle vous avait rencontré à Bonaire.

— Exact. J'avais un hôtel là-bas. Wendell et moi, on était amis depuis un moment. On allait pêcher en haute mer, on jouait un peu dans les casinos. Du coup, je l'ai invité avec sa femme et ses gosses. Avec Jamie, ça a collé tout de suite. Bon sang, en boîte, on est montés sur scène et on a fait du karaoké ensemble. C'était d'enfer ! Quand Jamie et Wendell ont commencé à avoir des problèmes, elle m'a demandé si j'avais besoin de quelqu'un dans mes bureaux de Miami, et j'ai dit pas de problème. C'est une fille extra. Et cet accent ! Quand les latinos entraient, ils demandaient : « Mais d'où elle vient ? Qu'est-ce qu'elle a dit ? »

Les bambous d'un carillon éolien suspendu à un arbre s'entrechoquèrent. Pressée par le temps, Gail dit :

— Il faudrait que j'y aille.

— Jamie m'a appelé, ce week-end. Vous avez des questions sur les revenus de Wendell.

— Et votre avocat ne veut pas que je vous parle avant qu'il ait négocié avec les procureurs.

— Pourquoi ?

Ne voulant pas avoir l'air de critiquer Anthony, Gail hésita.

— Il est prudent.

— Prudent ? Il se prend pour ma mère, oui ! Jamie dit que ça l'aiderait si vous pouviez dire au juge que Wendell a de l'argent à l'étranger.

— Monsieur Lasko…

— Je ne vous demande pas de parler, contentez-vous d'écoutez. Au fait, appelez-moi Harry. Wendell et moi, on a fait des investissements ensemble. Quelques terrains, des émeraudes, rien de bien compliqué. Il y a environ deux ans, on a acheté le casino d'Eagle Beach à Aruba, et, l'été dernier, on l'a revendu à des investisseurs du Venezuela. Wendell s'est fait près d'un million de dollars sur ce coup-là. Alors ne laissez pas ce serpent dire qu'il ne peut pas entretenir Jamie et les gosses.

— Où est l'argent ?

— À Aruba, je suppose, puisque c'était pratique, mais vous n'obtiendrez rien de ce côté-là. Les banquiers ne sont pas bavards, là-bas.

— Jamie ne sait rien de tout ça, n'est-ce pas ?

— Pas par moi, en tout cas. Je n'ai jamais parlé affaires avec Jamie, même quand elle travaillait pour moi. Les fédéraux l'ont interrogée, mais elle n'était au courant de rien.

Il examina le bout de sa cigarette, qu'il fit rouler entre ses doigts.

— Et c'est une bonne chose. Ils l'auraient alignée, elle aussi.

Se rappelant certaines paroles d'Anthony, Gail demanda :

— Wendell est impliqué dans quoi d'autre ? Il a des amis dans le cartel ?

Les verres jaunes des lunettes d'Harry ne dissimulaient pas complètement ses yeux, qui semblaient jauger Gail.

— Dans cette partie du monde, si on évolue parmi les gens friqués, on en rencontre forcément qui sont là-dedans. Vous voulez savoir s'il s'est fait de l'argent avec ça. Je ne crois pas. C'est une profession à très haut risque pour un Américain.

Il y avait autre chose derrière, Gail le sentait, mais Lasko n'en dirait pas plus.

— Le mois prochain, il va y avoir une audience pour réviser le montant de la pension alimentaire et autres contributions pour les enfants. Votre déposition pourrait être utile à Jamie. Vous n'êtes pas obligé d'entrer dans les détails, simplement dire que Wendell a gagné de l'argent avec Eagle Beach, et combien…

— Ce n'est pas une bonne idée. Répétez simplement au juge ce que je vous ai dit. Prenez-le à part et dites-lui.

— C'est interdit, répliqua Gail en secouant la tête.

— Interdit. (Un gloussement gronda dans sa poitrine.) Certaines choses doivent être faites, Gail. Excusez-moi, mais les règles, on s'en contrefout ! Vous êtes avocate, vous avez une mission à remplir. Si vous suivez cette putain de procédure à la lettre, vous rentrerez bredouille, n'oubliez pas ça.

— Que fait Wendell, à part conseiller les compagnies pétrolières ?

— Eh bien, il joue les intermédiaires. Par exemple, quand je l'ai rencontré, il y a quatre ans, il travaillait comme consultant pour une société de forage à côté de Houston. Ils ont passé quelques jours dans mon hôtel à Curaçao et je crois qu'ils sont allés pêcher avec le frère du gars qui s'occupe des droits sur les gisements pétroliers des côtes du Venezuela. Wendell a touché une commission pour avoir négocié ce que la société de forage allait verser au frère du politicien en question.

— Il a négocié un pot-de-vin ?

— Ils appellent ça le prix du business. Dans un deuxième temps, Wendell a mis en contact la société texane avec une société vénézuélienne en proposant une joint-venture. Ça s'est conclu et il a touché sa part, et il a encore touché quand le pétrole est arrivé. Il s'est fait de l'argent, et il m'a demandé où le placer. En toute discrétion, bien sûr.

— Il voulait une banque qui ne signalerait pas ses dépôts à l'administration fiscale.

— Tout juste. Il a rapatrié une partie de ses revenus seulement.

Et Harry Lasko en avait sans doute fait autant. Gail garda ses questions pour elle : il y avait peu de chance qu'il lui donne autre chose à se mettre sous la dent.

Elle s'aperçut que le ciel s'était assombri ; le carillon faisait du raffut.

— Je vous ai mise dans une situation délicate à l'égard de Quintana ? On n'est pas obligés de lui en parler.

Harry leva les mains, paumes vers le haut, visiblement désireux de lui rendre service.

— Merci, mais Anthony et moi, on aime bien jouer franc-jeu. Il ne sera pas ravi, mais quand une tuile vous tombe dessus, qu'est-ce qu'on fait ?

— On fait avec.

Harry lui adressa un clin d'œil et un grand sourire.

Gail saisit sa veste tout en se demandant comment elle allait présenter la chose à Anthony. « Ce n'est pas ma faute. C'est Harry Lasko qui a mis le sujet sur le tapis… »

Au lieu de retourner à l'intérieur comme elle en avait eu l'intention, elle se tourna vers lui.

— Vous avez déjà entendu parler de l'Old Island Club, Harry ? C'est à Saint Thomas, mais je ne me souviens plus où précisément.

— Sur Sapphire Beach. Bien sûr que je connais l'Island Club. Vous y êtes allée ?

— Non, j'en ai juste entendu parler. C'est comment ?

— Je crois qu'il a été construit avec le bois d'une vieille épave. À marée haute, les vagues arrivent juste sous les fenêtres. Ils ont une grande terrasse en caillebotis, et ils font rôtir des cochons à la broche.

— Ça a du succès ?

— Ah oui ! Il faut aimer les touristes. J'y allais quand c'était encore un repaire de marins. C'est toujours sympa.

Lasko tira une dernière bouffée et lâcha sa cigarette dans une jardinière pleine de philodendrons desséchés.

Ils traversèrent la terrasse. À l'intérieur, Jamie sirotait un verre.

— Comment vous êtes-vous lancé dans les hôtels ?

Il fit coulisser la baie vitrée.

— Mon père avait un hôtel à Baltimore, mais c'était Las Vegas qui m'attirait. J'y suis allé dans les années cinquante, quand ça commençait à bouger. Je m'occupais des tables de black-jack, de poker et de dés. J'ai acheté mon premier hôtel à Nassau avec ma femme, Edie. Je l'ai rencontrée à Vegas. C'était une danseuse de music-hall, à l'époque. Qu'est-ce qu'elle dansait bien ! Et quelle paire de jambes !

Il prit le verre que Jamie lui tendait.

— Tu as vu ma femme, Jamie. Elle a pas la plus belle paire de jambes du monde ? Et quand elle était plus jeune, des seins comme des melons. Je vous gêne, Gail ?

— Non, Harry, répondit-elle en souriant.

— Edie était blonde platinée, et grande comme vous. Et intelligente avec ça ! Quand j'ai débarqué à Vegas, j'étais un bleu. Je rêvais d'être comique, c'est dire si j'étais con. Edie a eu pitié de moi. Elle m'a montré les ficelles, m'a appris qui était qui. Elle me trouvait même drôle. Quand elle riait, j'étais au paradis.

Harry tapota le bras de Jamie.

— Viens par ici, toi. T'as besoin de rigoler.

— C'est sûr.

Elle se pelotonna au bout du canapé en rotin, et Harry s'installa à côté d'elle.

— Vous savez, au début, je n'invitais jamais Edie, parce qu'elle sortait avec Joe Angionelli, un type de Chicago qui était là pour garder un œil sur le casino.

Si vous touchiez à sa nana, adieu la vie. Et voilà qu'un jour, en rentrant chez moi, je me fais klaxonner, et je vois la voiture de Joe, une Cadillac décapotable de 1958, blanche avec intérieur en cuir rouge, avec Edie au volant. « Allons-y », qu'elle me fait. « Où ça ? » « Pique-niquer. » Je repère un panier derrière. Puis elle se pousse sur le côté et elle me dit de prendre le volant. « Quoi ? T'es pas folle ? Moi, conduire cette voiture ? » « C'est bon, qu'elle fait, Joe est à Los Angeles jusqu'à demain, et je lui dirai rien. » Elle met ses lunettes de soleil et son écharpe, et nous voilà partis dans le désert à toute berzingue, avec la poussière qui fait de la fumée derrière nous. Je veux dire, me v'là au volant de la caisse flambant neuve d'un gros bras de la mafia, avec cette sublime pépée à mes côtés. On se fait un petit dîner sympa près d'un lac, on boit un peu, on va nager. Le soleil se couche, les étoiles s'allument. Ah, ces étoiles ! On ne les voit pas aussi bien d'ici, mais ouah ! Qu'est-ce que j'étais amoureux ! On a allumé la radio et on a dansé sur une vieille chanson un peu guimauve, *It had to be you*, qui est bien sûr devenue notre chanson. Edie aime toujours que je la lui chante. J'ai l'impression qu'elle m'entend, je vous assure.

Harry Lasko but une gorgée et reprit :

— Bref, au retour, je donne un coup de volant pour éviter un truc sur la route, j'envoie la bagnole dans le fossé et je bousille le devant. Edie me répète : « T'inquiète pas, on trouvera quelque chose. » Un Indien nous prend en stop dans son pick-up, et je ne pense qu'à une chose : je suis mort. Joe va rentrer à Vegas, et je vais y passer. Mais ce qui est dingue, c'est que, cette nuit-là, le FBI l'a arrêté à Los Angeles. Le lendemain, Joe appelle Edie pour lui dire d'amener la caisse parce qu'il va être relâché sous caution, et elle lui dit : « Joe, il y a plus de bagnole. » « Comment ça, plus de bagnole ? Où est ma putain de caisse ? » « Les fédéraux l'ont prise. Ces fils de pute sont venus et ils l'ont embarquée ! »

Gail s'esclaffa avec les autres. Rejetant la tête en arrière, Jamie hulula, les épaules secouées de rire.

Harry retrouva son sérieux.

— Ce soir-là, on a quitté Vegas sans un regard en arrière. On a fait notre chemin jusqu'aux Bahamas et on a acheté un petit hôtel, puis un plus grand, puis deux à la Jamaïque. On a fait le tour de toutes les îles. Edie adorait cette eau, transparente et bleue. On ne s'est pas ennuyés tous les deux.

Comme il fixait le fond de son verre, Jamie posa la main sur son poignet. Il la tapota avant d'avaler une nouvelle gorgée.

Un peu déconcertée, Gail les dévisagea tour à tour.

— Je parle déjà d'elle au passé. Edie vit toujours, mais elle a la maladie d'Alzheimer, et elle ne me reconnaît plus. Quand j'irai en prison, elle ne s'en apercevra même pas. On pourrait dire que c'est une chance.

— Oh ! Je vois.

Gail sentit l'affreuse ironie de la situation peser sur sa poitrine.

— J'aurais bien aimé connaître Edie… avant, dit Jamie.

— Vous auriez été de grandes copines.

— T'es un type bien, Harry.

— Va dire ça au FBI.

Les larmes brillèrent dans les yeux de la jeune femme.

— Qu'est-ce que je vais devenir, quand tu seras parti ?

— Je ne vais pas mourir, bon sang. Je vais juste m'absenter un peu.

Lasko posa son verre sur la table basse et se leva. Il se mit à danser sur un air lent au rythme jazzy que Gail n'avait jamais entendu. Tout en fredonnant il fit un pas et tourna, une main sur la poitrine, l'autre tendue.

— Viens par ici. (Il faisait signe à Jamie.) Danse avec moi.

— Non, Harry…

— Oui, Harry, oui, Harry.

Il la tira de son siège en chantonnant et la fit tourner sous son bras dans un sens puis dans l'autre. Ses seins lourds ballottaient sous le tee-shirt rose. Quand Harry la fit basculer en arrière, Jamie poussa un cri perçant, mais il ne la lâcha pas.

— Cette fille sait danser !

— J'ai tout perdu ! s'exclama-t-elle en riant.

— Mais non, on n'oublie jamais. Tu sais bouger, poupée.

Remuant les épaules, Harry se mit à claquer des doigts en rythme. La lumière se reflétait sur les montures de ses lunettes.

— « Quand je t'ai embrassée, hé hé, la première fois, c'était la plus belle… »

Sa partenaire se mit à rire de plaisir, et Gail se rendit compte qu'elle souriait. Harry se balançait avec Jamie et fredonnait la mélodie d'une voix rendue rauque par des années d'alcool et de cigarettes.

— Pourquoi Wendell était pas gentil avec moi, Harry ? Je lui en demandais pas plus. J'aurais jamais voulu divorcer, s'il avait été gentil avec moi.

— Wendell est un con. Tu trouveras mieux un jour.

— Tu crois ?

— Je te mentirais ? À toi ?

— Y a rien de plus terrifiant, Harry.

— Si, poupée, il y a pire.

— C'est possible, reconnut-elle en souriant.

— Sûr et certain.

Il se remit à chanter en enlaçant Jamie, et celle-ci appuya le front sur son épaule. Elle sanglota tandis qu'il la berçait.

— « Et tu m'as dit, je t'aime, bébé. Oh, qu'est-ce qu'on s'est, qu'est-ce qu'on s'est bien amusés. »

8

Gail quitta la maison de Jamie Sweet à 17 h 45, sous une pluie battante. Après avoir claqué sa portière, elle lança son parapluie sur le plancher, côté passager. S'arrêtant juste avant de franchir les grilles, tandis que les essuie-glaces balayaient des trombes d'eau du pare-brise, elle sélectionna le numéro du bureau d'Anthony.

M. Quintana était avec un client.

— Dites-lui que j'ai pris du retard, s'il vous plaît. On se retrouvera à l'hôpital.

Les phares allumés, elle conduisit aussi vite que la prudence le lui permettait dans les rues résidentielles étroites, fonçant dans les flaques et contournant vivement des feuilles de palmier. Elle s'engagea sur l'US 1, l'artère principale qui traversait le sud du comté. Huit cents mètres plus loin, elle pila quand des feux arrière s'allumèrent sous ses yeux. Coincée sur la voie du milieu derrière une camionnette de livraison, elle n'avait aucun moyen de savoir ce qui bloquait la circulation.

Elle appela chez elle.

— Allô, Lynn ? C'est moi, je suis coincée dans un embouteillage. Il doit y avoir un accident. Je vais être en retard, je suis vraiment désolée.

Lynn la rassura : elle téléphonerait à son mari pour lui dire d'emmener les garçons manger une pizza. Karen était en train de prendre un bain, et le réparateur avait presque terminé. Gail lui demanda de rappeler à Karen qu'elles devaient rendre visite au grand-père d'Anthony avant d'aller dîner tous les trois.

— Dites-lui de s'habiller correctement.

Elle ajouta qu'il y avait de l'argent dans un tiroir de la cuisine ; Lynn n'avait qu'à s'en servir pour payer l'électricien.

Les chiffres bleus de l'horloge indiquaient 18 h 02. Aux éclairs succéda le fracas du tonnerre : en été, les orages étaient violents mais courts.

Gail se mit à penser à Jamie Sweet. Sa psychologie lui échappait. En l'espace de dix minutes, les sentiments de la jeune femme à l'égard de Wendell étaient passés de la haine à l'amour, puis elle s'était montrée prête à accepter n'importe quel compromis pour en finir, donnant l'impression qu'elle préférait se noyer plutôt que de continuer le combat.

— Espèce de salaud ! s'exclama Gail à voix haute.

Si Harry Lasko disait vrai, Wendell avait au moins un million de dollars dans une banque offshore. Le tout, c'était d'en apporter la preuve : le juge n'avait que faire de simples suppositions. Les documents supplémentaires qui devaient lui être transmis vendredi seraient peut-être utiles, mais elle souhaitait avoir un nouvel entretien avec Harry dès qu'elle aurait mis les choses au point avec Anthony.

Avant de rencontrer Harry Lasko, Gail se moquait bien qu'il aille ou non en prison mais à présent, cette idée lui était insupportable. Elle voulait qu'Anthony le sauve. « Fais quelque chose, pensa-t-elle. Ne le laisse pas mourir derrière les barreaux. »

Quand Gail tourna dans Clematis Street, elle aperçut un groupe d'ados devant le muret en pierre des Cunningham. Vêtu d'un short large et d'un tee-shirt trop grand pour lui, Payton chevauchait son VTT ; sa sœur coiffait une copine, et deux garçons chahutaient. Comme Gail approchait, ils se rangèrent sur le côté pour la laisser passer. C'est alors qu'elle repéra Karen : en pantalon pattes d'éph taille basse et petit haut lui découvrant le nombril, elle était assise sur le muret et balançait les pieds. Sautant à terre, elle traversa la rue sans hâte. Gail lui fit les gros yeux puis amorça un virage pour s'engager dans l'allée.

Elle dut y renoncer : la vieille Toyota de Lynn Dobbert et une camionnette d'un vert passé – qu'elle identifia comme celle du réparateur, Charlie Jenkins – s'y trouvaient déjà. Elle se gara donc à côté d'une palette de tuiles à moitié vide. Les couvreurs auraient dû achever les réparations le jour même, mais, apparemment, ils avaient eu mieux à faire.

Serviette en main et sac sur l'épaule, Gail attendit Karen – cheveux lâchés et frange dans les yeux –, qui prenait son temps. Elle avait beau être de la même taille que les autres filles, elle était trop jeune pour fréquenter ce groupe.

— Il vient d'où, ce rouge à lèvres ? demanda Gail en remarquant sa bouche.

— C'est celui de Jennifer.

— De toute façon, qu'est-ce que tu fais là ? Tu es toujours privée de sortie, tu sais.

Elle eut droit à un haussement d'épaules.

— Bon, on verra ça après. Va te changer, et dépêche-toi. On est déjà en retard.

— Papa va venir me chercher, je l'ai appelé, annonça Karen.

Gail eut un rire incrédule.

— Eh bien, tu n'as qu'à décommander, répliqua-t-elle en se dirigeant vers la maison. Allez, viens.

Immobile, Karen croisa les bras.

— Je ne veux pas venir avec toi.

— Pardon ?

— Tu m'as mis la honte, maman. Tu as dit à la mère de Payton qu'il t'avait appelée pour te dire des trucs dégueulasses.

Gail jeta un œil aux ados, qui observaient la scène avec avidité. Peggy Cunningham avait déformé ses propos.

— On en reparlera plus tard. Rentre, s'il te plaît. Tout de suite.

Elle monta les deux marches du perron et vit Lynn Dobbert debout derrière la moustiquaire.

— Mademoiselle Connor, j'ai dit à Karen de mettre une jolie tenue comme vous me l'aviez demandé, mais elle n'a pas voulu.

Lynn s'écarta pour les laisser entrer.

— Je ne savais pas qu'elle avait appelé son père.

Karen leva les yeux au ciel et envoya ses cheveux en arrière.

— Je suis vraiment désolée, Lynn. Je vous prie de l'excuser pour son comportement.

Gail laissa tomber sa serviette et son sac sur le canapé.

— Monte ! ordonna-t-elle à Karen. Allez !

— Papa va arriver !

— On lui laissera un mot.

À ce moment-là, un homme barbu sortit de la cuisine ; il portait un jean et des bottes de travail tachées de peinture. Son ventre surplombait largement une ceinture à outils en cuir éraflé.

— Voilà, votre problème d'électricité est résolu, déclara Charlie Jenkins.

Lynn tira des billets de la poche de son pantalon et les tendit à Gail.

— C'est tout ce que j'ai trouvé, soixante-trois dollars. Il en veut cent vingt-cinq.

Abasourdie, Gail le dévisagea.

— Pourquoi donc ?

Jenkins prit un air outragé.

— C'est le tarif habituel. Au moins cinquante pour le déplacement, plus vingt-cinq par demi-heure. Ça m'a pris du temps.

— OK, dit Gail en levant les mains. Est-ce que tout fonctionne ?

— Comme neuf, répondit-il en désignant la cuisine.

Lynn et Karen à la remorque, elle alla se rendre compte par elle-même. Jenkins ouvrit le réfrigérateur. La lumière s'allumait, et le moteur ronronnait docilement. Il appuya ensuite sur un interrupteur pour tester le plafonnier.

— C'est bon ?

Gail acquiesça avec lassitude. Elle vit Karen – qui tenait Missy sous le ventre – sortir une boîte d'aliments pour chaton d'un placard ; l'animal n'avait certainement pas faim.

— C'était quoi, le problème ? demanda-t-elle à Jenkins.

— Un court-circuit dans le mur. J'ai dû remplacer le fil. Vous avez ces vieux fils gainés de tissu. Il a dû être rongé par quelque chose, un rat sûrement. Vous le saurez dans un jour ou deux, ils pourrissent assez vite avec cette chaleur.

— Super !

En allant fouiller dans son sac, Gail trouva vingt dollars. Elle les posa sur la table de la cuisine et ajouta les autres billets.

— Ça fait quatre-vingt-trois. Allez, Charlie, laissez-moi vous faire un chèque pour une fois.

Il aspira l'air à travers ses dents.

— Eh bien, vous connaissez ma règle, mademoiselle Connor. Je ne prends que le liquide.

— Mais vous pourrez l'échanger contre des espèces.

— Je déteste les banques. Je déteste faire la queue là-bas dedans.

— Pourquoi moi ? Pourquoi maintenant ? Je devrais être au Mercy Hospital en train de rendre visite à quelqu'un.

— J'ai un peu d'argent, intervint Lynn.

— C'est vrai ? Vous voulez bien… ?

Charlie Jenkins sortit son carnet de reçus.

— C'est votre jour de chance.

Il se pencha au-dessus de la table et commença à écrire.

On sonna. Karen se rua dans le séjour. Une seconde plus tard, sa voix aiguë retentit :

— Papa est là. À tout à l'heure, m'man !

— Une minute, Karen ! Lynn, prenez le reçu, d'accord ? Karen !

Gail se précipita à son tour. Dans l'entrée, elle tomba sur Dave, qui portait sa tenue habituelle : short, chemise Island Club et casquette. Gail l'entraîna sur la véranda et referma la porte, laissant Karen à l'intérieur.

— Je suis désolée, Dave, mais il y a eu un malentendu. Karen n'aurait pas dû t'appeler. On a des projets, pour ce soir.

— Tout ce que je sais, c'est ce qu'elle m'a dit : tu n'étais pas là, elle ne savait pas où te joindre, elle était à la maison avec des inconnus, et « s'il te plaît, papa, viens me chercher ».

— Elle savait parfaitement où j'étais. J'ai eu une urgence avec une cliente. Et ma réceptionniste *n'est pas* une inconnue.

— Qu'est-ce qu'il y a ? Tu ne veux pas qu'elle vienne avec moi ou quoi ?

Gail ferma les yeux un instant.

— Je ne peux pas m'occuper de ça maintenant. Très bien, vas-y, emmène-la.

Quand elle ouvrit la porte, Karen passa devant elle en courant et fit son numéro. Sautant dans les bras de Dave, elle s'écria avec enthousiasme :

— Papa !

— Coucou, princesse.

Après l'avoir fait tourbillonncr, il l'cmbrassa sur la joue et l'orienta vers son pick-up, garé dans la rue.

— Va m'attendre dans le pick-up, ma chérie. Papa veut parler à maman.

Karen leur lança un dernier regard circonspect et traversa la pelouse en zigzaguant parmi les tuiles. Les ados étaient toujours là. Les garçons s'étaient rapprochés du véhicule, un engin flambant neuf, blanc, avec doubles roues arrière et un crochet à bateau. Payton Cunningham tournait en rond sur son vélo et dérapait dans le gravier.

— J'ai pris rendez-vous avec le Dr Fischman pour Karen. Jeudi, à 13 heures. Je peux passer la chercher au centre aéré.

— Tu devais m'appeler, répondit Gail, totalement désarçonnée. Je ne peux pas, jeudi. On était censés se mettre d'accord.

— Quelqu'un a annulé son rendez-vous, et si je ne l'avais pas pris, il aurait fallu attendre encore deux semaines.

— Je n'aime pas l'idée qu'on tire Karen du centre aéré pour la traîner…

— Je ne la traîne nulle part…

— … chez un psychologue qui va la cuisiner sur un choix qu'elle est incapable de faire…

— La cuisiner ? J'ai eu Fischman au téléphone. C'est un mec super, il s'intéresse vraiment aux enfants.

Le visage de Dave s'empourpra, ce qui souligna la blondeur de ses sourcils.

— J'aime Karen. Si j'estimais que ça risque de la traumatiser, je n'approcherais pas de son cabinet.

— Ne lui donne donc pas l'impression que c'est sa faute si elle se retrouve chez lui.

— Rien de tout cela n'est sa faute.

— Je sais bien. C'est la nôtre.

— Fischman veut nous voir, nous aussi. (Il rit doucement.) Je me demande ce que je vais lui raconter. Je ne sais pas s'il faut se mettre à poil devant lui ou quoi.

Bon sang ! S'il me pose la question pour Karen, je ne saurai pas quoi lui répondre.

— Tu n'as qu'à lui dire que tu veux un mode de vie cent pour cent américain pour ta fille, répliqua Gail.

Dave aspira ses lèvres minces et accrocha ses pouces aux passants de son pantalon.

— Moi, je l'emmène jeudi. Tu n'as qu'à te débrouiller.

Gail sentit la chaleur la prendre à la gorge.

— Karen a presque onze ans. Elle va bientôt entrer dans la puberté, et elle a besoin de sa mère. Ce que tu as fait est impardonnable. Elle n'ira pas vivre avec toi, Dave. Je ne le permettrai pas.

Le regard bleu devint glacial.

— Tu ne le permettras pas. Vraiment. Quand Gail Connor veut quelque chose, c'est comme ça et pas autrement. Tu sais quoi ? Karen veut vivre avec son papa chéri. Si elle n'avait pas peur que tu te fiches en rogne, elle te le dirait.

— N'importe quoi !

— Ah ouais ? Nous verrons bien ce qu'en dit Fischman.

Avec un sourire de façade, Dave descendit les marches.

— Je la ramènerai ce soir à 21 h 30. Essaye d'être en bas plutôt qu'au lit avec *el macho*, comme la dernière fois.

— Ah oui ? Va te faire foutre, Dave !

— Très élégant. Tu parles comme ça devant Karen ?

Se détournant, il traversa le jardin et monta dans son véhicule.

Le moteur démarra dans un grondement sourd. Depuis le siège passager, Karen agita la main. Gail en fit autant, avec le sourire, alors qu'elle aurait voulu se laisser tomber sur une chaise de la véranda pour pleurer.

À côté du Mercy Hospital, de style méditerranéen avec un long portique et un toit en tuiles rouges, on avait ajouté un parking de construction moderne. À cette heure de la journée, il était bourré, et Gail mit un moment avant de trouver une place. Elle se rendit au pas de course dans le bâtiment principal par un passage couvert, reprit son souffle dans l'ascenseur et s'arrêta au troisième étage.

Elle consulta sa montre : 19 h 32. Pas terrible, mais pas catastrophique non plus.

Comme elle s'y était attendue, bien que le règlement limite à deux le nombre de visiteurs par patient, les couloirs grouillaient de monde. La plupart des malades étaient cubains, ce qui signifiait que des familles entières défilaient avec de la nourriture et faisaient des allers et retours à la cafétéria pour boire des espressos qui les tiendraient éveillées, car elles ne tenaient pas davantage compte du fait que les visites n'étaient pas autorisées après 20 heures.

Ernesto Pedrosa disposait d'une chambre privée située à un angle. Dans le couloir, Gail tomba sur Betty, une cousine d'Anthony, et elles s'embrassèrent. Betty lui dit qu'Anthony était dans la chambre. Un policier de Miami en uniforme bleu foncé était posté près de la porte, ce que Gail trouva bizarre. Il lui jeta un regard indifférent lorsqu'elle entra.

Tout d'abord, elle n'aperçut que l'extrémité du lit, car la tante Graciela, occupée à arranger un oreiller, lui dissimulait Ernesto Pedrosa. Digna était installée sur un canapé avec des membres de la famille. Au fond de la pièce, un groupe d'hommes discutait à voix basse, la plupart debout, quelques-uns assis. Elle entrevit un pantalon au pli impeccable, une chaussette foncée, et un modèle de chaussure italienne très coûteuse qu'elle reconnut. L'un des hommes s'écarta, et Anthony apparut de profil – long nez, lèvres pleines et cheveux ondulés coiffés en arrière. Son col de chemise était ouvert et sa cravate desserrée. Un coude sur le bras du fauteuil, il parlait avec des gestes lents. L'émeraude qu'il portait à l'auriculaire accrocha la lumière.

Il leva la tête quand un homme en costume sombre s'approcha de lui. Un petit sourire – qui découvrit ses belles dents –, une poignée de main. Pourtant, il ne prit pas la peine de se lever, même pour le maire de Miami. Les deux hommes s'exprimaient dans un espagnol rapide et informel. Cette présence expliquait celle du policier. Le maire, un compatriote, était venu souhaiter bonne chance à Ernesto Pedrosa pour son opération et présenter ses respects à l'héritier du trône.

Soudain, Gail eut envie de vomir. Ce devait être l'aspirine ; elle n'aurait pas dû en prendre à jeun.

La lumière se refléta brusquement dans des lunettes à monture noire qu'elle n'avait pas remarquées en arrivant ; Hector Mesa se pencha pour glisser quelque chose à l'oreille d'Anthony.

Il fallut une seconde à ce dernier pour repérer Gail près de la porte. Pas de sourire, pas de signe l'invitant à se joindre à eux. Il ne la regarda qu'un instant – si bref que personne n'aurait pu s'apercevoir que son attention avait été momentanément distraite – avant de reprendre sa conversation avec le maire.

Cette réaction de rejet la tétanisa, et elle se rendit compte qu'elle s'était figée pendant quelques secondes tandis qu'autour d'elle les gens se comportaient normalement.

Bien qu'elle ne pût le vérifier, Hector Mesa semblait la surveiller. Gail lui tourna brusquement le dos et se fraya un chemin parmi les visiteurs jusqu'à Ernesto Pedrosa.

Assis presque droit, le vieil homme leva une main pâle et tachetée en voyant Gail. Elle la saisit et se pencha pour lui embrasser la joue. On l'avait rasé, et son visage ridé était lisse et doux. Son pyjama, orné d'un motif fleurdelisé et de petits traits bleus, ne venait certainement pas de l'hôpital.

— *¿ Señor, cómo está ?* Je suis absolument désolée d'être en retard. Une cliente a appelé, et elle était tellement bouleversée que j'ai eu peur qu'elle se suicide. Son mari venait de partir après l'avoir frappée, et il fallait que je m'assure qu'elle allait bien. Elle a trois enfants.

Tout en débitant son explication, elle songea que ce n'était pas vraiment à Pedrosa qu'elle s'adressait.

— Tu étais en mission de sauvetage.

Le vieil homme parlait comme si cela lui demandait un effort, mais elle nota qu'il s'appliquait à articuler chaque mot.

— *No te preocupes por...* Ce n'est pas grave, si tu es en retard.

Il déglutit et prit une inspiration.

— Je serai encore là demain.

— C'est une promesse ?

— Oh que oui.

— Vous avez besoin de repos, non ? Il y a tellement de monde ici.

Digna Pedrosa, qui avait rejoint son mari, sourit à Gail.

— Les infirmières ne vont pas tarder à chasser tous les visiteurs.

Une main se posa sur le coude de Gail, et Elena Godoy appuya légèrement sa joue contre la sienne.

— Ah, te voilà, Gail. On commençait à se faire du souci. Alors, comment tu le trouves ? Robuste, hein ?

— Fort comme un tigre.

— Tu as eu mon message, pour Lola Benitez ?

— Oui. Je n'ai pas pu te rappeler, mais samedi me convient, si c'est toujours bon pour toi.

Gail parvint à sourire ; elle n'était pourtant pas d'humeur à parler chiffons.

— Nena voudrait nous accompagner. Ça ne te dérange pas ?

Sans attendre la réponse, Elena interrogea sa grand-mère.

— ¿ Nena, *usted quiere ir con nosotras el sábado, verdad ?*

— *Sí, sí*, j'aimerais beaucoup. Pourquoi ne pas demander à Irene de venir aussi ? Je l'apprécie énormément, mais on ne se voit jamais.

— Elle a dit qu'elle voulait venir.

Gail sentit la légère pression d'un bras contre le sien juste avant qu'Elena ne déclare :

— Anthony, on va aller voir les robes de mariée avec Gail, samedi. Mais tu ne peux pas venir, évidemment. Ça porte malheur, si l'homme voit la robe avant le mariage.

— Dans ce cas, j'attendrai, répondit-il avec un petit haussement d'épaule.

Pedrosa eut un sourire espiègle.

— Les femmes nous font toujours attendre. *Para ponernos deseosos en la noche de boda.*

Pour qu'on se montre fervent lors de la nuit de noces, traduisit Gail.

— *¡ Abuelo !* s'exclama Elena en lui donnant une petite tape sur le poignet.

Anthony regardait Gail.

— Où est Karen ?

— Avec son père.

— Ah !

Il hocha la tête en direction de la porte.

— Tu peux m'accorder une minute ?

— Aïe, aïe, aïe, lança Gail à la cantonade, vous voulez bien nous excuser ? Je crois qu'Anthony veut me crier dessus. Et moi qui fais de mon mieux pour être *cubana*.

Elle l'entendit souffler à travers ses dents.

Les autres échangèrent des regards. Digna haussa ses sourcils argentés et acquiesça discrètement. Gail fit volte-face et se dirigea vers la porte sans vérifier si Anthony la suivait.

Dans le couloir, il lui prit le bras et l'attira tout près de lui afin que personne ne les entende.

— Qu'est-ce qui t'a pris, de dire ça à mes grands-parents ? Quel manque d'égards ! C'était gênant. Pour tout le monde.

— Ah oui ? Autant que la façon dont tu m'as traitée quand je suis arrivée ?

Elle prit une respiration entrecoupée pour relâcher sa tension.

— Je devrais m'en aller.

— Pas tout de suite.

Il l'entraîna plus loin et sourit à quelques personnes sans s'arrêter. Gail fut tentée de se dégager et de s'enfuir en le plantant là. À un tournant se trouvait une chambre inoccupée à deux lits ; ils y pénétrèrent, laissant la porte ouverte. Elle jeta son sac sur une chaise et repoussa ses cheveux des deux mains.

— Qu'est-ce que tu veux ? Que je leur présente des excuses ? Je le ferai si tu…

— Harry Lasko m'a appelé.

Anthony attendit qu'elle ait accusé le coup avant d'ajouter :

— Tu veux savoir ce qu'il a dit ?

Gail laissa tomber ses mains le long de son corps.

— C'est donc pour ça que tu étais furax. J'allais t'en parler.

— Vraiment ?

— Bien sûr que oui ! Mais je n'allais quand même pas t'en parler ici ! Pourquoi en fais-tu tout un plat ?

— Pourquoi j'en fais tout un plat ?

Anthony parlait toujours à voix basse, mais il mangeait ses mots et son accent espagnol devint plus marqué.

— Je t'avais dit que j'étais en pleine négociation avec le bureau du procureur fédéral. Et je t'avais interdit de contacter Harry.

— Je ne l'ai *pas* contacté ! Tu n'étais pas là, Anthony, alors ne viens pas me raconter ce qui s'est passé.

— Tu aurais pu m'appeler ! Tu as un téléphone, non ?

Elle se mit à rire.

— T'appeler ? C'est lui qui a commencé à parler, je ne lui ai rien demandé !

La bouche d'Anthony se crispa, et des ombres passèrent sur ses pommettes.

— Tu n'as pas organisé une rencontre chez Jamie Sweet dans le but de parler à Harry ?

— Si c'est ce qu'il t'a dit, il a menti. Jamie nous a appelés tous les deux cet après-midi, et nous avons décidé chacun de notre côté d'aller voir si elle allait bien. Wendell venait de s'en prendre à elle.

— Tu savais qu'Harry serait là ?

— Ça suffit, Anthony. (Elle haussa la voix.) Ça suffit. Je déteste quand tu fais ça.

Il regarda par-dessus son épaule ; percevant une présence sur le pas de la porte, Gail devina de qui il s'agissait avant même de se retourner.

Hector Mesa fit son petit salut habituel.

— *Señora.* (Puis, à Anthony :) *El señor Gutierrez está aquí.*

— *Momento*, répondit Anthony.

Mesa disparut. Gail tremblait de rage.

— Je ne peux pas dîner avec toi, ce soir. José Gutierrez, l'avocat de mon grand-père, est venu établir une procuration pour le cas où Ernesto serait… temporairement frappé d'incapacité suite à l'opération. Les médecins n'ont pas envisagé cette possibilité, mais il faut parer à toute éventualité.

Gail inspira lentement.

— Et tu vas être désigné pour prendre la suite. Au cas où.

— Oui.

— Tu ne me demandes pas ce que j'en pense ?

Il fronça les sourcils.

— Comment ça ?

— Je suis sûre que ça n'a aucune importance, mais je vais te le dire quand même.

Gail s'accrocha à la barrière de sécurité d'un lit.

— Tu devrais dire à M. Mesa, parce que en tant que conspirateur en chef il est forcément derrière tout ça, que Bernardo peut s'en charger, ou Elena, ou les autres.

— C'est Ernesto qui me l'a demandé en personne. Comment aurais-je pu refuser, alors qu'il va se faire opérer demain ?

Elle se contenta d'en rire.

— Mon Dieu. Tu le veux donc à ce point ? Tu m'avais dit que non, mais je t'ai vu, avec le maire. Tu buvais du petit-lait.

— Qu'est-ce qui te prend, Gail ?

— Tu ne t'en rends même pas compte, mais tu es en train de devenir ce que tu as toujours refusé : une marionnette d'Ernesto Pedrosa.

Ils se dévisagèrent, et le regard glacial d'Anthony la transperça.

— Pourquoi tu ne rentres pas à la maison ? suggéra-t-il doucement. On en reparlera plus tard.

— Plus tard. Mais bien sûr ! Quand ça ? Ce soir, demain ?

— Je serai de retour vers 21 heures.

— Très bien.

Gail ramassa son sac et sortit. Mesa attendait Anthony devant la porte. Les mains vaguement jointes, il inclina la tête.

— *Señora.*

Va te faire foutre, maugréa-t-elle entre ses dents.

Il continua à sourire sous sa moustache grise bien taillée.

Dans l'ascenseur, elle eut du mal à se maîtriser. Les larmes se mirent à couler dès que les portes automatiques s'ouvrirent sur le hall d'entrée. S'essuyant les joues, elle pressa le pas et reprit le passage couvert jusqu'au parking avant de monter lourdement trois volées de marches en béton.

La chaleur et l'humidité l'assaillirent. En sueur, elle passa devant les voitures au pas de course à la recherche de sa Mercedes bleu clair. Sur le point de hurler de frustration, elle monta une autre volée de marches. Rien. Des voitures la dépassèrent, pneus crissant à chaque virage. La puanteur des gaz d'échappement l'assaillit. Elle redescendit à l'étage inférieur, certaine qu'elle n'était pas allée jusqu'au troisième.

Au deuxième niveau, elle pivota lentement, examinant les voitures de la rangée l'une après l'autre. Au moment où la certitude qu'on la lui avait volée l'envahissait, Gail la découvrit.

À présent, elle comprenait pourquoi elle ne l'avait pas vue la première fois. C'était à cause de la couleur. Rouge. Barrant le coffre, des rayures rouges gouttaient lentement sur le revêtement lisse du parking. Les yeux rivés à la voiture, elle s'approcha et, presque mécaniquement, toucha le liquide avant d'examiner la tache sur son index.

Abasourdie, elle se faufila jusqu'au côté conducteur. Encore du rouge, sur le capot, sur les portières, et dans les prises d'air. « Ce n'est pas ma voiture, se répéta-t-elle. C'est celle de quelqu'un d'autre. Personne ne ferait ça à ma voiture. » C'est alors qu'elle reconnut la poignée en bambou du parapluie posé sur le plancher.

— Oh non, oh mon Dieu !

Deux mots avaient été barbouillés dans un coin du pare-brise.

À MORT, écrit en lettres de sang.

9

— La police ne se déplacera jamais pour ça, déclara le vigile en secouant la tête. Ils disent d'envoyer les gens au commissariat.

Installé dans sa voiturette, une basket noire contre le tableau de bord, il attendait la suite des événements. Quelques mètres plus loin, Anthony marchait de long en large et vociférait en espagnol dans son téléphone portable. Dans sa voiture, Gail se faisait toute petite.

Le parking était en train de se vider, et les visages se tournaient pour regarder la Mercedes C280 couverte de peinture et la femme à la robe jaune maculée de rouge.

Voyant ses cheveux en bataille, le mascara qui avait coulé, et les taches rouges sur ses mains, les gens avaient dévisagé Gail quand elle avait regagné l'hôpital. Quelqu'un lui avait demandé si elle était blessée. Avec un signe de dénégation, elle s'était ruée dans l'ascenseur avec une seule idée en tête : rejoindre Anthony. Leur dispute et leur séparation glaciale n'avaient plus d'importance.

L'une des infirmières de Pedrosa avait fait sortir Anthony. En la découvrant, il avait écarquillé les yeux, s'était précipité vers elle et lui avait effleuré le visage et les bras comme si elle risquait de casser. Puis il était rentré un instant dans la chambre de son grand-père. Gail ignorait comment il avait expliqué son brusque départ et, au fond, elle s'en moquait ; Anthony avait pris les choses en main. Quand les gens de la sécurité avaient dit qu'ils étaient terriblement désolés mais qu'ils ne pouvaient rien faire, il avait exigé que la police de Miami dépêche un inspecteur sur place.

— On n'a pas tellement de dégradations, ici, reprit l'agent de sécurité. Des serrures forcées, des antennes cassées, ce genre de truc. En général, ça arrive aux belles voitures. Je vous assure ! Moi, j'ai une Chevrolet Camaro, mais la carrosserie est à refaire alors j'ai jamais eu de problème.

Âgé d'une trentaine d'années, l'homme portait un uniforme ocre et une casquette assortie. Pour se défendre, il ne possédait qu'une lampe torche et un talkie-walkie.

Anthony replia son téléphone.

— Ils arrivent.

Le vigile se redressa.

— Qui, les flics ? Sans blague ! Vous devez connaître quelqu'un là-bas.

Anthony l'ignora. Il dit à Gail qu'il était garé juste en dessous, qu'il voulait remonter sa voiture, et elle l'accompagna. Sa veste sur un bras, il lui passa l'autre autour de la taille. Une brise soufflait une chaleur moite dans le parking, apportant des relents d'algues en décomposition. Après avoir repéré sa voiture, il lui ouvrit la portière et fit le tour. Quand le moteur démarra, la climatisation se mit en marche, et Gail sentit son corps s'enfoncer dans le cuir moelleux du siège.

Anthony lui caressa la joue.

— Ça va mieux, ma chérie ?

— Je n'étais pas sûre que tu viendrais.

— Quoi ? Enfin, quand même !

Il l'enlaça étroitement. Il était solide et chaud, et ses vêtements avaient gardé l'odeur de son parfum.

— Je te demande pardon pour ce que je t'ai dit tout à l'heure. Je n'aurais pas dû me mettre en colère.

Elle s'accrocha à lui.

— Qui peut bien s'acharner contre moi, Anthony ?

Il lui souleva le menton. À l'intérieur de la voiture, ses yeux paraissaient noirs.

— Je te jure que je le retrouverai. Tu aurais dû me parler de ces coups de fil, Gail. Ça ne m'aurait pas dérangé, c'est dingue de ne m'avoir rien dit.

— J'étais persuadée que c'était ce gamin, Payton Cunningham. C'est ce que j'ai cru, au début.

— On va changer de numéro, et je vais engager un détective privé.

Anthony l'embrassa avec douceur.

— Cesse de t'inquiéter.

Le soulagement l'envahit, et elle se mit à pleurer.

— Non, *deja de llorar, cielito*.

Il lui tendit son mouchoir et continua à l'étreindre tandis qu'elle séchait ses yeux. Quand elle lui eut répété au moins trois fois qu'elle allait bien, Anthony passa la marche arrière et recula pour sortir.

Au deuxième niveau, une voiture de police arrivait du côté opposé. Anthony se gara aussitôt et alla à sa rencontre à pied. La vitre descendit, révélant une femme en uniforme ; ses cheveux cuivrés étaient retenus par une pince.

— Il y a un Quintana, ici ?

— Je suis Anthony Quintana.

Le véhicule se rangea en épi et les deux portières s'ouvrirent. La conductrice était de petite taille et son ceinturon remontait haut sur ses hanches ; quant à son coéquipier, il avait des bras énormes qui étaient moulés dans les manches de sa chemise bleu foncé.

Il y eut un crissement de pneus, et une voiture bleue aux vitres teintées s'arrêta derrière le véhicule de police. Deux hommes en chemise de sport et cravate en sortirent, insigne accroché à leur ceinturon.

Le vigile eut un petit rire.

— Alors ça, mec, c'est incroyable !

Le plus âgé des policiers avait des cheveux blonds presque blancs et un cou massif. Des rides profondes couraient de son nez épaté jusqu'aux coins tombants de sa bouche. Il considéra la Mercedes d'un air indifférent. À l'évidence, il n'était pas ravi de se trouver là.

— Je suis l'inspecteur Dennis Ladue, et voici l'inspecteur Novick.

Les présentations ne furent pas suivies de poignées de main.

Ladue fit le tour de la Mercedes.

— Quelqu'un a repeint la voiture de la petite amie, on dirait.

— Il ne s'agit pas d'un acte isolé, inspecteur, intervint Anthony. Nous croyons que c'est lié aux appels anonymes que Mlle Connor a reçus la semaine dernière. On l'a menacée de mort au téléphone.

L'inspecteur pencha la tête et lut l'inscription sur le pare-brise.

— « À mort. » Charmant.

Il désigna le pot de peinture posé près de la roue avant gauche.

— Et voilà le coupable, non ?

— Nous l'avons trouvé près de la voiture, répondit Gail.

Un peu plus tôt, elle avait shooté par accident dans ce pot d'un litre de peinture laquée extra-brillante. Anthony l'avait redressé en le tenant par le bord et lui avait déconseillé d'y toucher. Le couvercle était juste à côté.

— Il faudrait relever les empreintes sur ce pot, dit Anthony. J'aimerais aussi qu'on prenne quelques photos de la voiture. Malheureusement, ils n'ont pas de caméra de surveillance ici, mais quelqu'un a peut-être vu une personne rôder aux alentours du parking.

Un coin de la bouche de Ladue se souleva, dévoilant des dents jaunies de gros fumeur.

— Écoutez, on m'a envoyé ici alors que j'étais en train d'enquêter sur un meurtre, alors j'imagine que vous avez su tirer les bonnes ficelles, mais ne venez pas me dire comment faire mon travail.

— Alors faites-le.

— Je ne sais pas qui vous êtes et je m'en fous, mon pote, alors surveillez vos manières.

— Vous voulez un aperçu de mes manières ?

Gail enfonça les ongles dans le bras d'Anthony.

Après avoir déballé un chewing-gum, le jeune inspecteur l'enroula en spirale serrée et lança :

— Hé, Dennis, il y a un appareil dans le coffre.

— Putain ! OK, vas-y. Parlez-moi de ces coups de fil, enchaîna Ladue en s'adressant à Gail.

— On m'a téléphoné jeudi et vendredi soir depuis une cabine, j'ai vu ça sur mon boîtier. Ça s'est reproduit samedi aussi, mais je n'ai pas décroché.

— Le même numéro ?

— Non. Et la voix était déguisée. Métallique, comme celle d'un robot.

— Ce qui nous conduit à penser que c'est quelqu'un qu'elle connaît, affirma Anthony.

— Oui. Il m'a appelée par mon nom et n'arrêtait pas de me répéter : « Tu vas mourir, sale garce. » Enfin, des choses comme ça.

L'inspecteur Novick, qui était revenu avec un appareil photo et un flash, demanda à tout le monde de s'écarter. Chewing-gum entre les dents de devant, il fit lentement le tour de la voiture en variant les positions et les angles. Le flash illuminait la peinture rouge, la faisant paraître collante et humide.

— Vous avez enregistré les appels ? demanda Ladue.

— Non, mais j'ai gardé les numéros en mémoire, sauf le premier.

— Des cabines ! Ça pourrait être n'importe qui.

— Mais si on pouvait repérer les cabines en question, on saurait où se trouvait la personne quand elle a passé les coups de fil, nota Anthony.

— Combien de temps vous êtes-vous éloignée de votre voiture ?

— Un quart d'heure, environ.

— Pas plus de vingt minutes, confirma Anthony.

— Mademoiselle Connor, qui aurait pu faire ça, d'après vous ? Vous avez des ennemis ? Quelqu'un vous a menacée ?

— Son ex-mari et elle se battent pour la garde de leur enfant, déclara Anthony.

Ladue lui adressa son demi-sourire.

— Pourquoi ne pas la laisser répondre aux questions, monsieur Quintana ? À votre avis, mademoiselle Connor, votre ex est une option ?

— Non, il est avec notre fille en ce moment. Qui aurait pu faire une chose pareille ? Je n'en ai pas la moindre idée.

Elle montra sa main droite, qu'elle était plus ou moins parvenue à nettoyer dans les toilettes de l'hôpital après avoir raconté à Anthony ce qui s'était passé.

— J'ai essayé d'effacer ça de mon pare-brise. (Elle rit.) De la peinture laquée à moitié sèche ! Quand je suis tombée dessus, j'ai complètement flippé. Tout ce que je pensais, c'était : « Ma fille ne doit pas voir ça. »

Anthony l'enlaça.

— Mademoiselle Connor, je comprends que vous soyez bouleversée, malheureusement on ne peut pas grand-chose. On fera un rapport, mais en gros, ça va s'arrêter là.

— Merci d'être venu.

Ladue acquiesça avant de se tourner vers son collègue. Ce dernier avait ramassé le pot de peinture vide avec une serviette en papier.

— Il faut que j'y retourne, Mike. Tu peux finir ici et te faire ramener par les agents ?

— Pas de problème, répondit-il en lâchant le pot dans un sac plastique.

Les deux policiers en uniforme attendaient à côté de leur véhicule.

Ladue sortit une carte de sa poche et la donna à Gail.

— Si jamais il se passe autre chose, n'hésitez pas à appeler.

Il monta dans la voiture banalisée, exécuta un demi-tour serré en faisant crisser les pneus et partit.

Pendant qu'Anthony prenait des dispositions pour faire remorquer la Mercedes, Gail sortit son portable de son sac et composa le numéro de l'appartement de Dave. Elle tomba sur sa messagerie vocale.

— Et merde ! s'exclama-t-elle en raccrochant.

Il était 21 h 10, et Dave avait dit qu'il déposerait Karen à 21 h 30.

L'inspecteur Novick était en train de numéroter les sacs contenant les indices.

— Excusez-moi, dit Gail, on pourrait terminer demain ? Ma fille ne va pas tarder à rentrer et il n'y a personne chez moi.

— Où habitez-vous, mademoiselle Connor ?

— Clematis Street, dans le Grove.

— Ce n'est pas loin. On n'a qu'à faire le rapport chez vous, comme ça je pourrai relever les numéros sur votre boîtier.

Gail hésita.

— Il y a un problème ?

— Non, c'est juste que… mon ex-mari et moi, on a cette… cette histoire de garde, et si la police est là, il risque de se demander ce qui est arrivé. Je ne voudrais pas qu'il croie que ma vie est menacée, si tant est que ce soit le cas. Il pourrait dire que notre fille est en danger. Vous comprenez ?

Derrière les lunettes, les yeux bruns mouchetés de vert étaient demeurés impassibles.

— Très bien. Demain, alors.

D'une voix exaspérée, Anthony était en train de dire à quelqu'un qu'il fallait remorquer la voiture sur-le-champ. Gail secoua la tête.

— Tant pis, allons-y. Il ne me laissera jamais repousser cette affaire jusqu'à demain.

Gail l'aperçut de loin : un pick-up blanc rangé le long de la rue. Il restait juste assez d'espace pour qu'Anthony puisse le contourner et garer son Eldorado dans l'allée. Il n'y avait personne dans le véhicule, mais le séjour et la chambre de Karen étaient éclairés.

— Qu'est-ce qu'il fiche ici ? demanda Anthony.

— Apparemment, ils sont arrivés en avance et Karen l'a fait entrer.

— Il aurait dû attendre dehors.

— Anthony, pas de scène, pour l'amour du ciel ! N'ouvre même pas la bouche.

La voiture de police s'arrêta derrière eux. Les portières claquèrent. La radio de bord émettait un murmure indistinct, et les lampadaires faisaient luire les insignes et le cuir verni des ceinturons. Un voisin qui promenait son chien s'arrêta pour voir ce qui se passait. Gail n'avait pas posé le pied sur une marche que Karen ouvrait la porte. Ses yeux s'arrondirent.

— Pourquoi la police est là, maman ?

— Salut, ma puce. Tout va bien, rentre.

— On va attendre ici, dit Novick.

Dave apparut derrière Karen, les mains sur ses épaules. L'espace d'une seconde, Anthony et lui se défièrent du regard à travers la moustiquaire ; Dave fit un pas en arrière quand Anthony l'ouvrit.

Gail entra la première, et Anthony demeura où il était, tenant la porte ouverte.

— Il n'y avait personne, Gail, et je ne voulais pas laisser Karen toute seule, expliqua Dave.

Ses yeux tombèrent sur sa robe.

— Bon Dieu ! Qu'est-ce que c'est que ça ?

— C'est ma voiture. Un abruti a balancé de la peinture dessus. La police est dehors, et je dois faire une déposition.

Elle traversa la pièce pour poser son sac sur une petite table au pied de l'escalier. Karen la suivit.

— Qui a fait ça ?

— Je n'en sais rien, mon poussin.

— C'est affreux !

— Qu'est-ce que tu veux, il y a des fous partout !

Gail prit sa fille par le cou et l'embrassa. Elle avait les cheveux tièdes et soyeux.

— Je suis contente de te voir, en tout cas.

Anthony n'avait pas bougé.

— Merci d'avoir ramené Karen, lança-t-il.

« Il a parlé poliment, pour Karen », pensa Gail.

— De rien, répondit Dave en le regardant.

Puis, lui tournant le dos, il demanda à voix basse :

— Qu'est-ce qui se passe, Gail ? Il y a trois flics dehors. Pour une simple affaire de vandalisme ?

— Oui. En quoi est-ce bizarre ? Excuse-nous, Dave, mais il faut que je leur parle.

Elle inclina la tête vers la porte. Dave essayait encore de deviner de quoi il retournait. Sans quitter Gail des yeux, il attira Karen à lui, la prenant sous son bras en manière de jeu. Cheveux lâchés, pieds au-dessus du sol, la fillette se mit à rire.

— Dis donc, princesse, pourquoi tu ne viens pas dormir chez papa, ce soir ? Maman a l'air bien occupée, et il faut que tu te lèves tôt demain.

Refrénant son geste, Gail laissa retomber sa main : elle refusait d'engager les hostilités avec son ex.

— Il n'y en a pas pour longtemps, Dave. En plus, Karen est déjà là.

— Et je n'aime pas du tout ce qu'elle voit.

— Papa !

Karen se tortilla jusqu'à ce qu'il la repose ; elle rejeta les cheveux en arrière.

— Je veux rester ici pour aider maman.

— Elle a déjà plein d'aide, on dirait.

— Oui mais moi, je veux rester *ici*.

Sa mâchoire carrée était crispée, et sa voix haut perchée emphatique.

Gail dut se retenir pour ne pas la serrer contre elle à l'étouffer.

— Très bien. On se voit jeudi, alors. N'oublie pas : déjeuner avec papa.

Il embrassa Karen et glissa à Gail :

— Dr Fischman, à 13 heures.

Quand Dave passa devant Anthony, le bref regard qu'ils échangèrent aurait pu geler du métal en fusion. Anthony l'observa à travers la moustiquaire jusqu'à ce que le pick-up démarre.

Les policiers entrèrent, et Karen les dévisagea. L'inspecteur Novick lui sourit.

— Salut, je m'appelle Michael Novick, et voici les agents Hernandez et Robinson. On va essayer de découvrir qui a abîmé la voiture de ta maman.

Gail passa un bras autour d'elle.

— Tu sais, ma puce, je n'ai pas dîné, et j'ai tellement faim que je suis au bord de l'évanouissement. Tu peux m'apporter un jus de fruits ?

Comprenant que c'était une façon de l'éloigner, Karen poussa un soupir théâtral. Elle s'exécuta néanmoins et alla dans la cuisine sans récrimination.

La femme en uniforme portait un bloc-notes.

— Je vais prendre vos noms et adresse. Vous habitez ici, monsieur Quintana ?

— Oui.

Gail fut surprise, mais ne le contredit pas.

— Monsieur Quintana, si vous voulez bien fournir toutes les informations pertinentes aux agents, je vais aller relever les numéros avec Mlle Connor.

Novick était courtois et efficace ; il ne faisait pas semblant pour plaire à Anthony, constata Gail.

— Le boîtier est dans notre chambre, lui expliqua-t-elle en l'invitant à la suivre.

D'une chiquenaude, elle fit basculer un interrupteur qui commandait les vieilles appliques en cuivre dans le couloir du haut.

— Je suis désolée si vous avez l'impression qu'Anthony vous a forcé la main. Il est très inquiet.

— J'aurais fait la même chose à sa place, répondit Novick. Il paraît qu'il est le petit-fils d'Ernesto Pedrosa. Je ne savais pas que Pedrosa était à l'hôpital. Qu'est-ce qui lui arrive ?

— On va lui poser un pacemaker demain matin.

Gail avait laissé une lampe allumée dans la chambre. Le lit était défait, des dossiers éparpillés sur la commode, et des chaussures abandonnées devant le placard ouvert.

— Désolée pour le bazar.

— Pas de problème, répondit-il avec un petit sourire enfantin et complice.

Ses cheveux bruns étaient coupés si court qu'on avait l'impression qu'il s'en était chargé lui-même, à la tondeuse électrique.

Le boîtier, indépendant du téléphone, était posé sur la table de chevet. Après avoir appuyé sur un bouton pour faire défiler les appels entrants, elle regarda de plus près.

— C'est bizarre.

Novick pencha la tête pour voir l'écran.

— Ça dit : pas d'appel.

— Comment se fait-il…

Gail s'aperçut que son radioréveil avait plusieurs heures de retard.

— Ah oui, c'est vrai ! Un électricien a changé des fils dans ma cuisine, aujourd'hui. Il a dû couper le courant.

— Ces machins-là sont censés avoir des batteries de secours, observa Novick.

— Vraiment ? (Gail retourna le boîtier.) Oh, je vois. Eh bien, pas de piles, pas de mémoire. Sur deux des appels au moins, le numéro commençait par 4-4-3.

— C'est l'indicatif de cette zone, Coconut Grove et Coral Gables.

— J'aurais dû les noter.

L'inspecteur demeura silencieux un instant avant de reprendre :

— Vous avez parlé d'une histoire de garde avec votre ex-mari. Vous avez eu des ennuis avec lui ?

— Pas de ce genre-là. Pendant que vous preniez des photos, j'ai expliqué à l'inspecteur Ladue que Dave était avec Karen ce soir. En plus, il ne ferait jamais un truc aussi puéril. S'il voulait se venger, il ferait ce qu'il essaye de faire en ce moment : me prendre ma fille.

— C'est aussi la sienne.

— C'est vrai.

— Se venger de quoi ? D'avoir été plaqué ?

Gail fit non de la tête.

— C'est lui qui a pris l'initiative du divorce.

— À cause de Quintana ?

— Quel rapport avec cette affaire ?

— Si je savais déjà ce qui est lié ou non à cette affaire, je ne poserais pas la question.

Elle ne lut ni curiosité ni jugement sur le visage de l'inspecteur. Ses lunettes lui faisaient plus une tête de prof que de flic.

— Je n'étais pas avec Anthony quand Dave m'a quittée. Ensuite, il a changé d'avis et a voulu revenir, mais c'est moi qui n'ai pas voulu.

— À ce moment-là, vous étiez déjà avec M. Quintana.

— Oui, mais Dave ne m'a jamais menacée. Je veux dire, ce serait bien la dernière personne au monde à balancer de la peinture sur ma voiture.

Novick fit mine d'inspecter ses chaussures.

— Si j'ai appris une chose, c'est bien qu'on ne peut pas toujours prévoir le comportement des gens. Mieux vaut garder l'esprit ouvert. Pensez-vous à quelqu'un qui pourrait avoir des sentiments inamicaux à votre égard ?

L'euphémisme la fit sourire.

— Dans le divorce dont je m'occupe en ce moment, le mari de ma cliente me déteste probablement de toutes ses forces. C'est un homme violent, mais il n'avait aucun moyen de savoir où je me trouvais ce soir. Non, aucun nom ne me vient à l'esprit. C'est d'ailleurs pour ça que c'est tellement exaspérant !

— Il y a toujours une raison.

Désignant le couloir, Novick la laissa passer devant.

— Vous devriez dresser une liste de toutes les personnes qui vous ont témoigné une certaine hostilité, quelle que soit la raison. Vous êtes avocate, non ?

Tout en descendant les marches à sa suite, elle s'autorisa un petit rire.

— Vous croyez que je devrais faire la liste de tous mes adversaires, et aussi de mes clients ?

Il lui sourit par-dessus son épaule.

— Seulement de ceux avec qui vous pourriez être en conflit. J'ai vu que vous faisiez quelques travaux chez vous. Peut-être que vous avez eu des différends avec l'entrepreneur ou l'un des ouvriers.

— Tout le temps.

— Ça peut être n'importe qui. Voisins, proches, ex-amants, collaborateurs, associés. Quelqu'un de votre passé. Il suffit qu'un truc lui fasse brusquement penser à vous, et hop, c'est parti. Ça tourne à l'idée fixe, et on ne peut pas faire grand-chose, à part tenter de découvrir qui est cette personne et ce qu'elle veut.

— J'ai raccroché chaque fois. Est-ce que je dois lui parler s'il rappelle ?

— Moi, je le ferais. Ne montrez aucune émotion. Essayez de comprendre ce qui le pousse à faire ça. Lui ou elle, d'ailleurs. Ça serait très utile. Ce qui compte, c'est le mobile.

Quand ils arrivèrent au bas des marches, Anthony les aperçut et se leva. Il demanda à Karen de rester où elle était et traversa la pièce.

— Vous avez pris les numéros ?

Gail secoua la tête.

— L'électricien a coupé le courant aujourd'hui, et les numéros ont été effacés.

— Quel électricien ?

Elle poussa un soupir de lassitude.

— Tout à l'heure.

— Monsieur Quintana, j'allais dire à Mlle Connor que puisqu'il n'y a pas eu de violence physique, elle ne devrait pas trop s'inquiéter à ce stade. En général, les gens qui ont l'intention de s'en prendre à quelqu'un ne le crient pas sur tous les toits avant, si ça peut vous rassurer.

Novick parlait trop bas pour que Karen l'entende.

— Oui, dit Gail. Merci.

Elle prit la carte qu'il lui tendait : Michael C. Novick, brigade criminelle.

— Tenez-moi au courant. Et achetez des piles pour ce boîtier.

Gail était allongée sur le côté, lovée dans les bras d'Anthony, le dos contre son ventre. Il était entièrement nu, et elle sentait la chaleur de sa peau à travers sa fine chemise de nuit en coton. À sa respiration, elle savait qu'il ne dormait pas. Quand elle lui avait dit qu'elle n'avait pas envie de faire l'amour, il avait été surpris et contrarié, mais n'avait pas insisté.

À travers les stores qui le découpaient en tranches bleu foncé, elle contempla le ciel.

Un peu plus tôt, elle s'était endormie dans la chambre de Karen pendant qu'Anthony prenait une douche. En peignoir et chemise de nuit, elle s'était installée sur le lit pour lire une histoire à sa fille, mais finalement elles avaient regardé Missy jouer avec les orteils de Karen. Lorsqu'elle les agitait sous la couverture, le chaton les suivait de ses grands yeux verts, se préparait à sauter, battait l'air de sa queue et bondissait.

Gail avait expliqué, pour la voiture : des gamins, sans doute ; pas de quoi s'inquiéter. Elle n'avait pas mentionné l'inscription sur le pare-brise. Karen avait pris Missy contre sa poitrine, lui gratouillant le menton à l'endroit où une tache blanche formait un bavoir. Le chaton avait fermé les yeux et ronronné. Gail avait alors évoqué « cette histoire de coups de fil » : elle n'avait jamais accusé ouvertement Payton Cunningham de les avoir passés ; sa mère avait tort d'avoir dit ça. Karen avait demandé qui avait appelé. « Qui sait ? » avait répondu Gail en haussant les épaules. « Mais ne réponds pas au téléphone tant qu'on n'aura pas changé de numéro. »

Ensuite, elle avait pressé la main de sa fille contre sa joue. Ses ongles courts étaient vernis de rose pailleté ; elle portait un bracelet tissé au poignet, et une éraflure au doigt. « Je t'aime, ma douce. » Karen voulait que Gail reste avec elle. « Lis-moi une histoire. » Gail avait ouvert un livre, et Karen s'était pelotonnée contre elle. Au bout d'un moment, le débit de Gail s'était ralenti. Entendant la respiration régulière de sa fille, elle avait fermé les yeux.

Quand elle avait émergé, Anthony était en train de lui chuchoter de se réveiller et de venir se coucher.

Il retira le bras de sous son cou et fit des petits mouvements de poignet pour chasser les fourmis avant de s'appuyer sur son coude. Écartant une mèche de cheveux, il lui embrassa la nuque.

— Tu ne dors pas, Gail.

— Si, je dormais.

Il glissa une main dans l'encolure de sa chemise de nuit et lui caressa doucement le sein. Son mamelon durcit ; il savait comment la toucher.

Elle ôta sa main et la plaça sur sa taille.

— Ne me fais pas ça, *bonboncita*.

Il posa le menton sur son épaule.

— Qu'est-ce qui ne va pas ? *¿ Qué te pasa ?* Ce n'est pas à cause de ta voiture, tu allais bien, tout à l'heure.

Un long soupir lui échappa.

— Je n'arrête pas de repenser à cette scène dans la chambre de ton grand-père, à l'hôpital. Quand je t'ai vu avec ces types, Hector, le maire, et Dieu sait qui d'autre, et que tu m'as regardée de cette façon, si froidement, je me suis dit : « Bon sang, je ne connais pas cet homme. »

— J'ai dit que j'étais désolé, Gail.

— Ah oui ? Eh bien, ça m'a effrayée, cette scène. J'ai pensé : « Et s'il était vraiment comme ça ? »

— De quoi tu parles ?

En riant doucement, Anthony l'obligea à s'allonger sur le dos. Dans la pénombre de la chambre, elle ne distinguait pas son visage au-dessus d'elle. Au plafond, le ventilateur tournait doucement.

— Tu me connais, ma chérie. Ne dis pas des choses pareilles.

— Tu m'as demandé ce qui n'allait pas.

— *Ay, Dios*.

— Anthony, je ne suis pas allée chez Jamie Sweet pour parler à Harry Lasko.

— Je te crois.

Elle se redressa, pivotant pour lui faire face.

— Maintenant, oui. Tout à l'heure, tu pensais que je m'y étais rendue exprès pour parler en cachette à l'un de tes clients alors que tu me l'avais interdit. Tu ne m'as pas posé la question, tu as simplement supposé, acheva Gail.

Collant son oreiller contre la tête de lit, Anthony s'y adossa.

— De toute façon, qu'est-ce que ça peut bien faire, si on a discuté ? reprit-elle. Ma cliente est importante, elle aussi. Si Jamie n'obtient pas rapidement de l'aide, elle risque de se remettre avec Wendell. Il l'a frappée, et ce n'est pas la première fois, mais elle a refusé que j'appelle la police. Elle ne veut pas que ses enfants aient une mauvaise image de leur père. Merde ! Elle est sur le point de craquer. Harry le sait, et il a voulu lui donner un coup de main. Ce n'est tout de même pas si difficile à comprendre !

Devant cette sortie, Anthony ne put que lever les mains comme pour la tenir à distance.

— Très bien, Gail. Je comprends.

Comme elle demeurait silencieuse, il demanda :

— Que t'a dit Harry ?

— Que Wendell avait au moins un million de dollars quelque part dans les Caraïbes, grâce à une affaire qu'ils ont montée ensemble.

— Quelle affaire ?

— Il est resté vague. Un casino sur Eagle Beach, à Aruba. Harry sait d'autres choses sur Wendell, il faut que je le revoie.

Anthony replia un genou. Son visage était toujours dans l'ombre.

— Alors ? insista Gail.

— J'hésite. À force de vouloir être utile, Harry risque de se montrer trop bavard. Il pourrait te fournir des informations susceptibles de se retourner contre lui.

Gail poussa un soupir.

— Je t'écoute, dans ce cas. Donne-moi quelque chose sur quoi m'appuyer. Wendell et Eagle Beach, par exemple. Je ne vais pas me précipiter chez le procureur général, rassure-toi. Tu n'as pas confiance en moi ?

— Si, mais Harry est mon client, et je... (Il soupira.) Je n'ai pas l'habitude de parler de mes clients. Très bien. Je lui demanderai ce qu'il en est. Il ne me raconte pas tout, tu sais. Je n'ai jamais entendu parler de ce deal.

— Interroge-le sur Wendell.

— Je le ferai.

— Quand ?

— Je l'appellerai dans la semaine.

— Mais avant vendredi. Je dois recevoir les papiers de Wendell ce jour-là, et j'ai besoin de savoir où chercher.

— D'accord, d'accord ! *Que pena*. Tu me dépasses. Maintenant, ça suffit.

Se penchant en avant, il lui saisit la main et l'embrassa avant qu'elle n'ait pu la retirer. Il s'était rasé, et sa bouche était douce. Lui écartant les doigts sur son genou, il bougea la cuisse de façon à placer la bague de fiançailles sous un rai de lumière qui fit scintiller la pierre blanche aux reflets bleutés.

— Je crois, *mi vida*, qu'il va falloir que je m'installe ici très vite, sans attendre le mariage. Vivre chacun de notre côté a généré trop de malentendus entre nous.

— Tu as dit à l'inspecteur Novick que tu habitais déjà ici.

— C'est ma maison, répliqua doucement Anthony.

— La nôtre.

— Oui, la nôtre. Tu trouves que ce n'est pas une bonne idée ?

Elle fit non de la tête.

— Karen n'est pas prête.

— Gail, dans moins de deux mois, je dormirai dans ce lit tous les soirs. Elle va devoir s'y faire. Tu la traites comme un bébé, tu la gâtes. J'ai l'impression que tu as peur de commettre une erreur qui la pousse à vouloir vivre chez son père.

— Pas maintenant, Anthony, pas avec cette histoire de garde…

Il eut un petit rire agacé.

— J'en ai assez de laisser cette affaire nous dicter ce qu'on doit faire et quand…

— *Cette affaire*, comme tu dis, concerne ma fille !

Gail retira sa main.

— Jeudi, Dave emmène Karen chez le psy. Toi et moi aussi, on ne va pas tarder à y passer. Oh, bien sûr, si le Dr Fischman rend un avis défavorable, je peux toujours faire appel à un de ses confrères. À une douzaine, même. Sans problème. Mais j'ai la trouille, Anthony. Le juge a désigné cet homme, alors il donnera plus de poids à son opinion. Le juge sait qu'on peut acheter les experts, et il sait que tu as de l'argent. Et que va voir Fischman ? Une femme qui bosse soixante heures par semaine. Et le papa, lui ? Il enseigne le tennis à Karen, fait de la voile avec elle, et lui lit des histoires. Maman n'a pas le temps, maman se met en colère, mais papa, lui, est toujours de bonne humeur.

— Ahhhh, je vois.

Anthony se laissa glisser dans un froissement de draps et s'appuya sur un bras.

— C'est pour ça que tu es d'une humeur massacrante ? demanda-t-il en repoussant les cheveux qui tombaient dans les yeux de Gail.

— Tu ne comprends donc rien !

Gail se mit à trembler, et ça n'avait rien à voir avec l'air qui venait du ventilateur.

— Peut-être qu'il a raison. Peut-être qu'il est meilleur parent que moi. Il est là pour elle, pas moi.

— N'importe quoi ! Qu'en pense Charlene ?

— Selon elle, ce n'est pas du tout cuit.

— Comment ça ?

— Dave peut gagner.

— Tu ne me l'avais pas dit ! Pourquoi ?

Gail lissa les plis de sa chemise de nuit, froissée au niveau des cuisses.

— Je suppose que je ne voulais pas l'admettre. Non, ce n'est pas ça. En fait, mon chéri, tu deviens fou dès que je lâche son nom dans la conversation.

— Vraiment ? Eh bien, c'est peut-être parce que je suis plus lucide que toi, mon amour.

Anthony était en colère, mais sa voix demeurait parfaitement calme.

— Je ne voulais pas t'en parler ce soir, mais tant pis. Tu as dit à Ladue que Dave ne pouvait pas avoir bousillé ta voiture, parce qu'il était avec Karen. Mais il n'était pas avec elle, Gail.

— Comment le sais-tu ? chuchota-t-elle, stupéfaite.

— Elle me l'a dit. J'ai discuté avec elle, pendant que tu étais dans la salle de bains. « Alors, Karen, qu'est-ce que tu as fait, ce soir ? »

Il contrefit la voix de Karen :

— « J'ai regardé la cassette de *Titanic*. » « Ton papa l'a regardée avec toi ? » « Non, il a dû aller à une réunion. »

Anthony attendit une réaction, mais Gail se contenta de le regarder fixement.

— Ne t'inquiète pas, j'ai été subtil. Elle n'aura pas l'impression qu'elle a parlé dans le dos de son père.

— Je ne l'imagine pas en train de faire ça.

— Où était-il, alors ?

— Il avait une réunion. Elle te l'a dit…

— Quel bon père, qui laisse une gamine toute seule après la tombée de la nuit !

— Dave ne fait jamais ça. Elle devait être avec quelqu'un. Tu lui as posé la question ?

— Pourquoi tu le défends tout le temps ?

— Parce que je le connais.

— Lui, tu le connais, mais moi non.

— Anthony, je t'en prie ! C'est pour ça que je n'en ai pas discuté avec toi.

Attrapant son oreiller, elle posa les pieds par terre, mais fut encerclée par les bras chauds d'Anthony avant d'avoir pu se lever. Il se mit à genoux et se pencha sur elle.

— Reste, dit-il en lui embrassant la joue.

Elle détourna le visage.

— Si tu crois une seule seconde que je suis toujours amoureuse de Dave après ce qu'il a fait… Il m'a quittée, il a abandonné Karen pendant six mois, et maintenant il essaye de me la prendre parce qu'il est jaloux de toi. Si tu crois – sa voix se brisa – que je veux encore de lui après ça…

— Personne ne te prendra Karen.

Gail rit et prit une inspiration tremblante.

— Je l'ai vue avec du rouge à lèvres, Anthony. Et Payton Cunningham l'a embrassée dans le jardin, l'autre soir. Un de ces jours, elle va avoir ses règles. Dave ne comprend pas tout ça, il ne se rend pas compte. Pour lui, elle est sa petite princesse qui aura toujours dix ans.

— Arrête ! Ça n'arrivera pas, Gail.

— Elle a besoin de moi. Et… qu'est-ce que je ferais, sans elle ? Qu'est-ce que je deviendrais ?

Anthony la secoua et l'obligea à le regarder ; elle eut l'impression que ses yeux noirs s'enfonçaient en elle.

— Tu m'écoutes ? Dis à ce psy d'aller se faire foutre. S'il te couvre de boue, je l'enterrerai dedans. Je te le promets.

Il l'étreignit et lui murmura à l'oreille :

— Personne, j'ai bien dit *personne*, ne te prendra Karen. Ni Dave ni qui que ce soit d'autre.

Une faiblesse vint se loger dans sa poitrine, et elle fut incapable de reprendre son souffle.

— Tu me crois ?

Elle acquiesça.

— Alors arrête de te morfondre pour ça.

Il l'embrassa, tendrement d'abord, en prenant son temps : lèvres, joues, nez, menton, sourcils ; sous la mâchoire, dans le creux. Puis il lui ôta sa chemise de nuit. Tout en lui tenant les bras, il semblait observer le jeu des rubans de lumière sur son corps.

— Comme tu es belle !

Elle frissonna et croisa les bras sur sa poitrine en secouant la tête.

— Ce n'est vraiment pas le moment.

Il lui écarta les bras et lui baisa les seins l'un après l'autre, aspirant les pointes tandis que, d'une main, il la caressait entre les jambes.

Gail ne voulait pas, mais il était trop tard. Il était déjà trop tard quand elle avait ouvert la bouche pour lui dire ce qui n'allait pas, parce qu'il savait comment arranger les choses. Il savait toujours. Elle avait cherché à rester enfouie sous un édredon de peur et de confusion, à tenter d'évacuer ses émotions, mais il lui avait apporté d'autres sensations. Malgré elle, elle glissait vers le point de non-retour. Elle entendait sa respiration désordonnée. Sa tête était retombée en arrière, et ses mains agrippaient les cheveux d'Anthony.

Il la plaqua sur le matelas et lui emprisonna les poignets.

— Personne n'ira dormir sur le canapé.

Elle se mit à rire.

— Je savais que tu m'en empêcherais.

— Ah oui ?

Il glissa lentement sur elle, d'avant en arrière. Les poils de son torse lui chatouillèrent le ventre et les seins. Ses jambes bloquaient les siennes.

— C'est ce que tu voulais ?

— Peut-être.

— Je brûle. Tu le sens ? C'est toi qui me fais ça, *amor. Cuando me tocas se enciende mi cuerpo.*

Elle poussa un gémissement rauque et voulut le toucher, mais ses poignets étaient toujours prisonniers. Puis il insinua son genou entre ses jambes et mit ses cuisses entre les siennes afin de l'ouvrir davantage. Il la pénétra lentement puis se retira. Elle ne pouvait plus bouger.

— Pourquoi tu ne me donnes pas tout ? murmura-t-il contre sa bouche.

— Je le fais déjà. Tu le sais très bien.

Son désir était tel qu'elle en aurait hurlé.

— Non. Tu retiens trop de choses. *Yo quiero todo*.

Il pénétra un tout petit peu plus loin en elle.

— Oh, mon Dieu ! Anthony, s'il te plaît.

Il l'écrasa contre le matelas sans bouger. Il l'avait excitée et, à présent, il attendait pour accroître le désir qu'elle avait de lui. Ses lèvres effleurèrent les siennes.

— *¿ Qué me das ?*

— Je te donnerai tout. Dis-moi ce que tu veux.

Il le lui dit, et son corps prit feu.

10

Le mardi matin, Gail loua une Ford pour deux semaines, le temps nécessaire au garage Mercedes pour ôter le rouge laqué des prises d'air, remplacer les joints d'étanchéité des vitres, les baguettes, les essuie-glaces, et refaire toute la peinture.

Pendant la journée, elle se gara près de la cabine du gardien, sous l'œil de la caméra de surveillance. Le soir, Anthony l'aida à débarrasser le bric-à-brac et les cartons qui encombraient le garage afin qu'elle n'ait plus à laisser la voiture dans l'allée. Ils empilèrent le tout dans la salle à manger, qui ressemblait à présent à un dépôt-vente. Son numéro de téléphone avait été changé, et elle avait demandé à Karen de ne décrocher que si un nom familier s'affichait sur le boîtier. Gail parlait de ces précautions d'un ton léger et avait même donné un nom à l'interlocuteur, Bozo, cc qui lc faisait paraître plus ridicule que menaçant.

Le mercredi soir, Anthony la conduisit à l'hôpital pour une courte visite à son grand-père, qui se remettait de son opération. Désireuse de tenir Karen à l'écart de cet endroit, Gail l'avait déposée chez sa meilleure amie, Molly, qui vivait dans leur ancien quartier. Comme Anthony tournait pour accéder au niveau supérieur du parking, elle s'était assurée que personne ne les suivait.

Le jeudi matin, elle commença à se détendre. Après tout, les appels et l'acte de vandalisme n'avaient peut-être eu pour seul objectif que de s'éclater en flanquant la frousse à quelqu'un. Son nom avait pu être choisi au hasard parmi la liste des avocats figurant dans l'annuaire. Elle continuerait de faire attention, bien sûr. Elle attendrait patiemment, et Bozo finirait bien par disparaître.

De retour au cabinet après une audience matinale, Gail frappa sur la vitre dépolie du guichet et lança :

— C'est moi !

Il y eut un bourdonnement, et elle poussa la porte.

Lynn Dobbert fit pivoter sa chaise dans sa direction.

— Je vais vérifier. Un instant, je vous prie.

Elle appuya sur un bouton.

— C'est Theresa Zimmerman. Vous souhaitiez lui parler ?

— Ce n'est pas trop tôt ! Ça fait déjà deux jours que je lui ai laissé un message.

Gail posa sa serviette sur le bureau de sa secrétaire.

— Où est Miriam ?

— Dans les archives. Elle m'a dit que vous lui aviez demandé quelque chose.

— Ah oui, c'est vrai.

Gail s'empara du combiné.

— Theresa ? Ici Gail. Vous avez eu mon message concernant la proposition ? Bonne nouvelle, hein… ? Comment ça… ? Je ne peux pas demander plus, je lui ai déjà dit que quatre-vingts… Pourquoi ? Parce que c'est ce que vous vouliez.

Gênée par la cloison qui la séparait de l'autre bureau, Lynn éloigna sa chaise pour être en face de Gail. Désignant le téléphone, celle-ci montra les dents et agita le poing. Quand la voix à l'autre bout du fil s'arrêta pour reprendre sa respiration, elle sourit et s'exprima patiemment.

— Eh bien, après déduction des honoraires et des frais médicaux, vous toucherez environ vingt-huit mille, ce qui est plus que ce que vous espériez la première fois qu'on en a discuté. Vous vous rappelez ? Vous m'avez dit : « Obtenez-moi vingt-cinq mille dollars. »

D'un geste ostentatoire, Gail fit mine d'étrangler quelqu'un ; elle sourit de nouveau en reprenant :

— Vous vous souvenez de cette liste comparative de verdicts que je vous ai envoyée ? Avec ce type de blessure et le bon pronostic de rétablissement, on a de la chance de récupérer quatre-vingts… Non, je vous le déconseille. Un jury *pourrait* vous donner plus, mais c'est très peu probable. Dans ce genre de cas, la plupart des gens obtiennent autour de soixante-dix, avec un jury. Et n'oubliez pas, si on porte l'affaire en justice, mes honoraires passent de un tiers à 40 % de la somme. Et si on va au procès, c'est 50 %.

Elle écouta sa cliente se plaindre des honoraires exorbitants des avocats.

— Theresa, j'applique le barème standard de la profession, vous étiez d'accord…

Lynn écoutait attentivement tandis que Gail marchait de long en large, main sur la hanche, tirant le fil du téléphone derrière elle.

— Selon moi, vous devriez accepter… On récupérera le chèque dès qu'ils auront l'acquiescement… Oui, je suis là toute la journée.

Gail raccrocha.

— Elle voulait vingt-cinq, je lui obtiens vingt-huit, et elle râle.

— Je suppose que c'est parce que vous allez toucher plus qu'elle, nota Lynn.

Comme Gail la dévisageait, elle ajouta :

— Je veux dire, plus de trente mille dollars pour quelques coups de fil…

— J'ai fait plus que passer des coups de fil, Lynn, rétorqua Gail. Je reconnais que ce dossier ne m'a pas demandé beaucoup de travail, mais j'en ai d'autres qui me rendent folle. Le pourcentage est le même pour tous, c'est comme ça que ça marche.

La réceptionniste la regardait de travers, pas totalement convaincue.

— C'est une entreprise ici, Lynn. Si je ne gagne pas d'argent, je devrai mettre la clé sous la porte, et on se retrouvera toutes au chômage.

— Je comprends. Désolée.

Gail vint se poster devant l'ordinateur posé sur son bureau.

— Très bien, vous allez préparer l'acquiescement. La cliente viendra juste après le déjeuner, et j'aimerais que tout soit prêt avant qu'elle ne change d'avis.

— Un acquiescement ? Je ne sais pas…

— Ce n'est vraiment pas compliqué. Miriam ne vous a pas montré ? Regardez.

Gail se pencha pour s'en charger elle-même, mais se ravisa.

— Non, il faut que vous appreniez. Ouvrez le dossier Zimmerman… Voilà… Maintenant, cherchez un modèle dans la liste des documents…

Lynn pianota avec hésitation sur le clavier.

— Non, non, ça c'est pour une affaire d'immobilier, et là c'est un préjudice corporel.

— Ça se ressemble.

— Pas du tout. C'est complètement différent. (Elle tendit le doigt.) Celui-là. Il suffit de le faire fusionner avec l'en-tête du document Zimmerman. Allez-y.

Avec un petit rire nerveux, Lynn laissa tomber les mains sur les genoux.

— Je n'arrive pas à me concentrer quand on regarde par-dessus mon épaule.

— Très bien.

Gail fit rouler la chaise de Miriam et s'y installa, jambes croisées. Coude sur le dossier, elle se passa les doigts dans les cheveux. Lynn se remit à taper, et Gail décida de ne pas intervenir, sauf en cas de nécessité. Elle étudia les photos, les dessins et les coupures de journaux scotchés sur le placard au-dessus du bureau : la famille en vacances à Disney World ; un garçon s'ébattant dans une piscine ; un autre devant un gâteau orné de trois bougies ; un article d'Ann Landers intitulé « Prière d'une Mère » ; un dessin de fleur ; et là, une photo de papa – un homme costaud qui perdait ses cheveux bruns tenant un garçon sous chaque bras.

— Mignons, vos enfants, observa-t-elle.

— Hum.

Lynn était totalement absorbée par ce qui se passait sur son écran.

— Ils ont quel âge ?

— Quatre et six ans, répondit-elle après être arrivée au bout d'une ligne.

— Ah bon ? Ils font plus jeunes.

— Je n'ai pas pris de photos, dernièrement.

— Oh, ça, c'est dommage ! Les enfants grandissent tellement vite !

— Oui, mais notre appareil est fichu, et je n'ai pas les moyens d'en acheter un autre.

« Douze dollars, songea Gail. Douze malheureux dollars pour un appareil jetable et cinq de plus pour le développement. » Lynn essayait-elle de la culpabiliser ?

Elle se déplaça pour voir l'écran.

— C'est ça. Mais ne sautez pas de lignes à cet endroit.

— Je sais, je sais, j'ai appuyé sur la mauvaise touche.

Lynn secoua les mains comme si le clavier l'avait brûlée.

Gail se demanda ce qui lui avait pris d'embaucher quelqu'un d'aussi peu expérimenté. « Parce qu'elle répond au téléphone et me dépanne pour huit dollars de l'heure », songea-t-elle in petto.

Une porte claqua dans le couloir, et quelques instants plus tard Miriam débarqua pieds nus, boitant et riant.

— J'ai des fourmis dans la jambe ! *Ay, que pena*, deux heures assise par terre.

Le lendemain de sa discussion avec l'inspecteur Novick, Gail avait demandé à Miriam d'établir une liste des personnes qui avaient posé problème pour une raison ou une autre.

— Vous avez trouvé quelque chose ?

— Eh bien… Une vingtaine de noms, je dirais.

— Tant que ça ?

— Vous vous souvenez du type qui vous accusait de l'avoir volé sur la vente de sa maison ? Il a reconnu qu'il s'était trompé, mais j'ai noté les noms de ceux avec qui vous avez été en bisbille comme vous me l'avez demandé.

— Allons voir ça.

Gail s'engagea dans le couloir puis se retourna pour dire à Lynn d'imprimer l'acquiescement.

— En trois exemplaires. Et passez-le au correcteur pour qu'il soit parfait. Vu son humeur, elle pourrait bien m'étrangler pour une faute d'orthographe. Vingt noms ? reprit-elle en riant. Je ferais bien d'être plus aimable avec mes clients.

Dans la petite pièce destinée aux archives, Miriam avait descendu les boîtes des rayonnages en métal qui occupaient un mur entier. Le reste de l'espace était bourré de livres, vieux meubles de bureau et bric-à-brac rapporté de chez Hartwell, Black & Robineau. Miriam avait disposé plusieurs piles de dossiers sur le sol.

— Gail, *le juro*, ils ne sont pas si terribles que ça. Je veux dire, je ne crois pas qu'un seul d'entre eux ait envie de vous tuer.

— Ah bon, c'est rassurant !

Gail s'accroupit pour jeter un œil aux dossiers, les tendant l'un après l'autre à Miriam pour qu'elle les range.

— Pas de maniaques ici, murmura-t-elle, pas d'obsessionnels, personne qui prétend capter des signaux d'une autre planète. Deux plaintes au barreau de Floride, tranchées en ma faveur. En fait, tous ceux-là m'ont l'air plutôt normaux, observa-t-elle en se relevant.

Bras tendus, Miriam hissa la dernière boîte sur une étagère.

— Vous vous souvenez de cette affaire chez Hartwell, Miriam ? C'était pendant le procès, je crois. Le défendeur a renversé une chaise, il voulait se jeter sur moi et le juge a dû appeler l'huissier. Je ne vous avais pas raconté cette histoire ?

Les yeux bruns s'écarquillèrent.

— Si, si. C'était une saisie de bien hypothéqué. Il vous a envoyé une lettre après : ce que vous avez fait était vraiment monstrueux, vous m'avez jeté à la rue, bla-bla-bla…

Gail acquiesça.

— C'était quoi déjà, l'histoire ? demanda-t-elle.

Miriam souffla.

— J'ai oublié. Ça fait plus d'un an. Oh ! Et cette femme courtier qui escroquait ses clients ? Vous l'avez dénoncée au FBI et elle a été arrêtée. Vous croyez qu'elle est en prison ?

— J'espère bien.

Gail éteignit la lumière et ferma la porte.

— J'aimerais que vous alliez consulter les archives chez Hartwell, pendant que vous y êtes. Pas demain, parce que Lynn ne sera pas là. Elle accompagne une sortie de son fils, je crois. À propos, demain, c'est vendredi, et Wendell Sweet est censé déposer ses documents. Vous croyez que je risque ma vie, si je téléphone à son avocat pour le lui rappeler ?

Une heure plus tard, Gail était attablée avec trois amies à la cafétéria de l'immeuble. À midi, celle-ci bourdonnait des voix d'hommes et de femmes bien habillés qui consacraient allégrement la plupart de leurs heures de veille à l'argent et aux exigences de leurs clients.

Gail était assise en face de Charlene Marks, avec qui elle avait espéré s'entretenir en privé, mais Susan et Carol, deux consœurs, les avaient aperçues et invitées à leur table. Gail les aimait beaucoup, mais leur bavardage s'éternisait : Charlene lui avait dit que Joe Erwin avait appelé, et elle avait hâte de savoir si l'avocat de Dave leur chercherait des noises. Et puis, elle souhaitait connaître l'avis de Charlene sur le rendez-vous de Karen avec le psychologue : le père s'y présenterait seul alors qu'elle, la maman, serait au travail. Qu'en conclurait le Dr Fischman ? Son absence risquait-elle de diminuer ses chances de conserver la garde ? À l'inverse, sa présence ne donnerait-elle pas l'impression qu'elle cherchait à tout contrôler ?

Une autre question taraudait Gail, et son avocate ne pourrait y répondre : Karen se sentirait-elle délaissée ? Pendant qu'un inconnu l'interrogerait, elle serait peut-être rassurée de savoir ses deux parents juste à côté. Mais il était déjà midi passé, Mme Zimmerman n'allait pas tarder, et Gail croulait sous les rendez-vous.

— Dis-leur pour ta voiture, Gail, lança Charlene.

Susan et Carol connaissaient déjà l'histoire des coups de fil. Tout en picorant sa salade, Gail leur raconta ce qui s'était passé le lundi soir.

— Mon Dieu ! s'exclama Carol. Tu n'es pas terrifiée ?

— La police m'a dit de ne pas m'inquiéter, enfin sauf s'il devient violent, bien sûr.

— Le salaud, dit Susan en dévorant sa quiche. J'espère que tu le descendras si tu le prends sur le fait.

— Je laisserai Anthony s'en charger. Moi, je n'ai pas d'arme. Ça me fout la trouille.

— Hou ! Hou ! Viens dans mon bureau, je te montrerai la mienne, déclara Charlene. Un adorable petit .38 qui ne s'enraye jamais.

Soucieuse, Carol plissa le front.

— Tu ne sais pas du tout qui ça peut être ? demanda-t-elle en avalant sa dernière bouchée de sandwich.

— Anthony pense à mon ex-mari.

— Dave ?

— Et tu y crois ? dit Susan.

— Non, répondit-elle en riant.

— Je vois bien mon ex faire un truc de ce genre, affirma Susan. Il était tellement jaloux après notre rupture.

— Pas étonnant, commenta Carol, c'est un latino.

— Hé, faites gaffe à ce que vous dites, les filles ! Je vais en épouser un, moi !

— J'ai épousé un Mexicain dans ma folle jeunesse, déclara Charlene. Javier. Il était monté comme un *caballo*. Ça a duré un mois. Je l'ai quitté quand je me suis retrouvée avec un coquard.

— Enfin, Charlene ! protesta Carol. Ne dis pas ça devant Gail.

— Tu as tout à fait raison. Je te présente mes excuses, Gail. J'ai fréquenté d'autres latinos, et c'étaient tous des amours.

— L'inspecteur m'a dit de chercher du côté de mes clients. Vous ne trouvez pas ça dingue ?

— Pas du tout, répliqua Susan en agitant sa fourchette. Dans notre métier, on tombe forcément sur des cinglés. Il y a quelques années, je me suis occupée d'une affaire de succession pour un type qui avait perdu sa mère. Je l'ai trouvé un peu bizarre quand il m'a sorti : « N'appelez pas chez moi, je suis sur écoute. » Une semaine après, il me raconte que la CIA a assassiné sa mère parce qu'ils la prenaient pour une espionne à la solde des Cubains. Il voulait que j'intente un procès à l'État. Je lui ai fait : « Eh, oh, mon pote, je ne peux pas faire ça ! » Du coup, il a envoyé une lettre à tout le monde dans l'immeuble, dans laquelle il m'accusait d'avoir participé à la conspiration. Les gens m'ont chambrée là-dessus pendant des mois.

— Comment ça s'est terminé ? l'interrogea Gail.

— J'ai réussi à me retirer de l'affaire, et je l'ai adressé au cabinet de mon ex-mari, acheva-t-elle en gloussant.

Leurs éclats de rire attirèrent l'attention de leurs voisins de table, qui les regardèrent en souriant, l'air de se demander quelle blague avait déclenché leur hilarité.

— J'ai une cliente qui m'a fait un procès pour escroquerie, chuchota Carol. Il se trouve que, par pure coïncidence, mon mec de l'époque avait acheté sa propriété à une vente publique suite à une saisie, mais elle était convaincue qu'on avait comploté pour lui voler sa maison. C'était affreux. Il a fallu que je m'explique pendant des heures au barreau de Floride, même après le classement de l'affaire.

— Il n'y a pas de dingue dans ton histoire, Carol, objecta Susan. En plus, elle n'est même pas drôle.

— Désolée, mais il ne m'arrive jamais rien d'excitant, à moi.

Susan poussa Charlene du coude.

— Allez, toi aussi, tu as eu ton lot de cinglés, je le sais.

Un rire grave lui répondit.

— Holà, ne me lancez pas là-dessus !

Charlene tambourina lentement la table de ses longs ongles rouges.

— Je représentais le propriétaire d'une boîte de nuit dans un divorce qui n'a posé aucun problème. La femme ne s'était jamais battue, et je n'arrivais pas à comprendre pourquoi. Je veux dire, le type avait du fric, quoi. Une fois le divorce prononcé, il m'a invitée. Je lui ai dit : « Non, je ne sors pas avec mes clients. » Ça ne l'a pas empêché de continuer. Il m'envoyait des fleurs, il m'appelait. Il prétendait qu'il *savait*, par une sorte de force mystérieuse, qu'on était faits l'un pour l'autre. Je lui ai dit d'aller se faire foutre. Et puis une nuit, j'ai entendu du bruit devant mon appartement. J'ai appelé la police, et devinez quoi ? On l'a retrouvé avec une paire de gants en latex, un rouleau de gros scotch, et un couteau de chasse avec une lame de vingt centimètres !

Les trois autres la dévisagèrent.

— Il a été interné, conclut-elle avec un sourire. À l'hôpital, ils m'ont dit qu'ils me préviendraient si jamais ils le laissaient sortir.

Carol poussa un soupir.

— Tu l'emportes haut la main, là.

— Achète un flingue, dit Susan en tapotant le bras de Gail.

Les deux amies, qui avaient achevé leur déjeuner, rapportèrent leur plateau en recommandant à Gail de faire bien attention.

— Verrouille tes portes, conseilla Carol.

Charlene leur fit un petit signe d'adieu avant de se tourner vers Gail.

— Est-ce que je dois m'inquiéter pour toi ?

— Pas vraiment.

— Tu es drôlement stoïque, dis donc, observa Charlene en tortillant les extrémités d'une paille en plastique. Tu soupçonnes quelqu'un ?

Gail souligna son incertitude avec un haussement d'épaules.

— Wendell Sweet ? suggéra-t-elle.

— J'en déduis que sa femme ne l'a pas encore repris.

— Ne parle pas de malheur, Charlene.

— Je vois ça tous les jours. C'est le syndrome du yo-yo.

Se rendant compte qu'elle était en train de triturer la paille, Charlene la jeta sur son plateau.

— Ça fait vingt ans que j'ai arrêté de fumer, et j'ai toujours envie d'une cigarette. C'est comme le sexe. Pas moyen de s'en passer.

Gail repoussa sa salade de pâtes, qu'elle avait à peine touchée.

— Wendell est censé fournir des documents demain, mais je m'attends à un appel de son avocat pour me demander de reporter à lundi. Ou à la semaine prochaine, ou à jamais. Qu'est-ce que tu ferais, toi ?

— Dis à son avocat que si M. Sweet ne se débrouille pas pour que les papiers soient sur ton bureau lundi à 9 heures, tu seras au tribunal à 10 heures pour demander à la cour de le flanquer en prison.

— Jamie ne veut pas qu'il aille en prison.

Charlene leva les yeux au ciel.

— Bon sang, si seulement on pouvait empêcher les clients de s'en mêler ! Qu'ils nous laissent nous battre et leur annoncer le nom du vainqueur.

— Au risque de me mêler de ma propre affaire... Pourquoi Joe Erwin t'a-t-il téléphoné ?

— Oui... C'est pour ça que je t'ai appelée, pas vrai ? Joe veut repasser devant le juge pour cette histoire de droit de visite. Dave n'a pas apprécié la présence de la police chez toi. Spectacle néfaste pour un enfant, etc. Comme si les gosses ne voyaient pas des flics en permanence dans cette ville ! Ce qui est arrivé à ta voiture l'inquiète également. Il estime que ça pourrait être le fait d'un des clients « potentiellement dangereux » d'Anthony, et que si c'est le cas, Karen serait constamment exposée à ce genre de menaces.

Gail posa son front sur ses paumes.

— Ça me rend dingue.

— Enfin, Gail ! C'est totalement ridicule, et Joe Erwin le sait. Le juge ne va pas remettre ça au programme, je te le promets. Visiblement, Dave cherche à avoir Karen un peu plus souvent, et il espère que tu céderas. La bonne nouvelle, c'est que Joe va sûrement lui facturer deux cents dollars pour ce coup de fil. Dave verra les choses sous un autre angle quand il recevra la note.

— Bon, quelle est ta stratégie ? Avoir Dave à l'usure ? Et ma petite note à moi ?

Charlene sourit.

— Ça ne compte pas, là, puisqu'on est en train de déjeuner.

— Je trouve qu'on déjeune beaucoup, en ce moment.

— Il faut bien manger pour vivre. Tu es pressée, peut-être ? Tu n'arrêtes pas de regarder ta montre.

— Non, de toute façon, il est trop tard.

— Trop tard pour quoi ?

— Karen doit voir le Dr Fischman à 13 heures. C'est Dave qui l'emmène.

Charlene se redressa.

— C'est vrai ? Mais qu'est-ce que tu fous ici, alors ?

— J'ai un emploi du temps chargé cet après-midi. Je devrais y aller, tu crois ? C'est important ? Il ne veut pas discuter avec Dave et moi, juste avec Karen.

— Bien sûr que tu dois y aller. Joue les mères poules. Souris et fais semblant de prendre Evan Fischman pour un pro.

— Mais il est déjà midi et demi.

— Eh bien fonce !

Gail arriva avec dix minutes d'avance, après avoir brûlé trois feux rouges et téléphoné à Miriam. « Présentez mes excuses au client de 13 heures, et assurez-vous que Mme Zimmerman signe cet acquiescement. »

Le cabinet du Dr Fischman était situé dans une rue ombragée donnant sur Brickell Avenue. L'immeuble, une de ces constructions tape-à-l'œil en verre, datait du boom des années quatre-vingt, quand l'argent de la drogue affluait à Miami. Depuis, les parties communes avaient été rénovées, mais la moquette du couloir faisait miteuse. La plaque sur la porte du 1225 indiquait : Evan R. Fischman, Ph. D., conseiller familial. À l'intérieur, on trouvait les traditionnels fauteuils et lampes de grands magasins. Gail se présenta à la réceptionniste. Une odeur de sandwich au thon passa par la vitre dépolie du guichet, qui se referma assez vite.

Gail s'installa sur le canapé, les mains sur les genoux. Elle éprouvait cette sensation de creux dans la poitrine symptomatique d'une grande anxiété. Les yeux fixés sur la porte d'entrée, elle se demanda ce que dirait Dave en la voyant.

Une porte s'ouvrit ; tournant la tête, Gail découvrit un homme chauve et barbu d'une cinquantaine d'années, vêtu d'un blazer bleu marine et d'un pantalon gris. Court sur pattes, il l'était bel et bien, mais ses bottes de cow-boy en peau de serpent avaient des talons de cinq centimètres.

Il la soumit à un examen tout aussi attentif avant de sourire. À cause de ses lunettes à verre épais, ses yeux bleus semblaient petits et lointains.

— Mademoiselle Connor ? On m'avait dit de ne pas vous attendre.

Gail sourit en se levant et lui tendit la main.

— Il a fallu que je prenne quelques dispositions, mais me voilà.

— Entrez, faisons connaissance.

— Ce n'est pas Karen que vous vouliez voir ? Je devrais probablement l'attendre.

— En fait, j'aime bien discuter avec la maman d'abord. Pour préparer le terrain, en quelque sorte. Il n'y en a pas pour longtemps.

Fischman parlait d'une voix si douce qu'elle devait surveiller ses lèvres pour ne rien manquer.

— Qu'est-ce qu'on vous offre à boire ? Un café ?

Sans se départir de son sourire, Gail répondit qu'elle venait de déjeuner. Il la conduisit dans son bureau en tapotant légèrement un mince dossier contre sa paume de main.

Fischman lui fit signe de s'asseoir au bout d'un canapé bleu et s'installa près d'elle dans un fauteuil assorti, la chemise sur les genoux.

— Voyons voir, dit-il en l'ouvrant.

Un aquarium glougloutait à côté ; un poisson rouge aux yeux globuleux nageait au milieu d'une forêt d'algues en plastique. Le bureau se trouvait à l'autre bout de la pièce, devant un mur orné de plaques et de diplômes. Dans un coin, une caisse débordait de peluches, de puzzles en bois, de cubes en plastique et de poupées représentant un homme, une femme, une fille et un garçon. Gail se demanda s'ils étaient réalistes sous leurs vêtements.

— Donc.

Gail se retourna vers Fischman, qui avait le menton dans la main.

— Qu'est-ce que ça vous fait, d'être ici ?

— Qu'est-ce que ça me fait ? Rien de particulier.

— Vous êtes avocate. Vous travaillez en solo.

Elle attendit qu'il poursuive. Comme il se taisait, elle répondit :

— Oui.

— Avant, vous étiez dans un grand cabinet du centre. Pourquoi êtes-vous partie ?

— Je voulais me mettre à mon compte et passer plus de temps avec Karen. Ç'a été le facteur déterminant : ma fille.

— Et comment ça a marché, pour vous ?

Gail sentit revenir le trouble dans sa poitrine.

— C'est toujours un peu difficile, au début, mais ça marche très bien.

Il sourit.

— Je voulais dire, avec Karen.

— Ah !

Elle se creusa la tête pour trouver la bonne réponse.

— Le fait de pouvoir s'organiser librement est très pratique. Comme pour cet après-midi, par exemple.

Toujours souriant, il déclara de sa voix calme :

— Vous pouvez vous détendre avec moi, mademoiselle Connor, je ne vais pas vous mordre. Parlez-moi de votre fille. Vous avez l'impression d'avoir besoin de travailler sur certaines choses, toutes les deux ?

— Pas vraiment. Enfin… en dehors des grands classiques mère-fille.

— Tels que…

— Nous avons une très bonne relation, docteur Fischman. Nous nous aimons énormément.

Derrière les lunettes, les yeux pâles se réduisaient à deux petits points bleus.

— Très bien. Nous allons en rester là pour le moment. J'ai quelques questions à vous poser sur le développement physique de Karen. Elle va avoir onze ans, c'est ça ? Elle n'a pas encore ses règles, je suppose. (Gail fit non de la tête.) Elle comprend tout ce qui a trait à la sexualité et à la reproduction ?

— Oui.

— Et elle se sent libre d'en discuter avec vous ?

— Je le pense.

— Mais vous n'en êtes pas sûre.

Gail résista à l'envie de détourner le regard, bien qu'elle eût les yeux rivés aux siens depuis un moment.

— Karen sait que si elle a la moindre question, elle peut venir me voir. Nous parlons plutôt ouvertement.

— Qui prend l'initiative en général ? Karen ou vous ?

— Ça dépend. Je n'en sais rien.

Il la regarda avant de revenir à ses notes. Gail entendit des voix étouffées provenant de la réception. Elle ne reconnut pas la voix de Dave ; il devait pourtant être arrivé.

— Apparemment, ses résultats scolaires ont chuté depuis le divorce, observa Fischman.

Il jeta un œil à Gail comme s'il attendait une explication.

— Vous suggérez qu'il y a un lien ?

— Il y en a un ?

— Je n'en sais rien.

— Moi non plus. C'est une simple constatation.

— Oui, vous êtes payé pour ça, rétorqua Gail, regrettant aussitôt le sarcasme.

Fischman se replongea dans le dossier.

— Vous êtes fiancée à un avocat, Anthony Quintana, quarante-deux ans, d'origine cubaine. Depuis combien de temps le connaissez-vous ?

— Environ un an et demi.

— Avant votre séparation d'avec M. Metzger, donc.

— Si c'est une question, Anthony n'a rien à voir avec notre divorce.

— M. Metzger m'a indiqué que M. Quintana et vous aviez des rapports intimes avant le divorce.

Gail inspira lentement.

— Dave et moi étions déjà séparés. Il aurait dû vous le signaler.

— Et Karen vivait avec vous à l'époque.

— À quelle époque ?

— Quand vous avez commencé à fréquenter M. Quintana.

— Oui, répondit Gail au bout de quelques secondes.

Fischman reposa le menton sur son poing. Sa barbe dissimulait de profondes cicatrices d'acné.

— Que pouvez-vous me dire de la relation de Karen avec votre fiancé ?

— Ils s'entendent très bien.

— Il vit avec vous ?

— Non, il habite à Key Biscayne.

— Il lui arrive de passer la nuit chez vous quand Karen est là ?

L'estomac de Gail se noua.

— De temps en temps, oui.

— En matière de sexe, vous êtes plutôt ouverts devant votre fille ?

— C'est-à-dire ?

— Est-ce qu'il y a… des caresses, ou ce genre de choses, en présence de Karen ?

Gail se mit à rire.

— Non. Nous sommes très discrets.

— Ce sujet vous met mal à l'aise, j'ai l'impression.

— Pas du tout, si c'est nécessaire d'en parler.

— Ça l'est tout à fait.

Avec précaution, il posa la chemise sur la table basse.

— À son âge, la sexualité de Karen commence à s'affirmer. La présence d'un homme dans la maison, un homme qui n'est pas son père, et avec qui la mère a une relation intime, perturbe souvent la fille…

— Karen est une enfant normale et bien adaptée. Elle n'est pas perturbée.

— Puis-je finir ?

Gail lui rendit son regard.

— Bien sûr.

— Les filles sont sexuellement attirées par leur père, mais elles sentent que c'est mal. C'est le vieux tabou de l'inceste. Quand un homme qui n'est *pas* le père s'installe sous le même toit ou couche avec la mère, l'enfant est quand même attirée. Elle va connaître la même culpabilité, le même désir, mais elle sera perturbée car il n'y a plus de barrière naturelle à ce désir.

Gail ouvrit la bouche et émit un petit rire.

— Vous êtes en train d'insinuer que Karen est sexuellement attirée par mon fiancé ?

Fischman se gratta la joue puis tira sur sa barbe. Ses lèvres minces étaient roses et humides.

— Non. Vous m'avez demandé s'il était nécessaire d'aborder le sujet, et j'essaye de vous l'expliquer de façon simple. Les relations sexuelles de la mère avec un autre homme que le père peuvent faire naître des craintes dans l'esprit de l'enfant. Si maman a rejeté papa pour quelqu'un d'autre, est-ce qu'elle ne va pas me rejeter moi aussi ? Ou, à l'inverse, maman est ma rivale, mais je me sens coupable de la détester. Les filles prépubères sont particulièrement fragiles. Comme elles sont en train d'acquérir leur identité sexuelle, elles prennent modèle sur leurs parents, surtout sur celui avec lequel elles vivent. La plupart des femmes qui se remarient alors qu'elles ont déjà des enfants ne font pas attention à ça.

Gail enfonça ses ongles dans ses paumes.

— Je croyais que le tribunal vous avait simplement demandé de déterminer si Karen préférait vivre avec son père ou avec moi.

— C'est une question délicate, répliqua-t-il. Un enfant a souvent du mal à exprimer ses sentiments. Et parfois… il croit vouloir quelque chose qui ne va pas dans le sens de son intérêt.

— Eh bien, puisque c'est vous, et non Karen, qui allez décider ce qu'elle veut, pourquoi vous fatiguer à lui parler ?

— Vous avez l'air contrariée.

— J'ai *l'air* contrariée ? Non, docteur Fischman, je *suis* contrariée, terriblement contrariée même ! Nous n'avons plus rien à nous dire, déclara-t-elle en empoignant son sac avant de se dresser devant lui.

— Je vous assure, mademoiselle Connor, qu'il ne s'agit pas d'une attaque personnelle contre vous ou vos choix. (Il lui sourit.) Votre réaction en dit long, vous savez.

Gail aurait voulu renverser son fauteuil avec lui dedans.

— Ma fille ne s'approchera pas de vous, je me moque de ce que le juge a ordonné ! Vous n'avez qu'à mettre ça dans votre rapport.

Elle jeta son sac sur son épaule et sortit. Quand elle voulut refermer la porte qui donnait sur la salle d'attente, la poignée lui échappa. Le choc fit vibrer la vitre dépolie du guichet.

Dave et Karen attendaient sur le canapé. En la voyant, son ex-mari se leva.

— Gail ?

— Trouve un autre psychologue ! Moi, je l'emmène. Viens, ma puce, dit-elle en tendant la main.

Bouche bée, sa fille se mit debout à son tour.

— Assieds-toi, Karen. (Dave prit Gail par le bras.) Qu'est-ce qui te prend ?

— Non, pas moi ! Qu'est-ce qui t'a pris, à toi ? C'est n'importe quoi ! (Elle se dégagea.) Allez, viens mon poussin, on y va.

— Karen, je vais discuter avec ta maman dehors…

— Laisse-la tranquille ! hurla Gail. Va donc téléphoner à ton avocat pour déposer une de tes foutues requêtes !

Il recula. Fischman se tenait dans l'encadrement de la porte.

— Je suis vraiment désolé, lui lança Dave.

Gail attrapa la main de Karen et l'entraîna dans le couloir. Comme quelqu'un pénétrait dans l'ascenseur, elle piqua un sprint en tirant sa fille derrière elle et parvint à empêcher la fermeture de la porte avec le pied. Elles s'engouffrèrent à l'intérieur au moment où son ex-mari criait son nom.

Dans l'ascenseur, elle mit ses lunettes de soleil. Malgré leur curiosité, les gens essayaient de ne pas trop la dévisager.

Karen s'appuya contre elle et chuchota :

— Maman ?

— Tout va bien, répondit-elle en enlaçant sa fille. On rentre à la maison, d'accord ?

Elle ne lui lâcha pas la main quand elles traversèrent la rue au pas de course et se dirigèrent vers le parking ombragé où était garée la Ford. Elles y étaient presque quand Gail aperçut un homme en pantalon kaki et chemise en jean qui sortait de l'immeuble : Dave. Il regarda des deux côtés de la rue avant de les repérer.

— Gail ! Attends !

Elle ouvrit la portière côté passager.

— Monte, Karen.

Dave se précipita vers elles.

— Qu'est-ce qui s'est passé là-haut, avec Fischman ?

Comme Gail faisait le tour de la voiture, il la suivit et tendit le bras pour bloquer sa portière.

— Parle-moi, merde !

Elle le fixa à travers ses lunettes noires et revint vers Karen.

— Ton papa veut me parler, chérie. Tu peux attendre ici une minute ? La voiture est à l'ombre, tu n'auras pas trop chaud.

Comme elle s'éloignait de quelques mètres, le gravier crissa sous ses pas. Se tournant pour dissimuler son visage à sa fille, elle dit à voix basse :

— Les choses sont allées trop loin, David. Je ne voulais pas faire de peine à Karen, ni fausser ses sentiments envers toi, mais là, c'est trop. Fischman m'a clairement fait comprendre qu'elle me détestait et avait envie de toi, et que si Anthony venait vivre avec nous, elle aurait aussi envie de lui. Il ne lui a même pas adressé la parole, mais il a déjà une opinion. Qu'est-ce qu'elle va penser quand elle sera en face de lui ?

Dave la considéra longuement. Clignant des yeux, il regarda l'immeuble qu'ils venaient de quitter.

Gail farfouilla dans son sac à la recherche d'un mouchoir.

— Quel sale petit pervers ! Quand je pense que c'est à *lui* de décider ! Et nous, alors ? Très bien. Qu'on en finisse. Dis-moi juste ce que tu veux. Deux après-midi par semaine ? Trois ? C'est pour obtenir ça que tu as demandé à ton avocat de me menacer du tribunal sous prétexte qu'on m'a abîmé ma voiture ? Comme si j'étais responsable !

— Sois raisonnable, Gail. Calme-toi, voyons !

— Je ne veux plus qu'elle ait à subir tout ça. Si elle veut vivre avec toi, je m'en fous. C'est faux, je ne m'en fous pas, mais si c'est ce qu'elle veut… Je préfère qu'elle soit avec toi que malheureuse et déchirée.

La main de Dave se posa sur son bras. Il ne regardait pas Gail, mais la gamine assise dans la voiture.

— Karen ne voulait pas venir, mais elle est venue parce que je le lui ai demandé et que c'est une brave gosse. Je ne veux pas qu'elle soit malheureuse. Je veux… Je veux juste être un bon père. C'est tout. Je tiens à faire partie de sa vie.

— Je n'ai jamais cherché à l'éloigner de toi, Dave.

La colère lui monta au visage.

— Oh que si ! Tu étais tellement furax que je sois parti et que je ne lui téléphone pas. OK, je ne l'ai pas fait assez, je le sais. Ce n'était pas toujours possible. Et puis… les choses ne se sont pas passées comme je l'aurais voulu. Les balades en bateau, ça ne marchait plus aussi bien. Avant mon départ, tu m'avais dit que ce serait un fiasco. Tu te souviens ? « Tu rêves complètement, Dave. Ça va être un fiasco. » Alors peut-être… que j'avais honte.

Ses yeux étaient devenus rouges.

— Je voulais que ce soit bien quand je l'appelais. Mais je pensais à elle, Gail, je t'assure. Tous les jours. Elle était dans mon cœur. Il fallait que je revienne. Je voulais tout recommencer, être à la hauteur. Être le genre d'homme, le genre de père, que j'aurais dû être depuis le début. Tu te rappelles ce que tu m'as dit ? « Alors comme ça, tu es revenu. Eh bien, tu as perdu ta fille. »

Gail secoua la tête.

— Je ne m'en souviens pas.

— Tu l'as dit.

— Vraiment ? Dans ce cas, je suis désolée. Oui, j'étais en colère. Il fallait tout le temps que j'invente des histoires pour expliquer où tu étais et pourquoi tu ne pouvais pas l'appeler, tout ça pour qu'elle ne soit pas déçue.

— Bon sang, chérie, j'ai essayé de me rattraper. Je n'ai pas arrêté. Toutes ces conneries que j'ai faites. Avec toi, même. On était tellement jeunes quand on s'est mariés. J'avais vingt-trois ans et je me disais : « Merde, je n'ai même pas vécu. » J'avais tort.

Il posa la main sur son épaule et, voyant qu'elle ne s'écartait pas, la lui serra doucement.

— Tu es une mère géniale. On trouvera une solution, Gail.

Comme les larmes coulaient sur ses joues, elle les essuya avec des doigts tremblants. Dave l'attira maladroitement contre lui.

— Tu m'as manqué. Quand j'ai quitté Miami, c'est toi que j'ai quittée. Parce que j'étais complètement démoli.

Elle était tellement tendue que son corps lui faisait mal. Écrasées contre la clavicule de Dave, ses lunettes de soleil remontèrent sur son nez. Au bout d'un moment, il resserra son étreinte.

— Oh, bon Dieu, j'en suis malade, d'avoir balancé ce qu'on avait. Toi, moi, Karen.

Il parlait d'une voix hachée, et un sanglot lui échappa.

— J'ai tout foutu en l'air, Gail. Quel con, de m'imaginer que je serais plus heureux autrement. Mais je n'ai jamais cessé… de t'aimer. Pas une seconde.

Quand il l'embrassa, elle se laissa faire, d'abord trop abasourdie pour réagir, puis parce qu'il aurait été cruel de le repousser alors qu'elle sentait ses larmes sur ses lèvres. Ensuite, elle n'y mit pas fin parce que c'était un baiser chaste, hésitant et doux, qui lui rappelait la première fois où ils s'étaient embrassés, quand elle avait dix-huit ans. C'était familier et réconfortant. Elle reconnaissait sa saveur, tout comme la façon dont il la tenait, et elle pensa à l'époque où cela allait de soi, avant que leurs problèmes ne les séparent.

11

Irene fit du thé glacé à la pêche et Karen, Gail et elle portèrent verres et carafe jusqu'au belvédère. Des fougères poussaient entre les lames à moitié pourries du parquet et le vieil édifice avait besoin d'un bon coup de peinture, mais il faisait frais à l'ombre de la treille et la brise qui soufflait de la baie atténuait la chaleur de l'après-midi. Les deux femmes s'installèrent côte à côte sur la balancelle tandis que Karen grimpait sur la balustrade en s'aidant d'un poteau.

— Ne va pas tomber, ma chérie.

Gail n'était pas retournée au bureau. Elle était rentrée chez elle avec sa fille et avait passé un short et un haut de maillot de bain avant d'appeler sa mère. « Viens avec la nouvelle allamanda », avait-elle suggérée. Ravie de profiter de ces quelques heures inattendues, Irene avait apporté son dossier sur le mariage, mais elles avaient discuté de Dave. Pendant que sa mère préparait le thé glacé, Gail lui avait raconté ce qui s'était passé pendant et après son entretien avec le Dr Fischman. Irene avait commencé à donner son avis, mais Gail lui avait dit qu'elle ne souhaitait plus en parler.

— Avant qu'on achète cette propriété, déclara-t-elle, j'avais dit à Anthony qu'on planterait un flamboyant juste là, à mi-chemin entre la maison et la digue. Ils sont en fleur en ce moment. Les rues sont superbes avec ces voûtes de fleurs rouges. C'est quand, le meilleur moment pour les planter ?

— À l'automne, c'est l'idéal, répondit Irene. Ça va être très beau, chez toi.

Le vent lui ébouriffa les cheveux.

Gail appuya le verre à moitié vide contre sa joue. Il ne faisait pas plus de trente-deux degrés, mais l'humidité était oppressante. Elle avait l'impression que si elle pressait une poignée d'air, il en sortirait des gouttes d'eau. Les piscines ressemblaient à des bains chauds et, au crépuscule, les moustiques débarquaient.

— Le climatiseur est de plus en plus bruyant, observa-t-elle. S'il nous lâche, on risque de venir camper chez toi.

— Ce n'est pas si grave, rétorqua sa mère. De nos jours, les gens sont trop gâtés. Nous, on n'a eu la clim que quand j'avais à peu près l'âge de Karen. On avait des ventilateurs, et quand il faisait une chaleur vraiment torride, on dormait sur la véranda, derrière les moustiquaires.

Elle remua les pieds. Ses sandales blanches découvraient des ongles orangés assortis à son short. Son immense tee-shirt blanc était noué autour de ses hanches, et des petits perroquets verts se balançaient au bout de ses oreilles.

Perchée sur la balustrade, Karen faisait le tour du belvédère en passant rapidement d'un poteau à l'autre. Gail lui ordonna de descendre.

— Tu vas glisser et te rompre le cou.

— Mais non, maman.

— Descends !

Irene se mit à rire.

— Ne réprime pas ses élans naturels. Un jour, elle conduira une expédition sur l'Everest, pas vrai, trésor ?

Karen sauta de la balustrade et roula dans la pelouse avant de remonter en courant la pente douce jusqu'au vieux portique et de faire le cochon pendu sur une barre transversale.

— Quel petit singe ! s'exclama Irene.

— L'autre jour, elle portait du rouge à lèvres.

Gail ferma les yeux et poussa un long soupir.

— Ça va, ma chérie ?

— Je suis fatiguée, complètement crevée même.

La balancelle allait d'avant en arrière, secouant bruyamment l'extrémité de la chaîne à chaque passage.

— Qu'est-ce que tu vas dire à Anthony ?

— Qu'est-ce que tu lui dirais, toi ?

Les fins sourcils de sa mère se rejoignirent.

— Hum. Eh bien… pas tout. Il suffit de tout raconter à un homme pour déclencher une dispute. Ils ont une oreille sélective et prennent bien trop facilement la mouche.

Gail appuya la tête contre la main qu'elle avait refermée autour de la chaîne.

— Je n'ai pas envie d'y penser, pour le moment.

— Bon, dans ce cas…

Irene attrapa l'organiseur qu'elle avait posé à côté de la carafe sur la petite table en bois. Les différentes sections étaient séparées par des intercalaires multicolores ; elle ouvrit à FLEURS.

— Je suis allée voir le fleuriste hier, et il m'a donné des photos de compositions de table avec des becs-de-perroquet. Regarde comme ça rend bien ! Tu ne veux pas les mêmes orchidées fadasses que tout le monde, si ?

— Ah non !

Sa mère la considéra un moment avant de reprendre :

— Alors, ça te plaît ou pas ?

— Ces fleurs sont magnifiques. Sublimes.

— Très bien. Je lui dirai que tu es d'accord, dans ce cas. Voyons voir. On a le photographe pour les portraits, mais pour le film… Tiens, voilà une liste de professionnels. Il faudrait qu'on regarde ce qu'ils ont fait.

— Je n'ai pas le temps. Je te laisse choisir, OK ?

Gail poussa le sol des pieds et la balancelle grinça. Bercée par le mouvement, elle laissa ses yeux se fermer.

— Il faudrait qu'on ait un voiturier à la réception, tu ne crois pas ? Certains invités dormiront sur place, mais ça risque de coûter cher, alors je pense qu'on devrait réserver des chambres à l'Holiday Inn. Le Biltmore peut organiser un charmant dîner de répétition. Ce serait pratique parce que l'église est juste en face.

La voix de sa mère se confondit avec le bruissement des feuilles et le gazouillis des oiseaux.

— Hé, Gail ! Tu m'écoutes ?

— Excuse-moi, maman. Tu disais ?

Irene posa l'organiseur sur le siège.

— Tu sais, j'ai découvert que le meilleur remède contre les coups de blues, c'est le jardinage. Pourquoi on n'irait pas planter l'allamanda ?

— Tout à l'heure.

Gail observa sa fille, qui traînait une brindille dans l'herbe pour faire jouer son chaton.

— Ça m'ennuie que Karen l'ait vu m'embrasser.

— Qu'est-ce qu'elle a dit ?

— Rien. Je ne sais pas ce qu'elle pense. Avant, on parlait de tout, mais maintenant, elle cache ses sentiments. Je ne sais même pas ce qu'elle pense de moi.

— Elle t'adore ! Mais les filles ont des secrets à son âge. Toi, par exemple, tu étais un vrai sphinx, tu me rendais folle. Chacune son tour ! s'exclama Irene en riant.

Le téléphone de Gail se mit à sonner. Elle se leva en râlant et le sortit de sa poche de short.

— Tu ne l'éteins donc jamais, ce truc ?

— J'ai dit à Miriam d'appeler si c'était important.

Son nouveau portable identifiait les appelants, et elle reconnut le numéro du cabinet. Un pied par terre, elle se hissa sur la balustrade.

— Hello, quoi de neuf ?

Miriam lui annonça que la cliente avait signé l'acquiescement et que, maintenant, elle voulait savoir quand elle aurait l'argent.

— Je ne vais pas la rappeler tout de suite, ça peut bien attendre jusqu'à demain, répondit Gail en s'adossant à un poteau. Autre chose ?

L'avocat de Wendell Sweet avait téléphoné. Il n'avait pas donné le motif de son appel, mais avait demandé que Gail le joigne de toute urgence. Elle emprunta le stylo de sa mère pour griffonner le numéro sur une page vierge de l'organiseur.

— Merci, Miriam. À demain.

Après avoir raccroché, elle composa le numéro.

— Zut !

— Qu'est-ce qu'il y a ?

— C'est cette affaire de divorce. Je t'en ai parlé, je crois. Tu sais, l'affaire Sweet. Je te parie un dollar qu'il veut un report.

Elle ne se trompait pas. Quand Marvin Acker prit enfin l'appel, il lui dit que Wendell demandait une semaine de délai pour fournir les documents qu'elle avait exigés.

— Non, c'est hors de question ! Marvin, votre client a l'obligation de présenter les documents vendredi. C'est demain, pas la semaine prochaine.

Acker répliqua que son client faisait de son mieux, mais que beaucoup de documents venaient du Venezuela, et que, par courtoisie…

— Courtoisie ? Demandez à Wendell s'il s'est montré courtois la dernière fois qu'il est allé voir sa femme et qu'il l'a frappée. Il aurait dû être arrêté. Dites-lui que je veux ce qu'il a déjà sur mon bureau demain, et le reste lundi matin à 9 heures. Ça m'est complètement égal s'il doit aller récupérer les papiers au Venezuela. Lundi, si je n'ai rien, je serai devant le juge à 10 heures et je demanderai l'emprisonnement de Wendell Sweet pour obstruction à la justice !

— Vous n'avez aucune raison d'être agressive, observa Acker.

— Ce n'est pas moi, c'est votre client qui crée les problèmes. Dites-lui ce que je vous ai dit. Lundi matin, ou sa tête sur le billot.

Gail raccrocha et fourra le téléphone dans sa poche avec un juron.

Sa mère avait les yeux fixés sur elle.

— Eh bien !

— Eh bien quoi ?

— Dieu merci, je n'ai pas souvent affaire à cet aspect de ta personnalité.

— Tu parles de Dr Jekyll et Mlle Hyde ? Maman douce le soir, dragon la journée.

Gail alla prendre son thé sur la table.

— On ne peut pas être gentil avec les gens comme Wendell Sweet. Quand tu passes huit ans à te battre et à jouer des coudes chez Hartwell, tu comprends que si tu n'attaques pas, tu te fais piétiner.

— Je ne pourrais pas faire ça, affirma Irene avec une petite grimace.

— Bien sûr que si, si tu devais protéger un client. Wendell se sert de ses poings quand il n'obtient pas ce qu'il veut, et il serait content de voir Jamie et leurs trois enfants vivre dans une caravane et s'habiller dans des braderies. Il a plus d'un million de dollars planqués quelque part, et je vais les retrouver. Si je lui donne plus de temps, il en profitera pour pousser Jamie à bout et l'obliger à signer un accord merdique. Le salaud ! Il ment pour sauver sa peau. Tu aurais fait comme moi.

— J'espère que ça ne se répercute pas sur ta vie privée.

— Quoi donc ?

— Eh bien… le fait d'être aussi dure et intransigeante. Les hommes sont un peu bizarres, là-dessus. Tu pourrais te demander si ce n'est pas ça, entre autres, qui a poussé Dave à partir. J'ai l'impression qu'Anthony aurait encore plus de mal à l'accepter, étant donné sa culture et tout le reste.

— On n'est pas des adversaires, Anthony et moi.

— Vous seriez bien les premiers !

— Maman !

— D'accord. (Irene leva les mains.) Ne te fatigue pas, ma chérie, j'ai compris. Tu sais que je t'aime.

Gail ne l'avait pas quittée des yeux.

— Tu penses que j'ai tort de l'épouser.

— Je n'ai jamais rien dit de tel.

— Mais tu le penses, n'est-ce pas ?

— Non. Anthony est attirant, intelligent et charmant. Il ne me viendrait pas à l'idée de contester ta décision.

— Si ! Quels ont été tes premiers mots quand je t'ai raconté ce qui s'était passé avec Dave ? Tu as dit que c'était dommage qu'on ait divorcé.

— Mais c'est fait, pas vrai ? Le temps a passé, inutile de revenir là-dessus.

Elle prit une gorgée de thé.

— Peu importe ce que j'ai dit. Je suppose que j'ai pitié de David.

— Pourquoi ?

— Parce qu'il m'a toujours donné l'impression d'avoir terriblement besoin de toi.

— En voilà, une bonne raison pour ne pas divorcer !

Irene se leva.

— Je crois qu'il est temps d'aller faire un peu de jardinage.

— Je ne voulais pas être désagréable, maman.

— Eh bien, tu es très préoccupée, en ce moment.

— Ce n'est pas une excuse.

Docilement, Gail rassembla les verres et la carafe et descendit les marches derrière sa mère. Alors qu'elle se demandait où sa fille avait bien pu passer, elle vit Irene se diriger au bout de la propriété et lever les yeux vers le figuier. Il n'y avait pas d'herbe sous son ombre épaisse, et de longues racines aériennes sombres et enchevêtrées étaient accrochées au sol.

— Descends, fille de la jungle. Viens nous aider à planter l'allamanda.

— Je suis occupée, lança une voix.

— Évidemment, tu es occupée à avoir dix ans, rétorqua Irene en souriant.

— Onze ! Enfin presque.

— Tu veux de la compagnie ?

Un petit rire lui répondit. Irene mit ses petits poings sur ses hanches.

— Je parie que je pourrais grimper à ce vieil arbre.

— D'accord, tu peux monter.

— Laisse-moi travailler un peu, et quand je reviendrai, tu me montreras ton passage secret.

Quand sa mère la rejoignit, Gail la serra très fort.

— Eh bien, eh bien, qu'est-ce qui me vaut cet élan d'affection ?

Les yeux de Gail la piquaient.

— C'est que je t'aime et que tu es tellement bonne.

— Ne dis pas de bêtises, voyons !

Irene avait posé le pot en plastique noir contenant l'allamanda dans l'allée. Ouvrant le coffre de son énorme Chrysler bordeaux, elle en sortit une pelle, une bêche et un petit sac d'engrais. Gail transporta l'arbuste jusqu'à l'emplacement qui avait été occupé par son prédécesseur en se demandant comment diable sa mère avait réussi à le hisser dans sa voiture.

Gail pesa sur la pelle pour l'enfoncer, souleva la terre et la jeta sur le côté. Déjà, elle sentait la brûlure du soleil sur son dos nu.

Irene récupéra son chapeau sur le siège avant.

— Tu en as besoin, Gail ?

— Non, il faut que je prenne des couleurs, j'ai un teint d'endive.

Sa mère coiffa elle-même le chapeau avant d'enfiler une paire de gants verts.

— Comment je dois m'habiller, samedi ?

— Samedi ?

— Pour aller dans cette boutique cubaine.

— Ce n'est pas exclusivement cubain, maman, c'est juste…

Gail donna de grands coups de pelle dans le sol caillouteux.

— … Horriblement cher. Comment tu dois t'habiller ? Pourquoi pas comme aujourd'hui ? Tes gants sont assortis à tes boucles d'oreilles..

— Tu te moques de moi ?

— Non, je ne veux pas que tu te laisses impressionner par les Pedrosa, c'est tout.

— Moi ?

Gail regarda sa mère.

— Tu as raison. Ils pensent que je ne sais pas m'habiller, et ils veulent que la mariée soit aussi élégante que le futur époux, ce qui va être un vrai défi.

— Tu es très jolie, Gail, enfin !

— Comparée à Elena, Xiomara et aux autres cousines, je n'ai pas de fesses, pas de seins, et des jambes comme des allumettes, répliqua-t-elle en envoyant une autre pelletée de terre sur le côté.

— Anthony te trouve très belle. Il me l'a dit.

— C'est vrai qu'avec lui je me sens belle, reconnut Gail en souriant.

Une Land Rover d'un noir étincelant approcha, dispersant des feuilles sur son passage, et Gail leva une main. La conductrice ne vit pas son geste, ou l'ignora, et le véhicule s'engagea entre les piliers de la propriété d'en face.

— Qui est-ce ?

— Peggy Cunningham, la reine de Clematis Street. Ce n'est pas vraiment la personne la plus chaleureuse du monde.

— Cunningham, répéta Irene. Ce ne serait pas la femme de Bennett Cunningham, par hasard ? Je crois que je connais sa sœur à lui, Margie. Elle fait partie de la Guilde de l'Opéra.

— Peggy ne m'aime pas. J'ai crié après son fils. Je dois me faire une sacrée réputation, dans le quartier. À ton avis, je devrais aller les voir avec une assiette de petits gâteaux et présenter mes excuses ?

— Tant que les gâteaux sont maison…

— Bien sûr, je n'ai que ça à faire.

Respirant fort, Gail lâcha la pelle et désigna le trou.

— C'est bien assez profond, non ?

Irene l'examina.

— Mon père me disait toujours, si tu as une plante à cinq dollars, creuse un trou de dix. Enlève ces cailloux.

Gail s'agenouilla et donna des coups de bêche dans les cailloux avant de commencer à les extraire un par un.

— Je vais le faire, intervint sa mère. Sans gants, tu vas te bousiller les ongles.

Elle jeta les petites pierres blanches dans l'herbe.

— Chérie ? C'est juste une idée, comme ça, mais pourquoi ne pas attendre un peu avant de vous marier ? Six mois, un an. Si c'est mieux pour Karen…

Gail s'assit sur ses talons.

— On en a déjà discuté, avec Anthony, mais on n'est pas sûrs que ce serait mieux pour elle. En fait, on n'en sait rien.

— Voilà !

Irene envoya quelques coups de pied dans le pot afin de dégager plus facilement l'arbuste qu'elle souleva par le tronc avec un soupir d'effort. Quand elle l'installa dans le trou, les fleurs jaunes oscillèrent.

À genoux, Gail enleva un peu de terre avec la bêche pour que l'allamanda soit bien droite.

— La semaine dernière, en allant chez Dave, Karen m'a dit : « J'aimerais qu'on soit tous réunis. Toi, papa et moi. » Et ensuite, elle a ajouté : « Je sais que ça n'arrivera pas. » Tu vois ? Elle ne veut pas me rendre malheureuse.

Une petite main lui tapota la tête avant de lui caresser les cheveux.

— Je serais ravie de lui parler, ma chérie. Tu n'as qu'à me le demander.

— Tu ferais ça ? Tu irais sûrement plus loin que le Dr Fischman.

Sa mère épandit l'engrais autour des racines, et Gail repoussa la terre dans le trou avant de se relever pour bien la tasser.

— Tu sais, maman, à propos de ce que tu as dit tout à l'heure… Je ne suis pas dure et intransigeante avec Anthony. Et je ne l'étais pas non plus avec Dave. Enfin, je ne crois pas. Ce n'est pas moi qui l'ai éloigné.

— Oh, ma chérie…

— Tu sais ce qu'Anthony m'a dit ?

Elle se mit à rire et se frotta sous le nez.

— Il m'a dit qu'il m'aimait parce que j'étais un véritable défi. Mais il est dix fois plus fort que Dave. C'est vrai, peut-être que je devrais être plus… Plus quoi ? Je n'en sais rien.

— Allez, rentrons. Tu vas te nettoyer, et je nous préparerai une boisson d'homme.

Elles remirent la pelle et la bêche dans le coffre, et Irene y lança ses gants et son chapeau de paille. Gail sortit le pot vide dans la rue et le posa sur la pile de déchets qui, pour une raison mystérieuse, n'avait pas été ramassée la semaine précédente.

— Pour toi, Peggy, dit-elle.

En revenant, l'attention de Gail fut attirée par la boîte aux lettres à côté de la porte d'entrée. Du papier blanc en dépassait : le facteur avait dû passer pendant qu'elles étaient derrière.

Du pied, elle repoussa la porte et parcourut le courrier en traversant le séjour : de la publicité, un catalogue de chez Macy, un autre d'un organisateur de croisières, la facture d'électricité, un relevé de carte bancaire, une lettre de son cousin d'Atlanta, et une autre affranchie à Miami, mais sans adresse d'expéditeur. C'était une simple enveloppe blanche portant ses nom et adresse en majuscules d'imprimerie légèrement recourbées et excentrées.

Sa mère l'appela depuis la cuisine et lui demanda si elle avait de la vodka.

Vaguement nauséeuse, Gail sentit une brusque poussée d'adrénaline la traverser. L'enveloppe était légère, elle ne devait pas contenir grand-chose. Coinçant tout le reste sous le bras, elle glissa un doigt sous le rabat, et le papier se déchira. Ses mains pleines de terre avaient laissé des traces.

— Tu m'as entendue, Gail ?

— Oui, une seconde !

À travers l'ouverture, elle aperçut une feuille de papier blanc pliée en trois. Posant le courrier sur la table près des marches, elle sortit la feuille de l'enveloppe et la déplia. C'était une photocopie couleurs d'une photographie. Des arbres, un morceau de ciel bleu… Gail reconnut la cour de récréation de Biscayne Academy. Il y avait une demi-douzaine d'enfants, mais on avait fait la mise au point sur l'un d'eux.

Gail devina de qui il s'agissait avant même de distinguer ses traits : des cheveux châtains attachés en queue-de-cheval, de longues jambes minces…

Un pistolet grossièrement dessiné au feutre noir était pointé sur elle et la trajectoire de la balle représentée par des lignes très fines. Elle traversait la tête et sortait de l'autre côté dans une explosion rouge d'os et de sang.

Ses jambes se dérobèrent sous elle et Gail s'agrippa à la rampe pour ne pas tomber. Un gémissement lui échappa ; quelques instants plus tard, sa mère arriva d'un pas précipité.

— Qu'est-ce qui s'est passé, Gail ? Qu'est-ce que c'est que ça ? (Elle lui prit le papier des mains.) Oh ! Oh, mon Dieu !

— Où est Karen ?

— Je… Je ne sais pas. Derrière, dans le jardin…

Passant devant sa mère, Gail traversa le couloir et la cuisine en courant et ouvrit la porte à toute volée. Personne sur le portique ; pas de pieds dépassant des branches du figuier.

— Karen !

Elle était près de la digue avec Lindsay Cunningham. Elles se retournèrent et Karen lança :

— Quoi ?

Irene s'accrocha au bras de Gail.

— Inutile de lui faire peur, elle va bien.

Gail déglutit et s'humecta les lèvres.

— C'est bon ! cria-t-elle, la main en cornet. Reste dans le jardin, d'accord ?

Elles rentrèrent. Irene avait les yeux exorbités.

— Appelons la police, et préviens Anthony.

— Oui, mais je veux d'abord appeler Dave. Il faut qu'il sache.

Gail sortit son téléphone de sa poche et fit deux faux numéros avant de joindre l'Old Island Club.

Au bout du fil, une voix masculine lui répondit que M. Metzger serait bientôt de retour. Il fallait absolument le trouver pour lui demander de rappeler son ex-femme, insista Gail. Qu'il lui dise que ça concernait sa fille et que c'était important.

Irene avait laissé photo et enveloppe sur la table de la cuisine. Gail fixa la photo sans croire à ce qu'elle voyait. Elle retourna l'enveloppe, mais le dos était vierge. Puis elle relut son adresse comme si cela pouvait lui fournir la clé, mais non. Elle abattit les mains sur la table et ses paumes la brûlèrent.

Anthony arriva moins d'un quart d'heure plus tard, après avoir abandonné un client au beau milieu d'un entretien. Gail lui apprit que la police avait refusé de se déplacer. Les inspecteurs qui s'étaient occupés d'eux pour la voiture n'étaient pas disponibles, et les autres ne voulaient pas bouger.

Tenant fermement le poignet de sa fiancée, Anthony demanda à Irene si elle pouvait surveiller Karen. Puis il emmena Gail à l'étage et lui dit de se changer pendant qu'il passait quelques coups de fil. Après une douche rapide, Gail l'écouta parler aux policiers tandis qu'elle attrapait une robe en jean et enfilait ses chaussures.

Anthony tint le combiné suspendu au-dessus du poste avant de le laisser tomber.

— Ils veulent qu'on vienne faire une déposition. Je m'y attendais, déclara-t-il en la regardant. (Elle acquiesça.) On peut y aller maintenant, si tu veux.

— Oui. Ça va, mes cheveux ? Je vais me recoiffer.

Et elle se rua dans la salle de bains.

Bras croisés, Anthony s'appuya contre l'encadrement.

— Il ne faut pas s'affoler. C'est sans doute ce qu'il veut, te foutre la trouille. S'il avait l'intention de vous faire du mal, à Karen et à toi, ce serait déjà fait.

Quand le téléphone sonna, il alla répondre. Gail baissa sa brosse.

— Non, Karen n'a rien. Elle va bien… Je vous passe Gail.

Elle sortit de la salle de bains et Anthony lui tendit le combiné, hochant la tête quand elle articula silencieusement « Dave ».

Gail s'assit au bord du lit ; Anthony arpentait lentement la chambre, mains sur les hanches.

Elle expliqua à Dave ce qui s'était passé, l'assura de nouveau que Karen n'avait rien, et ajouta que les coups de fil et les dégâts causés à sa voiture étaient peut-être, sûrement même, liés à cet envoi. Oui, elle avait appelé la police. Anthony et elle s'apprêtaient à se rendre au commissariat.

Soudain, elle regretta qu'Anthony soit dans la pièce.

— Tu veux nous retrouver là-bas ? proposa-t-elle à Dave.

— Pas si Quintana vient, répliqua-t-il, puis il annonça qu'il voulait passer prendre Karen.

— Ce n'est pas la peine, maman est là. Karen est en sécurité.

Quand pourrait-il voir la photo ?

— Quand tu veux. Je peux te l'apporter samedi, quand je déposerai Karen. Ne lui dis rien, Dave. Pas encore. Attends qu'on ait pris une décision.

Lorsqu'elle raccrocha enfin, Anthony s'immobilisa.

— Il vient avec nous ?

— Non.

Planté devant elle, il lui demanda :

— Il voulait l'emmener chez lui ?

— Je lui ai dit qu'elle était avec maman.

— Je vais m'installer ici. Je ne crois pas que vous soyez en danger, mais n'empêche.

— Peut-être qu'elle devrait rester chez Dave. Si tout ça est dirigé contre moi, il vaudrait peut-être mieux, non ? Qu'en penses-tu ?

Il émit un petit rire à peine audible.

— Que ça ne pouvait pas mieux tomber pour lui.

Gail le dévisagea.

— Tu crois que c'est *Dave* qui a envoyé la photo ?

— Je n'écarterais pas cette possibilité.

— Pour l'amour du ciel, Anthony ! Jamais il ne ferait une chose aussi odieuse. À sa propre fille ?

— Non, à toi. Pour te faire peur…

— C'est insensé !

Il secoua la tête comme s'il désirait mettre un terme à la discussion.

— Quand on passe quinze ans de sa vie à côtoyer le crime, on croit les autres capables du pire. On imagine les motivations secrètes, les mensonges.

Anthony s'assit et l'enlaça.

— J'ignore qui t'a envoyé cette photo, Gail, mais je suis certain qu'elle était destinée à t'effrayer. Une personne déterminée à tuer ne passe pas son temps à prévenir.

— C'est ce qu'un inspecteur m'a dit. Le plus jeune, Novick.

— Tu vois ?

Il porta les doigts de Gail à ses lèvres.

— Ça va aller.

— Mais si on se trompe ? Si quelqu'un a vraiment l'intention de s'en prendre à Karen ? Peut-être que c'est ce qu'il veut. Me faire du mal à travers elle.

— Ça n'arrivera pas. Je ne le permettrai pas.

— Empêche-le de lui faire du mal, s'il te plaît. Je mourrais s'il lui arrivait quelque chose.

— *Niña*, je t'en prie.

Anthony lui encadra le visage de ses mains.

— Regarde-moi. Je tiens toujours mes promesses, tu le sais bien. Je t'aime. Et il n'arrivera rien à Karen. Ni à toi. Je te le jure sur ma vie.

12

Lola Benitez Couture : le nom était inscrit en lettres d'or sur l'auvent de toile rouge qui surplombait le trottoir de Miracle Mile, entre la bijouterie Mayor et la boutique Armani. Avec sa lourde porte qui se refermait dans un murmure sur la circulation et la chaleur du dehors, l'endroit paraissait aussi sécurisé qu'une salle des coffres.

Gail précéda Karen dans une féerie de cristal et de dorures qui brillaient de mille feux.

Parmi la douzaine de femmes présentes, elle ne repéra aucune personne de sa connaissance.

— Tu vas avoir l'air débile en robe de mariée, maman.

— Qui te dit que je vais en porter une ?

Karen ne voulait pas venir, mais Gail avait insisté. Simple question de prudence, même si elle n'était pas particulièrement inquiète. Il n'y avait rien eu de spécial dans le courrier du vendredi, et aucun numéro inhabituel ne s'était affiché sur le boîtier identifiant ses correspondants. Le jeudi soir, au commissariat, l'inspecteur Ladue avait laissé entendre que ses collègues et lui avaient d'autres chats à fouetter. La veille,

Anthony avait débarqué avec trois valises, une housse à vêtements, et plusieurs caisses de papiers personnels. Quand Gail avait annoncé à Karen qu'il allait s'installer avec elles, sa fille était partie dans sa chambre en claquant la porte. Gail avait renoncé à l'envoyer chez Dave, jugeant sa propre maison plus sûre ; puisqu'elle était située dans une impasse, aucune personne ou voiture étrangère au quartier ne pouvait passer inaperçue. De leur côté, les animateurs du centre aéré savaient qu'ils devaient ouvrir l'œil pour repérer toute personne prenant les enfants en photo. À part engager un garde du corps, elle ne pouvait pas faire plus.

Gail s'enfonça dans un épais tapis pour aller admirer une veste en soie sauvage bordée de plumes.

— Regarde ma puce, c'est sublime, non ?

— Non.

Karen croisa les bras sur le haut rayé en polyester qu'elle portait sur un jean large. Pour compléter sa démonstration de mauvaise humeur, elle avait mis ses baskets les plus pourries. Gail avait dû la menacer d'une nouvelle privation de sortie pour obtenir qu'elle se brosse les cheveux.

Elle s'apprêtait à la traîner dehors pour la sermonner quand quelqu'un les appela.

— Ah, vous voilà !

Bras écartés, Elena s'avança vers elles dans une superbe robe de lin blanc, perchée sur des sandales à talons hauts qui découvraient ses ongles rouges.

— On vient d'arriver, déclara-t-elle. Ta mère est là-bas. Venez.

Elle les entraîna au fond, dans un couloir qui menait aux cabines d'essayage.

— Je les ai trouvées ! annonça-t-elle gaiement.

La pièce n'était pas un placard exigu, mais un endroit suffisamment grand pour accueillir deux fauteuils confortables et un canapé. Digna Pedrosa était assise entre Xiomara et Betty ; Irene agita la main depuis l'un des fauteuils. Sur une table étaient posés un plateau avec des pâtisseries et des tasses ornées d'un filet doré. Gail fit le tour de la pièce pour embrasser tout le monde. Hormis Irene, personne n'était au courant, pour la photo. Anthony avait laissé entendre qu'il valait mieux ne rien dire dans un premier temps. Si ses proches l'apprenaient, ils risquaient – surtout les femmes – de se ronger les sangs.

Karen dut subir un flot de questions : est-ce que la boutique lui plaisait ? Ne la trouvait-elle pas charmante ? N'allait-elle pas s'amuser comme une folle à aider sa mère à choisir une robe ? Finalement, elle se réfugia dans un coin, s'assit sur la moquette, et posa le front sur ses bras croisés. Irene haussa les sourcils dans sa direction, et Gail répondit par un sourire contraint.

Une douzaine de robes l'attendaient sur un portant à roulettes. On appela l'essayeuse, une femme âgée avec une pelote à épingles fixée sur la poitrine. Elle conduisit Gail derrière un rideau, et celle-ci suspendit sa robe. L'essayeuse prit adroitement ses mesures et, en réponse à une question de Gail, expliqua dans un anglais hésitant qu'elle travaillait pour la famille Benitez depuis son plus jeune âge. La boutique historique était située sur *el Paseo del Prado*.

Digna Pedrosa devait avoir entendu, car elle affirma :

— *Sí, sí, lo recuerdo bien*.

Elle s'en souvenait très bien. Les collections étaient toujours à la pointe de la mode, avec les toutes dernières créations de Paris ou de New York. Mais elle n'y avait pas acheté sa robe de mariée. La couturière de la famille la lui avait faite sur mesure, et elle l'avait portée avec une mantille de dentelle blanche, souvenir d'Espagne de sa grand-mère.

— Ernesto et moi, nous nous sommes mariés en 1938, à *la Catedral de la Habana.* Après la messe, nous sommes allés chez mes parents à pied. Il y avait du champagne et des hors-d'œuvre, mais ni danse ni musique. C'était comme ça, pour nous. Les pauvres s'amusaient bien plus !

À travers une fente du rideau, Gail aperçut Karen qui faisait mine de ne pas écouter. L'essayeuse lui enfila une robe par la tête.

La voix d'Irene s'éleva.

— Ma mère et moi, nous avons acheté ma robe chez Burdine, à Miami, et ensuite nous avons déjeuné à l'étage pour fêter ça. Je me rappelle qu'elle portait un chapeau et des gants blancs. Et elle m'a parlé du « devoir conjugal ». C'est comme ça qu'elle appelait ça. (Irene pouffa.) Elle m'a dit que je risquais d'être choquée pendant ma nuit de noces. Je n'étais tout de même pas naïve à ce point !

— Moi si.

La voix de Digna se réduisit à un murmure, et Karen se rapprocha discrètement.

— Ernesto et moi, nous avions échangé quelques baisers pendant que ma tante ne regardait pas, mais c'est tout. Je n'étais jamais seule avec lui. Pendant ma nuit de noces… *Ay, mi Dios.* J'ai pleuré et je voulais rentrer à La Havane, mais c'était impossible car nous avions pris le bateau pour passer notre lune de miel en Espagne. D'abord New York, puis l'Europe. Nous sommes partis trois semaines, et quand je suis revenue… Eh bien, j'étais très amoureuse de mon cher Ernesto. Et j'attendais notre premier enfant. Un garçon, Tomás.

Après un long silence, elle se signa.

— Il a été tué à Playa Girón par les communistes.

L'essayeuse acheva de reprendre la taille. Des épingles plein la bouche, elle incita Gail à montrer sa tenue aux dames.

— *Vaya, enséñalas*, marmonna-t-elle.

Et elle écarta le rideau pour lui permettre de faire le tour de la pièce.

Le modèle vaporeux couleur ivoire lui donnait l'impression de parader déguisée en meringue. Il y eut des compliments, des commentaires, des critiques. Karen roula des yeux.

De retour derrière le rideau, Gail entendit sa mère raconter son mariage par le menu. Elle lâchait des noms connus à la pelle, s'arrangeant pour apprendre à ces femmes que sa famille avait fait partie des tout premiers colons de Miami et qu'elle avait appartenu à la noblesse de Caroline avant la guerre d'Indépendance.

De l'autre côté du rideau, Karen, qui avait trouvé des épingles par terre, s'amusait à les planter sous ses ongles courts.

— Arrête ça, Karen ! chuchota Gail.

— Ça ne fait pas mal, rétorqua-t-elle en agitant les doigts.

— Enlève-moi ces aiguilles ! Tout de suite !

— Mais je m'ennuie, maman. Je peux aller chercher un truc à boire ?

— Non, tu restes ici.

L'essayeuse venait d'aider Gail à s'extraire d'une chose en taffetas couleur menthe dont elle avait su au premier coup d'œil qu'elle ne ferait pas l'affaire quand Elena passa la tête.

— Hello ! Je peux te montrer celle-là ?

Sans attendre la réponse de Gail, Elena murmura quelque chose en espagnol à la vieille femme, qui acquiesça et sortit. La cousine d'Anthony plaqua un fourreau champagne et or sous le menton de Gail.

— Ça devrait bien aller avec tes cheveux.

Suspendant le cintre à un crochet, elle descendit la fermeture Éclair.

— Tu viens à la maison, après ? Nena a invité tout le monde à déjeuner, Anthony te l'a dit ?

— Oui, on y sera.

Gail leva les bras pour lui permettre de lui enfiler la robe. Le teint de porcelaine d'Elena contrastait avec ses cheveux noirs coupés au ras des épaules.

— Je voulais juste te dire, déclara-t-elle à voix basse, que je suis ravie que tu entres bientôt dans la famille. Parfois, j'ai l'impression que tu ne te sens pas à l'aise avec nous. J'espère que je me trompe.

Gail se tourna pour qu'elle remonte la fermeture.

— Je ne vois pas ce qui a pu te faire croire ça. Je vous aime tous beaucoup.

— Je suis tellement contente !

Une fois la robe fermée, Gail retint son souffle : le fourreau était une colonne d'or pâle. Comme Elena regardait par-dessus son épaule pour voir comment il tombait, ses yeux sombres croisèrent ceux de Gail dans le miroir.

— La première femme d'Anthony était très gentille, mais pour être honnête, elle n'a pas apporté grand-chose dans le couple. Que tu ne sois pas *latina*, c'est un atout, aussi bien pour la famille que pour Anthony, alors tu n'as pas à te sentir étrangère.

— Il n'y a pas de raison, répondit Gail en souriant. Je sais à quel point sa famille compte pour lui.

De profil, elle constata que la robe soulignait ses hanches osseuses et lui aplatissait les seins.

Elena lui serra légèrement le bras.

— J'ai grandi avec Anthony, alors je le connais très bien. Si jamais tu as besoin d'un conseil ou de quelqu'un à qui parler, je suis là, OK ? N'oublie pas.

— Merci.

Gail lui présenta son dos.

— Tu peux me défaire, s'il te plaît ?

Des voix animées attirèrent leur attention, et Elena écarta le rideau. Une femme avait fait son entrée, et son cafetan violet ondulait tandis qu'elle traversait la pièce. En voyant ses cheveux platine très courts et ses pommettes fardées bien tendues, on lui donnait d'abord la cinquantaine, mais ses mains veinées et ses épaules voûtées trahissaient son âge, plus proche des soixante-dix ou quatre-vingts ans.

Ce ne pouvait être que Lola Benitez. Lorsqu'elle se pencha vers Digna Pedrosa, elles se prirent par les épaules et appuyèrent leurs joues l'une contre l'autre.

— *Cómo estás, mi amor ?*

— *Luces maravillosa, como siempre*, lui répondit Digna. Tu es toujours aussi splendide.

On fit les présentations et l'on s'embrassa.

Dans un tourbillon de tissu, Lola Benitez se tourna vers Gail.

— Ah, voilà donc *la novia*, la future mariée. Très jolie, très élégante. Il va être heureux, heureux, heureux.

La *señora* Benitez battit de ses cils longs, épais et très bien posés.

— Bon, la robe maintenant. Voyons voir. Peut-être… un peu plus rempli, par ici.

Elle souleva ses propres seins lourds comme des melons.

Karen plaqua ses mains sur sa bouche ; la vieille dame fit une volte-face impérieuse pour localiser l'origine du gloussement.

— Et qui est cette jeune personne ?

— *Señora* Benitez, je vous présente ma fille, Karen.

Se relevant tant bien que mal, Karen s'empressa de lui tendre la main.

— *Encantada, señora.*

Lola Benitez la prit dans la sienne et appuya l'autre sur son cœur.

— Oh ! *Hablas español, que linda.*

Pinçant des lèvres soigneusement soulignées, elle pressa la joue contre celle de Karen avant de faire un pas en arrière sans lui lâcher les épaules.

— Quelle belle enfant ! Elle a un teint de miel. Et ces yeux ! D'un bleu ! Je meurs. Quel âge as-tu ? Non, non, ne dis rien. Treize ans.

— Onze. Enfin, dans deux semaines, se reprit Karen.

— Oh, mais tu fais beaucoup plus ! Tourne-toi, que je te voie. Elle a un physique de mannequin, grande et mince comme sa mère. Avant, j'étais jolie comme toi, Karen, je t'assure.

Elle s'approcha en chuchotant et ses longs cils effleurèrent la joue de Karen.

— J'ai brisé le cœur de beaucoup, beaucoup d'hommes. Toi aussi, un jour, j'en suis sûre. Que vas-tu porter pour le mariage, ma belle ?

De sa main ouverte, la *señora* Benitez décrivit un arc de cercle.

— Quel look te plairait ? Toutes les femmes doivent avoir un look.

— Eh bien… Je n'aime pas la dentelle. Et je déteste les nœuds.

— Tu as raison, les nœuds, c'est pour les petites filles. Ah, si jeune, et déjà le sens du style.

Lola Benitez claqua des doigts, et quand l'une de ses assistantes s'avança, elle lui demanda d'emmener *la jovencita* voir les robes.

— Et trouve-lui une paire de chaussures. Et des bas. Et peut-être un soutien-gorge, aussi.

Les yeux écarquillés, Karen lança un regard à sa mère par-dessus son épaule avant de suivre l'employée dans le couloir.

D'une main ferme, la *señora* Benitez entraîna sa cliente derrière le rideau. Elle tendit le fourreau à l'essayeuse et fit monter Gail sur le tabouret. Doigt sur la joue, coude dans la paume, elle réfléchit. Gail fixa le plafond. Puis la vieille dame se pencha et ordonna à son assistante d'aller chercher la robe bleue Louis Féraud dans son bureau.

Celle-ci arriva sur un portant à roulettes, et on ouvrit la housse devant les femmes qui faisaient cercle. La *señora* Benitez souleva un cintre capitonné soutenant un flot d'organza et de soie bleu argenté. Elle l'emporta dans la cabine et, avec l'essayeuse, aida Gail à l'enfiler.

Cette dernière se tourna et s'examina dans la glace. La couleur donnait de l'éclat à son regard et à ses cheveux, et la coupe la mettait vraiment en valeur. Ses épaules, que Lola Benitez trouvait particulièrement belles, étaient découvertes.

— Oh, mon Dieu !

— Vous étiez faite pour cette robe.

— Combien ? demanda Gail en tournant le dos au miroir.

La vieille dame pencha la tête comme si elle n'avait pas saisi.

— Son prix, insista Gail. Elle est horriblement chère, n'est-ce pas ? Je ne peux pas.

— Mais c'est M. Quintana qui paye. Si, si ! Vous ne le saviez pas ? Il a appelé ce matin. « Qu'elle choisisse ce qu'elle veut, et envoyez-moi la facture », voilà ce qu'il a dit.

— Je ne peux pas le laisser faire ça.

— Bien sûr que si ! s'exclama Lola Benitez en lui pinçant légèrement la taille. Sinon, il s'imaginera que vous ne l'aimez pas !

— Mais combien…

La *señora* écarta brusquement le rideau.

— *¡ Miren, todas !* Regardez ! répéta-t-elle en conduisant Gail au milieu de la pièce.

Les femmes s'approchèrent.

— Pas un poil de graisse, commenta Xiomara. Pas un. Je suis affreusement jalouse.

— On dirait une star, déclara Betty.

Digna Pedrosa lui envoya un baiser depuis le canapé. Elena saisit la jupe et la laissa glisser entre ses doigts.

— Magnifique.

Avec un petit rire de gorge, Gail tourna lentement sur elle-même devant le miroir à trois faces.

— C'est vrai, n'est-ce pas ? Vraiment *vrai*, je veux dire.

— Il va l'adorer, murmura Lola Benitez. Il sera si fier de vous.

Irene lui présenta quelque chose.

— Regarde, chérie. Les boucles d'oreilles de ta grand-mère. Vas-y, mets-les.

Gail s'exécuta, mais les diamants n'étaient pas aussi impressionnants que dans son souvenir. Ils faisaient presque minables comparés à l'élégance de la robe. La pierre blanc bleuté de sa bague de fiançailles avait bien plus d'éclat. Avec une intense excitation qui lui donna des frissons jusqu'au bout des doigts, Gail décida de se rendre ensuite chez le bijoutier pour chercher des boucles appropriées. Elle en toucherait deux mots à Anthony. Il dirait certainement oui. « Bien sûr, *mi cielo*, tout ce que tu veux. »

Elle entendit un froufrou et jeta un œil vers la porte. Son cerveau mit un moment à comprendre que la nouvelle arrivante était bien Karen. Une soie lilas lui enserrait la taille et s'évasait dans une écume de volants froncés jusqu'au genou. Ses pieds semblaient petits dans des sandales à fines lanières, et ses jambes brillaient dans un collant de même nuance que la robe. On lui avait relevé les cheveux, et quelques mèches lui encadraient le visage. Ses lèvres étaient d'un rose éclatant.

Mère et fille se dévisagèrent.

Tandis que ces dames se précipitaient pour admirer cette nouvelle créature, Karen ne put réprimer un sourire. Elle supporta les caresses un moment puis alla se poster à côté de Gail devant le miroir. Relevant le menton, elle s'examina à travers ses cils baissés.

— Elle est pas mal, celle-là, déclara-t-elle. On peut l'acheter ?

Après le déjeuner, Gail se retrouva attablée à la cuisine, à écouter Xiomara et Betty décrire à tante Graciela – en espagnol et dans les moindres détails – les robes que sa fille et elle-même avaient choisies. Leurs maris étaient assis devant un match de base-ball, et Karen s'était éclipsée à l'étage avec la fille d'Elena. Digna faisait la sieste. Les autres avaient disparu. Une heure plus tôt, Anthony l'avait embrassée sur la joue en lui expliquant qu'il allait passer un moment dans le bureau avec l'avocat de son grand-père. Ernesto Pedrosa, lui, était resté à la cuisine. Il avait placé la poussette à côté de son fauteuil roulant pour faire des grimaces au bébé de Betty, qui souriait de toutes ses gencives ou écarquillait les yeux, faisant glousser le vieil homme.

Menton dans la main, Gail risqua un coup d'œil à l'horloge de la cuisinière : 14 h 10. Encore cinq minutes et elle irait voir si Anthony était prêt à partir. Fermina, la gouvernante, achevait de ranger verres, assiettes et plats dans les placards vitrés. Avec un vague sentiment de culpabilité, Gail se souvint que deux jours de vaisselle l'attendaient à la maison.

Pedrosa s'agrandit les yeux avec les doigts, et la lèvre inférieure du bébé se mit à trembler. Le vieil homme rit et lui tapota doucement la tête de sa grande main tachée.

— *No llores, machito.* Ne pleure pas, petit bonhomme.

Bernardo fit son apparition et prit des bières dans l'un des deux réfrigérateurs. Xiomara feignit l'indignation.

— Qu'est-ce que c'est que ça, *¿ qué haces ?*

— La paix, femme. Elles ne sont pas toutes pour moi.

Bernardo avait quarante ans et un certain nombre de kilos en trop.

— Pas de dispute, intervint Gail en agitant le doigt.

— Ça, une dispute ? (Xiomara éclata de rire.) La première fois qu'on s'est disputés... Tu t'en souviens, Nardo ? Avant notre mariage, on est allés dîner chez une amie, tu as voulu que je te serve, et j'ai refusé. J'ai dit : « Et puis quoi alors ? C'est pas écrit "bonniche", là ! » Et tu es parti ! Alors je t'ai lancé : « C'est ça, va-t'en, et bon débarras ! »

Bernardo sourit à Gail.

— Ça ne l'a pas empêchée de m'épouser.

Ernesto Pedrosa se tourna vers Gail pour lui tapoter le bras.

— Nous, les hommes, on ne savait rien faire de nos dix doigts à Cuba. Un matin, mon père, mon oncle et moi, on s'est levés très tôt pour aller à la pêche. Les femmes dormaient encore. On a fait cuire quelques œufs pour le petit déjeuner, et mon oncle a dû demander à mon père comment sortir l'œuf de sa... *cáscara*. Comment on dit, déjà ?

— Coquille, répondit Betty.

Les joues roses, Pedrosa mima la scène en riant.

— Mon oncle ne savait pas quoi faire de cet œuf !

Gail sourit. Ils lui racontaient tout cela pour qu'elle comprenne leur culture, comme si elle débarquait du fin fond du Nebraska. Mais ça n'avait pas d'importance : c'était agréable de se sentir acceptée.

Quand la conversation dériva et qu'on se mit à discuter des projets de chacun pour la fête nationale, Gail s'excusa et partit chercher Anthony.

Les voix et les rires s'éteignirent progressivement tandis qu'elle avançait dans le long couloir. Ses talons martelaient le sol, et elle ralentit en passant devant les tableaux, tous peints par des artistes hispaniques contemporains. Elle se demanda comment ce serait, de vivre dans cet endroit.

Traversant la salle à manger réservée aux dîners et aux réceptions, Gail franchit la porte à double battant qui ouvrait sur le salon. Sur le manteau de la cheminée, une pendulette en or égrenait les secondes parmi des douzaines de photos encadrées des petits-enfants, neveux et nièces. À gauche, une porte lambrissée donnait sur un boudoir. Tournant la poignée en cuivre, elle entra et écarta le rideau à franges pour regarder dehors. Le soleil tomba sur une desserte à plateau de cuir et illumina un petit oiseau en cristal. Gail s'en empara. Les moindres recoins de la demeure regorgeaient de trésors de ce genre. Jamais un grain de poussière dessus, jamais de traces de doigt autour des interrupteurs ni d'insectes morts sous les meubles. Une maison comme celle-ci nécessitait du personnel.

Se sentant observée, elle jeta un œil en direction de la porte et sursauta. L'oiseau lui échappa et tomba sur le tapis oriental. Une fraction de seconde plus tard, elle reconnut le costume gris et les grosses lunettes : Hector Mesa. Il avait sans doute attendu de voir si elle glissait l'objet de cristal dans sa poche. Ses yeux restèrent fixés sur elle tandis qu'elle le ramassait et le reposait sur la table, intact.

— Je cherchais Anthony, dit-elle, regrettant un peu tard cette déclaration stupide.

— Il est dans le bureau. D'après ce qu'il m'a dit, Karen doit aller chez son père. Il m'a demandé de la conduire. Vous pouvez venir, si vous voulez. Je vous ramènerai.

— Je m'en voudrais de vous déranger ! Je comptais emprunter la voiture d'Anthony.

Mesa hésita avant de répondre :

— Il s'inquiète pour votre sécurité.

Gail comprit qu'Anthony avait tout raconté à cet homme. Instinctivement, elle scruta sa veste de costume. Malgré l'absence de renflements, elle était certaine qu'il portait son Beretta .22. Karen ne manifestait pas de défiance à son égard : elle le trouvait simplement bizarre, mais Gail, elle, ne l'aimait pas. Le fait qu'il se tienne sur le seuil de cette pièce totalement à l'écart signifiait qu'il l'avait suivie, épiant sa lente progression à travers la maison sans manifester sa présence.

— C'est très prévenant de sa part, mais je suis sûre qu'il n'y aura pas de problème. Je vais aller lui parler. L'avocat est parti ?

— Oui, mais Anthony est occupé.

— Eh bien, je frapperai avant d'entrer.

Avec un léger hochement de tête, Hector Mesa s'écarta pour la laisser passer avant de refermer la porte d'un geste décidé.

Gail tourna la tête vers lui.

— Dites-moi, Hector, que pensez-vous du mariage d'Anthony avec une Anglo-Américaine ?

Elle ne distingua aucune réaction. Les yeux dissimulés par ses lunettes, il marchait à quelques pas derrière elle.

— Je n'ai pas d'opinion, *señora*.

— Vous en avez sûrement une, mais vous avez raison de me la cacher, lança-t-elle par-dessus son épaule.

— La nationalité n'est pas si importante que ça, dit-il à voix basse. Sa première femme était cubaine. Très belle, mais ambitieuse et avide. Elle l'a épousé par intérêt, et quand il a découvert la vérité, il a divorcé.

Contenant difficilement sa colère, Gail s'arrêta et se retourna. Mesa garda ses distances.

— Vous ne m'aimez pas, et je ne vous aime pas non plus, alors je vous propose un arrangement. Évitons-nous, d'accord ?

Elle crut le voir se raidir. Puis les coins de sa bouche se relevèrent discrètement en une ébauche de sourire.

— *Con su permiso…*

Il s'éloigna et disparut dans le couloir. Elle le surveilla pour s'assurer qu'il ne prenait pas la direction du bureau.

Bien que de dimensions relativement modestes, la pièce réservée à Ernesto Pedrosa était arrangée de façon typiquement masculine avec son fauteuil et son canapé en vieux cuir, ses lampes de banquier et ses boiseries sombres. Dans une bibliothèque aux portes vitrées figuraient des éditions rares de l'œuvre poétique de José Marti. Orienté au sud-ouest, le bureau faisait face à La Havane, et un drapeau troué de balles était suspendu au mur derrière. Le front dans la main, Anthony était en train d'écrire. La lumière de la lampe se reflétait sur ses cheveux bruns ondulés et sur l'anneau d'or de son émeraude. La fumée d'un cigare montait en volutes d'un cendrier.

Gail se glissa silencieusement dans la pièce. La concentration de son fiancé était telle qu'il ne remarqua sa présence que lorsqu'elle fut pratiquement sur lui. Il se renversa pour voir qui était là, et elle se laissa tomber sur ses genoux. Le grand fauteuil bascula sur ses roulettes avant de revenir à sa position initiale avec un bruit sourd.

— *¡ Ay, cuidado !* s'exclama Anthony, qui rit et l'enlaça.

— Tu fumes. Hou ! le vilain ! C'est un cigare cubain ?

— Ne le dis pas au vieux.

Il fit pivoter son siège pour atteindre le cendrier et tira une dernière bouffée du cigare avant d'en tapoter l'extrémité pour l'éteindre. Soufflant la fumée d'un côté, il considéra avec un sourire la femme installée sur ses genoux.

— Voyez donc qui nous tombe du ciel.

Gail avait posé ses jambes sur le large bras du fauteuil.

— Tu as bientôt fini ?

— J'en ai encore pour une bonne heure. Tu as vu Hector ?

— Oui, mais je ne veux pas qu'il conduise Karen chez son père. Prête-moi ta voiture.

— Si tu peux attendre, je vous emmène.

— On ne risque rien. Les vitres de ta voiture sont teintées et en verre Securit, bon sang !

— Tu ne te sens pas plus protégée avec Hector ?

— Franchement, non.

Anthony eut un sourire malicieux.

— Considère-le comme le rottweiler de la famille. Il ne te mordra pas.

— Je ne fais pas partie de la famille, pas encore. Hector pense que je cours après ton argent.

Un éclat de rire lui répondit.

— Mais non ! Il faut que je me batte pour que tu le prennes.

Gail joua avec le col de sa chemise ; d'un bordeaux soutenu, elle mettait son teint lumineux en valeur.

— C'est quoi, son histoire ? Tu dis qu'il était cireur de chaussures et que ton grand-père l'a emmené à Miami avec ta famille. Ça ne suffit pas pour transformer quelqu'un en rottweiler.

— Hector, ça lui a suffi. Il était orphelin, et la tante qui s'occupait de lui à Cuba était une pute. Nous étions tout ce qu'il avait. Il a promis à mon grand-père qu'un jour il se rendrait utile.

Anthony baissa la voix.

— Il y a une histoire que je te déconseille de répéter. Comme tu le sais, mon oncle Tomás est mort à Playa Girón. Il avait été capturé avec d'autres et, à cause de son grade, ils l'ont interrogé, mais à part *Viva Cuba libre, abajo Fidel*, il ne voulait rien dire. L'un des soldats lui a coupé la langue et l'a battu à mort devant les autres prisonniers qui ont finalement été relâchés, et quand mon grand-père a découvert ce qui s'était passé, il a souhaité le même sort à celui qui avait tué son seul fils. Vingt ans plus tard, cet homme est arrivé dans le cadre de l'opération Mariel, et quelques semaines après… Hector a apporté une petite boîte à mon grand-père.

Un frisson parcourut l'échine de Gail.

— C'était une surprise ou bien ton grand-père lui avait demandé de le faire ?

Anthony secoua la tête.

— Je n'en sais rien. C'était il y a longtemps. Ça n'a plus vraiment d'importance, maintenant.

— Tu l'aurais fait, toi ?

— Non. Pour qui tu me prends, enfin ?

Faisant pivoter ses jambes, elle s'installa sur sa cuisse. Le bureau était couvert de papiers, piles de documents et listes de chiffres.

— Tu travailles sur quoi ?

— On fait une offre pour un immeuble à Fort Lauderdale. Je suis en train de passer les baux en revue.

— On ? C'est-à-dire toi et... ?

— Pas moi, mon grand-père. Sa société d'administration de biens.

Il posa le menton sur son épaule.

— Oui, Gail. Je vais l'aider un peu plus longtemps que prévu. Il se sent mieux, il est encore avec nous pour un moment, mais... Je ne sais pas, il a changé. On dirait que ça ne l'intéresse plus.

— À quoi bon, puisqu'il t'a, toi ? Tu comptes installer un lit de camp ici ou reprendre ton ancienne chambre ?

Anthony eut un petit claquement de langue.

— Comment pourrais-je lui dire non, Gail ?

— Fais bien attention, je t'en prie. Si tu t'investis trop là-dedans, tu devras renoncer au cabinet. Et puis, tu crois que le reste de la famille est d'accord ? Je reçois des signaux contradictoires, en particulier d'Elena.

— Oui et non. (Il rit doucement.) Ils sont conscients que, en ce moment au moins, je suis dans les bonnes grâces d'Ernesto. Ils aimeraient bien savoir dans quel camp je me situe, mais je ne cherche pas spécialement à les éclairer. Xiomara et Bernardo refusent d'éclater les activités en plusieurs sociétés, Elena et José veulent une direction familiale... Humberto, Alex, Graciela et les autres ont chacun leur opinion sur la question, mais personne n'en parle ouvertement.

— Et toi, tu es du côté de qui ? demanda Gail. Réponds franchement, Anthony. Qu'est-ce que tu veux ?

Il la considéra longuement ; il se méfiait sans doute de sa réaction.

— Dis-le-moi, insista-t-elle. Je veux que tu sois heureux. Pas que tu sois le nouvel Ernesto Pedrosa ou que tu agisses comme lui l'a fait, mais si tu penses que ta place est ici…

— Et tu serais avec moi ?

Sous le coup de l'émotion, son cœur s'emballa.

— Ici ?

— Pas tout de suite, mais… Je ne sais pas. Un jour, peut-être.

Elle acquiesça lentement.

— Tant que tu restes fidèle à toi-même.

Laissant échapper un soupir contenu, Anthony fit basculer le fauteuil en arrière pour fixer le plafond.

— Bien sûr que j'y pense. C'est évident. Mais si je prenais la suite, ce serait à mes conditions, pas aux leurs. Mon grand-père est trop attaché à la tradition. Il est trop cubain, si tu préfères. Il n'appartient pas à la communauté au sens large. Mais pourquoi est-ce qu'ils devraient m'écouter ? Je suis l'étranger, après tout. Eux, ça fait des années qu'ils travaillent pour Ernesto, et voilà que je débarque à la dernière minute pour leur piquer les rênes. Je me fous pas mal qu'ils m'aiment ou me détestent, mais il faudra qu'ils me respectent. Contrairement à ce que tu m'as lancé à l'hôpital, je ne serai la marionnette de personne.

— J'ai eu tort.

— De personne, tu entends ? Que ce soit mon grand-père, un conseil d'administration familial, un comité, ou les banques.

Du regard, il parcourut la pièce : les vieux livres, les photographies jaunies sur le mur, la carte de La Havane, tous les souvenirs des années d'exil.

— Je tiens trop de mon père. Ils ont tendance à l'oublier.

— Luis, le héros de la révolution.

Il sourit avant de plisser les yeux. D'ordinaire assez discret, son accent espagnol se fit comiquement prononcé.

— Luis Quintana Rodriguez, le fils d'une prêtresse *santeria* qui sacrifiait des animaux à Chango et Eleggua.

Anthony joua un rythme lent et complexe sur le dos de Gail.

— Quand je me réveillais la nuit, j'entendais des tambours et des psalmodies.

Tout contre son oreille, sa voix se réduisit à un murmure.

— Ma grand-mère Fulgencia décapitait un poulet à mains nues et buvait son sang.

Gail fit la grimace.

— Je flanquais la frousse à mes cousins avec ce genre d'histoires.

— Tu devais être une vraie terreur.

— Disons qu'on ne s'entendait pas très bien, eux et moi.

— Elena m'a dit que vous étiez proches, tous les deux.

Anthony se mit à rire.

— Elle a dit ça ? Non, quand mon grand-père m'a fait sortir de Cuba, j'étais l'aîné des petits-fils, peut-être censé remplacer Tomás, qui sait ? Et mes cousins me détestaient. Même Nena était méfiante.

— Digna ne te détestait pas. Tu ne me feras jamais croire ça.

— Vraiment ? J'étais la souillure sur l'honneur de la famille, le vivant souvenir de ce que sa plus jeune fille avait fait : non seulement tomber enceinte à seize ans, mais en plus, d'un homme qui était le fils illégitime d'une coupeuse de canne. Ils pouvaient remonter à six générations jusqu'en Espagne, et pas une goutte de sang noir avant mon père. Il n'en avait qu'un quart, mais Nena a battu ma mère quand elle a découvert qu'elle était enceinte. Je ne te l'avais jamais dit. Toi, tu la prends pour une grande dame très raffinée. Quand je suis arrivé à Miami, j'étais révolté, je voulais rentrer chez moi, qu'on me laisse retourner à Cuba, je détestais cet endroit. Elle me hurlait : « Ton père est un communiste, et tu ne vaux pas mieux ! » Mes cousins m'insultaient : « Salut, *negrito*, qui est ton père ? » Ma peau était aussi blanche que la leur, mais si je les frappais, ils allaient tout rapporter à Ernesto, et il venait me corriger avec sa ceinture. Le plus drôle, c'est qu'ils n'ont jamais traité ma sœur Alicia de cette façon alors qu'on est du même sang. Et tu sais pourquoi ? Parce qu'elle a les yeux bleus des Pedrosa.

Gail le dévisagea pensivement.

— Tu leur en veux encore, n'est-ce pas ? Ça fait presque trente ans, et tu es toujours aussi furieux.

— Pas du tout.

— Oh que si ! Tu veux leur mettre le nez dedans et prendre la suite d'Ernesto Pedrosa, toi, le fils de Luis Quintana Rodriguez, marié à une avocate blonde et américaine. Tu veux t'asseoir à ce bureau, éventuellement en virer la moitié pour incompétence et obliger les autres à bosser aussi dur que toi. Brrr !

Avec un sourire, il fixa les papiers, chiffonnant les bords entre le pouce et l'index.

— Peut-être que ça n'en vaut pas la peine. Je n'en sais rien.

Gail changea de position pour l'enlacer.

— Je t'aime.

— *Y yo te quiero más*. Je ferais tout pour toi, Gail. Parfois, je ne sais plus où j'en suis. Et tu es là.

— Eh oui, je suis là.

En souriant, elle l'embrassa au coin des lèvres, de chaque côté, puis au milieu, là où sa bouche était chaude et humide.

— Anthony, ça m'embête que tu m'achètes ces boucles d'oreilles.

Pour mettre un terme à ses protestations, elle dit :

— D'accord pour la robe, mais les boucles ! Je n'aurais pas dû…

Il lui mordilla l'oreille.

— Si. J'aime les aigues-marines. Elles iront très bien avec tes yeux. Je vais les acheter. Mais il faut que tu sois gentille.

— Ah bon, c'est comme ça que ça marche ?

Comme elle luttait pour se relever, il la serra plus fort, mais elle lui envoya un coup de coude.

— Aïe, ma tête !

— Tu l'as bien cherché.

En riant, elle appuya le front contre le sien.

— Je suis désolée d'être aussi casse-pieds pour la maison, mais en ce moment, je ne pense qu'au boulot. Si tu veux faire des travaux, c'est d'accord, mais après le mariage. Et la piscine, pourquoi pas, mais on va patauger dans la boue pendant des mois.

— Mon Dieu ! Enfin elle devient raisonnable.

Elle mit les bras autour de son cou.

— Gâte-moi. Vas-y.

— Tu crois ? Montre-moi comme tu es gentille, chuchota-t-il contre ses lèvres.

Elle ouvrit la bouche et eut droit à un long baiser profond aux saveurs mêlées. Lorsqu'il bougea, elle le sentit dur contre ses cuisses. Ses mains glissèrent le long de son dos et sur ses hanches. Sa langue s'aventura plus loin et Gail entendit son propre gémissement sourd avant de se souvenir de l'endroit où ils se trouvaient. Elle le repoussa.

— Anthony, la porte est ouverte.

Avec un gros soupir qui se transforma en rire, il répondit :

— Tu devrais te lever, il faut que je termine.

— Tu es obligé de t'en occuper maintenant ?

— Malheureusement oui. Demain, je dois travailler sur certains dossiers et sur l'audience de lundi. J'ai tellement de retard ! Avec cette histoire de photo…

— Ne m'en parle pas ! Je n'ai presque rien fait hier. Tu as téléphoné à Harry Lasko ? demanda-t-elle en se tournant pour le regarder.

— Quoi ?

— Tu m'avais dit vendredi. Wendell Sweet n'a pas communiqué les documents, et ça m'étonnerait qu'ils arrivent lundi. Il faut vraiment que j'aie cette conversation avec Harry. Il ne me reste plus que trois semaines pour localiser l'argent de Wendell.

— Bon, bon. Très bien. Je l'appellerai la semaine prochaine.

— Lundi sans faute, insista-t-elle.

— Écoute, Gail, dit patiemment Anthony. Même si tu retrouves l'argent de Wendell, ta cliente se heurtera à un mur. La banque Trucmuche aura peut-être un compte à son nom, mais jamais vous n'y aurez accès, même avec une ordonnance. Ces endroits ne relèvent pas de la juridiction américaine…

— Anthony chéri, je sais très bien comment ça marche. Tout ce que je veux, c'est apporter la preuve que cet argent existe. Je n'ai pas besoin de le prendre. D'après Harry, Wendell s'est fait un million de dollars avec le casino d'Eagle Beach. Est-ce qu'il peut le prouver ? Où est l'acte de vente ? Si je pouvais montrer au juge que Wendell a touché ce fric, qu'il a menti à ce sujet et l'a dissimulé à l'étranger, il accordera tout le reste à Jamie. Elle en a besoin, Anthony. Elle est au bord du précipice.

— D'accord, j'interrogerai Harry là-dessus. Mais je tiens à te rappeler, *bonboncita*, que tu ne dois pas t'en mêler directement.

Devant son expression, il haussa les sourcils.

— Quoi ? Qu'est-ce que j'ai dit ?

— Ne m'appelle pas *bonboncita* quand on parle travail.

— *Por Dios*. Oui, maître Connor, je suis vraiment désolé.

— Je suis sérieuse.

— Vous ne faites pas très sérieuse dans cette position, maître Connor.

La maintenant fermement contre lui, il lui remonta la jupe.

— Anthony, arrête !

— Où est votre dignité, maître Connor ?

— J'ai dit : arrête !

Elle repoussa son bras d'un geste brusque et se dégagea pour se mettre debout. Perplexe et moqueur, il la dévisagea pendant quelques secondes puis jeta un coup d'œil sur le côté, semblant quêter une réponse, et eut un léger sourire.

— Pourquoi tu as fait ça ?

Elle se passa la main dans les cheveux pour les démêler.

— Parce que je n'aime pas ça, pas dans ces circonstances-là.

— *Ay, mi madre, me vuelves loco*. Laisse-moi finir, et après on pourra y aller.

Gail lissa sa jupe et tira sur une manche.

— Il faut que j'emmène Karen chez son père. Je ferais mieux d'y aller maintenant.

— Laisse Hector s'en charger.

— C'est hors de question. En plus, Dave veut me parler.

— Te parler de quoi ?

— De la photo. De ce qu'on peut faire, de ce qu'il faut dire à Karen.

Anthony se renversa dans le fauteuil. Le rouge lui monta au visage et ses yeux s'assombrirent.

— Si la photo était si importante pour lui, il aurait pu passer à la maison.

— Pas avec toi dans les parages. Il a dit que ce serait gênant.

Le fauteuil se balançait doucement.

— Gênant. Intéressant, comme mot. Il est de lui ou de toi ?

— Ne commence pas.

— Il n'a pas envie de me voir ?

— Pas plus que toi, tu n'as envie de le voir. J'ai besoin de ta voiture. S'il te plaît.

Anthony demeura immobile quelques instants, puis il se leva et plongea la main dans sa poche de pantalon.

— Je n'aime pas que tu ailles là-bas.

— Je le sais bien.

— Pourquoi tu y vas, dans ce cas ?

Elle tendit la main.

— Les clés.

Il lança le porte-clés sur le bureau.

— Tu n'aurais pas pu me les donner ? Non, il faut que tu me les jettes à la figure.

— Je ne te les ai pas jetées à la figure.

Gail avait toujours la main tendue.

— Donne-moi ces fichues clés ou j'appelle un taxi.

Il passa un doigt dans l'anneau, et la clé de la Cadillac tourna lentement sur elle-même. Quand Gail voulut la prendre, il retira vivement la main avant de lâcher les clés dans sa paume.

— J'aimerais que tu sois de retour dans l'heure.

En sortant du bureau, Gail claqua la porte derrière elle.

13

Dave vivait dans un immeuble en forme de U qui comptait une douzaine de logements, avec parking au milieu et terrasses derrière. Une palissade métallique et un portail électronique offraient aux occupants une certaine protection contre la violence urbaine qui rôdait aux abords de Coconut Grove.

Karen devait passer la nuit chez son père et l'accompagner à un tournoi de tennis le dimanche matin. Elle avait emporté son sac et sa raquette et profité du court trajet pour substituer sa queue-de-cheval habituelle à la coiffure sophistiquée qu'on lui avait faite chez Lola Benitez.

Gail appuya sur la sonnette. Elle n'était jamais entrée dans l'appartement de Dave, n'en ayant eu qu'un aperçu – une entrée carrelée, deux vélos – depuis l'allée quand elle déposait Karen ou passait la récupérer.

La porte s'ouvrit et Dave tendit les bras.

— Hé, mais c'est ma princesse !

Il embrassa Karen puis s'écarta pour la laisser passer.

— L'une des filles du restaurant va la garder un moment, glissa-t-il à Gail.

En petit haut à bretelles et short moulant, Vicki – la serveuse brune que Gail avait vue au bar de l'Old Island Club – posa ses yeux bruns sur elle. Ramassant ses clés de voiture et un sac à dos fantaisie sur le comptoir de la cuisine, elle s'éjecta du tabouret.

Dave expliqua à Karen qu'avant de l'emmener à la marina il devait parler à sa mère ; pourquoi n'irait-elle pas regarder une cassette chez Vicki en attendant ? Devant la mine indifférente de sa fille, Gail comprit que ce n'était pas la première fois.

— Au revoir, m'man, dit-elle en levant les bras pour l'étreindre.

— À demain, ma puce. Amuse-toi bien.

Gail la regarda s'éloigner avec la femme aux jambes musclées et bronzées. La porte se referma et Dave revint.

— Je ne couche plus avec Vicki, précisa-t-il aussitôt.

— Je ne t'ai rien demandé.

— Mais tu te posais la question.

Gail haussa une épaule.

— C'est vrai, je me posais la question.

— Eh bien, maintenant, tu sais. Tu veux boire quelque chose ? Un soda ? Une bière ?

— Juste de l'eau. Avec une aspirine, si tu as.

— Bien sûr.

Il l'invita à s'asseoir.

— Désolé, pour le bazar. On bosse comme des dingues, au club. Mais bienvenue dans ma modeste demeure.

— C'est joli.

— Je fais de mon mieux.

Abandonnant son sac sur le comptoir, Gail explora le séjour. Au-delà du coin repas, carrelé, la moquette était de cette couleur neutre commune à toutes les locations. La table basse était couverte de journaux et de revues sportives, et le canapé en cuir marron faisait face à l'énorme télévision encadrée par un système stéréo dont on voyait clignoter les lumières jaunes derrière les portes vitrées noires.

Un escalier conduisait à l'étage.

Que faisait-il dans cet endroit ? Quelle était la vie d'un homme seul de trente-six ans ? Gail se rendit compte qu'elle connaissait la réponse. Se dirigeant vers la terrasse, elle découvrit le barbecue au gaz qu'elle s'était attendue à trouver. Elle devinait sans peine le contenu du réfrigérateur, et n'aurait pas été surprise de trouver un carton plié de pizza (poivrons et champignons) dans la poubelle.

À l'étage, il y avait deux chambres. Gail ignorait à quoi ressemblait celle de Karen, mais imaginait très bien celle de Dave. *Si* le lit était fait, la couette devait être tirée sur un drap froissé. Ses deux beaux costumes étaient rangés dans des housses pendues dans son armoire, et ses chemises et pantalons habillés étaient sans doute encore scellés dans le plastique du pressing. Dave possédait des douzaines de tee-shirts, souvenirs des endroits où il était allé ou des équipes qu'il aimait. Des vêtements pas assez sales pour partir à la machine devaient traîner sur les rayons. Gail avait souvent râlé avant d'abandonner.

Au lit, il aimait se passer du fil dentaire entre les dents devant le journal télévisé. Ensuite, il le laissait tomber sur sa table de chevet pour le ramasser le matin, lorsqu'il s'en souvenait. Une fois la télé muette, il éteignait sa lampe. Lorsqu'ils étaient mariés, celle de Gail restait allumée plus longtemps, et en général, il dormait déjà quand elle rangeait ses dossiers. Elle avait appris à ignorer le fil dentaire, et lui à dormir avec la lumière. Parfois, s'il était encore réveillé, il roulait vers elle et posait une main sur sa hanche : « Tu es fatiguée ? » Vers la fin de leur mariage, la réponse était si souvent oui qu'il avait fini par laisser tomber. Mais avant, quand ça allait plus ou moins bien entre eux, leurs relations amoureuses avaient fini par suivre un schéma aussi routinier que réconfortant. Les tentatives de Gail pour introduire un peu de variété avaient été accueillies avec un certain embarras.

L'avait-il trompée au cours de leurs douze ans de mariage ? Gail pensait que non, mais il avait très bien pu avoir des aventures sans lendemain. En fait, Dave était surtout amoureux de leur maison. Une énorme caisse à outils en métal rouge trônait dans le garage, les étagères fléchissaient sous le poids des manuels de bricolage, des pulvérisateurs et des sacs d'engrais, et il avait installé lui-même le système d'arrosage.

Qu'il ait voulu divorcer l'avait surprise, mais pas son départ en voilier pour les Caraïbes, car c'était un rêveur avant tout. Gail, elle, avait les pieds sur terre. Elle connaissait le prix des choses, le niveau d'endettement de l'entreprise de Dave, et les moyens d'améliorer la situation. Cinq commerces en douze ans, et pour finir la marina, le dernier fiasco. Ses rêves à lui avaient foutu leur couple en l'air. Du coup, embarquement pour les Caraïbes, loin de tout. Mais il était revenu en affirmant qu'il avait changé, ce dont Gail doutait. Et s'il prétendait qu'il ne couchait plus avec

Vicki-la-serveuse, cela signifiait juste *qu'en ce moment* ce n'était pas le cas ; rien n'empêchait que leur liaison reprenne dans un futur plus ou moins proche. Sinon, pourquoi une femme en short moulant aurait-elle accepté de garder une gamine chez elle par un superbe samedi après-midi ?

Dave sortit de la cuisine avec un verre d'eau dans lequel tintaient des glaçons. Il posa un sous-bock sur la table basse et lui donna deux comprimés.

— C'est de l'ibuprofène. Il ne faut pas prendre d'aspirine quand on a le ventre vide, et je ne savais pas si tu avais déjeuné. C'est l'horreur ?

— Quoi donc ?

— Ton mal de tête.

Elle avala les comprimés avec un peu d'eau.

— J'ai connu pire.

— Tu as une mine affreuse.

— Merci !

— Tu veux que je te masse la nuque ?

C'était ce qu'il faisait quand la douleur était si forte qu'elle lui remontait jusqu'aux pommettes. Il avait des mains puissantes et sûres, mais elle ne voulait pas qu'il la touche.

— Ça va aller, répondit-elle avant de se mettre à rire. J'ai passé une semaine… étonnante.

Fronçant ses sourcils décolorés par le soleil, il attendit qu'elle en dise plus. Elle faillit lui parler d'Anthony. À une époque, Dave et elle discutaient de tout ; il savait écouter, même s'il ne lui fournissait pas toujours la réponse qu'elle attendait.

— J'ai apporté la photo, reprit-elle.

— Bon, eh bien, jetons-y un œil.

Il la suivit jusqu'à la table où il prenait ses repas, et elle tira une enveloppe de son sac. Mains sur les hanches, Dave souffla, se préparant à découvrir ce que Gail lui avait déjà décrit au téléphone. Soulevant le rabat, il sortit la photocopie, tordit la bouche comme s'il venait de mordre dans quelque chose d'infâme, et déglutit.

Enfin, il reposa la feuille, et Gail distingua les couleurs sur le bois clair de la table. Le ciel bleu, les arbres, les vêtements des enfants, le short rouge de Karen, l'énorme pistolet noir qui visait sa tête, les trois lignes droites qui indiquaient la trajectoire, les courbes marquant la fumée, et la balle pénétrant dans le crâne.

Dave fit volte-face et marcha d'un pas raide jusqu'à la baie vitrée. Dos à la pièce, il inspira bruyamment par le nez : il était au bord des larmes.

— Putain !

Elle replia le papier et le rangea dans l'enveloppe. Un peu calmé, Dave se retourna et s'éclaircit la gorge.

— Qu'a dit la police ?

— Ils ne peuvent s'appuyer sur rien. C'est une enveloppe banale, et n'importe qui peut faire une photocopie couleurs dans un magasin. Comme on l'a manipulée, maman et moi, ce serait difficile de trouver des empreintes. De toute façon, il n'en a sûrement pas laissé. Il n'y en avait pas sur le pot de peinture. On suppose que c'est lié. Les coups de fil aussi. On risque de recevoir d'autres photos, des lettres, des appels. Tout et n'importe quoi. Ils ont déjà vu des cas de harcèlement qui ont duré des mois. Des années.

— Merde !

— D'après eux, ce serait une bonne chose qu'il en envoie d'autres. On pourrait découvrir qui c'est.

Gail ramassa l'enveloppe.

— Tu en veux une copie ?

— Non. Reprends-la. Je n'en veux pas chez moi.

Il souffla une nouvelle fois.

— Tu crois qu'elle est en sécurité, Gail ? Que faire pour la protéger ?

— Je ne la laisse plus sortir autant qu'avant, et elle n'est jamais seule. Anthony vit avec nous à présent. Il est armé, et on a une alarme. A priori, personne ne va chercher à entrer par effraction. Et puis, d'après la police, il est rare qu'un tueur dévoile ses plans à l'avance.

Tout en réfléchissant, Dave arpentait le séjour.

— On pourrait envoyer Karen chez mes parents jusqu'à la rentrée. Qu'en penses-tu ?

— Ça ne lui plairait pas.

— Je me fous pas mal que ça lui plaise ou non.

— Je la veux près de moi, Dave. Je n'aime pas l'idée qu'elle s'éloigne. Déjà que ça me stresse de la voir partir avec Vicki !

— Tout va bien. Vicki habite à une rue d'ici.

Pendant un moment, ils évoquèrent d'éventuels coupables : un client furieux, un voisin, une connaissance de Dave. Ou une relation d'Anthony Quintana, suggéra Dave. Voire Anthony lui-même.

Gail lui lança un regard appuyé.

— Pourquoi pas ? Tu reçois cette photo et paf, il s'installe.

Tu penses qu'il l'a envoyée ? C'est drôle, lui croit que c'est toi.

— S'il croit ça, c'est qu'il est sacrément dérangé.

Ils se demandèrent ce qu'ils diraient à Karen si ça se reproduisait, sans réussir à trancher. Peut-être s'inquiétaient-ils pour rien. Autant attendre.

— Je peux voir la chambre de Karen ? demanda Gail.

— Bien sûr.

Il la précéda dans l'escalier.

C'était une petite chambre ensoleillée qui faisait face à celle de Dave, avec sa propre salle de bains. Dans la vieille maison de Clematis Street, les goûts de Karen étaient devenus modernes. Là, il y avait un lit à baldaquin couvert de peluches, et un poster de *Titanic* était affiché au-dessus de la commode.

— C'est joli, déclara Gail en lissant le couvre-lit en dentelle avant de s'emparer de l'ours Paddington. Elle t'a dit que le garçon d'en face l'avait embrassée ? Il a quatorze ans. Plutôt mignon, mais elle ne voulait pas, alors elle s'est énervée contre lui.

— Quatorze ans ! Je vais aller dire deux mots à son père.

Gail fit non de la tête en souriant.

— J'ai vu Karen en train de le regarder, et bien entendu, il ne fait pas du tout attention à elle. Apparemment, il a une copine de treize ans.

— Elle grandit trop vite.

Comme si ses membres étaient lestés, Gail s'assit sur la petite chaise à côté du lit et ferma les yeux.

— Ça va ?

— Je n'ai pas beaucoup dormi, ces derniers temps.

Il vint se poster à côté d'elle et posa une main sur ses cheveux.

— Je ne sais pas quoi faire, Dave. Je fais semblant de ne pas avoir peur, mais je me mens.

Il lui serra l'épaule.

— Je sais. Moi aussi, ça me fait peur. Il faut qu'ils arrêtent ce salopard.

— Je crois que c'est après moi qu'il en a, pas après Karen. Quelqu'un cherche à me faire souffrir. Je ne sais ni qui ni pourquoi. C'est un mystère. Si je savais pourquoi, je pourrais arranger les choses. Je le paierais, et s'il ne veut pas d'argent, je pourrais lui écrire de belles lettres d'excuses. Au téléphone, il a dit : « Salut sale garce. C'est l'heure de mourir. » Je n'arrête pas de me demander : « Mais qu'est-ce que j'ai fait ? » (Elle rit.) Ça suscite tout un tas d'idées noires chez moi. Quels péchés ai-je donc commis pour que quelqu'un veuille me faire souffrir à ce point ?

— Des péchés ? Mais de quoi tu parles ? C'est quelqu'un que tu as dû foutre en rogne. Merde, si ça se trouve, c'est un mec à qui tu as coupé la route, et lui, ça l'excite de faire ça. Les gens sont dingues !

— Non, c'est trop personnel.

Il lui caressait la nuque, et elle ne lui demanda pas d'arrêter. Le soleil dessinait un motif sur la moquette ; dehors, les oiseaux gazouillaient.

— Voilà bien longtemps que je n'avais pas fait ça, nota-t-il.

Elle fit mine de se lever.

— Non, reste. On ne peut pas être amis, au moins ? Je ne vais pas t'agresser, Gail. Fais-moi un peu confiance.

— Je ne devrais pas être ici.

— Si, justement. C'est bien ça, le malheur.

Il se pencha pour lui embrasser le sommet de la tête et demeura un moment dans cette position tout en lui massant doucement les tempes. Elle sentit la chaleur de son haleine dans ses cheveux quand il reprit :

— Tu sais, je vais consulter depuis mon retour. Tu te rends compte ? Moi qui n'ai jamais cru à ces choses-là. En tout cas, ça m'aide.

Il lui tapota l'épaule et se redressa.

— Dis donc, t'es super tendue ! Allez, laisse-moi arranger ça. Tu te souviens, la fois où tu es rentrée à la maison après une semaine de procès et que tu ne pouvais plus du tout tourner la tête ?

— Des cachets, répliqua-t-elle en riant. Il me faut des petits cachets.

— C'est de la méditation et du yoga qu'il te faut.

— Ne me dis pas que tu fais du yoga, Dave.

— J'ai une cassette vidéo, répond-il en descendant les pouces de chaque côté de sa colonne vertébrale. J'apprends à lâcher prise sur plein de trucs. Notre mariage, par exemple. Je sais pourquoi on avait des problèmes. Tu as toujours été quelqu'un de fort, et moi, je n'arrivais pas à l'assumer. Et puis, tu gagnais plus que moi, et au fond, ça m'ennuyait. J'avais pas mal de colère refoulée. En fait, ce n'était pas vraiment à toi que j'en voulais, mais à moi. Tu comprends ? Quand j'ai demandé la garde de Karen, c'était une façon de dire : « Écoutez, je suis capable d'être un bon père, un type bien, qui réussit dans sa partie. »

Il cessa de lui masser le dos et vint s'installer au bord du lit, face à elle.

— Tu veux entendre une bonne nouvelle ?

— Bien sûr.

— L'accord de franchise va être signé la semaine prochaine. Je ne t'avais pas dit avec qui. C'est avec le groupe Marriott, les hôtels.

— Non !

— Je te l'avais bien dit ! Un marché en or.

Il eut un rire ravi.

— Ils voulaient le nom et je l'ai. Et maintenant, ils vont mettre un Old Island Club dans tous les hôtels Marriott de Floride et des Caraïbes. Je ne voulais pas en parler avant d'en être sûr.

— Mais c'est formidable ! Félicitations, Dave. C'est vraiment fabuleux.

— L'argent va rentrer à flots, tu n'as jamais vu ça. Je pourrai acheter une maison avec jardin et piscine. Et un ponton, parce que je veux un autre bateau. Pas un voilier, un yacht. Qu'en penses-tu ?

— Moi ?

Brusquement, elle comprit qu'il quêtait son approbation.

— Je trouve l'idée du bateau super. Mais ne dépense rien avant d'avoir l'argent.

— Non, bien sûr que non. Le yacht, c'est un investissement. Je pourrais emmener les clients en balade. Et Karen et moi, on pourrait naviguer où ça nous chante.

En l'espace de quelques secondes, la joie dans ses yeux se ternit. Il lui prit la main et, du pouce, effleura sa bague de fiançailles.

— Je pourrais t'offrir ça, moi aussi.

Elle retira sa main.

— Je ferais mieux d'y aller.

Quand elle se leva, Dave l'enlaça et chercha sa bouche, mais elle tourna la tête. Il posa le front sur son épaule.

— Avant-hier, je t'ai embrassée, et tu n'as pas protesté. Pourquoi tu voulais monter ? Tu le sais très bien.

Il la serra plus fort.

— Tu sais ce qu'il faut faire, mais tu refuses de l'admettre. Il faut qu'on reforme une famille. Toi, moi et Karen. Elle a besoin de ses deux parents.

— Arrête.

Avec un effort, elle le repoussa. Il avait le visage rouge et les yeux brillants.

— J'ai failli appeler mon avocat, aujourd'hui. J'ai failli lui dire de laisser tomber cette histoire de garde, mais quelque chose me conseillait d'attendre.

— Devant le cabinet de Fischman, tu disais qu'on trouverait une solution, répliqua Gail en le fixant.

— Eh bien, je viens de changer d'avis. Il faut bien que quelqu'un se soucie de notre fille. Ton mariage ne durera pas, affirma-t-il en lui prenant le bras. Je suis désolé de dire ça, parce que je ne veux pas te voir malheureuse, mais c'est fatal. Si seulement j'avais la formule magique pour te réveiller. Je ne peux pas lutter à ta place, il me ferait sûrement descendre. De toute façon, il va te perdre. Soit parce que tu finiras par le quitter, soit pour une histoire de femme, et quand ça arrivera, j'espère de tout mon cœur que tu te souviendras d'une chose. Je t'aimais.

Gail conduisit la Cadillac jusqu'à un parc ombragé et s'arrêta au bord de l'eau en laissant le moteur et la climatisation en marche. À intervalles irréguliers, des aiguilles et des pommes de pin tombaient sur le toit et glissaient sur le pare-brise. Elle regarda un homme lancer un Frisbee à son chien, des cyclistes ; personne ne courait avec cette chaleur. Après avoir pleuré un moment, elle farfouilla dans la boîte à gants à la recherche d'une serviette en papier, mais ne trouva que des cartes routières soigneusement pliées, une petite torche et le manuel de la voiture. Elle réutilisa son Kleenex trempé avant d'incliner le siège en cuir vers l'arrière. Sa tête tournait, et elle se demanda si elle n'était pas en train de devenir folle.

Qu'allait-elle dire à Anthony ? Rien.

Comment expliquer son retard ? « Désolée, c'est ton problème. »

Si jamais il se mettait en colère, elle lui rappellerait son comportement, quand il lui avait jeté les clés dans un accès de jalousie.

En tout cas, elle garderait les paroles de Dave pour elle. Ce ne serait pas la première fois qu'elle dissimulerait des choses à Anthony. Il lui avait demandé si elle avait songé à se remettre en ménage avec Dave, lui posant la question après lui avoir fait l'amour dans la maison de son grand-père. Il avait imprimé sa marque sur elle et s'était ensuite convaincu qu'il n'avait aucune raison de douter de sa fidélité. Et elle lui avait menti. Qui n'en aurait pas fait autant, dans de telles circonstances ?

Un mensonge pour éviter un malentendu, pour ne pas le blesser. Pas même un mensonge, au fond, mais une esquive : la question n'était plus à l'ordre du jour, tout simplement. En tout cas, c'était ce qu'elle s'était dit à ce moment-là.

Quelques mois après le début de son histoire avec Anthony, juste après la prononciation définitive du divorce, Dave avait débarqué chez elle un soir, tard. Il avait bu, voulait revenir, tout recommencer, et quand elle lui avait dit non, il avait éclaté en sanglots.

« Rentre chez toi, Dave.

— Je n'ai plus de chez moi.

— Pour l'amour du ciel, tu vas réveiller Karen.

— Ne me repousse pas, Gail. J'ai besoin de toi. Je ne peux pas vivre sans toi. »

Si elle modifiait l'histoire, elle se voyait ouvrant la porte d'entrée et lui demandant de s'en aller ; gentiment, sans la moindre hésitation.

Mais ça ne s'était pas passé ainsi. Ils avaient couché ensemble. Il fallait qu'elle soit sûre. Peut-être l'avait-elle fait pour ne pas le blesser, ou par habitude. C'était facile d'être avec Dave, et facile de le laisser partir. Elle lui avait dit qu'il ne pouvait pas rester, et il était parti sans protester. Le jour suivant, elle l'avait appelé : « C'est fini, Dave. »

Évidemment, elle avait menti à Anthony. En matière de sexe, la vérité était une affaire d'interprétation, et à l'époque, elle était déjà consciente de sa jalousie et de son orgueil. La vérité, ou ce qu'il aurait considéré comme tel, les aurait détruits, rongés comme de l'acide.

Après avoir retouché son maquillage, Gail retourna à Coral Gables. Son absence avait duré plus de deux heures.

Anthony regardait la dernière période du match des Marlins. Elle s'excusa pour son retard et eut droit à la réaction habituelle d'Anthony : léger haussement d'épaules et de sourcils, coins de la bouche vers le bas. Ils attendirent la fin du match et prirent congé de la famille. Presque tout le monde était sur le départ.

Lorsque la voiture quitta l'allée, Gail mit ses lunettes de soleil.

— On a envisagé d'envoyer Karen chez les parents de Dave, à Delray Beach.

— Je t'ai dit qu'il ne lui arriverait rien. Si tu veux un garde du corps, je peux en embaucher un.

— Rien ne t'effraie, pas vrai ?

Il lui lança un coup d'œil, mais ne répondit pas.

Le soleil jouait à cache-cache dans les branches d'un flamboyant, voûte lumineuse de rouge et de vert éclatant. À un virage, ils s'engagèrent sous un tunnel très sombre de figuiers. Anthony attendit le stop au bout de la rue pour demander :

— Tu as couché avec lui ?

Elle fut tellement suffoquée que sa courte expiration aurait pu passer pour un rire.

— Tu es fou ou quoi ? Non, on n'a pas couché ensemble, et il ne m'a pas embrassée. Je lui ai montré la photocopie couleurs, et on en a discuté. De ça, de Karen et de ce qu'on est censés faire à ce sujet.

— Je suis désolé de t'avoir posé cette question, mais ça m'a traversé l'esprit parce que je sais très bien ce qu'il veut.

— Dans ta tête.

— Non, c'est dans ses yeux quand il te regarde.

Gail était contente de porter ses lunettes de soleil ; pourtant, on aurait dit qu'il voyait à travers.

— Si j'étais Dave et si je t'avais perdue, je chercherais à te récupérer. Je haïrais l'homme qui te possède, et je passerais mon temps à réfléchir aux moyens de t'en séparer.

— Oui, mais Dave n'est pas toi, si ?

— Il ne t'est pas venu à l'idée, au moins une fois, que c'est lui qui a fait ça ? Qu'il est le seul qui aurait pu s'approcher aussi facilement avec un appareil sans que personne ne trouve ça louche ? C'est la photo qui t'a conduite chez lui.

— Oh, franchement !

— C'est faux, peut-être ?

Il la scruta attentivement de ses yeux sombres.

— Je me demande ce qu'il a dit. Voyons, qu'est-ce qui pourrait te toucher ? « Notre fille serait plus heureuse avec son papa et sa maman sous le même toit. » Il a dit ça, non ? Moi, je l'aurais fait. En appeler à ta fibre maternelle. Tu pourrais même oublier qu'à une époque il n'a pas contacté Karen pendant des semaines.

— Laisse tomber, Anthony, lâcha-t-elle à travers ses mâchoires serrées.

Il jeta un œil au rétroviseur avant d'accélérer pour franchir le stop. Le samedi après-midi, il n'y avait guère de circulation dans cette partie de Coral Gables. Il martela le volant de ses longs doigts, et sa bague étincela.

— Qu'est-ce que je dirais d'autre, si j'étais Dave ? Que j'ai besoin de toi ? Besoin. Oui, c'est un mot qu'il emploierait.

Gail le fusilla du regard.

— Mais pas Anthony Quintana, n'est-ce pas ?

— Tu as raison. Ça ne fait pas partie de mon vocabulaire. Je te désire, je t'aime, mais je n'ai pas besoin de toi. Ce n'est pas la même chose. Dave a besoin de toi parce que c'est un perdant. Il a besoin de ton argent et de ton intelligence. Il a besoin de s'appuyer sur toi, comme il l'a fait pendant vos douze ans de mariage.

— Comme ça doit être rassurant de penser ça ! Il s'en sort plutôt bien. La semaine prochaine, il va signer un contrat avec les hôtels Marriott pour franchiser son restaurant. Apparemment, c'est une affaire très lucrative, et je suis ravie pour lui.

— Super, si ça marche.

— Ça va marcher, mais je suis sûre que tu espères le contraire.

Anthony jeta un œil sur le côté avant de prendre à droite. Sur Granada Boulevard, les demeures somptueuses se succédaient.

— Tu ne t'es pas demandé pourquoi il t'en avait parlé, de cette affaire qui va lui rapporter tant d'argent ? Parce qu'il veut que tu penses qu'il peut te soutenir financièrement. Il veut qu'on lui flatte la tête comme un chien. Et si on aime les chiens, c'est parce qu'ils ne se rebellent jamais, qu'ils ne nous remettent jamais en question. Va chercher, Dave. Sois un bon garçon.

— Tais-toi, Anthony.

— Qu'est-ce qu'il a dit d'autre ? Que je suis cubain, et que tous les latinos trompent leur femme, c'est bien connu.

Elle abattit rudement ses poings sur son épaule, et la voiture fit une embardée.

— J'ai dit, tais-toi ! Dave n'a jamais été aussi irrationnel, aussi jaloux, ni aussi excessif dans ses sentiments que toi. La jalousie n'a rien d'attirant, ça ne me flatte pas du tout. Si tu veux me rendre malheureuse, si *tu veux* que je m'en aille, alors continue !

Le reste du trajet se déroula en silence. Gail avait tourné le visage vers la vitre, et elle était si tendue que les muscles de son cou envoyaient des décharges de douleur le long de sa colonne vertébrale.

Quand ils arrivèrent chez eux, Anthony prit le courrier dans la boîte et trouva une autre enveloppe blanche adressée à Gail.

La tenant hors de sa portée, il l'ouvrit, et son expression devint glaciale.

Gail exigea de la voir, et il la lui montra.

Comme si elle assistait à la scène de loin, elle se vit s'effondrer sur le sol. Anthony la rattrapa. Dans les toilettes du couloir, elle vomit jusqu'à en avoir la gorge à vif. Anthony l'aida à monter dans la chambre et lui apporta le téléphone quand elle voulut appeler Dave pour le prévenir. Elle fit promettre à celui-ci de garder Karen à l'intérieur et de ne rien lui dire pour le moment.

Vers 2 heures du matin, elle se réveilla en tremblant violemment. Une petite lampe était allumée.

— Viens par ici, murmura Anthony en la prenant dans ses bras.

Elle avait rêvé du couteau de la photographie. Quelqu'un découpait Karen en morceaux, séparant la chair de l'os, cette chair si tendre. Le couteau s'enfonçait, sectionnant muscles et artères, entaillant sa poitrine naissante. Un flot de sang trempait ses longs cheveux, lui remplissait la bouche, bouillonnait dans la gorge ouverte.

Il la serra contre lui.

— Tu vas bien, Gail, et Karen aussi. J'ai envoyé quelqu'un s'en assurer. Il ne lui arrivera rien. Je te le jure.

Il lui embrassa le front et lui répéta que sa fille était en sécurité.

Enfin, elle s'endormit.

14

Le mercredi matin, des fleurs arrivèrent au cabinet : un bouquet de six roses rouges avec des fougères et de la gypsophile. Pensant qu'Anthony pouvait en être l'expéditeur, Miriam les apporta à Gail et attendit en souriant qu'elle regarde la carte. Curieuse, Lynn observait la scène depuis le couloir.

Gail, qui était en train de déjeuner à son bureau, mit son sandwich de côté. Elle sut immédiatement qu'elles ne venaient pas d'Anthony : il n'aurait pas choisi des roses rouges, mais rose foncé. Là, il s'agissait d'une composition bon marché dans un banal vase en verre.

— Elles sont jolies, commenta Lynn en s'avançant un peu. Tom m'a offert les mêmes pour notre anniversaire de mariage, la semaine dernière.

Sur un support en plastique placé dans le feuillage se trouvait une petite enveloppe avec son nom, GAIL CONNOR, imprimé au-dessus de l'adresse du cabinet.

Une troisième enveloppe était arrivée dans sa boîte aux lettres le lundi. Comme la police lui avait demandé de ne plus les ouvrir, elle l'avait apportée encore scellée aux inspecteurs qui s'occupaient de l'affaire, mais leur espoir avait été déçu : aucune empreinte. Elle contenait une autre photo de Karen en train de jouer. Gail n'avait pas souhaité la voir : elle faisait assez de cauchemars comme ça.

— Dites-nous qui c'est, on meurt d'impatience ! s'exclama Miriam en croisant les bras.

Gail retira l'enveloppe et sortit la petite carte du fleuriste. Quand sa vision redevint nette, elle s'éclaircit la gorge et demanda :

— Qui les a apportées, Miriam ?

— Quelqu'un de chez Exotic Gardens, je crois.

Percevant quelque chose dans la voix de Gail, la secrétaire se tourna vers Lynn.

— C'est bien ça, confirma celle-ci.

Tête penchée, elle considéra les roses d'un air sombre, comme si elles étaient empoisonnées.

— Qu'est-ce qu'il y a ?

Les mains de Gail tremblèrent lorsqu'elle souleva le vase ; elle le porta dans les toilettes du couloir, jeta l'eau et mit les fleurs à la poubelle avant de nouer le sac. Les deux femmes la dévisagèrent avec stupéfaction.

— Il faut que je vous parle. Venez dans mon bureau, s'il vous plaît.

Elles la suivirent en silence et s'installèrent côte à côte sur le canapé, Miriam en minijupe rouge sexy, et Lynn aussi attirante qu'un sac à patates. Gail leur montra le message.

Toutes mes condoléances pour la perte de ta fille. De la part de Renee.

— Oh, mon Dieu, chuchota Miriam, écarquillant les yeux. Oh, Gail !

— Mais Karen n'est pas…

Lynn relut le petit mot.

— Qui est Renee ?

Gail lui reprit la carte.

— Ma sœur. Elle est morte il y a plus d'un an.

Bouche bée, Lynn demanda :

— Mais pourquoi son nom est ici, alors ?

— Parce que quelqu'un a utilisé sa mort pour faire une plaisanterie macabre.

Gail rapprocha une chaise et s'assit, jambes croisées, bannissant toute émotion de sa voix.

— Vous savez que quelqu'un me harcèle depuis quelque temps. J'ai eu droit aux appels anonymes, à la peinture sur ma voiture, mais ce n'est pas tout. J'ai reçu trois photos, et maintenant ces fleurs. Comme on les a envoyées ici, au cabinet, j'estime devoir vous informer du reste de l'histoire. Celui qui a fait ça trouve que je ne panique pas assez facilement. Du coup, il se sert de Karen.

Elle décrivit les photos sans rentrer dans les détails, mais ce fut suffisant pour que Miriam, doigts sur la bouche, étouffe un cri. Le regard fixe, Lynn demeura muette.

— Nous allons travailler avec la police, bien sûr. Ma dernière discussion avec eux remonte à lundi. Apparemment, je vais devoir y retourner cet après-midi. Ils m'ont demandé de ne pas ouvrir le courrier qui a l'air suspect, mais de leur apporter directement pour qu'ils puissent chercher des empreintes. Si jamais on reçoit quelque chose de ce genre ici, ne l'ouvrez pas, contentez-vous de me l'apporter, d'accord ?

Lynn et Miriam acquiescèrent.

— À mon avis, vous n'aurez pas de problèmes, mais je vous demande d'être attentives si jamais vous voyez quelque chose d'inhabituel. Je suis particulièrement prudente, surtout avec Karen.

Miriam se glissa vers Gail pour lui prendre la main.

— Pourquoi quelqu'un ferait-il des choses pareilles ?

— Parce qu'il est cinglé. Qui sait ?

— Je n'aurais pas signé pour les fleurs, si j'avais su, déclara Lynn d'une voix tremblante.

— Si, il valait mieux les prendre. Selon la police, chaque fois qu'il établit un contact, il laisse un indice. Peut-être que le fleuriste se souviendra de la personne qui s'est présentée ou qu'il nous aidera à remonter la piste à partir du mode de paiement. (Elle se leva.) Bon, allez, au travail. Dieu sait combien de clients trépignaient à la porte pendant qu'on discutait.

Comme Lynn s'éloignait, Gail lui demanda d'attendre.

— Oui ?

— Vous pourriez téléphoner à Charlie Jenkins de ma part ? Vous savez, c'est lui qui s'est occupé de mon problème d'électricité. Maintenant, c'est le climatiseur qui est au bout du rouleau.

Elle feuilleta son répertoire.

— Je n'aurais pas dû laisser traîner autant. On s'est réveillés en sueur, la nuit dernière.

Elle était en train de recopier le numéro quand le téléphone sonna. Miriam l'informa que Theresa Zimmerman était en ligne. Pouvait-elle la prendre ?

— Eh mince ! Très bien, passez-la-moi.

Gail griffonna des dollars sur son bloc, puis vingt-huit mille.

— Bonjour, Theresa. Je suis désolée de ne pas vous avoir rappelée plus tôt. J'ai vraiment été débordée… Vendredi, en principe. Comme c'est un chèque hors place, c'est toujours plus long… Oui, rappelez-moi vendredi, et je ferai en sorte que les fonds soient disponibles.

Elle raccrocha et garda les yeux fixés sur le téléphone.

— Croyez-moi, je serai aussi contente que vous de voir ce chèque encaissé.

— Ce n'est tout de même pas un chèque en bois ! Vous ne pourriez pas simplement lui donner l'argent ? demanda Lynn.

— Non, parce que si, par le plus grand des hasards, le chèque était refusé, je n'aurais plus d'argent pour le client suivant, et il en informerait le barreau de Floride. C'est comme ça que les avocats ont des ennuis, en déconnant avec leurs comptes clients.

— Ah bon.

— Tenez, le numéro de Charlie Jenkins. Voyez s'il peut venir vers 17 heures.

Après le départ de Lynn, Gail resta debout devant la fenêtre, songeant à quel point le monde paraissait normal de l'autre côté de la vitre. Peut-être était-il dans le parking en ce moment, ou devant l'un des magasins, les yeux levés vers son bureau, à réfléchir à ce qu'il allait faire ensuite. Et pendant ce temps, les gens le dépassaient sans savoir.

Quand Gail se détourna, elle remarqua le carton sur la desserte. Miriam avait passé son lundi et la moitié de son mardi à éplucher les vieux dossiers chez Hartwell, Black & Robineau. En revenant, elle s'était affalée dans le fauteuil de Gail et lui avait rapporté les derniers ragots sur leurs anciens collègues, ainsi que cette boîte à archives remplie de photocopies rangées dans des chemises étiquetées.

« Excès de zèle », lui avait lancé Gail. L'efficace Mme Ruiz n'avait pas oublié une seule affaire où il y avait eu des contestations, tant côté client, témoin, que partie adverse. Miriam n'était pas remontée au-delà de deux ans : elles avaient toutes deux estimé que personne n'attendrait davantage pour se venger.

Gail promena les doigts sur les dossiers. Trop nouée pour manger, elle jeta le reste de son sandwich à la poubelle et sortit les chemises l'une après l'autre. Sa secrétaire n'avait pas photocopié l'intégralité des documents, mais uniquement les principales informations et tous les éléments qui lui paraissaient pertinents. La plupart ne présentaient aucun intérêt. Elle écarta tout ce qui était litige avec des sociétés : les entreprises n'envoyaient pas de fleurs de la part d'une morte et ne dessinaient pas de couteaux ensanglantés sur la photo d'une gamine de dix ans.

En revanche, elle s'attarda sur les affaires où elle avait poursuivi des personnes physiques. Trois concernaient des saisies de maisons hypothéquées. Chemises sur les genoux, Gail but une gorgée de thé glacé. *Atlantic Financial Savings contre Yancey*. Les propriétaires, Simon et Rita Yancey, n'avaient pas envoyé de réponse à la plainte comme l'exigeait la procédure, aussi Gail avait-elle demandé un jugement en faveur de son client. Yancey avait malgré tout comparu à l'audience. Quand Gail avait obtenu gain de cause, il avait juré et donné des coups de pied dans les meubles avant de foncer sur elle comme un taureau enragé. Le juge avait appelé l'huissier en hurlant. Yancey avait passé le portail avec fracas avant de pousser la porte de sortie avec une telle force qu'elle avait violemment heurté le mur. Un rire nerveux s'était élevé parmi les avocats qui attendaient leur tour. Gail avait été secouée, mais elle avait tellement d'autres choses à penser que Yancey s'était transformé en anecdote à raconter autour de la machine à café. Environ une semaine plus tard, une lettre dactylographiée était arrivée par la poste.

Chère Madame Gail Connor,

J'espère que vous pouvez encore vous regarder dans la glace. Vous avez réussi à nous prendre la maison que ma femme et moi avons remboursée scrupuleusement pendant cinq ans. Nous avons traversé une mauvaise passe, mais vous ne nous avez pas permis de rattraper notre retard de paiement. Cela vous amuse, de voir une famille d'Américains honnêtes et travailleurs à la rue ? Mon épouse est sous traitement à cause du stress. Vous n'êtes qu'une femme sans cœur qui fricote sur notre dos avec la société d'hypothèques.

Sincères salutations,

Simon T. Yancey

Après cela, elle n'en avait plus jamais entendu parler. Yancey était furieux, la lettre vibrait de colère, mais le ton était curieusement poli et formel. *Chère Madame Gail Connor. Sincères salutations, Simon T. Yancey.*

Gail lança le dossier sur son bureau, se souvenant qu'à l'époque elle avait eu des scrupules concernant cette saisie, mais pas au point de conseiller à la société d'accorder un délai supplémentaire aux Yancey.

Elle ouvrit le second dossier, un autre propriétaire furieux d'avoir perdu sa maison, mais qui rejetait la faute sur le tribunal et reprochait à Gail d'être un pion du système.

Quand sa ligne interne sonna, elle décrocha.

Charlene l'informa qu'elle venait de recevoir une copie du rapport du Dr Fischman.

— Alors ? demanda Gail en refermant la chemise.

— Monte, répondit Charlene. On va discuter.

Gail ne refusa pas le verre qu'on lui proposait, et Charlene revint avec deux vodkas-Martini. Le rapport était posé sur son bureau, à l'endroit où Gail l'avait jeté.

La personnalité autoritaire de la mère… des signes d'instabilité qui frôlent la pathologie… une cohabitation avec l'amant de la mère incompatible avec… pourrait nuire au développement affectif de l'enfant… fait trop souvent appel à d'autres personnes pour s'en occuper… recommande que la garde dudit enfant mineur soit confiée au père.

Gail prit l'un des verres.

— Même en sachant qu'il écrirait quelque chose de ce genre, je me demande si j'aurais pu garder mon calme.

— Tu aurais dû, bien sûr.

— Je l'aurais peut-être noyé dans son aquarium, et son petit poisson serait en train de lui nager autour de la tête.

Gail ferma les yeux.

— Mais qu'est-ce que je vais faire ?

Charlene s'assit sur la chaise voisine et croisa les jambes.

— Surtout, pas de panique. On va engager un autre psychologue. Fischman va trop loin, il est complètement enragé.

— Je serai bientôt à court d'argent.

— Demande à Anthony de t'aider. Il le fera avec plaisir, tu sais.

— Je n'aime pas lui demander d'argent. Il vient de payer ma robe de mariée. Je pourrais m'y habituer, et puis quoi ?

— Ce n'est pas une robe de mariée, là, c'est l'avenir de ta fille.

— D'accord, tu as raison. (Gail se mit à rire.) Ce matin, la couturière m'a téléphoné pour me demander de venir à un essayage. Et bien sûr, c'est assez pressé, parce que le photographe veut prendre des photos des siècles avant la cérémonie. Maman pense que je devrais repousser le mariage en attendant que tout ça soit terminé.

Les sourcils en accent circonflexe, Charlene répondit :

— Non. Ne cède pas à la peur.

Elle balança le pied.

— Enfin, ça ne m'empêche pas de me faire du souci pour Karen et toi. Tu manges, en ce moment ? Tu as perdu du poids.

— Je n'ai plus d'appétit.

Gail sirota sa boisson.

— Hé, Charlene, t'es sûre que c'est pas de la vodka pure, ton truc ?

— Mauviette ! Finis ton verre.

— J'ai une audience à 13 h 30, il faut que j'aie l'air sobre. C'est pour l'affaire Sweet. Je vais demander au juge de flanquer ce connard de Wendell en prison. Il ne m'a pas donné les documents.

Elle but une nouvelle gorgée.

— Je ne sais pas pourquoi je travaille si dur. Jamie pourrait très bien lui retomber dans les bras. Je veux l'aider, mais comment faire si elle m'en empêche ? Elle s'imagine que ce mec qui lui a envoyé son poing dans les dents est digne d'amour. Qu'est-ce que je suis censée faire, moi ?

— Arrange-toi pour être payée. Ce que tu es censée *faire* ? Qu'est-ce que tu entends par là ?

— Je déteste les affaires de divorce. Il n'y a que des perdants.

Gail se renversa dans sa chaise.

— Quand je travaillais chez Hartwell, je flanquais les chocottes à un tas de types tellement j'étais coriace. Mais j'avais cette énorme machine derrière moi, tu vois. Maintenant, je ne peux plus compter que sur moi et sur une secrétaire et demie, et la seule solution, la seule façon de survivre, c'est d'être plus chienne que le mec d'en face.

— C'est comme ça que tu me vois ?

— Non. Je parlais de moi, soupira Gail.

Charlene sourit.

— Rien ne t'empêche de retourner dans la grosse machine ou de tout laisser tomber pour vivre aux crochets d'Anthony. Tu pourrais aussi t'installer dans une communauté de femmes en Arizona ou dans un autre trou paumé et faire de la poterie.

Elle pointa son doigt sur son amie.

— Tu es une avocate, Gail. Tu aimes ça, y compris la castagne. Tu continueras à aller au tribunal parce que tu es persuadée que même si ta cliente est assez conne pour aimer le mec qui l'a frappée, ça vaut quand même la peine de se battre pour elle.

Gail sourit à son tour.

— Eh bien, Charlene, moi qui te prenais pour une cynique !

— Je devrais t'offrir des Martini plus souvent.

Le lundi, Gail s'était attendue à recevoir des centaines de photocopies sur les investissements offshore de Wendell Sweet. Comme il en avait envoyé moins de cinquante, elle avait appelé le bureau du juge Ramirez pour demander une audience en référé.

La présence de Jamie Sweet n'était pas obligatoire, mais Gail lui avait demandé de venir, espérant que l'expression innocente et maternelle de la jeune femme attendrirait le juge. Tandis qu'elles patientaient sur un banc dans le couloir, la greffière arriva avec sa machine et bavarda un peu avec Gail. À 13 h 29, Sweet et son avocat sortirent de l'ascenseur. Marvin Acker sourit, son double menton bien visible.

— Tiens, tiens, maître Connor.

L'air morose, les mains dans les poches et les épaules en avant à la James Dean, Wendell Sweet le suivait d'un pas traînant.

— J'espère, lança Gail en désignant la serviette rebondie d'Acker, que vous avez apporté les documents que j'ai demandés.

— D'après Wendell, ils n'existent pas et vous avez déjà tout.

Sans remuer les lèvres, Gail murmura :

— Vous y croyez vraiment, Marvin ?

— Bien sûr, je ne doute jamais de la parole d'un client, sauf s'il cesse de régler mes honoraires.

Wendell dévisageait sa femme. Ses cheveux noirs brillaient dans la pénombre du couloir, et ses petites lèvres rouges étaient pincées comme s'il suçait un citron. Jamie lui rendit son regard ; ses taches de rousseur se détachaient de son visage livide. La prenant par le bras, Gail l'entraîna.

L'audience se tenait dans une pièce étroite avec des fenêtres côté ouest : au loin, on distinguait la ligne verte un peu floue des Everglades.

La greffière installa sa machine, et Gail posa les documents de Wendell, une pile épaisse d'un centimètre à peine, au centre de la longue table. Dans les dix petites minutes qui lui étaient allouées, elle exposa rapidement les faits : le tribunal avait ordonné à Wendell de communiquer des pièces, il ne s'était pas exécuté, et il convenait à présent de sanctionner cette obstruction manifeste.

Le juge, qui s'apprêtait à siéger dans une autre affaire, décrocha sa robe pendue derrière la porte.

— Qu'est-ce qui vous permet d'affirmer qu'il ne vous a pas tout donné, maître Connor ? Peut-être est-ce bien tout.

Du coin de l'œil, elle aperçut Wendell, poing sur le menton, qui souriait d'un air narquois.

— Cela fait quinze ans que M. Sweet joue les consultants auprès de compagnies pétrolières dans la Caraïbe du Sud. Cinquante pages, c'est ridicule, et une insulte à l'intelligence de cette cour.

Le juge gloussa.

— Parfois, je me demande.

Montrant qu'il savait apprécier la plaisanterie, Marvin Acker se mit à rire. Puis il retrouva son sérieux et prit la parole.

— Monsieur le juge, dans le domaine de mon client, on scelle un accord par une poignée de main. Il a donné ce qu'il possédait à Me Connor. Tout document éventuel serait en possession des compagnies pour lesquelles il a travaillé.

Stupéfaite et consternée, Gail sentit que l'affaire lui échappait.

— M. Sweet prétend n'avoir conservé aucune trace écrite, et il s'imagine que nous allons le croire ?

Le juge consulta sa montre.

— Maître Connor, j'ignore comment vous comptez vous y prendre pour démontrer ce que M. Sweet a fourni ou non, et franchement, je n'y peux pas grand-chose.

— Monsieur le juge, à la dernière audience, vous avez clairement précisé que M. Sweet devait communiquer tous les documents. *Tous*. Regardez, voici une copie de votre décision. Et maintenant, il nous raconte qu'il ne possède aucun exemplaire parce que les documents sont entre les mains de personnes dont nous ne connaissons même pas les noms.

— Dans ce cas, vous n'avez qu'à déposer une requête pour obliger M. Sweet à divulguer ces noms.

Le juge remonta la fermeture Éclair de sa robe.

— Quand vous les aurez, faites-les citer à comparaître.

— Mais la plupart d'entre eux sont à l'étranger ! s'exclama Gail avant de baisser la voix. J'espère que la cour ne va pas permettre à M. Sweet de jouer à ce jeu-là.

— Inutile de vous emporter contre moi, maître Connor, ce n'est pas moi qui fais les lois. Excusez-moi, mais il faut que j'y aille.

Marvin Acker se leva.

— Quelle est votre décision, monsieur le juge ?

— J'estime que le défendeur, M. Sweet, s'est acquitté de l'obligation qui lui était faite.

— Et vous reverrez la contribution au devoir de secours à la prochaine audience. Vous aviez dit que vous le feriez si M. Sweet n'avait pas les moyens de payer.

— Si je l'ai dit, nous reverrons la question, bien sûr.

Et il partit dans un tourbillon de robe noire.

Gail avait les mains moites. Elle aurait voulu crier au juge : « Vous devriez être démis de votre charge, c'est scandaleux ! »

Wendell sourit ouvertement et se pencha au-dessus de la table pour tapoter le bras de Jamie.

— Pas de pot, hein, chérie ?

— Ôte ta sale patte visqueuse de là, répliqua Jamie.

Ses cheveux roux et duveteux flamboyaient autour de son visage.

Acker extirpa sa lourde carcasse du fauteuil.

— Venez, Wendell, partons avant que ces dames ne piquent une crise.

Dents serrées, Gail sourit.

— Vous êtes vraiment limite, Marvin.

— On peut pas gagner à tous les coups, ma belle.

— Mais là, on va gagner, comptez sur moi.

La greffière rangea sa machine.

— Vous voulez le compte rendu, maître Connor ?

— Je vous ferai signe.

Gail se tourna vers sa cliente.

— Je vous jure, Jamie, ce n'est pas censé se passer comme ça. J'ai l'intention de faire appel. Franchement, c'est tellement injuste !

— Wendell, il facilite pas les choses. Jamais.

Jamie envoya la bride de son lourd sac à main sur son épaule et tira sur le bas de sa veste.

— Faites pas appel. Je veux en finir avec cette histoire.

Gail serra les dents tandis que Jamie et elle redescendaient dans un ascenseur bondé. Anthony avait promis qu'il contacterait Harry Lasko, *promis* ! « D'ici à vendredi ; lundi ; la semaine prochaine ; désolé, Gail, il est absent ; je plaide au tribunal ; je l'appellerai demain matin, *bonboncita.* »

Les portes chromées de l'ascenseur s'ouvrirent et les occupants se déversèrent dans le hall plein d'échos du bâtiment qui abritait le tribunal des affaires familiales. Dehors, le soleil était éblouissant. Clignant des yeux, Gail sortit ses lunettes noires. Le vent faisait claquer les drapeaux sur la place.

— Écoutez, Jamie. Quand vous serez à la maison, torturez-vous les méninges à propos des activités de Wendell. Essayez de vous rappeler avec qui il était en relation, le nom de ses associés, les personnes que vous avez rencontrées dans les îles. Si on en trouve ne serait-ce qu'une ou deux qui sont prêtes à témoigner au procès, on peut le coincer.

Constatant que sa cliente ne réagissait pas, Gail s'arrêta.

— Allons, Jamie, vous ne pouvez pas laisser tomber. Vous avez vu comme il jubilait ?

Jamie se mordit les lèvres pour les empêcher de trembler, et Gail se rendit compte qu'elle était au bord des larmes.

— Si vous voulez continuer à vous battre contre lui, allez-y, mais je peux pas vous payer. J'en peux plus.

Se rapprochant, Gail glissa le bras sous le sien.

— Qu'est-ce que vous voulez ? Dites-le-moi. Oubliez les honoraires. Qu'est-ce que vous voulez faire ?

— Si y avait que moi, je dirais : « Wendell, espèce de sale con, file-moi ce que tu veux, et c'est pas grave si c'est rien du tout. » Mais il devrait pas faire ça aux enfants. Il pense qu'à sa petite personne et pas à eux, et ça, ça va pas. Alors, je crois que j'aimerais continuer.

— Bien.

Gail hocha la tête.

— On va commencer à préparer le procès. Ne vous faites pas de souci, d'accord ?

Elle serra la main de Jamie et sentit ses doigts qui étreignaient fortement les siens.

— Je suis si fatiguée. Et je peux pas le supporter, quand Wendell me regarde comme si j'étais une moins que rien.

— Vous vous souciez vraiment de ce qu'il pense ?

— Vous savez, c'est bizarre, mais oui, ça compte encore. Je sais pas ce que je veux, j'imagine. (Elle rit.) Je pense toujours à comment il était avant.

— Mais il avait déjà ses mauvais côtés, et ils ne vont pas disparaître par magie !

— Comme dit la chanson, « je suis une prisonnière de l'amour ». (Elle rit de nouveau.) J'ai eu pas mal d'hommes, vous savez, mais Wendell… Ah là là. J'avais droit à : « Tu es la reine d'Égypte et moi ton esclave. » Des conneries comme ça. Je m'en remettrai bien, va, comme pour l'alcool. Mais quand vous renoncez à un vice, il vous manque quand même. Je me trouverai peut-être un type bien un de ces quatre, qui me traitera pas comme Wendell. Mais je sais pas si quelqu'un réussira à toucher mon cœur comme lui.

Au pied de l'escalator du métro, Gail passa un bras autour d'elle.

— Ça va aller, Jamie, ça va aller très bien.

— Je croise les doigts. Merci, Gail.

Le soleil étincela sur l'escalator, et Jamie s'éleva lentement. Gail lui fit signe, mais elle ne la vit pas.

Le parking était à une rue de là ; en chemin, Gail ôta sa veste pour laisser l'air circuler sous son chemisier en lin, mais la brise ne pouvait pas grand-chose contre la chaleur. Elle prit l'ascenseur jusqu'au niveau trois et, par réflexe, regarda autour d'elle avant de sortir. En approchant de sa voiture de location, elle chercha les clés dans son sac.

Comme elle s'était montrée prudente, elle fut prise au dépourvu en entendant des pas derrière elle. Elle jeta un œil par-dessus son épaule et aperçut Wendell Sweet ; d'un coup, elle eut l'impression que son cœur envoyait tout le sang dans sa poitrine. Prenant une inspiration, elle demanda :

— Qu'est-ce que vous voulez ?

— Tiens, tiens, rebonjour !

Un sourire moqueur souleva un coin de sa petite bouche rouge. Son col était ouvert et son nœud de cravate desserré. Il avait dû ranger la veste de son costume à mille dollars quelque part. Dans sa voiture, comprit soudain Gail. Ils s'étaient garés dans le même parking, et il l'avait sans doute aperçue par hasard. Son visage et ses yeux bouillaient de rage.

— J'aimerais vous poser une question, mam'selle l'avocate. Quel genre de satisfaction ça vous procure, de détruire un mariage ? Ça vous donne un sentiment de puissance ? Vous détestez les hommes, c'est ça ?

Gail calcula le temps qu'il lui faudrait pour gagner sa voiture, mettre la clé dans la serrure, ouvrir la portière, monter…

— Votre mariage était déjà terminé quand Jamie m'a contactée, répondit-elle d'une voix égale et calme. Ne cherchez pas un bouc émissaire, prenez-vous-en à vous-même.

L'œil sur lui, elle se dirigea vers sa voiture, et il la suivit, abolissant la distance qui les séparait.

— Vous devriez avoir honte de bourrer le crâne de ma femme. Jamie et moi, on s'aime. Ça doit être dur à comprendre, pour une gouine desséchée comme vous.

Gail recula vers la portière.

— N'approchez pas ou je crie !

— Oh, ben alors. Vous croyez que je vais vous refaire le portrait ? Il faut bien reconnaître qu'une petite fracture de la mâchoire ne vous ferait pas de mal.

Debout près de la portière arrière, il l'avait coincée entre sa voiture et celle d'à côté. Sa clé cogna contre la serrure avant d'entrer.

— Si vous me touchez, vous êtes mort. Mon fiancé vous le ferait payer sans la moindre hésitation.

Sa bouche forma un O d'inquiétude feinte.

— Quintana ? Ça m'étonnerait. Il n'est pas si bête.

Les doigts sur la poignée, Gail interrompit son geste.

— Comment ça ?

— Je possède certaines informations. Curieuse ? Je vous propose un petit marché. Vous conseillez à ma femme de laisser tomber, et je ne fais pas plonger Quintana. Marché conclu ?

— De quoi parlez-vous ?

— Pourquoi ne lui posez-vous pas la question ?

Wendell lui envoya un baiser humide du bout des doigts avant de s'éloigner.

15

La réceptionniste de Ferrer & Quintana salua Gail par son nom et l'informa qu'Anthony venait d'appeler. Il était en retard, mais arriverait sous peu. Souhaitait-elle l'attendre dans la salle de conférences ? Gail déclina poliment : elle patienterait ici. Désirait-elle boire quelque chose en attendant ? « Un thé serait parfait », répondit Gail en la remerciant.

Elle s'installa sur un long canapé qui formait un coude pour longer un mur de verre. La lumière du dehors dessinait un grillage flou sur le sol en granit moucheté d'argent. La couleur uniforme de la réception était relevée par une série de peintures abstraites aux tons vifs qui évoquaient des plantes tropicales.

Gail sirota son thé en feuilletant un magazine. Ce fut par hasard qu'elle leva la tête et aperçut un costume gris et une paire de lunettes noires : Hector Mesa se déplaçait sans bruit sur le sol poli. Les petites lumières du plafond éclairèrent ses épaules quand il passa en dessous. Sans s'arrêter, il lança un coup d'œil à Gail avant de composer un code. La porte intérieure s'ouvrit et se referma derrière lui. Elle ignorait qu'il pouvait aller et venir ainsi à sa guise.

Quel effet cela faisait-il, d'avoir un chien de garde comme Mesa, qui ne posait pas de questions et aurait certainement trouvé déplacé d'exiger des explications ?

Sa tasse était vide lorsque Anthony arriva. Il lui sourit aussitôt et tendit un bras.

— *¿ Cómo andas, amor ?* demanda-t-il en lui embrassant la joue.

Une fois dans son bureau, Gail lui apprit que le juge l'avait déboutée de sa requête pour obstruction à la justice dans l'affaire Sweet.

— Qu'est-ce qui s'est passé ? Assieds-toi, je t'écoute.

Mais Gail était bien trop agitée pour s'asseoir.

— Le juge a estimé que cinquante pages de documents, c'était amplement suffisant. Une décision démente, mais inutile de faire appel, on perdrait. La prochaine fois, Wendell Sweet demandera une réduction de la contribution au devoir de secours au motif qu'il ne peut pas payer. Avec ce qu'il m'a donné, impossible de prouver le contraire. J'espérais que tu ferais le nécessaire auprès d'Harry. Tu me l'avais promis.

— Assieds-toi, ma chérie. S'il te plaît.

Comme elle restait debout, il annonça :

— Je lui ai parlé ce matin.

— C'est pas trop tôt !

— Je comprends que tu sois contrariée, mais je n'ai pas pu lui parler avant.

Gail s'appuya sur le bras d'un fauteuil.

— Qu'est-ce qu'il a dit ? Il peut me fournir des infos sur les actifs offshore de Wendell ?

— Je lui ai posé la question. Comme tu le sais, Harry et Wendell ont fait une bonne opération en vendant le casino d'Eagle Beach, mais Harry ignore ce que Wendell a fait de sa part. Ça s'est conclu il y a plus d'un an, alors il a pu dépenser l'argent ou le perdre dans un mauvais investissement. Harry le soupçonne d'en avoir encore une très grosse partie, mais il ne sait pas où.

— Peut-on supposer qu'ils n'ont pas déclaré leurs bénéfices à l'administration fiscale ?

Anthony finit par acquiescer.

— Ils ont acheté le casino par le biais d'un montage compliqué avec une société immatriculée à Grand Cayman. On pourrait opposer que les revenus n'étaient pas soumis aux lois fiscales américaines, mais un jury ne serait pas forcément d'accord. J'ai discuté avec les procureurs. Sur la base de l'acte d'accusation actuel, ils pourraient accepter une condamnation à sept ans, mais s'ils découvrent cette histoire de casino, Harry risque de mourir en prison. Tu vois pourquoi j'étais prudent.

Elle le considéra un moment avant d'aller se planter devant la porte en verre qui donnait sur l'atrium. Des taches de lumière tombaient sur le philodendron et les fougères, et elle entendait le son étouffé de l'eau qui éclaboussait les pierres.

— Après l'audience, je me suis retrouvée nez à nez avec Wendell dans le parking. Il m'a proposé un marché. Si j'arrête de bourrer le crâne de sa femme, il ne divulguera pas certaines informations sur toi. De quoi parlait-il ? demanda-t-elle en se tournant vers Anthony.

Il eut un petit froncement de sourcils marquant sa confusion.

— Des informations sur moi ? Aucune idée.

— Il m'a affirmé qu'il pourrait te faire plonger.

Une épaule contre l'encadrement, Gail regarda la fontaine avant de poursuivre :

— En venant ici, je me suis rendu compte que j'ignorais pratiquement tout de tes activités, en dehors de ton métier d'avocat et des investissements dont tu ne parles pas souvent. J'ai vu passer Hector Mesa. Que fait-il ici ?

— C'est un coursier, Gail. Il va à la banque pour nous. Quelquefois, il sert de garde du corps à nos clients les plus en vue. Il n'y a rien de glauque là-dedans.

Anthony écarta largement les bras.

— Qu'est-ce que tu veux savoir ? Je t'écoute.

— Très bien. À quoi Wendell faisait-il allusion ?

— À rien. C'est un coup de bluff.

— Tu as été en affaires avec Harry et lui ?

Il haussa les sourcils.

— C'est ce que tu crois ?

— Je n'en sais rien, Anthony. Alors ?

Il semblait stupéfait par la question.

— Non, absolument pas.

— J'ai le droit de savoir. Je préfère l'apprendre maintenant que le découvrir après notre mariage.

Oppressée, elle prit une inspiration.

— Ça resterait entre nous. Je n'en parlerais à personne. Il faut qu'on se fasse confiance.

Il la fixa longuement.

— Oui. Et quand je te dis que je ne sais pas de quoi parle Wendell, c'est la vérité. Pourquoi tu ne me crois pas ?

— Ne t'énerve pas, je t'en prie.

— Je ne m'énerve pas, ma douce. Pas contre toi, en tout cas. Écoute-moi bien. Comment pourrais-je réfuter ce qu'il a dit, puisqu'il s'est contenté d'une vague allusion à… À quoi ? Il a donné des précisions ?

— Non.

— Enfin, tu vois bien ce qu'il cherche. Il veut que le divorce soit réglé selon ses conditions, et il essaye de te faire peur. Je n'ai jamais parlé à Wendell Sweet, et je ne l'ai jamais rencontré. S'il ne se contentait pas de sous-entendus vaseux, je pourrais répondre. Mais là, je ne vois pas du tout, et je suis bien incapable de deviner.

Anthony lui prit les mains et les serra.

— Gail ?

— Je suis désolée. Cette affaire me porte sur les nerfs.

— Oui, je trouve aussi.

Il l'attira à lui et déposa un doux baiser sur ses lèvres. Se laissant aller contre lui, elle respira son parfum discret mais nettement masculin.

— Tu devrais te coucher tôt, ce soir, suggéra-t-il.

— J'ai une mine affreuse, c'est ça ?

— Tu as l'air un peu fatiguée, c'est tout. Viens voir.

Il l'écarta des portes vitrées et la guida vers son bureau.

— Je veux te faire essayer quelque chose.

Faisant pivoter son fauteuil en cuir noir, il tendit le bras.

— Assieds-toi là.

— Pourquoi ? demanda-t-elle en riant.

Dès qu'elle fut installée, il inclina le siège en arrière, et elle s'accrocha aux bras.

— Pas mal, commenta-t-il. J'ai une proposition à te faire, Gail.

Il posa les fesses sur le bord de son bureau, gardant les deux pieds sur le sol.

— J'en ai déjà parlé avec Raul. On aimerait que tu viennes travailler chez Ferrer & Quintana.

Elle en resta bouche bée.

— Tu veux dire… en tant qu'associée ?

Il hésita avant de répondre :

— Non, pas dans un premier temps. Tu commencerais comme collaboratrice, et ensuite on aviserait. Tu détiens les contacts avec les vieilles familles anglo-américaines qui nous font défaut. Raul s'occupe d'immobilier et d'affaires, je suis pénaliste, et toi, avec tes huit ans passés dans l'un des meilleurs cabinets de Miami, tu es spécialisée dans les litiges commerciaux. Nos collaborateurs couvrent déjà pas mal de domaines, mais aucun n'a ton profil. Ce serait parfait.

Il sourit, creusant les plis de chaque côté de sa bouche.

— Alors ?

— Anthony, je… Et mon cabinet ? Et Miriam et Lynn ?

— Emmène-les avec toi. Je sais que tu voulais être indépendante, mais c'est de la folie. Tu rames. Tu crois que je ne le vois pas ?

Il prit le visage de Gail entre ses mains.

— Tu travailles comme une damnée. Regarde-moi ces cernes ! Je n'aime pas te voir dans cet état, *cielo*.

Gail lui embrassa la paume.

— Depuis quand la fatigue est-elle un critère de recrutement ?

— Le critère, c'est que tu es une sacrée bonne avocate. Ça n'a rien à voir avec la charité. Tu as ta place ici. On a besoin de tes compétences et de ton carnet d'adresses. Tu pourrais t'organiser comme tu veux, passer plus de temps avec Karen. Tu vois ? Encore une bonne raison de nous rejoindre.

Gail songea au rapport que Charlene Marks lui avait montré. Le Dr Fischman avait observé qu'elle ne consacrait guère de temps à Karen. Basculant le fauteuil en arrière, Gail le fit tourner, effleurant du regard l'éclairage ultramoderne du plafond, les bibliothèques aux portes vitrées, l'atrium, les sièges en cuir autour d'une table à plateau de granit. Il y avait deux associés, sept collaborateurs, trois assistants, une douzaine d'employés, deux salles de conférences, une bibliothèque…

— Tout cela est très séduisant. Ça pourrait me plaire, je suppose. Mais…

Pieds en l'air, elle fit pivoter le fauteuil plus rapidement.

— On ne risque pas de se taper sur le système, en travaillant au même endroit ? Toi et moi, on est plus indépendants que la moyenne.

Anthony se pencha en avant et arrêta le fauteuil en posant fermement les mains sur les deux bras. Sa cravate en soie frôla les genoux de Gail.

— Non, Gail, notre principal souci, affirma-t-il en lui effleurant les lèvres, ce serait d'arriver à travailler.

Elle tira sur sa cravate et sourit.

— Je vais y réfléchir.

— Comment pourrais-tu refuser ?

— J'ai dit peut-être. J'ai tellement de choses en tête…

— Bien sûr. Tu n'es pas obligée de te décider tout de suite.

Il l'embrassa sur le front.

— Qu'est-ce que je fais, pour Wendell ? Je l'ignore ?

— *Claro que sí.* Oui, oublie. Mais s'il te cherche encore des noises, préviens-moi.

— Ne va pas lui taper dessus pour moi, Anthony.

Il posa une main sur son cœur.

— Enfin, Gail, où vas-tu chercher des idées pareilles ? Je te promets que je suis le plus doux des hommes. *Te juro.*

Il haussa les épaules.

— Mais s'il te touche, je serai obligé de le tuer.

— Très drôle.

En se levant, Gail se retrouva entre les cuisses d'Anthony. Il laissa glisser les mains sur ses hanches et la serra étroitement contre lui.

— Est-ce qu'on arriverait à travailler ? Hum. *Un problema muy grande.*

— Anthony, j'ai oublié de te dire. Bozo a envoyé des roses au cabinet.

En sortant de chez Ferrer & Quintana, Gail se rendit au commissariat central de Miami avec la carte qui accompagnait les fleurs. Au bureau d'information, on lui donna un badge à accrocher au revers de sa veste et on lui fit prendre l'ascenseur jusqu'au deuxième étage. Comme elle était venue deux jours plus tôt, elle connaissait déjà le chemin. Anthony aurait bien aimé l'accompagner, mais il avait un rendez-vous avec un client. Gail lui avait promis de se garer dans un endroit sûr et de bien regarder autour d'elle avant de descendre de voiture. « Pour l'amour du ciel, Anthony, je serai entourée de flics. »

L'inspecteur Laduc l'attendait dans le couloir ; il la conduisit dans la pièce réservée à la brigade criminelle. L'inspecteur Novick, qui était au téléphone, leva les yeux et adressa un signe de tête à Gail. Ladue lui avança une chaise au bout de son bureau, et elle lui donna la carte. Il resta debout, ventre en avant pour conserver l'équilibre. Un badge et un pistolet dans un holster marron éraflé chevauchaient son ceinturon. Il sortit une paire de lunettes de sa poche, les secoua pour déplier les branches, et les installa sur son nez.

Gail expliqua :

— Renee était ma sœur. Elle est morte l'année dernière. On l'a assassinée.

— Hum.

Ladue retourna rapidement la carte et, n'y trouvant rien, la laissa tomber sur son bureau.

— Vous en voulez une photocopie ? proposa-t-il.

— Ce n'est pas la peine.

— Je suis au courant, pour votre sœur. Apparemment, notre homme aussi. Très bien, on va appeler le fleuriste pour voir s'ils ont une trace.

Ouvrant son sac, Gail en retira quelques feuilles pliées en deux.

— L'inspecteur Novick m'a demandé de recenser les personnes avec qui j'avais eu des différends dans un passé récent. Il y a environ une douzaine de gens que je pourrais éventuellement considérer comme suspects.

Elle avait dressé une liste avec les noms, adresses, et une brève description du litige qui, dans la majorité des cas, s'était réglé à l'amiable. Tapotant le sommet de la liste, elle poursuivit :

— Celui-ci, Simon Yancey, était le défendeur dans une affaire dont je me suis occupée en avril de l'année dernière, une saisie de bien hypothéqué. Tenez. Je vous ai fait quelques photocopies du dossier. Il m'avait écrit une lettre.

Novick, qui venait de raccrocher, vint jeter un œil par-dessus l'épaule de Ladue. Tandis qu'ils lisaient,

Gail contempla les papiers épinglés au mur. Des dessins, parfois humoristiques, des listes de noms et de numéros de téléphone, un calendrier trimestriel avec les comparutions au tribunal marquées en rouge. Au-dessus du bureau de Novick, nettement moins encombré que celui de son collègue, plusieurs clichés de montagnes aux sommets enneigés étaient punaisés sur un panneau en liège. Sur l'un d'eux, au premier plan, le jeune inspecteur et une femme brune étaient enlacés.

Après avoir achevé sa lecture, Novick rapprocha une chaise.

— Vous en recevez souvent, des lettres comme ça ?

— Non, très rarement. Cette avocate dont il se plaint, je ne la reconnais pas. Ce n'est pas moi.

Il eut un sourire aimable.

— Nous, qui avons affaire au public, sommes souvent incompris.

Ladue s'affala lourdement sur sa chaise à roulettes.

— Mike est l'intello de service. Il a réussi à décrocher son diplôme de fin d'études secondaires.

Gail retourna la lettre pour examiner la signature. *Sincères salutations, Simon T. Yancey*. Des petites lettres tassées et pointues.

— Peut-on comparer cette écriture à celle des enveloppes ?

— Il y a peu de chance, dit Novick. Sur les enveloppes, on avait des majuscules d'imprimerie. Quand une personne cherche à déguiser son écriture, il est presque impossible de faire des recoupements.

Il se pencha pour attraper un stylo et un bloc-notes sur son bureau.

— Pouvez-vous nous décrire Simon Yancey ?

— Massif ; pas gros, mais costaud. Je ne me souviens pas de son visage. La petite trentaine. Des cheveux marron, plutôt longs.

Elle toucha son col.

— Au tribunal, il a crié : « Fais gaffe, sale garce. » Enfin, un truc de ce genre, mais j'ai bien entendu « sale garce ».

— Avait-il un accent particulier ? Au téléphone, le gadget électronique a pu servir à dissimuler un accent.

Gail réfléchit.

— Un accent. Non, pas spécialement.

Faisant pivoter sa chaise, Ladue décrocha son téléphone et appela les renseignements. Il demanda le numéro de Simon Yancey, attendit, puis raccrocha.

— Aucune trace de lui dans le coin.

— N'oubliez pas qu'à cause de moi il est à la rue.

— Oui, pas étonnant qu'il soit furax, si c'est lui.

Ladue consulta son bipeur.

— On va lancer une recherche informatique pour voir si on peut le retrouver. Le bureau des permis de conduire doit avoir sa photo. Bon, il faut que j'y aille, Mike, ils m'attendent au tribunal.

Ladue se leva et récupéra une veste bleue suspendue au dossier de sa chaise.

— Si quelque chose d'autre se présente, tenez-nous au courant, mademoiselle Connor.

Elle le remercia et se retourna vers Novick.

— Je peux vous poser une question qui n'a rien à voir avec cette affaire ?

— Allez-y.

— Vous avez déjà entendu parler d'un certain Wendell Sweet ? Cheveux noirs, la grosse trentaine. C'est un consultant pour le pétrole offshore. Il passe pas mal de temps à l'étranger.

Derrière ses lunettes, les yeux marron de l'inspecteur se perdirent un instant dans le vague avant de revenir sur Gail.

— Dans quel contexte j'aurais pu entendre parler de lui ?

— Trafic de stupéfiants, peut-être.

Il secoua la tête.

— Je ne m'occupe pas de ces affaires, sauf en cas d'homicide, ce qui arrive souvent.

— Vous connaissez Hector Mesa ? Cubain, la cinquantaine ?

Il eut un petit signe d'acquiescement.

— C'est un collaborateur d'Ernesto Pedrosa, le grand-père de votre fiancé. Que voulez-vous savoir ?

— Simple curiosité. On ne parle pas beaucoup de lui.

— On s'est intéressé à lui dans le cadre d'activités anticastristes. Évidemment, à Miami, ça concerne la moitié de la population.

— Vous êtes-vous déjà intéressé *directement* à lui ?

Novick sourit.

— Si je l'ai interrogé au cours d'une enquête pour homicide, vous voulez dire ? Non. Sweet et Mesa se connaissent ?

— Pas que je sache. Wendell Sweet est marié à une de mes clientes. Ils sont en train de divorcer. Il y a eu des violences conjugales, et aujourd'hui, après une audience, il m'a sorti qu'une petite fracture de la mâchoire ne me ferait pas de mal.

— Je ne peux pas l'arrêter pour ça.

— Je sais. Je vous le dis, c'est tout.

— Il est sur votre liste ?

— Non, je ne crois pas que ce soit lui. Il a trois enfants, et il n'a jamais été violent avec eux.

Novick martela son bloc-notes avec son stylo.

— Ouais. On devrait quand même rentrer son nom et tous ces éléments dans le dossier. Les gens sont surprenants, parfois.

— Très bien. Je vous téléphonerai.

Gail remit son sac sur son épaule. Novick se leva à son tour.

— Ladue m'a dit que vous n'aviez pas voulu voir la dernière photo.

— Deux, ça suffit, vous ne trouvez pas ?

— Si ça ne vous ennuie pas, mademoiselle Connor, vous pourriez reconnaître quelque chose. Plus vous en saurez, plus vous serez à même de nous aider.

L'anxiété qui l'avait tenaillée toute la journée lui monta à la gorge. Elle prit une longue inspiration.

— C'est bon. Allez-y.

Elle posa son sac sur le bureau tandis que Novick allait chercher une enveloppe kraft dans ses dossiers suspendus. Dessus, on pouvait lire : « Propriété de la police de Miami ». Il en retira les trois photocopies couleurs et plaça la dernière sur les autres avant de la lui montrer. Très raide, les mains cramponnées au dossier de la chaise, Gail se garda bien de la toucher.

Les deux premières photos avaient été prises des jours différents, ce qui était facile à repérer puisque Karen ne portait pas les mêmes vêtements : un short rouge sur le premier cliché, un bleu sur le second. Sur le troisième, ses habits avaient été noircis, réduits en cendres. Son corps était en feu, et sa bouche s'ouvrait, immense, comme sous l'effet d'une douleur intense.

Des flammes rouge et orange la poursuivaient tandis qu'elle courait, et ses cheveux brûlaient. D'autres flammes jaillissaient de l'école, visible au bord de la photo. Le feu dévorait les arbres et masquait le ciel.

La voix calme de Novick troua le silence.

— La façon dont ç'a été dessiné vous rappelle quelque chose, mademoiselle Connor ? La couleur, les traits ?

— Rien.

Elle inspira à travers ses dents.

— Qui ferait ça à un enfant ? Qui pourrait avoir des idées pareilles ?

Elle jeta un œil à l'inspecteur. Ses yeux sérieux avaient dû voir pire, non sur des photographies retouchées, mais dans la réalité. Du vrai sang, de vrais cadavres d'enfants brûlés, poignardés, au crâne défoncé.

Il glissa la photocopie dans l'enveloppe avec les autres et alla remettre le tout en place. Quand Gail essuya des larmes, ses doigts tremblèrent contre ses joues.

— Asseyez-vous, je vous en prie. Je sais que c'est difficile pour vous, et j'apprécie votre volonté de coopérer.

— Bien sûr que je veux coopérer. Je suis prête à tout. Mon Dieu !

Elle prit une longue inspiration tremblante.

— Si seulement je savais pourquoi, je pourrais faire face. Mais là, c'est comme une condamnation sans procès. Sans même une accusation. Vous m'avez dit qu'il y avait toujours une raison. Si seulement je la connaissais !

— Ma question va peut-être vous paraître bizarre, mais est-ce que vous avez remarqué des connotations sexuelles dans la façon dont les photos ont été retouchées ?

Gail le regarda, surprise.

— Non.

— Moi non plus. Généralement, il y a du sexuel dans ce genre de violence à l'égard des enfants.

Novick se pencha en avant, coudes sur les genoux.

— Ladue et moi, on a travaillé sur une affaire, il y a quelques mois de ça, concernant un homme garé devant une école. Un des enfants a vu qu'il avait le pantalon baissé et appelé la police. Ils l'ont emmené au poste, et on a perquisitionné son appartement. Il avait des centaines de dessins d'enfants nus ; des garçons, dans son cas. Quand il dessinait un revolver ou un couteau, c'était toujours d'une façon violente et très sexuelle. Vous comprenez ?

Les euphémismes de Novick suggéraient une réalité tellement glaçante que Gail frissonna.

— Oui. Mais il n'y a rien de tel, pour Karen. Que peut-on en déduire ?

— Je ne sais pas.

La lumière se refléta sur ses lunettes.

— On gardera ça en tête.

Quand elle se leva, ses yeux tombèrent de nouveau sur les photos de montagnes.

— Elles ont été prises où, ces photos ?

— Ah, celles-là, dit-il en se retournant. Près de Whistler, en Colombie-Britannique. Donnez-moi une pente raide et je suis content.

— Que faites-vous à Miami, alors ?

Il sourit en haussant les épaules.

— À vivre dans les montagnes, on finit par ne plus les voir.

— Vous avez sûrement raison. Inspecteur Novick, des affaires comme la mienne, vous en avez eu combien ?

— Comme celle-ci ? Pas beaucoup. Généralement, on sait qui est derrière.

— Et sinon, vous réussissez à le découvrir ?

— Au bout du compte, oui.

— Avant qu'il ne soit trop tard, j'espère.

Elle lui tendit la main.

— Merci, inspecteur.

Il la raccompagna jusqu'aux ascenseurs et appuya sur le bouton du rez-de-chaussée.

Pendant l'été, Biscayne Academy se transformait en centre aéré. Les enfants suivaient des cours de danse, de musique et d'art, visitaient des galeries, et faisaient des sorties pour étudier l'histoire locale. Les activités se terminaient à 16 heures, mais les enfants pouvaient être pris en charge jusqu'à 18 heures lorsque les parents travaillaient. Gail avait souvent dépassé la limite, et quand elle ne pouvait pas se libérer, elle envoyait Miriam ou Lynn récupérer Karen pour la ramener au cabinet.

Cela lui faisait tout drôle d'être là si tôt, au milieu des autres parents – des mères, pour la plupart – qui avaient trouvé des places à l'ombre le long du trottoir en attendant que les portes s'ouvrent. En short, petit haut et tennis, les femmes rassemblées en groupes se saluaient. Gail en avait rencontré certaines à l'occasion des réunions avec les enseignants pendant l'année scolaire. Elle sourit et répondit à quelques bonjours, mais continua à longer le grillage qui la séparait de la cour.

« On pouvait se faire à ce genre d'existence », songea-t-elle. Arriver pour 16 heures tous les jours, assister à la sortie des enfants ou à leur retour d'excursion. Ce ne serait pas si difficile de s'y habituer. Récupérer Karen, l'emmener prendre une glace. Pendant l'année scolaire, rentrer à la maison avant la nuit et préparer le repas ensemble : du poisson frais grillé au lieu d'un pain de viande au micro-ondes. Prendre le temps de décorer la maison avant Noël, faire les courses en avance au lieu de galoper dans le centre commercial la veille des fêtes. Karen aurait son histoire tous les soirs. Ses notes et son attitude seraient exemplaires.

Le Dr Fischman pourrait aller au diable : Gail serait une mère modèle. « Une autre Peggy Cunningham », se dit-elle en imaginant une piscine derrière la maison de Clematis Street. Peggy deviendrait peut-être une amie. Le samedi, elles se reposeraient sur des chaises longues, se feraient les ongles et discuteraient de la vie du quartier pendant que Karen et Lindsay s'amuseraient dans la piscine. Gail aurait des couleurs, elle s'inscrirait à un club de remise en forme.

Si elle travaillait comme collaboratrice, elle redeviendrait salariée, mais la femme d'un associé serait sans doute bien traitée. Terminé, les chèques de cavalerie à la fin du mois et les privations de salaire pour payer ceux de Lynn et de Miriam.

Quand Karen aurait seize ans, Gail pourrait revenir à temps plein. Si elle en avait envie. Sinon, elle pourrait garder son temps partiel et se consacrer à de bonnes œuvres. Mais seulement pendant la journée, car ses nuits seraient pour Anthony.

Tout cela était-il possible ? Elle aurait bien aimé y croire, mais depuis l'âge adulte, elle s'était toujours prise en charge. Pendant son mariage, c'était elle qui avait porté le fardeau ; elle n'avait pas eu le choix. L'idée de laisser les commandes à quelqu'un la troublait, lui donnait une sensation de flottement.

Anthony voulait la rendre heureuse, et il en avait les moyens. Ses yeux s'illuminaient quand il mentionnait tout ce qu'il pourrait faire pour elle. Et pour Karen. Son bonheur à elle aussi lui tenait à cœur. Et sa sécurité. Karen ne courrait aucun danger tant qu'Anthony serait là pour la protéger.

La cour de l'école était dans le prolongement du bâtiment. Les arbres projetaient leur ombre sur le trottoir, mais on distinguait des pans de ciel bleu au-dessus de la cour ; le ciel bleu des photographies.

Le souffle soudain court, Gail reconnut la scène. Karen se trouvait à moins de cinquante mètres de distance quand l'appareil avait été braqué sur elle. Quelqu'un pouvait passer inaperçu au milieu de ce groupe de parents qui attendait en bavardant que les portes s'ouvrent.

Qu'avait-il vu ? Sur le deuxième cliché, Karen était appuyée contre un arbre. Sur le premier et le troisième en revanche, elle bougeait, et le cliché qui la montrait en train de sauter était net. L'appareil utilisé était donc relativement sophistiqué, puisqu'il permettait le réglage de la vitesse d'obturation, et compact, pour la discrétion.

Elle se remit à arpenter le trottoir, changeant de perspective. À cette distance, le cadre était trop large :

l'appareil devait être équipé d'un téléobjectif ; ou alors, l'inconnu avait découpé la partie qui l'intéressait et l'avait agrandie à la photocopieuse. Un jeu d'enfants.

La cour était toujours vide. Les balançoires oscillaient un peu sous la brise. Un écureuil passa rapidement au sommet de la cage à poules.

Près de l'entrée, une femme avec une poussette, et un homme qui promenait un chien en laisse. D'autres parents étaient arrivés, remplissant l'espace entre le trottoir et la rue. Les moteurs tournaient, et les vitres étaient fermées pour garder l'air frais à l'intérieur.

Il était facile de se garer ici, d'attendre discrètement derrière ses vitres teintées que les enfants sortent, puis de se diriger vers le grillage comme n'importe quel parent…

Un pick-up blanc s'engagea lentement dans la rue étroite et trouva une place en face, devant l'église presbytérienne. Dave en descendit, short kaki et chemise à fleurs, sa tenue de travail. Le soleil joua dans ses cheveux comme il traversait la rue à petites foulées.

Gail se demanda ce qu'il faisait là. Était-il venu voir sa fille avant l'arrivée de la méchante mère ? *La personnalité autoritaire de la mère… des signes d'instabilité qui frôlent la pathologie…*

Quand Dave l'aperçut, il lui fit un signe de tête et contourna le pare-chocs d'un minivan trop avancé sur le trottoir. Il s'arrêta à côté d'elle sans sourire : les muscles de son visage semblaient trop contractés pour ça.

— Au cabinet, on m'a dit que tu serais là.

Elle saisit une feuille coincée dans le grillage.

— On a quelque chose à se dire ? J'ai lu le rapport de Fischman.

— Oui, il n'a pas perdu de temps. J'ai appelé mon avocat aujourd'hui. On laisse tomber. Cette histoire est terminée.

Elle se tourna pour le regarder.

— Pour de bon ?

— Oui, Gail, pour de bon. Je suis désolé d'avoir autant tardé.

Hésitant encore à le croire, elle posa une main sur son épaule.

— On trouvera une solution, en partant de Karen et de ce qui est bon pour elle. On peut le faire.

Il prit sa main entre les siennes.

— Il faut que je te parle. On peut aller quelque part ? C'est important.

— Tout de suite ? Non, Karen m'attend à 16 heures. De quoi tu voulais parler ?

— J'ai besoin d'un service. Tu es la seule qui puisse m'aider.

Intérieurement, elle eut une réaction de recul.

— Un service. Tant que ça ne coûte rien en temps ou en argent, pas de problème.

— Je ne plaisante pas, Gail. J'ai besoin d'un prêt jusqu'à lundi. Il n'y a aucun risque pour toi. Pas le moindre.

Elle le dévisagea.

— Je ne peux pas te donner d'argent, Dave.

Il serra sa main et la plaqua contre son torse.

— Écoute-moi, s'il te plaît. Mon accord avec Marriott va tomber à l'eau si je n'emprunte pas d'argent fissa.

— Va à la banque, répliqua-t-elle en retirant la main.

— Je ne peux pas. Tu veux bien m'écouter ? Cinq minutes. Je t'en prie.

Gail dégagea son bras et alla se réfugier sous l'ombre protectrice d'un figuier banian. Dave la suivit de près. Des brindilles et des feuilles mortes craquèrent sous leurs pieds.

— Avant que tu ne dises un mot de plus, je te préviens : je ne te prêterai pas un dollar. Que ce soit bien clair.

Il cogna ses deux poings l'un contre l'autre avant de prendre une longue inspiration.

— Je t'ai déjà parlé du Old Island Club qui se trouve à Saint Thomas. Tu te souviens que j'ai acheté le nom, enfin le droit de l'utiliser. Le propriétaire, Armand Dubois, est un Français de la Guadeloupe. Il a acheté le club il y a une dizaine d'années, et quand j'étais à Saint Thomas, il avait besoin d'argent mais il ne voulait pas vendre. Je lui ai proposé un marché. Il me laissait utiliser le nom aux États-Unis et copier son menu, son décor, et tout le reste, pour deux cent mille.

— Putain !

— C'était un cadeau, Gail. Une super affaire ! J'ai vendu le bateau pour soixante-dix mille, gratté encore cinq mille, et promis qu'il aurait le reste dans six mois. Comme garantie, je lui ai donné ma part dans l'Old Island Club de Miami. Il faut que je règle vendredi dernier carat.

Elle leva les deux mains, paumes ouvertes.

— Laisse-moi deviner. Tu ne peux pas le payer, il est au courant pour ton accord avec Marriott, et il va s'interposer.

Dave acquiesça.

— Armand était là, le week-end dernier. Il m'a dit que si je ne lui versais pas l'argent vendredi au plus tard, il allait me prendre le club. Il en a le droit. On a signé un contrat.

— Tu n'avais pas d'avocat, à Saint Thomas ?

— Non, on a pris le sien.

Elle ferma les yeux.

— Imbécile.

— Il faut que je le paye, Gail.

Quand elle se détourna, Dave revint se planter face à elle.

— L'accord avec Marriott devait se conclure aujourd'hui, mais une personne de Key West a oublié de leur faxer le bail du restaurant, et ils ont besoin de deux ou trois jours pour l'examiner. Du coup, la signature a été fixée à lundi, mais ce sera trop tard si Armand n'a pas son fric.

— Arrête. Juste une minute.

Gail fixa les racines aériennes tordues du figuier banian, puis Dave.

— Ta banque comprendra. Tu veux que je les appelle ? Tu n'as qu'à leur montrer ton contrat avec Marriott.

— J'ai déjà emprunté tout ce que je pouvais.

— Aucune importance. Montre-leur le contrat, je te dis. Tu as dit qu'il n'y avait *aucun risque*, pas vrai ? Ils seront ravis de te prêter l'argent.

— Ils demanderont à voir mes livres de compte, répondit-il en secouant la tête.

— Je vois. Tu as trafiqué les comptes.

— J'étais bien obligé, Gail. J'ai dû payer les achats d'alcool en liquide. Et les salaires, l'assurance…

— Un jeu de registres pour le fisc, qui montre que tu ne gagnes rien, et un autre pour tes créanciers, pour qu'ils voient que tu marches tellement bien qu'ils peuvent te prêter le max, que tu as déjà dépassé.

— S'il te plaît, Gail…

— Et tu dois des taxes sur les salaires, aussi ?

La colère qui lui martelait le cerveau était affreusement familière. D'une voix calme, elle ajouta :

— Quand je pense que tu t'es acheté un nouveau pick-up et une énorme télé.

— Le contrat avec Marriott va payer tout ça.

— Ah non. *Déjà vu*[1].

— Ce n'était pas censé arriver, merde ! Si la signature avait eu lieu aujourd'hui comme prévu, je ne serais pas là à te supplier à genoux. J'aurais pu tout rembourser et mettre l'argent à la banque. Les gens font ça tout le temps ! C'est comme ça que les affaires marchent !

Il était écarlate.

— J'ai vu l'opportunité, je l'ai saisie, et ça va payer, si je tiens jusqu'à lundi.

Des années à travailler sur les litiges commerciaux avaient appris à Gail que les gens spéculaient sur du vent, un espoir, de bonnes perspectives, certains que ça allait marcher. Ils faisaient confiance au gars d'en face, au marché, au destin, et vendaient une boîte vide avec l'intention de la remplir avant que celui d'en face ne soulève le couvercle.

La lèvre supérieure de Dave luisait de sueur.

1. En français dans le texte. *(N.d.T.)*

— Si cette affaire n'est pas signée, je risque d'aller en prison. Tu comprends ? En prison ! Pour fraude fiscale. Tu te rends compte, pour Karen ?

— Ils ne t'enverraient pas en prison. Ils inscriraient un privilège sur tes biens jusqu'à ce que tu aies tout remboursé.

— Ils prendraient tout ce que j'ai, Gail. Tout.

Il s'humecta les lèvres.

— J'ai dit à Karen que je l'emmènerais en voyage à Noël. C'est fichu. Elle va voir son père sans argent, sans maison, sans *rien*, si tu ne m'aides pas. Sans rien !

— Ne me mets pas ça sur le dos !

— C'est vrai, j'ai merdé. J'aurais dû mettre l'argent de côté, mais je ne l'ai pas fait. Je l'ai dépensé dans le restaurant. Et maintenant, à cause de cent vingt-cinq mille dollars, c'est-à-dire *peanuts* dans ce business, je vais rater la plus grande occasion de ma vie parce que quelqu'un de chez Marriott a oublié de faxer un putain de papier !

Dave aspira de l'air ; il tremblait.

— Je ne te demande pas de me *donner* de l'argent. C'est un prêt jusqu'à lundi.

— Non.

— J'en ai besoin pour vendredi midi. Tu le récupères lundi. La signature est à 14 heures. Tiens.

Il attrapa son portefeuille dans sa poche arrière et en tira une carte de visite.

— C'est l'avocat de Marriott. Il s'appelle Jeffrey Barlow.

Gail lut la carte. Barlow travaillait pour Davis & Seitz, l'un des plus gros cabinets de Miami.

— Je connais Jeffrey Barlow, reconnut-elle à contrecœur. On est intervenus ensemble sur une affaire, l'hiver dernier.

— Alors téléphone-lui. Demande-lui de te donner l'argent directement. Je suis censé toucher cent cinquante mille d'avance, et plus quand les franchises seront ouvertes. Ils m'ont déjà donné vingt mille, donc il me reste cent trente à toucher, moins quelques frais. Tu veux la totalité ? Ça m'est égal, je te la donne. Fais-toi cinq mille de rabe. Je signerai un accord, tout ce que tu veux.

Gail se mit à rire et dut se mordre la lèvre pour s'arrêter.

— Qu'est-ce qu'il y a de si drôle ?

— Je n'ai pas l'argent. C'est la vérité, Dave. J'attends un règlement pour une affaire de préjudice personnel, et je vais toucher de l'argent dessus, mais pas cent vingt-cinq mille ! C'est drôle, je t'assure. Je croyais que ça marchait bien pour toi, et toi, tu croyais que ça marchait bien pour moi.

Elle lui tendit la carte.

— Reprends-la.

— Et ta mère ? Tu ne pourrais pas lui emprunter la somme pour quelques jours ? Irene et moi, on a toujours eu un bon contact. Je parie qu'elle serait prête à me dépanner.

— Je ne mêlerai pas ma mère à ça !

— Tu n'as pas d'actions ? Un fonds de retraite ?

Il lui saisit le bras.

— Gail, il faut que tu m'aides. Téléphone-lui.

Elle examina la carte.

— Je t'en prie. C'est pour Karen aussi, pour Karen !

— Laisse-la en dehors de ça.

Ses yeux errèrent sur le trottoir ; elle entendit des moteurs démarrer et les cris excités des enfants dans la cour.

— Chérie. Ne m'abandonne pas. Ne me tue pas comme ça.

Il appuya son front sur son épaule.

— Ça ne fera qu'un jour, pour la banque. Un seul jour. Je t'en prie.

— Très bien. Je l'appellerai.

Dave l'étreignit.

— Merci, mon Dieu. Je savais que tu me sortirais de cette galère.

Il appuya les lèvres sur sa joue.

— Tu m'as toujours soutenu. Je t'aime tellement, Gail. Merci.

— Arrête, ordonna-t-elle en se dégageant. Tu veux prendre Karen, aujourd'hui ?

Il s'essuya sous les yeux.

— Il faut que je retourne bosser, mais je vais quand même lui dire bonjour. C'est une gosse extra.

Dave lui passa un bras autour de la taille.

— On va prendre bien soin d'elle, Gail. On va s'en sortir comme des chefs.

Ils se dirigèrent vers l'école. Soudain, Gail ralentit le pas.

— Dave, j'ai quelque chose à te dire. Bozo m'a envoyé des fleurs au cabinet, ce matin. Avec une carte.

16

Gail se plaça sous le jet massant de la douche et l'eau fraîche sortit avec un bourdonnement grave et régulier. Enfonçant les doigts dans ses muscles tendus, elle fit pivoter sa tête.

Karen était dans sa chambre, soi-disant en train de ranger, et du poulet *cordon-bleu*[1] marinait au réfrigérateur. En arrivant chez elle, Gail avait regardé dans sa boîte aux lettres : pas d'enveloppe de Bozo. Peut-être avait-il jugé les fleurs suffisantes pour la journée.

Toutes mes condoléances pour la perte de ta fille.

— Espèce de salopard. Si je te tenais…

Avec un gémissement, Gail appuya son front contre les carreaux et s'imposa le silence. Après un bon dîner, elle regarderait un peu la télé avec Karen, passerait une heure ou deux sur ses dossiers, et irait au lit avec Anthony. Ou ça d'abord, et les dossiers ensuite.

Toutes mes condoléances…

— Assez !

1. En français dans le texte. *(N.d.T.)*

Quand Gail tourna les robinets, l'eau s'arrêta et les tuyaux cliquetèrent dans le mur. Enveloppée d'une serviette, elle alla dans sa chambre et enfila son soutien-gorge avant d'ouvrir un autre tiroir pour chercher la culotte de dentelle en satin rouge qu'Anthony lui avait offerte au bureau. Il l'avait lentement sortie de son attaché-case et lui avait demandé de l'essayer. Et elle s'était exécutée.

Au programme de ce soir donc, bon dîner avec quelques verres de vin, un peu de télé comme les gens normaux, et au lit. Non, *d'abord* l'histoire pour Karen, *puis* au lit. Se lever tôt, et travailler sur les dossiers le matin.

Gail retourna se sécher les cheveux dans la salle de bains.

Une minute plus tard, elle crut entendre un bruit. C'était le coup classique : il suffisait de mettre un sèche-cheveux en marche pour entendre la sonnerie du téléphone, le carillon de la porte, ou de la musique.

Elle l'éteignit ; le silence revint. Après avoir guetté un moment, Gail posa doucement le sèche-cheveux et décrocha son court peignoir en coton.

Pas d'erreur, de petits coups métalliques se succédaient bel et bien. Un bruit bizarre, impossible à identifier. Elle traversa le couloir et jeta un œil dans la chambre de Karen : personne.

Ça venait d'en bas. Pieds nus, elle ne fit aucun bruit sur la moquette du couloir, ni dans l'escalier. À un grattement succéda une voix d'homme qui fredonnait.

Elle regarda par-dessus la rambarde. Quelqu'un était à demi engagé dans le placard du climatiseur. Le bois craqua, et l'homme sortit lentement, à reculons. Une barbe noire bien taillée se tourna vers elle. Charlie Jenkins. Gail poussa un soupir de soulagement audible.

— Bonjour ! Je ne voulais pas vous faire peur. Votre fille m'a laissé entrer. Elle m'a reconnu.

— J'avais oublié que vous deviez venir. Karen est en bas ?

— Elle est sortie.

Jenkins désigna l'arrière de la maison. Ses yeux s'attardèrent un instant sur les jambes de Gail avant de revenir sur son visage. Il sourit.

— Le système de recyclage de l'air est bouché, rien de grave, reprit-il.

— C'est une bonne nouvelle.

Tenant son peignoir fermé, Gail remonta s'habiller. Karen n'avait pas demandé la permission de sortir, elle avait filé. Sa chambre était plutôt propre, et en cas d'affrontement, elle répliquerait que sa mère n'était pas raisonnable. Elle avait sans doute raison. L'après-midi était ensoleillé, le quartier tranquille. Pourtant, Gail ne parvenait pas à combattre son malaise. Elle passa un short et un tee-shirt, enfila ses sandales et se précipita en bas.

— Si vous la voyez, dites-lui de rester à l'intérieur.

— Tout va bien ?

— Mais oui, il n'y a pas de raison.

Elle ouvrit la porte de derrière.

— Karen !

Personne sur le portique, et rien du côté du belvédère.

— Merde.

Elle fit le tour de la maison et s'arrêta devant le figuier pour vérifier.

Dans la rue, elle regarda de chaque côté et laissa passer une voiture avant de traverser en courant. S'engageant entre les deux piliers, elle remonta la pente douce et ondulée qui menait à la demeure des Cunningham, une maison de style colonial avec une girouette sur le toit. Gail souleva le heurtoir en cuivre et, une minute plus tard, Peggy Cunningham apparut.

— Vous avez vu Karen ?

— Oui, elle est en haut, dans la chambre de Lindsay.

Les yeux bleus de Peggy s'écarquillèrent.

— Qu'y a-t-il ?

Gail tremblait de soulagement.

— Je devrais vous raconter, j'imagine.

— Entrez.

La maison était impeccable et chaque chose à sa place, avec la légère patine de l'ancien.

Peggy Cunningham fit passer Gail par la cuisine ; une bonne odeur de rôti de bœuf montait du four, et une tarte avait été mise à refroidir sur le plan de travail carrelé. Gail en eut l'eau à la bouche. Un golden retriever les suivait en remuant la queue, et ses griffes cliquetaient sur le sol.

La véranda de derrière était vitrée, fraîche, et meublée de vieux fauteuils blancs en osier avec des coussins à fleurs. Une femme était installée à une table de jeu couverte de fiches et de papiers.

— Vous connaissez déjà Ana, n'est-ce pas ?

Gail confirma. Ana Cabrera était la mère de Jennifer, qui papotait en haut avec les filles. Écartant rapidement quelques boîtes à archives, Peggy expliqua qu'elles étaient en train de travailler au spectacle de bienfaisance qui serait donné le 4 juillet à Gulliver Academy, l'école où allaient ses enfants, mais que la visite de Gail ne les dérangeait pas du tout. Après l'avoir invitée à s'asseoir, elle lui apporta du thé glacé avec un brin de menthe. Ensuite, Peggy confia à Ana Cabrera que Gail était arrivée blanche comme un linge, et qu'il s'était passé quelque chose.

Les deux femmes la dévisagèrent.

— Ça a commencé il y a deux semaines, avec un coup de fil. Je suis vraiment désolée, Peggy. Maintenant, je sais que ça ne pouvait pas être Payton.

Elle leur parla de la peinture sur sa voiture puis des photos, qu'elle se contenta de décrire sommairement. Les deux autres en restèrent bouche bée.

— Pourquoi fait-il ça ? murmura Ana Cabrera.

— Je n'en sais rien.

— Qui cela peut-il bien être ? Vous n'avez vraiment aucune idée ? intervint Peggy.

— La police m'a demandé de faire une liste des clients qui pourraient avoir une dent contre moi. Non que je ne m'entende pas avec mes clients, s'empressa-t-elle d'ajouter.

— Et le jardinier ? demanda Ana. Ou l'un des ouvriers ? Beaucoup d'hommes ont travaillé chez vous, récemment.

— Nous n'avons pas de jardinier, répondit Gail, seulement quelqu'un qui vient tondre la pelouse quand ça lui chante. Et il n'y a personne chez nous en ce moment, sauf Charlie Jenkins. Vous le connaissez, Ana. Il a travaillé pour vous.

Celle-ci fronça les sourcils.

— Je ne crois pas.

— Dans les trente ans, cheveux noirs, barbu, assez costaud ? Il conduit une vieille camionnette verte. Il vous a citée comme référence.

— Ah, lui ! Il m'a proposé ses services il y a environ un mois, mais je n'ai pas donné suite. Je n'emploie jamais les gens qui passent comme ça. Il vous a menti. Vous auriez dû me téléphoner.

« Si j'avais été plus proche de mes voisines, songea Gail. Si je n'avais pas été gênée que les couvreurs aient balancé leurs détritus dans la rue, si je n'avais pas crié contre un gamin qui fumait dans mon jardin. » Elle s'était imaginé qu'elles la considéraient comme une mère négligente, une garce d'avocate arriviste, une femme dont le comportement avec son amant choquait les sensibilités adolescentes. Peut-être que c'était bien ce qu'elles pensaient, après tout, et voilà qu'elle était là, à déballer sa vie à ces femmes qui semblaient si sympathiques. Sympathiques ou curieuses ? Voyant la fascination avide sur leur visage, Gail comprit que tout le voisinage serait au courant avant la tombée de la nuit. Les gens se demanderaient : « Qui est donc cette Gail Connor, pour avoir apporté ces problèmes à notre rue si sûre et si respectable ? »

— Bien ! Il faut que j'aille préparer le dîner, déclara-t-elle en souriant.

Au pied de l'escalier, Peggy appela Lindsay, dont le visage apparut furtivement au-dessus de la rambarde.

— Dis à Karen que sa mère cst en bas et qu'il est l'heurc de rentrer.

Une minute plus tard, les trois filles descendirent bruyamment les marches, les yeux braqués sur Gail.

— Salut ! lança Karen aux deux autres. À demain.

Les gamines agitèrent la main.

Peggy les raccompagna à la porte et sortit. S'assurant que Karen ne pouvait pas les entendre, elle glissa à Gail :

— Vous allez être prudente, n'est-ce pas ?

Gail lui assura que c'était déjà le cas. Peggy acquiesça avant de reprendre :

— Je ne veux pas que vous le preniez mal, Gail, mais je crois qu'il serait préférable que Karen et Lindsay ne jouent pas ensemble pendant quelque temps… jusqu'à ce que cette histoire soit terminée, je veux dire.

Gail hésita avant de demander :

— Vous voulez dire… chez moi ou quoi ?

— Pas ici non plus. Je suis désolée, mais je ne tiens pas à exposer Lindsay à un danger pareil.

— Ce n'est pas comme si elle avait une maladie contagieuse, tout de même !

Un geai bleu traversa la véranda en sautillant avant de prendre son envol. Peggy fixait le sol. Elle secoua la tête.

— Je suis vraiment désolée, Gail, mais je ne peux pas.

La porte se referma, et le heurtoir fit un petit bruit sourd.

Gail observa Karen. Elle n'était plus d'humeur à la gronder pour son escapade.

— Allez, viens. Rentrons.

Elle faillit ajouter : « Ta mère vient de détruire toutes les amitiés que tu avais dans ce quartier. »

Au milieu de l'allée des Cunningham, Karen déclara :

— Tu as menti. J'ai demandé à Jennifer et à Lindsay si elles avaient entendu parler de ce type, et elles ont dit que non. Tu l'as inventé pour m'empêcher de sortir, parce que tu as peur que je fasse des trucs avec Payton. C'est Lindsay qui me l'a dit.

Elle avait plissé les yeux, et sa bouche n'était plus qu'une ligne mince, comme son père lorsqu'il se mettait en colère.

— On en parlera plus tard.

— En plus, on voit ton soutien-gorge à travers ton tee-shirt ! C'est vraiment la honte ! s'exclama-t-elle en dépassant sa mère.

Gail se toucha les cheveux et découvrit qu'ils étaient encore humides.

— Je… Je suis sortie tellement vite.

— Tu me fiches toujours la honte.

— Je ne savais pas où tu étais.

Gail avait mal à la gorge.

— Je n'arrivais pas à te trouver !

Elle s'appuya contre l'un des piliers. Karen la dévisagea.

— Qu'est-ce qu'il y a, maman ? Ne pleure pas !

De ses bras minces, elle entoura la taille de Gail.

— Je ne pensais pas ce que j'ai dit, maman. Arrête, s'il te plaît.

— Ça va.

Gail prit le visage de Karen entre ses mains et l'embrassa sur les deux joues et une fois sur la bouche.

— Je t'aime plus que tout au monde. Ne l'oublie jamais.

Le menton de Karen trembla.

— Moi aussi je t'aime, maman. Je te le jure.

Toujours enlacées, elles traversèrent la rue. Gail décida que ce soir, entre le dîner et l'histoire, elle parlerait des photos à sa fille. Elle aurait encore plus de mal à lui expliquer pourquoi elle ne pouvait plus aller chez Lindsay Cunningham.

La camionnette était toujours garée dans leur allée. En passant devant, Gail mémorisa la plaque d'immatriculation, consciente du ridicule de son acte. Elle scruta l'intérieur à travers la vitre sale : des boîtes à outils, une chaise cassée, un vieux pneu, des pots de peinture. Se plaçant devant Karen, elle ouvrit la porte. La maison était aussi fraîche qu'une cave. Mains sur les cuisses, pieds écartés, Charlie Jenkins attendait sur une chaise en bois près de l'entrée voûtée du couloir.

— J'allais justement me lancer à votre recherche, affirma-t-il en se levant. J'ai terminé.

— Bien. C'était le recyclage de l'air, alors ?

— Eh oui. Ça remonte à quand, le dernier nettoyage ? Je parie que vous ne savez pas comment vous y prendre. Venez, je vais vous montrer.

— Non, je verrai ça plus tard.

— Il y en a pour une minute, insista-t-il, le doigt toujours pointé dans la bonne direction.

— Je ne préfère pas. Combien je vous dois ?

— Soixante-quinze dollars. En liquide.

— Ça vous ennuie, d'attendre dehors ? Je reviens tout de suite, promit-elle en lui ouvrant la porte.

Il haussa les sourcils.

— D'accord.

Elle verrouilla derrière lui et courut chercher l'argent dans son sac à l'étage. En revenant, elle entrouvrit la porte de façon à pouvoir lui tendre les billets.

— Merci beaucoup.

Il lui lança un regard intrigué.

— Si jamais vous avez un problème, appelez-moi.

— Oui, merci. Je n'hésiterai pas.

Quand elle entendit le moteur démarrer, elle écarta le rideau et regarda le véhicule quitter l'allée.

Elle retrouva Karen à la cuisine. Elle tenait un petit morceau de jambon juste au-dessus de la tête de Missy. Le chaton miaula et envoya la patte.

— Ne la taquine pas, Karen.

Gail sortit les blancs de poulet du frigo et les mit au four. Elle régla la température sur cent soixante degrés et colla une allumette dans le trou où devait se trouver la veilleuse, quand elle marchait. Le gaz siffla.

— Allez, allez !

Avec un « pop », les flammes bleues s'allumèrent autour de la plaque de métal noire tout en bas. Gail claqua la porte.

— Je peux sortir Missy, maman ? demanda Karen en mettant son nez dans la fourrure blanche sous le menton de l'animal. Il faut qu'elle fasse pipi.

— Mets-la dans sa litière.

— Elle aime bien aller dans la pelouse.

— D'accord. Mais tu restes derrière. Je ne plaisante pas, tu sais.

Quelques instants plus tard, Gail sortit sur la terrasse pour vérifier que sa fille avait bien obéi.

Karen s'était installée sur une balançoire et tournait, entortillant les chaînes. Missy traquait un lézard.

— Tu ne bouges pas d'ici ! cria Gail.

— Ça va, j'ai compris !

Gail venait de rentrer quand le téléphone se mit à sonner. Ils avaient installé des boîtiers d'identification sur tous les téléphones de la maison, y compris sur le poste fixé au mur de la cuisine. L'écran indiquait W. SWEET, mais elle reconnut le numéro de Jamie.

Jamie était ivre. Pas ivre à brailler ou à trébucher, ni même à en avoir le tournis, mais à la manière sombre et solitaire de qui veut s'endormir pour ne jamais se réveiller et a même réfléchi aux moyens d'y parvenir. Le problème, bredouilla-t-elle, c'était que Bobby, son fils aîné, connaissait le 911 et que les secours risquaient d'arriver à temps. Et puis, confia-t-elle à Gail avant d'éclater de rire, les enfants n'avaient pas encore dîné.

Elles s'installèrent dans le chaos du séjour et discutèrent par-dessus le vrombissement d'un ventilateur, Jamie ayant éteint le climatiseur afin de réduire la facture d'électricité.

— Je reviens tout de suite, annonça Gail.

Elle sortit sur la véranda, pour voir Karen qui gardait un œil sur les trois enfants. Un peu plus tôt, Gail lui avait expliqué la situation en ces termes : « L'une de mes clientes est malade, et elle a besoin de me parler. Tu peux me donner un coup de main, pour les gosses ? » Tandis que sa mère se changeait, Karen avait bourré son sac à dos de peluches, albums à colorier et feutres. Elles étaient arrivées depuis seulement un quart d'heure, et Karen avait déjà organisé la construction d'une maison avec de vieux cartons et de l'adhésif. L'aîné scotchait, la fillette dessinait une fenêtre, et le petit dernier entrait et sortait par la porte.

— Tu veux bien regarder ce qu'il y a à manger à la cuisine, Karen ? Il est 18 heures passées. Je parie qu'ils ont faim.

— D'accord.

Elle se leva et s'adressa à Becky :

— Je reviens, tu n'as qu'à colorier quelques fleurs sur le côté en attendant. Mais pas en jaune, ça ne se voit pas.

Gail avait fourni des explications plus claires dans un message qu'elle avait laissé sur la table de la cuisine pour Anthony. Wendell avait de nouveau rendu visite à sa femme, et elle menaçait de se suicider. En post-scriptum, elle avait ajouté : *Merci de sortir le poulet à 18 h 30. Je t'aime.*

Gail, qui s'était rendue chez Jamie fermement décidée à appeler la police même contre l'avis de sa cliente, avait été surprise de ne pas la trouver blessée. Elle était tombée sur la bouteille à moitié vide de Southern Comfort que Jamie avait siroté tout l'après-midi.

De retour dans le séjour, elle s'installa au bord de la table basse.

— Jamie, il va falloir que j'y aille. Vous pensez que la voisine serait d'accord pour venir ?

— Oui, je vais l'appeler. Elle m'a dit de pas hésiter. Je suis désolée de vous avoir traînée ici. Mais je suis contente que vous soyez venue. Très contente.

Elle passa lentement ses doigts dans ses cheveux pour les ramener en arrière. Ils brillaient sur le canapé ivoire.

— Vous êtes sûre que ça va, maintenant ?

Jamie sourit. Ses lèvres étaient pâles.

— Vous voulez savoir ce qu'il a fait, Wendell ?

Gail la regarda.

— Dites-le-moi.

— Il m'a forcée à... à le faire avec lui. Il m'a dit que, comme ça, je verrais ce que je perdais. (Elle se mit à rire.) Ce n'était pas aussi bien que dans mon souvenir.

La gorge nouée, Gail lui prit la main et chuchota :

— Oh, Jamie ! Laissez-moi appeler la police.

— Je ne suis pas blessée, répondit-elle en secouant la tête.

— Si, vous l'êtes.

Jamie se cacha soudain le visage.

— Où étaient les enfants ? demanda Gail.

— Dans la salle de jeux.

Elle laissa retomber ses mains.

— Ils n'ont rien vu.

— Appelez la police. Je vous en prie.

— Non. Il dirait que j'étais d'accord.

— Mais c'est faux !

Un coin de la bouche de Jamie se souleva.

— Je n'en sais rien. C'est bizarre, hein ? Je ne sais pas si j'en avais envie ou pas. Au début, en tout cas. Ensuite… je voulais simplement que ça se termine.

Elle ferma les yeux.

— Je veux que tout ça se termine, Gail. Je vous en prie.

Harry Lasko possédait – et, après sa condamnation, perdrait au profit de l'État américain – un appartement luxueux aux Seacoast Towers de Miami Beach. Quand l'ascenseur s'ouvrit dans son entrée, le bâtiment projetait une ombre déjà longue sur le sable.

Harry, qui venait de se baigner, portait encore un peignoir en éponge rayé. Ses sandales en caoutchouc claquèrent sur le sol en marbre tandis qu'il précédait Gail et Karen dans l'appartement. Des canapés bas se faisaient face de part et d'autre d'une table en verre et les fenêtres se reflétaient dans un mur de miroirs, donnant l'impression que la pièce n'en finissait pas.

Ayant obtenu son adresse auprès de Jamie, Gail avait appelé Harry Lasko depuis la réception, au rez-de-chaussée de l'immeuble. Elle n'avait cependant pas prévenu Anthony de ce petit détour.

Se dirigeant vers le couloir, Harry appela :

— Dorothy ?

Une femme vêtue comme une aide-soignante apparut. « Elle doit certainement s'occuper d'Edie », songea Gail.

— Cette jeune fille ne serait peut-être pas contre quelques biscuits et un jus de fruits, ou autre chose. Et elle peut regarder la télé à la cuisine. Qu'est-ce que tu dis de ça, Karen ? demanda-t-il en lui tapotant la joue.

Celle-ci le remercia et lui répondit qu'elle préférait dessiner, car elle avait apporté ses feutres et du papier.

Après avoir refusé un verre, Gail suivit Harry. Il traversa le séjour, fit coulisser la baie vitrée, et ils sortirent sur la terrasse.

— Très futée, cette gamine, affirma-t-il.

Négligemment noué, son peignoir découvrait une chaîne avec une étoile de mer en or sur une poitrine brune et tannée, couverte de poils blancs.

— Ça ne vous ennuie pas que je l'aie amenée, au moins ?

— Nan. J'adore les gosses. Mes petits-enfants sont géniaux. Mon fils est un imbécile, mais on n'y peut rien, pas vrai ?

Il posa son verre sur une petite table en plastique encadrée par deux chaises.

Gail s'appuya sur la rambarde, et l'air repoussa ses cheveux en arrière. Au loin, la mer était bleu foncé ; plus pâle près du rivage, elle venait s'échouer en dentelle sur la plage. La chaleur avait relâché son emprise, et des douzaines de personnes – minuscules, à cette hauteur – étaient sorties en profiter.

— Cette vue va me manquer, nota Harry.

Elle se retourna. Il s'était assis et avait allumé une cigarette. Ses mollets maigres trahissaient son âge, une sandale était suspendue à son orteil, et le vent jouait dans les rares cheveux blancs qui couvraient encore son crâne bronzé. Comme il était à l'ombre, ses verres n'avaient que légèrement foncé, et elle voyait au travers.

— De quoi avez-vous besoin, Gail ?

— Pas moi, Jamie. Vous lui avez proposé votre aide.

— Je vous écoute.

— Vos documents sur la vente du casino.

Sans la quitter des yeux, Harry laissa échapper un nuage de fumée qui fut dissipé par le vent.

— Wendell et vous, vous avez tous les deux participé à la vente. Il refuse de me fournir le moindre écrit, mais si vous me donnez Eagle Beach, je pourrai au moins m'appuyer sur quelque chose.

— Vous avez parlé à mon avocat ?

Il glousse avant de tendre la main vers son verre.

— Question idiote. Si Quintana était au courant, vous ne seriez pas ici.

— Les documents ne seront pas communiqués au tribunal. Je ne dirai pas à Wendell que je les ai. Je veux simplement y jeter un œil.

— Ce divorce devrait déjà être réglé, bon sang ! Je croyais que vous alliez négocier un arrangement honnête pour Jamie avec l'avocat de Wendell.

— C'est ce que je croyais, moi aussi, mais Wendell fait tout pour la briser, répliqua Gail en prenant l'autre chaise. Aujourd'hui, on a perdu au tribunal, et le juge va réduire sa pension si je ne réussis pas à prouver que Wendell a les moyens de payer. Jamie ne va pas tenir longtemps, Harry. Elle boit, et elle est tellement mal que j'ai peur qu'elle fasse une bêtise. C'est pour les enfants qu'elle s'accroche. Elle risque de se remettre avec Wendell uniquement parce qu'elle s'imagine qu'elle n'a aucun autre moyen de prendre soin d'eux ou parce qu'elle est trop fatiguée pour continuer à lutter.

— Dites-lui d'oublier Wendell. De combien elle a besoin, pour les gosses ? Je peux l'aider.

— Pourquoi donc ? Ce sont les enfants de Wendell. S'il a de l'argent, c'est à lui de subvenir à leurs besoins.

Harry émit un petit bruit et saisit son verre. Il réfléchissait, aussi Gail se réinstalla et attendit.

— Je ne peux pas, Gail, déclara-t-il au bout d'un moment. Si jamais ça venait aux oreilles des fédéraux… Vous comprenez ?

Elle faillit le rassurer une nouvelle fois, lui rappeler qu'il était le seul à pouvoir aider, qu'il devait… Mais elle acquiesça.

— Je comprends.

Elle contempla longuement l'océan à travers la rambarde.

— C'est peut-être personnel. Je déteste perdre. J'étais tellement furieuse contre Wendell ! Moi qui voulais tant gagner, j'ai perdu aujourd'hui.

Harry pointa sa cigarette sur elle.

— Dans mon business, on gagne quand on repart avec ce qu'on avait en arrivant.

Il prit son verre, le reposa, et s'agita sur sa chaise.

— Je n'ai pas de documents. Pas le genre qu'on voit dans une vente normale, en tout cas. Ça ne se passe pas comme ça. Il y a eu un échange de mémos, une poignée de main, et quelques transferts de fonds. De toute façon, nos noms n'apparaissent nulle part, alors même si je vous donnais tout ce que j'ai, ça ne servirait à rien, conclut-il en tirant sur sa cigarette.

Il était en train de faire marche arrière. Craignant de le brusquer, Gail parla doucement.

— Mais vous pourriez m'expliquer le contenu des mémos, n'est-ce pas ? Et aussi, comment l'argent est rentré et où il se trouve ?

Gail se souvint des paroles d'Anthony : Wendell et Harry avaient acheté et revendu le casino par le biais d'une société immatriculée aux Caïmans, et leurs noms disparaissaient derrière un barrage de trusts.

— Et si jamais un document permettait de remonter…

— Qu'est-ce que vous me faites là, mon ange ?

Son rire se termina en soupir prolongé.

— Vous pourriez vous arranger pour que Jamie récupère tout ce qui est aux États-Unis ?

— Je le pense, oui, si je peux suivre la piste et découvrir où se trouve l'argent.

— Après tout…

Haussant les sourcils d'un air interrogateur, Harry la regarda.

— On en parle à mon avocat ? À vous de voir.

— Oui, répondit Gail. Je m'en charge.

Harry se leva et s'accouda à la rambarde en lissant ses cheveux, les yeux fixés sur l'océan.

— Quel connard, ce Wendell !

Gail vint se placer à côté de lui.

— Les types comme lui méritent qu'on leur règle leur compte, reprit-il. Ce ne serait pas un problème. Ça me tente bien.

— Ne faites pas ça, Harry.

D'une chiquenaude, il expédia sa cigarette dans le vide.

— Dans la vie, des gens avec qui on a le déclic, y en a pas tant que ça. Quatre ou cinq, si on est chanceux. Des personnes que vous pouvez retrouver vingt ans après et paf, vous reprenez la conversation là où vous l'aviez laissée. Il y a eu mon Edie, un type de Vegas qui n'est plus de ce monde, un ou deux amis toujours dans les affaires, et Jamie. Elle m'a dit : « Harry, à ta sortie, je vais t'organiser une fête à tout casser. » Et je suis sûr qu'elle le fera. Elle sera là.

Gail lui sourit.

— J'ai l'impression que vous êtes un peu amoureux d'elle.

— C'est une gamine, voyons !

Bras écartés, Harry s'adossa à la rambarde.

— Je persiste à dire que ce serait plus simple si vous me laissiez lui donner de l'argent. Pas en une fois, ça attire l'attention, mais chaque fois qu'elle en a besoin.

— Gardez-le pour Edie et vous.

— J'en ai bien assez, et j'ai quelqu'un qui s'occupera de tout pendant mon absence, alors vous n'avez pas à vous inquiéter. Elle ne manquera de rien.

Gail se risqua à demander :

— Qui donc ?

— Quelqu'un de confiance, répondit-il avec un haussement d'épaules.

En clair, une personne – dont il préférait taire le nom – qui allait gérer une grande partie de ses fonds probablement illégaux et inaccessibles aux autorités américaines.

Gail monta sur le marchepied et se pencha aussi loin qu'elle osa ; le vent fouetta le bord de sa jupe et joua dans ses cheveux. À l'est, les nuages reflétaient le rose et l'orangé du soleil couchant.

Elle sentit la main d'Harry la retenir par le chemisier.

— Cette vue va vraiment me manquer, dit-il.

À son retour, Gail trouva Anthony au rez-de-chaussée, en plein travail. Quand il avait emménagé, il avait transformé en bureau la pièce qui servait de débarras après avoir poussé les cartons contre un mur et ajouté des étagères et un meuble.

Par la fenêtre, le ciel était gris. Il avait allumé la lampe. Les papiers posés sur le bureau n'étaient pas des conclusions mais des états financiers sans doute liés à une entreprise de son grand-père.

Elle se pencha pour l'embrasser.

— Tu as déjà mangé ?

— Non, je vous attendais.

Il se tourna vers elle.

— Ta mission de sauvetage s'est bien passée ? Comment va ta cliente ?

— Mal. On en reparlera après. Je meurs de faim, pas toi ?

Depuis le seuil, Karen l'interpella :

— Maman, j'ai oublié de faire rentrer Missy tout à l'heure, je l'ai appelée et elle ne veut pas venir.

— Mais si ! Essaye encore.

Anthony lui sourit.

— Salut, Karen. Tu as passé une bonne journée ?

— Oui.

Elle reporta son attention sur Gail.

— Et si elle s'est perdue ?

— Mais non. Les chats aiment explorer. Mets un peu de nourriture dehors et elle reviendra. Tu pourrais mettre la table ? On arrive.

Une fois que les pas précipités de Karen se furent éloignés, Gail tendit la main à Anthony.

— Le dîner est servi.

— Dans une minute. Ferme la porte.

En souriant, elle s'exécuta et revint vers lui. Anthony posa une main sur sa taille et tira deux fois sur un passant de son pantalon.

— Et toi, à part l'affaire Sweet, tu as passé une bonne journée ?

Gail perçut quelque chose qu'elle ne parvint pas à identifier.

— Je n'ai pas appris grand-chose de plus au commissariat. Je leur ai apporté la liste, et ils m'ont montré l'autre photo de Karen.

La cravate d'Anthony était desserrée, et Gail la dénoua.

— Je vais lui parler ce soir, poursuivit-elle. Il faut qu'elle sache. Pas tout, mais certaines choses.

— Oui, il faut la mettre au courant. Personne n'aime être dans le noir.

Anthony dégagea sa cravate de son col et la plia.

— Rien d'intéressant, sinon ? demanda-t-il en levant les yeux.

— Pas vraiment. Pourquoi ?

Il posa sa cravate sur le bureau.

— J'ai demandé à Hector Mesa de faire un tour du côté de Biscayne Academy pour voir s'il remarquait quelqu'un avec un appareil photo. Tout à l'heure, il t'a vue avec Dave. Tu peux m'en parler ?

D'abord muette de stupéfaction, Gail finit par répondre :

— Alors comme ça, Hector cherchait quelqu'un avec un appareil photo. Je n'y crois pas. Tu lui as demandé de me suivre ?

— Je lui ai demandé de passer devant l'école de Karen.

Les mots d'Anthony ressemblaient à des cailloux pointus qu'il aurait lancés les uns après les autres.

— J'ai pensé que ce serait une bonne idée de repérer les personnes suspectes et de s'assurer que Karen était en sécurité, et ça fait trois jours qu'Hector surveille. Aujourd'hui, il vous a vus ensemble, Dave et toi, et si ça ne t'ennuie pas, j'aimerais bien savoir ce que vous fabriquiez.

— Pourquoi tu ne m'as pas posé la question quand je suis entrée ? l'apostropha-t-elle, les joues brûlantes. « Voyons donc si Gail m'en parle spontanément. Si elle ne dit rien, c'est forcément qu'elle est coupable de *quelque chose*. »

Il la suivit des yeux. Comme il tournait le dos à la lumière, son visage était dans l'ombre.

— Et qu'a raconté Hector ? J'imagine très bien sa version des choses. Qu'est-ce qu'il a dit, Anthony ? J'aimerais bien savoir.

— Qu'il t'a prise dans ses bras. Qu'il t'a embrassée.

— Dommage qu'Hector n'ait pas posé de micro. Il aurait entendu Dave me dire qu'il laissait tomber, pour la garde. C'était sous le coup de l'émotion, et je n'ai pas l'intention de m'excuser.

Gail regarda Anthony sans ciller. Elle ne lui parlerait pas du reste : ni du prêt ni des supplications de Dave.

Il tendit les bras vers elle.

— Pardonne-moi.

Il posa la tête sur son ventre.

— *Discúlpame, cielo.* Je devenais fou, à t'attendre ici.

— Il faut que tu arrêtes.

Gail enroula des cheveux d'Anthony autour de son doigt avant de lui caresser la tempe. Quelques mèches argentées brillaient dans le brun acajou.

— C'est toi que j'aime. Personne d'autre.

Tous deux entendirent le cri puis les pas qui se rapprochaient. Karen arriva en trombe dans la pièce, bouche ouverte sur un hurlement de terreur suraigu. Gail l'attrapa et recula maladroitement.

— Non, maman, non ! Maman, maman, maman…

Karen sautait dans tous les sens. Ses jambes se dérobèrent sous elle et elle tomba sans lâcher sa mère.

— Karen, Karen ! Oh, mon Dieu !

Anthony s'agenouilla et la tira sans ménagement avant de la palper rapidement.

— Elle est blessée ? Je ne vois rien.

— Qu'est-ce qui s'est passé, Karen ? Je t'en prie, ma puce !

— M-M-Missy ! On l'a tuée ! Elle est morte !

— *Morte ?*

Gail regarda Anthony.

— Où ça ? *Díme, mamita.* Où est-elle ?

Karen se mit à hurler de plus belle, s'interrompant seulement pour tenter de reprendre son souffle.

Gail écarta sa frange collée par la sueur.

— Dis-le-nous, Karen. Peut-être qu'elle va bien.

— Non, non !

— Où est-elle ? insista-t-elle en berçant sa fille. Où ça, mon bébé ?

— Dans… dans les balançoires.

Anthony la prit par les épaules.

— Écoute-moi bien, Karen. Est-ce qu'il y a quelqu'un dehors ? Tu as vu quelqu'un ?

— Non, répondit-elle avant de prendre une goulée d'air et d'ouvrir des yeux rougis et gonflés.

Anthony jeta un œil à Gail et se releva. Un bras autour de sa fille, elle le suivit. La porte de la cuisine était ouverte, et une lampe torche traînait par terre, là où Karen avait dû l'abandonner. Elle était donc sortie chercher son chaton.

Anthony ramassa la torche et appuya sur un interrupteur. La lumière inonda la terrasse, illuminant la rampe métallique de l'escalier avant de se perdre dans l'obscurité. Le portique s'en détachait à peine.

Serrant étroitement Karen contre elle, Gail resta derrière la moustiquaire, les yeux fixés sur la chemise blanche d'Anthony qui se dirigeait d'un pas vif vers les contours presque invisibles des balançoires. Elle entrouvrit la porte de quelques centimètres.

— Allons, allons, Karen, on ne va pas sortir.

La fillette ne pleurait plus mais elle avait enlacé la taille de sa mère et collé le visage contre son épaule.

Anthony suivit l'éclairage le long du chemin de pierres. Au bout de celui-ci, il y eut un petit éclair vert. La lumière se déplaça dans l'herbe sur quelques mètres avant d'atteindre le portique. Elle balaya le sol sous les trois sièges puis illumina la structure jusqu'à la barre transversale avant de reculer rapidement. Une corde avait été jetée par-dessus la barre entre deux balançoires. Le rond de lumière glissa le long de la corde et s'immobilisa. La main d'Anthony apparut et fit tourner la corde ; en dessous, une forme suivit le mouvement. Il retira brusquement la main et la chose pivota lentement. Une succession de flashes blancs… Le faisceau reparut brusquement dans le jardin, le parcourant en tous sens avant de se stabiliser pour éclairer le chemin d'Anthony.

Durant ces quelques secondes, Gail avait aperçu ce que Karen avait dû voir : le corps sans vie d'un chaton suspendu par les pattes arrière, et l'horrible rose de la chair mutilée. La tête manquait. Elle écarta sa fille de la porte.

Quand Anthony rentra, elle vit son expression révulsée. Il souffla et se reprit avant d'aller s'accroupir à côté de Karen.

— Écoute-moi, Karen. Missy est morte. Je ne sais pas qui lui a fait ça, ni pourquoi. C'est un vrai malade, en tout cas. Il a peut-être agi par lâcheté, ou pour s'amuser. Il y a des gens comme lui dans le monde, mais celui-là ne te fera pas de mal. Il ne te fera aucun mal, ni à toi ni à ta mère, et je te promets qu'il ne reviendra plus. Tu n'as pas à t'inquiéter. D'accord, Karen ?

— Oui, répondit-elle en ouvrant les yeux.

— Bien. La police va venir, alors tu vas les aider du mieux que tu peux, OK ?

— OK.

Anthony embrassa son visage ruisselant de larmes.

En se relevant, il glissa à Gail :

— Emmène-la en haut. Je vais prévenir la police. Et j'aimerais appeler mon médecin de famille pour qu'il la voie, si tu es d'accord.

Gail acquiesça.

— Merci.

Une fois à l'étage, elle fit étendre Karen sur leur grand lit et se pelotonna à côté d'elle en murmurant doucement et en lui caressant le visage. Elle lui répétait que tout allait s'arranger, mais elle savait parfaitement qu'on pouvait encore s'attendre au pire.

17

Le médecin donna quelque chose à Karen pour l'aider à dormir et prescrivit la même chose à Gail après l'avoir examinée. Le lendemain matin, Anthony lui proposa d'aller s'installer chez ses grands-parents pour quelques jours. Leur maison était proche, familière, et il en avait déjà discuté avec Ernesto et Digna, qui étaient prêts à les accueillir. Lorsqu'ils reviendraient, le portique aurait été enlevé et le gazon remplacé ; ainsi, aucune trace du drame ne subsisterait.

Reconnaissant la sagesse de cette suggestion, Gail demanda à sa mère de prendre Karen pour la journée tandis qu'Anthony et elle apportaient les vêtements et effets personnels dont ils auraient besoin à Malagueña Avenue. Elle se sentait perturbée, déracinée, mais pensait que tout s'arrangerait dès qu'ils seraient de nouveau chez eux et que Karen irait mieux.

Le vendredi, elle retourna au travail, et, juste après 10 heures, Dave passa prendre son argent.

La veille, Gail avait trouvé le temps d'appeler l'avocat engagé par le groupe Marriott. Jeff Barlow se souvenait d'elle, mais ignorait que Dave était son ex-mari. « Que le monde est petit ! » s'était-il exclamé.

Arrivée tôt au bureau, Gail avait préparé un accord à faire signer par Dave et faxé le projet à Barlow pour qu'il l'approuve. Il avait regretté en riant que son ex-femme n'ait pas été aussi généreuse, puis avait informé Gail qu'après signature des documents définitifs, le lundi à 14 heures, il établirait un chèque de cent vingt-cinq mille dollars à son nom.

Lynn et Miriam servirent de témoins à la signature de Dave. Gail ne leur avait rien dit de l'opération. Après leur départ, elle sortit son chéquier et rédigea un chèque à l'ordre de David Metzger, Old Island Club. Elle le signa, le détacha soigneusement de la souche et le fit glisser sur le bureau.

Dave le considéra un instant avant de le prendre.

— Je me fais tellement de souci pour Karen que tout ça me semble beaucoup moins important, maintenant, déclara-t-il en le pliant pour le ranger dans son portefeuille. Où en est la police ?

Gail l'avait prévenu le soir même car elle ne souhaitait pas qu'il l'apprenne au journal télévisé. En effet, des reporters, alertés par Dieu sait qui, s'étaient rués sur la maison avec leurs caméras. Pour eux, c'était un sujet en or : un quartier tranquille du Grove, une enfant ravagée de chagrin, un chaton décapité, et la tête introuvable. Ils avaient fait des panoramiques sur la rue, la maison, zoomé sur la porte, puis multiplié les plans montrant le portique vide jusqu'à ce qu'Anthony leur ordonne de décamper. Il avait demandé à la police de Miami de ne pas mentionner les autres incidents, et il n'y avait pas encore eu de fuites.

Miriam et Lynn filtraient les appels au bureau ; beaucoup d'amis, mais aussi des farceurs, avaient téléphoné. Une personne âgée avait proposé de prier pour

Karen, une autre l'avait accusée d'adorer Satan, et une troisième avait suggéré un *santero* pour débarrasser la propriété des esprits maléfiques.

— La police va s'intéresser d'un peu plus près à deux personnes : l'ado d'en face, ce qui devrait me rendre populaire auprès de ses parents, et Charlie Jenkins, le réparateur qui s'est occupé du climatiseur. Il est un peu douteux, mais je ne crois pas qu'il aurait tué un animal à l'endroit où il venait de bosser. Ce ne serait pas très malin.

— Les dingues sont rarement malins, observa Dave. Écoute, j'ai bien réfléchi. Pourquoi ne pas emmener Karen chez mes parents pour le reste des vacances, comme je te l'avais proposé ?

Ceux-ci vivaient dans un appartement sur la côte, à Delray Beach, à quatre-vingts kilomètres au nord de Miami. Gail répondit qu'elle trouvait sa réaction excessive.

— Karen est en sécurité chez les Pedrosa.

— Pour combien de temps ? Tu as l'intention de rentrer bientôt chez toi, pas vrai ? Elle n'est pas en sécurité à Miami, Gail. Papa et maman seraient ravis de l'avoir. Tu sais qu'elle les aime beaucoup, et ils la voient moins qu'avant depuis le divorce. Il y a un centre aéré au bout de la rue, plein de gosses dans le quartier, et l'immeuble a une piscine et une salle de jeux.

— Anthony va engager un vigile. Bozo ne pourra pas l'approcher.

— Bozo… Pourquoi pas l'ange de la Mort ?

Dave se leva, trop nerveux pour rester assis.

— Tu ne veux pas la laisser partir. Tu veux décider de la suite des événements. C'est toujours les mêmes conneries.

Elle le suivit de l'autre côté du bureau.

— C'est faux ! Bozo, enfin Trucmuche, pourrait l'approcher plus facilement dans une petite ville.

— Pas s'il ignore où elle se trouve !

Gail ouvrit la bouche.

— Je serais malade d'inquiétude.

Dave la regarda avant de lui passer un bras autour du cou.

— Je sais. Je n'ai pas envie qu'elle parte, moi non plus, mais ce n'est pas comme si elle allait en Alaska. C'est à une heure de route. On pourrait y aller ensemble.

Elle eut un petit rire.

— Je ne crois pas, non.

Elle se laissa aller contre lui un instant.

— Attendons. On verra bien ce qui se passe.

— Attendre quoi ? Qu'il lui fasse la même chose qu'au…

— Tais-toi !

Gail se détourna et inspira.

— J'essaye de ne pas y penser. Si je ne fais pas de cauchemars, c'est uniquement parce que le médecin d'Ernesto Pedrosa m'a très gentiment donné un truc spécial beaux rêves. Sinon, j'aurais déjà perdu la tête.

Dave lui serra doucement l'épaule.

— Très bien. Attendons. Mais pas trop longtemps, d'accord ?

Elle acquiesça, et il alla récupérer l'enveloppe qui contenait son exemplaire de l'accord sur le bureau.

— Merci pour ça. J'ai annoncé à Karen que nous irions dans chacun des Old Island Club à mesure qu'ils ouvriraient. Elle m'a demandé si j'allais devenir riche. (Dave sourit.) Je lui ai répondu : « Ma princesse, ton papa est déjà riche puisqu'il t'a. Mais toi et moi, on va bien s'amuser. »

Gail lui sourit à son tour.

— Je suis heureuse d'avoir pu t'aider. Vraiment.

— Il y a déjà un bail que tu aurais dû croire en moi.

Sans lui laisser le temps de s'écarter, il l'embrassa rapidement sur la bouche.

— On se voit lundi, OK ? Je t'appellerai juste après la signature et je t'apporterai le chèque moi-même.

Il la salua avec l'enveloppe et ouvrit la porte du bureau. Gail le raccompagna. De bonne humeur, Dave s'arrêta pour dire bonjour à Miriam, qu'il n'avait pas vue depuis un an, et sourit à Lynn en lui conseillant de ne pas trop se laisser exploiter par Gail.

— Ouah, il n'a pas changé ! s'exclama Miriam après son départ.

— Un beau bronzage fait des merveilles.

Gail récupéra le courrier déjà trié auprès de Miriam. De retour dans son bureau, elle constata qu'elle avait oublié de ranger son chéquier. Elle le feuilleta et calcula de tête le solde de son compte clients : il lui restait un peu moins de huit mille dollars. Mme Zimmerman attendait son argent – vingt-huit mille six cent cinquante dollars et des poussières – aujourd'hui même. Les médecins ne tarderaient pas non plus à présenter la note, mais ils ignoraient qu'un accord à l'amiable avait été signé. Gail devrait justifier le léger différé de paiement auprès de sa cliente.

Après réflexion, elle en avait conclu que le risque était pratiquement nul. Dave avait raison : c'était comme ça que marchaient les affaires. Pourtant, elle n'avait jamais donné là-dedans, alors que certains avocats étaient coutumiers du fait ; Gail voyait leurs noms s'aligner sous la rubrique « Actions disciplinaires » de la *Revue du barreau de Floride*. Tel avocat était suspendu, tel autre radié pour avoir utilisé l'argent de ses clients. Savoir qu'elle n'en profiterait pas soulageait un peu sa conscience. Elle se répéta qu'elle n'avait pas agi pour Dave, mais pour Karen, et remisa le chéquier dans son tiroir du bas.

Le numéro de téléphone de Theresa Zimmerman était sur son ordinateur. Gail appuya sur la touche de numérotation automatique, mit le haut-parleur et écouta les sonneries à l'autre bout. Puis elle parcourut le courrier et trouva ce qu'elle cherchait : une enveloppe d'Harry Lasko. Miriam s'était contentée de l'ouvrir sans toucher au contenu.

— *Yes !* Harry, je vous adore !

Il y avait des lettres – en espagnol pour la plupart – avec les numéros de fax en haut, des pages de chiffres qui semblaient correspondre aux rentrées et sorties d'argent du casino, un état de paiement rédigé en espagnol. Trois millions deux cent mille dollars à la holding Pan-Carribean. Au crayon, Harry avait inscrit les initiales HL. Un autre chiffre : un million cinquante mille dollars à Yellow Rose, Ltd. ; qui aurait pu la baptiser ainsi, sinon un Texan ? Confirmant l'hypothèse de Gail, Harry avait ajouté les initiales de Wendell Sweet juste à côté. L'acheteur était la société Inversiones Venezolanos, dont le propriétaire ou le directeur était un certain Ricardo Molina, de Caracas. Gail consulta de nouveau les fax. L'un d'eux était adressé à R. Molina, au Commodore Club, à Miami. Elle connaissait l'immeuble – immense, clinquant et surévalué –, qui donnait sur Brickell Avenue, dans le quartier des affaires. Beaucoup de riches Sud-Américains possédaient des appartements à Miami. Gail se demanda si Molina connaissait Wendell Sweet et s'il serait disposé à parler. Pourquoi pas ? L'affaire était conclue depuis un moment.

Avec un sursaut, elle se rendit compte que Theresa Zimmerman avait décroché. Elle saisit le combiné.

— Bonjour Theresa, ici Gail Connor. Je voulais vous prévenir, pour votre règlement. Il y a eu un petit retard.

Gail lui expliqua que le chèque n'était parti sur son compte clients que deux jours après son arrivée à cause d'une confusion au cabinet dont elle assumait l'entière responsabilité.

La pile de courrier avait glissé à cause d'une lourde enveloppe à bulles placée en dessous. Gail remarqua l'expéditeur : Ferrer & Quintana. Miriam ne l'avait pas ouverte parce que quelqu'un – Anthony ou sa secrétaire – avait tapé PERSONNEL à côté de son nom et l'avait souligné. Visiblement, il y avait une boîte à l'intérieur.

Le combiné coincé sous le menton, elle retourna l'enveloppe et tira sur la languette d'ouverture.

— Mais je vous enverrai un chèque lundi, si ça vous convient.

Anthony envoyait rarement des cadeaux au cabinet ; Gail sortit pourtant une boîte de chocolats Godiva recouverte de papier doré et entourée d'un ruban rouge. Elle jeta un œil dans l'enveloppe pour voir s'il y avait un mot, mais ne trouva rien.

La voix de Mme Zimmerman interrompit ses pensées. Non, lundi, ça ne lui convenait pas. Elle allait passer le récupérer car elle avait besoin de l'argent tout de suite.

Gail eut une bouffée d'angoisse. Le chèque de Marriott ne serait émis que lundi après-midi.

— En fait, l'argent ne sera pas disponible avant mardi, répondit-elle. Si vous voulez venir à ce moment-là, votre chèque sera prêt.

Mardi ? Une semaine plus tôt, protesta Mme Zimmerman, Gail lui avait promis l'argent pour *aujourd'hui*.

— Non, j'ai dit qu'il serait sans doute disponible, mais que ça restait à confirmer, rectifia Gail en faisant glisser le ruban. Je suis désolée pour la confusion. Il n'y a aucun problème, je vous assure.

Elle souleva le couvercle et fronça les sourcils en découvrant une photo de la chambre de Karen. On y voyait son lit défait et de (trop) nombreux vêtements éparpillés par terre. Gail la saisit et trouva deux autres clichés pris sous des angles différents avant de tomber sur le papier de soie blanc et doré qui recouvrait les chocolats.

Elle entendit Theresa lui demander si elle gardait l'argent pour gagner quelques jours de trésorerie. Si c'était le cas, elle n'appréciait pas du tout.

— Bien sûr que non, c'est juste…

Le papier bruissa doucement entre ses doigts quand elle le souleva.

— C'est…

Prise de vertige, Gail s'agrippa au rebord de son bureau.

— Je suis désolée. Rappelez-moi mardi.

Le combiné lui échappa à deux reprises avant qu'elle parvienne à raccrocher, puis elle se leva et s'écarta de la boîte. Avec un haut-le-cœur, elle se précipita, chancelante, vers les toilettes.

Quand les inspecteurs arrivèrent une demi-heure plus tard, Gail les conduisit jusqu'à son bureau ; elle n'y avait pas remis les pieds depuis l'horrible découverte. Elle s'arrêta sur le seuil, Lynn et Miriam sur ses talons, tandis que Ladue et Novick allaient jeter un œil.

Ladue souleva le papier du bout de son stylo.

— Nom de Dieu !

— On ferait aussi bien de l'emporter avec nous, observa Novick.

Son collègue se pencha pour renifler.

— Le sac est drôlement bien fermé.

— Avec du scotch transparent, ajouta son collègue.

Il demanda à Gail si elle avait un carton. Miriam lui en apporta un et, après y avoir déposé la boîte dorée, il entrecroisa les rabats.

— On va voir s'il y a des empreintes, mais ça m'étonnerait.

Il posa le carton près de la porte puis regarda les trois femmes.

— Mademoiselle Connor ?

Quand elle entra, il sourit aux deux autres.

— Vous pouvez prendre ses appels pendant quelques minutes ?

Gail ramassa l'enveloppe.

— Elle ne vient pas du bureau de mon fiancé. J'aurais dû m'en apercevoir. L'étiquette de l'adresse est toute blanche, alors que la leur porte l'en-tête du cabinet. Ça signifie que celui qui l'a envoyée sait qui est Anthony et où il travaille.

— Ce n'est pas bien difficile à découvrir, si ?

L'inspecteur Ladue aligna les photos sur le bureau. Il avait de grosses mains rougeaudes.

— Regardez-les bien. Pouvez-vous dire quand elles ont été prises ?

Gail saisit un cliché, puis un autre.

— Non. Ça m'ennuie de le dire, mais sa chambre a souvent cet aspect-là. Charlie Jenkins aurait pu les prendre il y a deux jours. Je suis allée chercher Karen et je l'ai laissé seul pendant une demi-heure environ.

— Mais vous avez dit que votre fille avait vu le chat après son départ.

— Il a très bien pu revenir. Vous lui avez parlé ? J'étais certaine que ça ne pouvait pas être lui, mais maintenant…

— Je suis passé le voir, il n'était pas chez lui, annonça Ladue. D'après le propriétaire, il vit seul. On y retournera à l'occasion.

Gail se rappela quelque chose et reprit l'une des photos.

— Non, elles n'ont pas été prises mercredi après-midi. Sa chambre était en ordre, ce jour-là. Je lui avais dit de ranger, elle l'a fait, et elle est sortie.

Les inspecteurs échangèrent un regard.

— Quelqu'un d'autre est venu prendre des photos chez moi. Mon Dieu ! Et je ne sais même pas quand. Comment est-il entré ? Je n'arrive pas à le croire.

— Qui a une clé, en dehors de vous et de votre fiancé ?

— Une clé ? Ma mère. (Gail réfléchit.) Ma secrétaire, Miriam. Karen en a une dans son sac à dos. C'est tout… Attendez ! Charlie Jenkins est déjà venu chez moi. Il a fait quelques réparations le mois dernier, et il est revenu la semaine dernière. Lundi. C'est ça ! Lynn

Dobbert, ma réceptionniste, lui a ouvert avec la clé de Miriam parce que j'étais absente. J'étais là les autres fois, mais pas la semaine dernière.

— Pourrions-nous interroger Mme Dobbert ? demanda Novick.

— Bien sûr.

Gail la prévint par ligne interne. Quand Lynn entra, elle lui rappela qu'elle avait eu besoin de ses services le lundi de la semaine précédente pour ouvrir au réparateur, Charlie Jenkins.

Roulant des yeux gris et fixant alternativement les inspecteurs et Gail, Lynn se mordilla un ongle et répondit que oui, elle s'en souvenait.

Ladue se planta devant elle.

— Madame Dobbert, quand vous étiez chez Mlle Connor, est-ce que vous avez perdu Charlie Jenkins de vue à un moment ?

Lynn secoua la tête, faisant voler ses cheveux raides.

— J'ai gardé l'œil sur lui comme me l'avait demandé Mlle Connor.

— Ne vous inquiétez pas, Lynn, intervint Gail. Nous ne sommes pas en train de l'accuser de quoi que ce soit. Est-ce qu'il aurait pu monter sans que vous vous en aperceviez ? Je ne sais pas, pendant que vous étiez aux toilettes, par exemple.

— Je l'aurais entendu, répliqua Lynn. À cause du parquet.

— Vous êtes restée en permanence avec lui ? demanda Ladue.

— Eh bien, je… ah si, je me rappelle être allée jusqu'au belvédère, mais quand je suis revenue, il était toujours dans la cuisine.

— Pourquoi êtes-vous allée au belvédère ?

— Pour… Pour le regarder. C'était la première fois que j'en voyais un en vrai.

— Vous y avez passé combien de temps ?

— Je ne sais pas. Cinq minutes. Peut-être plus, je n'en sais rien.

Ladue hocha la tête.

— C'est bon.

— Qu'est-ce qu'il a fait ? chuchota la jeune femme.

— On ne sait pas trop, répondit Gail en ouvrant la porte. Merci, Lynn.

Ladue sortit les mains de ses poches et revint lentement vers le bureau pour rassembler les photos.

— Il faut qu'on y aille, mais pour vous tenir au courant…

Il désigna le canapé. Gail s'installa à un bout tandis que les inspecteurs prenaient les chaises.

— Exotic Gardens. On a appelé au sujet des fleurs que vous avez reçues mercredi.

— Alors, qui a fait envoyer le bouquet ?

— Ils n'ont pas pu nous le dire. On ne sait pas quel employé s'en est occupé, et ils prétendent qu'ils sont trop débordés pour vérifier. On pourrait aller leur montrer une photo de Charlie Jenkins, mais franchement, comme on bosse à fond sur les homicides, le reste est un peu en suspens.

— Je comprends, dit-elle avant de demander si le FBI ne pouvait pas leur donner un coup de main sur l'enquête. Ça rentre bien dans leurs attributions, du moment qu'un service public comme la poste est concerné, non ?

— Techniquement, oui. Mais laissez-moi vous dire une chose. Ils n'interviennent sur ce genre d'affaire que si : a) votre fille a été enlevée ; b) ils pensent que ça va leur faire une super-pub.

Il écarta les mains et les laissa retomber sur les bras du fauteuil.

— Qu'est-ce que vous deviez lui montrer déjà, Novick ?

— Simon Yancey.

Il sortit une feuille de sa poche de poitrine et la déplia.

— L'année dernière, Simon Yancey est parti s'installer à Winter Springs, juste à côté d'Orlando. J'ai appelé des collègues là-bas, et comme c'est un petit commissariat, ils se souvenaient de l'affaire.

Il tendit à Gail la photocopie d'un article tiré de la *Gazette* d'Orlando.

— Ça date de décembre dernier. Yancey était ivre et il s'est disputé avec sa femme. Il l'a abattue, elle et leurs deux fils, et il s'est suicidé. Les enfants sont morts, mais leur mère a survécu, bien que ça ne figure pas dans l'article. Apparemment, il avait perdu son boulot juste avant Noël.

Horrifiée, Gail parcourut l'article, qui occupait deux colonnes et demie.

TRAGÉDIE FAMILIALE : UN HOMME TIRE SUR SA FEMME ET SES ENFANTS AVANT DE RETOURNER L'ARME CONTRE LUI

> Winter Springs… Mardi, tard dans la soirée, les voisins ont entendu des coups de feu… Simon Yancey venait de perdre son emploi… Rita Yancey, vingt-huit ans… Timothy et Jason, âgés de trois et

cinq ans… ont chacun pris deux balles dans la poitrine… La mère de Simon Yancey a déclaré que son fils était dépressif depuis la saisie de la maison du couple à Miami…

— Mon Dieu !

Gail laissa tomber l'article sur ses genoux.

— Ce n'est pas votre faute, intervint Novick.

— Mais il y a toujours une raison, c'est vous qui l'avez dit.

Derrière ses lunettes, il lui lança un regard doux.

— C'est une suite d'événements malheureux. Vous n'y êtes pour rien.

— En tout cas, conclut-elle en repliant lentement la feuille, on peut rayer au moins un nom de la liste.

Ladue consulta sa montre et s'extirpa du fauteuil.

— Il faut qu'on y aille.

— Merci d'être venus, dit Gail en se levant à son tour.

Novick lui tendit les photos.

— Vous les voulez ?

Gail répondit que non, et il les lâcha dans l'enveloppe à bulles vide avant de s'adresser à son collègue.

— Je vais porter ça, Dennis, et toi tu te charges du carton. Tu es plus costaud que moi.

— Quel petit comique, ce Mike, déclara Ladue en s'exécutant.

Gail sortit avec eux. Dans le couloir, elle consulta Novick :

— Le père de Karen veut l'éloigner d'ici pendant quelque temps et l'envoyer chez ses parents, à Delray. Vous croyez vraiment que c'est grave à ce point ?

Anthony va engager un vigile quand nous retournerons à Clematis Street.

Ladue fit volte-face.

— Quelqu'un a décapité le chat de votre fille et vous a expédié la tête par la poste. Les photos sont sa façon de dire qu'il peut très bien s'en prendre à elle aussi.

— Hé ho ! s'exclama Novick.

— Je suis désolé, mademoiselle Connor, poursuivit Ladue. Vous ne m'avez pas posé la question, mais si j'étais à votre place et que ma fille avait un endroit où aller, je l'enverrais là-bas, au moins pour ma tranquillité d'esprit. Quand nous aurons arrêté quelqu'un, vous pourrez la ramener ici, saine et sauve.

Novick regarda Gail.

— C'est une idée.

— C'est tout réfléchi, dit-elle.

— Et vous changerez les serrures, d'accord ?

— Absolument.

Elle leur ouvrit la porte d'entrée et les raccompagna dans le hall de l'immeuble.

— J'ai une autre question.

Ils se retournèrent pour la regarder.

— Ricardo Molina. C'est un Vénézuélien qui a un appartement sur Brickell. Je crois qu'il possède aussi un casino à Aruba. Son nom vous dit quelque chose ?

18

Lorsqu'il n'y avait que les personnes âgées – Ernesto et Digna, les tantes et l'oncle Humberto –, la demeure des Pedrosa était aussi calme qu'un musée. L'employée de maison était en train de passer la serpillière quand Gail entra dans la cuisine. Elle lui expliqua ce qu'elle voulait.

— *Leche en un… una copa. No frío. Por favor.*

Du lait tiède dans une tasse, s'il vous plaît.

La femme en trouva une dans les grands placards vitrés et se lança dans une série de questions sur Karen en espagnol.

— Karen va mieux… *Ella está mejor*, se reprit Gail.

— *Gracias a Dios. Pobrecita.*

Le lait fut réchauffé au micro-ondes et la tasse posée sur un plateau avec une serviette et une tranche de gâteau au chocolat. Le visage ridé s'éclaira d'un sourire.

— *Para la niña.*

— *Muchas gracias.*

Anthony devait rentrer tard, car il préparait un procès débutant lundi matin ; il y avait des chances pour qu'il passe également son samedi et son dimanche au cabinet. Maintenant que son grand-père allait un peu mieux, il fallait qu'il rattrape son retard. De son côté, Gail avait apporté quelques dossiers qu'elle avait revus dans la chambre de Karen, mais elle avait l'esprit ailleurs. Réussirait-elle jamais à se remettre à jour ?

Afin de ne pas bousculer le plateau, Gail marcha avec précaution dans le couloir carrelé. Elle atteignait l'escalier quand Hector Mesa sortit du bureau. S'il ne l'avait pas aperçue, elle se serait précipitée dans le séjour. Il la jaugea du regard, et des fils invisibles soulevèrent les coins de sa bouche avant de les laisser retomber aussitôt. Il se dirigea vers l'entrée. Un pied sur la première marche, Gail attendit jusqu'à ce qu'elle entende la porte se refermer.

Après avoir posé le plateau par terre, entre l'escalier et la vieille horloge, elle gagna le bureau à pas de loup en se demandant si Anthony était arrivé. La lumière de la pièce se reflétait sur les carreaux. Elle perçut la fumée de cigare et des messes basses en espagnol. Il y avait au moins deux hommes, peut-être trois, mais Anthony n'était pas parmi eux. Ernesto Pedrosa grogna, et quelqu'un dut donner une réponse qui ne lui plaisait pas, car il s'exclama :

— *¡ Coño ! No, voy a'blar con mi nieto cuando regrese a casa.*

J'en parlerai à mon petit-fils quand il rentrera à la maison.

Il avait donc l'intention de monopoliser Anthony le reste de la soirée pour ses affaires. « Quand il reviendra à la *maison* », avait-il dit, comme si Anthony vivait ici et qu'aucune décision ne pouvait se prendre sans lui. Les voix devinrent plus fortes : les hommes se rapprochaient de la porte.

Gail s'enfuit et récupéra son plateau. Arrivée sur le palier, elle jeta un œil en bas. Balançant sa canne comme un pendule, Pedrosa discutait tranquillement avec son avocat et un représentant de la banque. Elle avait appris au moins une chose : Ernesto n'était pas aussi faible qu'il le prétendait.

— Espèce de vieille canaille, chuchota-t-elle.

Au bout du couloir, elle poussa la porte de l'ancienne chambre d'Anthony. Digna l'avait donnée à Karen et égayée avec des fleurs et une housse de couette rose. La fillette ouvrit les yeux. Comme elle avait déjà pris son cachet, elle ne tarderait pas à s'endormir.

— T'étais où, maman ? demanda-t-elle en se redressant d'un air sonné.

— J'ai dû courser la vache dans tout le jardin ! Il y a du gâteau aussi, ma puce.

Gail posa le plateau sur la table de chevet et présenta la tasse à Karen en gardant une main en dessous. Sa fille avala la moitié du lait avant de déclarer qu'elle n'en pouvait plus, et Gail reposa la tasse.

— Trésor ? Aujourd'hui, on a parlé de toi, ton papa et moi. Il est question que tu passes le reste de l'été chez Nonna et Poppa. On s'est dit que ça t'amuserait sûrement, de séjourner chez eux. Tu pourrais aller à la pêche. Qu'en penses-tu ?

Karen réfléchit un instant.

— C'est pour que personne ne puisse me trouver ?

Gail s'installa au bord du lit.

— Il ne t'arrivera rien du tout, je te le promets. C'est juste pour nous rassurer. Comme ça, on n'aurait pas à s'inquiéter. D'accord ?

— Tu viendrais me voir ?

— Bien sûr que oui. Tous les week-ends. Et ton papa aussi. Ce ne serait pas pour longtemps. Deux ou trois semaines, un mois, ça dépend.

— Je pourrai revenir pour le mariage ?

— Il n'aura pas lieu sans toi.

— J'ai parlé de ma robe à tout le monde. Lindsay et Jennifer veulent la voir. Elles peuvent venir, hein ?

— Elles sont sur la liste. Tu vas être ravissante. Les gens s'exclameront : « Mon Dieu, qui est cette éblouissante créature en robe violette ? »

Karen se mit à rire.

— Une créature ? Super ! Dis, maman, on habite ici, maintenant ?

— Non, on est juste invités pour quelques jours.

— Cette baraque, elle est vraiment immense. Il y a un mur tout autour avec des piques au-dessus. Et ils ont des serviteurs et tout.

— Pas des *serviteurs*, Karen. Des gens qui les aident à s'occuper de la maison.

— Tu sais, la vieille dame avec les très grosses lunettes, *tía* Fermina, eh bien elle a fait mon lit ce matin, elle a pendu mes habits, et elle m'a appelée *señorita* Karen. Si on vivait ici, ma chambre serait drôlement mieux rangée.

Gail éclata de rire.

— Et en plus, on m'apporterait mon petit déjeuner au lit tous les jours.

— Mais bien sûr ! Et on te ferait couler un bain parfumé tous les soirs.

Karen minauda.

— Apportez-moi une autre glace. Dans une coupe en cristal, cette fois.

— Et sur un plateau d'argent, ajouta Gail. Une pour la *señorita* Karen et une pour la *dama* Connor de Quintana.

— Quoi ?

— Ce sera mon nom, quand j'aurai épousé Anthony. Selon l'ancien usage espagnol, je m'appellerais Gail Ann Connor de Quintana. En fait, il faudrait aussi que je porte le nom de ma mère. Donc, je serais Gail Ann Connor y Strickland de Quintana. Mais ça ne se fait plus trop, et j'ai l'intention de garder mon nom.

— Et moi alors, comment je m'appelle ?

— Voyons voir… Karen Marie Metzger y Connor. Et ta grand-mère… Irene Strickland y Quaterman, *viuda de* Connor. Ça signifie qu'elle est la *viuda*, la veuve, d'Edwin Connor, ton grand-père.

— Bizarre.

Karen bâilla avant de rouvrir lentement les yeux.

— Il est temps de dormir.

Gail se levait pour réarranger les oreillers quand on frappa doucement à la porte. Anthony entra, toujours en chemise et cravate. Il avait une main derrière le dos.

Karen le regarda.

— Qu'est-ce que tu as ?

C'était un ours en peluche brun. Anthony l'inclina devant elle.

— Je ne sais pas comment s'appelle ce petit monsieur dodu, mais il a insisté pour vous rencontrer, alors je l'ai ramené avec moi. *Señor*, voici la jeune personne dont je vous ai parlé.

Anthony colla son oreille contre la bouche de l'ours.

— Ah ! Il vous trouve absolument charmante, et il aimerait… Comment ? Passer la nuit ici ? Eh bien, je ne sais pas trop.

Dans la salle de bains, elle prit une douche rapide, s'enduisit de crème pour le corps, se brossa les dents afin d'éliminer toute trace du gâteau au chocolat, puis se mit de petites touches de parfum là où il aimait particulièrement l'embrasser. Après avoir passé une chemise de nuit en satin blanc à fines bretelles, elle fronça les sourcils devant son reflet et fit courir ses doigts sur ses clavicules. Elle ne mangeait pas assez, et ses yeux étaient cernés de noir.

Comme si on les lui avait flanqués sous le nez, elle vit la boîte dorée et le sac plastique obscurci par du sang séché et des poils noirs emmêlés ; les petites dents blanches ; les yeux… Glacée, moite, elle s'appuya des deux mains au lavabo.

La voix étouffée d'Anthony lui parvint à travers la porte.

— Quinze secondes, quatorze…

— J'arrive !

Elle but un peu d'eau dans un gobelet et ouvrit la porte.

Il était étendu sur le lit en peignoir, mains derrière la tête, pieds croisés. La petite lampe de chevet projetait une lueur douce.

— J'aime bien ce que tu portes, nota-t-il.

— Encore heureux ! C'est toi qui me l'as achetée.

— Tourne-toi.

Elle s'exécuta avec lenteur en le regardant par-dessus son épaule.

Les yeux d'Anthony, presque noirs dans l'ombre projetée par son bras, la détaillèrent lentement.

— *Ven aca.*

— Pourquoi donc ?

— Parce que je veux voir ce que tu as en dessous.

— Seulement moi.

— Viens par ici, que je voie.

Pieds nus sur la moquette, elle s'arrêta non loin du lit. D'un doigt, elle repoussa une bretelle et laissa glisser le tissu pour exhiber le haut d'un sein.

— Enlève-la.

Elle saisit sa chemise de nuit aux genoux, découvrit ses mollets et s'immobilisa au niveau des cuisses. Il lui ordonna de continuer. Centimètre après centimètre, le satin remonta, froissé dans ses mains.

Quand il projeta un bras en avant pour l'enrouler autour de ses jambes, elle n'eut pas le temps de réagir. En riant, elle tomba en avant et poussa un petit cri quand il enfouit le visage entre ses cuisses. Elle sentit ses dents, puis la chaleur humide de sa langue. Il s'agenouilla devant elle et déposa des baisers sur son ventre, repoussant sa chemise de nuit au-dessus de ses seins avant de les prendre l'un après l'autre dans sa bouche jusqu'à ce que les pointes durcissent. Gail enfonça les doigts dans ses épaules.

Soudain, remettant sa nuisette en place, il leva les yeux vers elle.

— Anthony…, protesta-t-elle, hors d'haleine.

— Il faut que je te demande quelque chose, commença-t-il. Ça me trotte dans la tête.

— Quoi ?

— Cette histoire de séjour chez les parents de Dave. Qui a lancé l'idée ?

— Ah non ! Pas maintenant !

— Ça vient de lui ?

— De tous les deux. On en a discuté ce matin, Dave et moi. Je ne savais pas trop, mais après ce que j'ai reçu au courrier, j'ai compris qu'il avait raison. Ce n'est pas seulement ce qu'il y avait dans le sac, Anthony. Quelqu'un est entré chez nous et a pris des photos de la chambre de Karen. Elle n'est pas en sécurité à Miami.

— Elle n'est pas en sécurité, ici ?

— Si. À condition qu'elle ne sorte pas, qu'elle ne voie pas ses copines…

— Pourquoi ne pas en avoir d'abord discuté avec moi ?

— Ne donne pas à cette histoire un sens qu'elle n'a pas, s'il te plaît.

Elle voulut s'éloigner, mais il la retint par les bras.

— Écoute-moi, Gail. Tu ne peux pas sortir Karen d'ici. C'est trop dangereux. Ce type est un psychopathe. Un maniaque. Il pourrait la retrouver.

— Quand est-ce que tu vas enfin te décider à me dire pourquoi tu ne veux pas qu'elle parte ?

Elle se tortilla pour échapper à son emprise et tira sur sa chemise de nuit.

Anthony s'installa d'un côté du lit.

— C'est-à-dire ?

— Tu crois que Dave a fait cette suggestion pour m'éloigner de toi. Là où Karen va, je vais. Et si elle reste ici, moi aussi.

— Ce que je crois, *querida*, c'est qu'il tire parti de tes angoisses, et ça, ça ne me plaît pas du tout.

— Je n'ai pas besoin de ta permission ni de tes conseils pour ma fille !

Il se leva et se lissa les cheveux.

— Tu l'as vu ce matin ? Où ça ?

— Au cabinet.

— Il n'aurait pas pu téléphoner ?

— Il fallait qu'on parle de Karen.

— Toujours Karen ! Pourquoi ai-je souvent l'impression que tu ne me dis pas tout ? Pourquoi ?

Gail pivota.

— Parce que tu es naturellement méfiant et irrationnel ?

— C'est irrationnel, de croire qu'il veut te récupérer et qu'il se sert de Karen pour ça ?

— Et toi, tu t'en sers pour me garder, répliqua-t-elle.

Anthony forma un tube de ses mains et la regarda à travers.

— Pourquoi éludes-tu la question ?

Gail serra les poings.

— Ce que veut Dave n'a aucune importance, voilà la réponse. C'est toi que j'aime, tant que tu ne me rends pas complètement folle.

Il laissa retomber ses mains. Elle lui tourna le dos et se dirigea vers les portes-fenêtres. Le reflet d'Anthony apparut sur la vitre.

— Allons nous coucher, Gail. Je suis désolé d'avoir mis ça sur le tapis.

Elle gratta un peu de peinture sèche du cadre.

— Pas tout de suite. J'ai quelque chose à te dire pour que tu ne viennes pas m'accuser de te l'avoir caché. Je t'en aurais parlé plus tôt si je n'avais pas eu d'autres préoccupations.

D'une chiquenaude, elle expédia la pellicule de peinture au loin.

— Tu sais que je me suis rendue chez Jamie Sweet, mercredi, mais je ne t'ai pas dit qu'ensuite je suis allée voir Harry Lasko. Je lui ai raconté ce qui s'était passé et je lui ai demandé de me donner quelque chose sur Eagle Beach. J'ai reçu ses photocopies aujourd'hui.

Anthony se figea : il ressemblait à une statue de cire. Gail se retourna.

— Après ce que Wendell avait fait à Jamie, je n'avais pas le choix. Il aurait très bien pu la frapper encore une fois au visage, ç'aurait été plus voyant. Ce qu'il a fait est pire qu'un viol.

— Donc… tu es allée voir Harry.

— J'ai agi dans l'intérêt de ma cliente.

— Et si Harry doit finir sa vie en prison à cause de ça, *que lástima*. Bien dommage, hein ?

— Comme s'il y avait un risque ! Je lui ai promis que rien de ce qu'il m'a donné ne serait utilisé au tribunal.

Le visage d'Anthony exprimait davantage la stupéfaction que la colère.

— Et que fera Wendell Sweet, maître Connor, quand il découvrira ce que vous avez entre les mains ?

— Qui le lui dira ?

Anthony se mit à rire.

— Il le saura forcément. Il se demandera comment tu es devenue si futée, et il ne lui faudra pas cinq minutes pour comprendre.

— Il ne peut rien dire. Il se compromettrait.

La ceinture d'Anthony s'envola quand il se mit à arpenter la pièce.

— Wendell Sweet vendrait sa propre mère pour éviter les poursuites. S'il savait, ou même s'il soupçonnait simplement qu'on peut prouver qu'il a eu des intérêts dans le casino, il irait se réfugier en chialant dans le giron des autorités pour demander l'immunité. Il se mettrait à table et *adiós*, Harry.

— Tu m'as menti. Tu prétendais ne rien savoir d'Eagle Beach.

— Appelle ça mensonge si tu veux. Moi, j'estime avoir fait preuve de discrétion.

— Tu es tellement sûr de ton bon droit. Quelle vanité ! (Elle rit.) Comment oses-tu m'accuser de te cacher des choses ?

Il la transperça d'un regard féroce.

— C'est différent. *Coño cara'o*, comment on en est arrivés là ?

— Qui protèges-tu, en fait ? Toi ? Que voulait dire Wendell Sweet quand il prétendait pouvoir te faire du tort ?

Anthony se contenta de la fixer.

— C'est un Vénézuélien du nom de Ricardo Molina qui a acheté le casino, poursuivit Gail. Il a fait fortune en acheminant de la cocaïne colombienne jusqu'aux États-Unis. La brigade des stupéfiants le connaît, et la police de Miami aussi. Je pense qu'il a acheté le casino pour blanchir l'argent du cartel. Alors je te pose la question : est-ce que tu l'as su *avant* la vente, ou après ?

— Harry n'a rien à voir avec le cartel, affirma Anthony, et moi non plus, si c'est ce que tu veux savoir. Et non, je n'étais pas au courant, pour la vente. Tu as fini, là ?

Ils se tournaient autour.

— Une dernière question. Harry a de l'argent, beaucoup d'argent, sur un compte offshore, et quelqu'un va s'en occuper quand il ira en prison, mais il ne m'a pas dit qui. Ce ne serait pas toi, par hasard ?

— Ça t'étonne vraiment, que j'aide un client et qu'il préfère préserver une intimité que tu es si résolue à envahir ?

— C'est de l'argent sale, Anthony ?

— Non.

— Il ne vient pas de Molina ? Ce ne serait pas l'argent de ses casinos qu'Harry Lasko a dissimulé aux impôts pendant des années ? Et tu l'as aidé ? (Elle inspira.) C'est à ça que Wendell faisait allusion ? Dis-moi qu'on ne va pas t'emmener avec les menottes aux mains. Dis-moi que je n'aurai pas à m'inquiéter pour ça.

Haussant les sourcils, il répliqua patiemment :

— Les relations que j'entretiens avec mes clients ne te regardent pas. Wendell Sweet raconte des conneries. Tu n'as pas à t'inquiéter. C'est fini, cette fois ?

Dans la poitrine de Gail, la rage formait une boule compacte qui cherchait à sortir.

— Peut-être bien que oui. Demain matin, on s'en va, Karen et moi. Je l'emmène chez ses grands-parents.

— Vraiment ? Et toi, tu iras où, après ? Tu vas retourner à Clematis Street ou bien t'installer chez ta mère ?

— Ça ne te regarde pas.

Se tenant à un bras du fauteuil, elle ajouta :

— Tu devrais rester ici. Ton grand-père et toi, vous faites la paire.

— Pourquoi tu n'irais pas chez Dave ?

— Pourquoi pas ? Au moins, il me respectait, lui. Et il ne m'a jamais menti.

— Toi non plus, j'imagine.

— En effet.

Anthony sourit en découvrant les dents.

— Je vais te dire pourquoi. C'était inutile. Si tu lui avais menti, il ne s'en serait même pas rendu compte. Il est bien trop con pour ça.

— Ah oui ?

Gail lui sourit à son tour.

— Quand on sortait ensemble, toi et moi, il est venu à la maison un soir, et j'ai couché avec lui. Mais bien sûr, toi, tu as dû t'en rendre compte. Et quand tu m'as demandé si j'avais pensé à me remettre avec lui, je t'ai dit que non, mais ce n'était pas vrai. Il m'en a reparlé, l'autre jour. Peut-être que je devrais y réfléchir.

— Et tu as couché avec lui, l'autre jour ? Ou ce matin dans ton bureau ?

— Ça ne te regarde pas.

Il leva la main droite, puis se figea. À force de les serrer, il avait les lèvres blanches, et la colère jaillissait de ses yeux comme autant d'éclairs dans un ciel d'orage. Gail se moquait pas mal qu'il la frappe. Il expira et lui effleura un sein du dos de la main avant de le prendre en coupe.

— Qu'est-ce que tu veux ?

Elle recula.

— Ne me touche pas ! Ne me touche plus jamais !

Elle ouvrit la penderie d'un geste brusque et attrapa son peignoir.

— Où tu vas ?

— Dans la chambre de Karen.

— Reste ici.

C'était un ordre, pas une prière.

Elle enfila les manches.

— Je ne suis pas d'humeur, Anthony. Je ne suis tellement pas d'humeur que si tu me touchais, je pourrais te frapper.

Il contourna le lit avant qu'elle ait pu atteindre la porte et la prit par la taille. Elle se retrouva le dos collé contre son torse, une main plaquée sur la bouche.

— Chut ! Ne crie pas, sinon quelqu'un va croire qu'on est en train de nous assassiner, appeler la police, et Karen va se réveiller.

Quand Gail lui donna un coup de pied, sa voix se transforma en murmure brûlant dans son oreille.

— Ne fais pas l'idiote. Tu vas flanquer la frousse à tout le monde !

Elle tenta d'ôter sa bague de fiançailles ; elle y était presque quand la main d'Anthony s'abattit sur la sienne.

— Laisse-la où elle est !

— Arrête ! Tu me fais mal !

— *¡ Déjalo !*

Gail le frappa à l'aveuglette et se heurta à un mur de chair. Il lui immobilisa les bras, et elle se retrouva face contre terre, distinguant seulement la soie chatoyante du peignoir d'Anthony, une jambe nue et un pied sur la moquette.

Quand elle cessa de se débattre, il la laissa se rasseoir, et elle rejeta les cheveux en arrière. Il demeura accroupi à côté d'elle, immobile. Ils haletaient tous les deux.

Tremblante de rage, furieuse jusqu'à la nausée, Gail se pencha vers lui.

— Jamais je n'ai détesté quelqu'un à ce point !

Il la dévisagea. Incapable de soutenir son regard, elle détourna les yeux.

— *Perdóname*, Gail. J'ai perdu mon sang-froid. Je te jure que je ne t'aurais pas frappée.

Lorsqu'il posa une main sur son épaule, elle s'écarta vivement.

— Je ne peux pas te laisser faire ça. Emmener Karen à Delray Beach, c'est de la folie !

Il l'enlaça étroitement et sema des baisers sur son visage.

— Si tu l'éloignais et qu'il la retrouvait, ça te foutrait en l'air. Et moi, si je peux empêcher ça, je le ferai. Tu n'es pas toi-même en ce moment, je n'aurais pas dû me mettre en colère. Peut-être que je ne sais pas trouver les mots qu'il faut, mais je ne peux pas te laisser prendre ce risque.

— Laisse-la partir, dit Gail en sanglotant. Je resterai ici, moi.

— *Ay, Dios*. Tu n'es pas ma prisonnière. Ce n'est pas ce que je veux. Chut.

Il la serra contre lui.

— Très bien. On en parlera demain. Demain, pas maintenant, insista-t-il en appuyant sa joue contre la sienne.

Totalement épuisée, Gail se laissa aller contre lui. Quand elle se mit à pleurer, il passa un bras derrière elle et la souleva. Il la porta sur le lit, lui ôta son peignoir et remonta le drap. Puis il revint de la salle de bains avec des mouchoirs en papier et éteignit la lumière.

— Dors.

Gail entendit le glissement de la soie suivi du bruissement des draps. Le matelas bougea. Anthony poussa un gros soupir et croisa les avant-bras sur ses yeux.

Elle lui tourna le dos. Son corps était comme un morceau de métal tordu. Sa gorge lui faisait mal, et elle pleura dans l'oreiller jusqu'à ce qu'elle se calme. Dehors, les étoiles semblaient danser entre les feuilles mouvantes d'un palmier.

Quand Anthony roula sur le dos, elle se crispa.

Il prit une inspiration, puis une autre.

— Gail ?

Elle ne répondit pas.

— Harry Lasko est devenu mon client il y a environ huit ans, parce qu'il avait des soucis avec le fisc. Je l'ai conseillé pour qu'il puisse éviter les problèmes à l'avenir, mais les clients n'écoutent pas toujours. Harry aime les gens. Il leur fait confiance. Il a fait confiance à Wendell Sweet. Il ne savait pas, pour Molina. Il voulait simplement un acheteur pour pouvoir se retirer. C'est Wendell qui a trouvé Molina. Et moi, j'ai découvert ce qu'il en était en même temps qu'Harry. Les négociations étaient déjà engagées. Je lui ai recommandé de tout arrêter, mais il m'a dit : « Non, on ne fait pas marche arrière avec un type comme Molina. » À cette époque, les autorités poursuivaient Harry pour d'autres activités. Ils pensaient que sa comptabilité était frauduleuse, lui prétendait qu'elle était « créative », et moi j'essayais de lui éviter la prison. Les procureurs lui ont proposé un marché. Pas de taule s'il leur donnait Molina. Ils ignoraient qu'Harry avait des intérêts dans le casino, mais ils savaient qu'il connaissait Molina. Ils voulaient qu'il porte un micro, mais il a refusé. J'en ai longuement discuté avec lui, pourtant. « Mes petits-enfants serviraient d'appâts pour les requins », voilà ce qu'il m'a dit. Du coup, je fais ce que je peux pour lui, et je ne peux pas grand-chose, à part essayer de lui éviter une condamnation encore plus lourde.

Anthony remua, et sa voix s'éleva d'un autre endroit, comme s'il s'était tourné vers elle.

— Au bout de huit ans, je suis devenu plus que son avocat. Ça arrive parfois, de se lier d'amitié avec un client. Il a sollicité mon aide. Il s'inquiétait pour sa femme. Qui s'occuperait d'elle, quand il serait en prison ? Comment s'assurer qu'elle serait bien traitée ? Et les petits-enfants ! Ça l'obsède complètement. Il veut qu'ils fassent des études. S'il donnait l'argent directement à ses enfants, l'État le saisirait, et puis d'après lui, son fils et sa fille seraient capables de vider le compte. Alors j'ai accepté. Je pourrais être radié pour faute professionnelle, sans parler des agissements illicites, même si je ne reçois rien en dehors de mes frais. Mais j'ai accepté, et si c'était à refaire, je le referais. Harry a dû raconter à Wendell que je l'aidais, et je suppose que c'est à ça qu'il faisait allusion quand il t'a abordée. Wendell pourrait me causer des ennuis, et je ne tenais pas trop à te parler de tout ça en partie à cause du risque que je cours. Et aussi… Parce que je ne voulais pas te décevoir. J'aurais préféré que tu ne saches rien, mais tout comme toi, je ne m'excuse pas de ce que je fais pour mes clients. Je te demande de me… Enfin, j'espère que tu comprendras.

Il demeura silencieux un moment avant de reprendre :

— Tu es en colère, et tu as toutes les raisons de l'être, mais quoi qu'il arrive, je crois qu'on restera ensemble, parce qu'on a… On a de la passion l'un pour l'autre. Si je dis « amour », ou « désir », ou « besoin », ça ne suffit pas. Il me manque le mot exact. J'ai tellement envie de te toucher. Pas de faire l'amour. Te toucher me suffirait.

Il y eut un soupir. Anthony se retourna, retapa son oreiller et s'allongea de nouveau. Petit à petit, sa respiration se fit plus lente et plus profonde, avec un petit ronflement de temps à autre.

Gail savait que si elle avait voulu, elle aurait pu sortir discrètement du lit, ouvrir la porte et aller au bout du couloir. Il se réveillerait peut-être mais ne chercherait pas à la retenir.

Tournant la tête, elle distingua la courbe de ses hanches, une épaule nue, et ses cheveux sombres sur l'oreiller. Il la laissait seule, s'en remettait à sa décision. Comme si elle avait le choix.

La chemise en satin glissa facilement, et elle se blottit contre lui. Appuyant sa bouche ouverte contre la peau douce de son épaule, elle passa une jambe autour de lui. Il saisit son genou et le retint avant de se tourner vers elle.

Prenant son visage entre ses mains, elle l'embrassa.

— Je voudrai toujours être avec toi, Anthony. Toujours.

Il était prêt et la pénétra rapidement, d'une seule poussée. Elle s'agrippa à lui pour se rapprocher avant de se mettre au-dessus de lui, entrelaçant ses doigts aux siens.

19

Gail envoya tout de même Karen chez ses grands-parents. Malgré les promesses répétées d'Anthony, elle ne parvenait pas à chasser ses peurs, et il avait finalement accepté de laisser Karen partir, à une condition : que les Metzger permettent à une société de sécurité privée de surveiller le bâtiment, à ses propres frais. Dave protesta auprès de Gail : Anthony Quintana n'avait pas à dicter la façon dont devait se dérouler le séjour de Karen chez ses parents. Gail le supplia de ne pas faire d'histoires. Elle déposa sa fille chez lui le dimanche matin, et à midi, Karen était à Delray Beach. Anthony était ravi qu'elle ait emmené « *señor* Nounours » avec elle.

Le mardi soir, après trois jours sans sa fille, Gail s'était rendue au bout du couloir pour contempler le lit abandonné. Elle s'était recroquevillée dans le fauteuil et c'était là qu'Anthony l'avait retrouvée, endormie. Les coups de fil lui faisaient du bien, et Gail appelait au moins deux fois par jour. Karen paraissait heureuse, mais disait qu'elle serait contente de rentrer à la maison. « Où est-ce qu'on habite, maintenant ? » avait-elle demandé. Gail n'avait su que répondre.

Elle avait relancé Dave au téléphone, à propos de l'Old Island Club. Que diable se passait-il ? Le rendez-vous du lundi avec Marriott avait été annulé et reporté au mercredi. Dave ne savait pas trop pourquoi, mais n'était pas inquiet. « Contacte leur avocat », avait-il suggéré. Jeffrey Barlow s'était excusé pour la confusion, expliquant que la personne qui supervisait l'ensemble de l'opération avait souhaité réexaminer les documents, mais que mercredi, vers 14 heures – sauf événement totalement imprévisible –, un chèque de banque de cent vingt-cinq mille dollars lui serait remis en main propre à son cabinet.

Gail avait consacré tout son mardi à essayer de calmer Theresa Zimmerman, qui exprimait ses soupçons d'une voix de plus en plus stridente. Ses excuses étaient tellement minables qu'elle rougissait de s'entendre. « Il faut que je revoie les chiffres une dernière fois. » « Le chèque a été malencontreusement envoyé à une mauvaise adresse. » Finalement, elle avait cessé de prendre ses appels. Mme Zimmerman avait donc laissé un message : *Si je ne récupère pas mon argent, j'appelle la police.*

En cette fin juin, il faisait trop lourd pour rester au soleil, même le matin, mais la terrasse attenante à leur chambre était ombragée, et les portes-fenêtres ouvertes pour laisser sortir l'air frais du climatiseur. Anthony était sous la douche. Toujours en nuisette rose, Gail grignotait un toast. Fermina venait d'apporter le petit déjeuner – toasts, jus de fruits, et *café con leche* – ainsi que le *Miami Herald*, et Gail avait déjà parcouru les pages sportives.

Alors qu'elle soulevait la petite cafetière en argent pour verser l'espresso, une feuille vint se poser dans sa tasse. Fronçant les sourcils, elle s'en débarrassa et prépara deux cafés au lait. Après le petit déjeuner, elle s'habillerait et tenterait d'arriver à 10 heures au bureau.

Il fallait qu'elle s'occupe de son découvert. Vendredi, en calculant le solde de son compte clients, elle s'était trompée : elle n'était pas à plus huit mille, mais à moins douze mille. Des chèques qui auraient dû être refusés avaient été débités. La veille, le directeur de son agence avait appelé : « Mademoiselle Connor, pourriez-vous passer me voir demain matin ? » Gail avait été obligée de tout avouer à Miriam, qui la couvrait.

Aujourd'hui, sauf catastrophe, elle irait déposer à la banque le chèque de cent vingt-cinq mille dollars que devait lui expédier Jeff Barlow en début d'après-midi et ensuite elle enverrait un chèque de vingt-huit mille six cent cinquante dollars et vingt-sept cents à Mme Zimmerman.

Gail était en train de remplir les verres de jus d'orange quand Anthony sortit et l'embrassa dans le cou. Elle respira son parfum épicé. Il s'assit, et ses lèvres pleines esquissèrent un petit sourire.

— À quoi penses-tu, *chulita* ?

Gail hésita avant de répondre :

— À ma robe de mariée. Lola Benitez a laissé un nouveau message. Je dois y aller pour un essayage.

— J'ai vraiment hâte de te voir dedans.

Il l'embrassa sur la bouche avant de reporter son attention sur le journal.

— *No !* Les Marlins ont perdu quatre à six contre Cincinnati. Je dois vingt dollars à Raul.

— Pauvre chéri !

Il parcourut l'article.

— J'ai discuté avec Harry Lasko, hier soir. Nous avons une proposition à vous faire, à ta cliente et à toi.

Gail se figea, tasse en l'air.

— Harry se fait du souci pour Jamie, sans compter que la procédure de divorce pourrait traîner pendant des mois, et que Wendell nous inquiète ; on en a déjà parlé, toi et moi. Alors ça serait dans l'intérêt de tout le monde, et surtout de ta cliente, si Harry prenait en charge toutes ses dépenses, les siennes et celles de ses enfants, en déduisant ce que Wendell accepterait de payer sans sourciller. Je ferais en sorte qu'elle touche l'argent régulièrement. Bien sûr, il faudrait trouver un moyen de le faire discrètement, pour ne pas attirer l'attention, mais si on s'y prend bien, Jamie sera débarrassée de Wendell, lui pourra faire ce qui lui chante, et Harry n'aura plus de raison de s'inquiéter. Si tu pouvais préparer une liste de ses dépenses et de tes honoraires… Ils se montent à combien, déjà ? Vingt mille ? Vingt-deux mille ?

— Vingt-deux mille cinq cents, précisa Gail. Moins la provision qu'Harry m'a déjà versée.

— Harry réglera également tes honoraires, puisque Wendell fait tant d'histoires pour payer l'avocate de la partie adverse. Alors ? demanda-t-il avec un sourire.

Gail était abasourdie.

— Je ne vois pas comment Jamie pourrait refuser. C'est extrêmement généreux de sa part.

— Harry l'aime beaucoup.

— Oui, et il aime aussi l'idée de ne pas passer plus de temps que nécessaire en prison. J'appellerai Jamie tout à l'heure.

— Parfait. La condamnation d'Harry doit tomber dans deux semaines. J'aimerais régler tout ça avant, si possible.

Anthony souleva la serviette qui recouvrait la corbeille de toasts. Il en prit un et planta ses belles dents blanches dans un coin avant de s'intéresser au journal que Gail avait laissé tomber entre leurs chaises.

Sans trop savoir à quoi l'attribuer, elle prit soudain conscience de l'humeur sombre qui avait fondu sur elle. Le règlement de l'affaire Sweet n'était pourtant plus qu'une question de jours. Anthony lui avait fourni une solution toute ficelée, et elle n'avait plus qu'à l'apporter à Jamie. Ce qui l'ennuyait, c'était sans doute de ne pas y avoir songé elle-même. Elle avait trop insisté pour que Wendell mette la main à la poche. C'était peut-être son amour-propre qui avait bloqué la situation : pendant tout ce temps, elle avait cogné contre une porte en fer alors qu'Anthony lui agitait la clé sous le nez.

Et puis, quel genre d'avocate était-elle, pour traîner en chemise de nuit à 8 h 30 du matin, l'esprit embrumé par le Xanax ? Elle fuyait son cabinet au loyer trop élevé, fuyait la paperasse qui s'entassait sur son bureau, fuyait la cliente dont elle avait emprunté l'argent pour « un seul » jour afin de protéger les arrières de son cher ex-mari sur une affaire où il n'y avait « aucun risque, Gail. Pas le moindre ». Elle se sentait glisser vers le désastre…

La voix d'Anthony interrompit ses pensées, et elle se rendit compte qu'il parlait déjà depuis un petit moment.

— … et on pourrait très bien passer par le même agent immobilier que la dernière fois. C'est quoi son nom, déjà ?

— Silvia Sanchez.

Gail commença à siroter son café, mais, le trouvant trop sucré, elle reposa la tasse.

Ils avaient décidé de vendre la maison de Clematis Street. Karen ne voulait pas y retourner, Gail ne raffolait pas des voisins, et Anthony n'y voyait que des années de travaux. Il lui avait soumis l'idée, et elle avait accepté. En attendant de trouver autre chose, ils resteraient ici.

— Si tu as son numéro, ça t'ennuierait de lui passer un coup de fil ?

— OK.

— *¿ Qué pasa, mamita ?* demanda Anthony en lui prenant la main. Je sais bien que ce n'est pas une décision facile à prendre. Moi aussi, je suis très partagé. Tu crois qu'on devrait la garder ?

Son expression répondait à la question.

Gail afficha un sourire qu'elle espérait rassurant.

— Je vais appeler Mme Sanchez. Je pourrai peut-être lui montrer la maison samedi. J'aimerais aller voir Karen, dimanche.

— Moi aussi. Je pourrai t'accompagner ?

— Bien sûr.

Gail aurait souhaité passer un peu de temps seule avec sa fille, mais elle ne voulait pas décevoir Anthony.

Il renversa la tête en arrière pour prendre une grande bouffée d'air du matin.

— Quand j'étais gamin, je voulais me tirer d'ici. Pour moi, c'était une prison. Tu sais, venant de la campagne cubaine où je pouvais vagabonder pieds nus…

Il posa une main sur le bras de Gail.

— Je voudrais que tu réfléchisses à une chose. On pourrait très bien vivre ici. Hier soir, Nena m'a demandé : « Pourquoi tu veux acheter une maison ? On a tellement de place, et puis on ne vous demanderait rien. Si vous y tenez, vous pouvez toujours participer aux courses. »

Gail appuya sa joue sur son poing.

— Quelques boîtes de haricots noirs par-ci par-là.

Il rit, puis retrouva son sérieux.

— Elle n'a pas tort.

— Mais on voulait notre maison à nous !

— Ils vont me laisser celle-là dans leur testament.

— Vraiment ?

— Nena me l'a dit, mais je ne suis pas censé le savoir. (Il lui serra la main.) Tu y réfléchiras plus tard, on a le temps.

Il se pencha pour lui embrasser la joue.

— Quand cette histoire sera terminée et que Karen sera revenue, on pourra en discuter.

Elle s'accrocha à son épaule avant qu'il ait pu s'écarter.

— Où es-tu, Anthony ?

— Comment ça ?

Il fronça les sourcils, une ébauche de sourire aux lèvres.

— Je suis ici, auprès de toi, comme toujours. *Siempre tuyo.*

Il l'embrassa de nouveau, sur la bouche, et s'attarda.

— À toi pour toujours.

Une petite sonnerie électronique s'éleva dans la chambre. Il tourna la tête.

— C'est ton téléphone ou le mien ?

— Le tien. J'ai éteint le mien.

Il se leva pour aller répondre.

« Bien sûr que nous allons vivre ici », pensa Gail. C'était inéluctable, mais pas si mal, au fond. Pas de repas à préparer et pas de ménage à faire, ce qui ravirait Karen. Et puis c'était calme, en dehors des réceptions et des dîners qui avaient lieu deux ou trois fois par semaine et auxquels elle ne pourrait pas couper.

— Gail.

Se tournant, elle découvrit Anthony devant la porte-fenêtre ouverte.

— C'était Harry Lasko. Il est chez Jamie. La police aussi. La nuit dernière, ils ont repêché Wendell dans la Miami River.

— Il est mort ?

— Plutôt, oui.

Wendell Sweet avait été assassiné par des dealers, ou par quelqu'un qui voulait donner cette impression. On avait retrouvé sa BMW dans un parc en amont avec dans le coffre un sac de sport vide où ne subsistaient que des traces blanches et quelques morceaux d'un adhésif argenté souvent utilisé pour sceller les kilos de cocaïne. Wendell avait été abattu de deux balles dans la poitrine, tirées presque à bout portant avec une arme de petit calibre, puis d'une balle dans la nuque. Son corps avait été jeté dans le fleuve. Les coups de feu n'avaient rien d'inhabituel dans ce quartier, et aucun témoin ne s'était présenté. Son portefeuille et ses clés de voiture étaient restés dans une poche.

Se fiant à l'adresse indiquée sur ses papiers d'identité, les inspecteurs de la brigade criminelle s'étaient présentés à 8 h 15 chez les Sweet. Jamie leur avait ouvert, et les policiers avaient appris que M. Sweet, en instance de divorce, ne vivait plus ici depuis qu'une ordonnance lui avait interdit l'accès au domicile conjugal. Ils avaient également découvert quelqu'un qui avait passé la nuit sur place : un ancien associé de la victime.

Cinq minutes après l'appel d'Harry, la voiture d'Anthony quittait l'allée des Pedrosa en trombe. Cinq minutes, c'était le temps qu'il avait accordé à Gail pour s'habiller.

Anthony avait ordonné à Harry de la boucler, et avait demandé que Jamie ne fasse plus aucune déclaration avant son arrivée. Avec la circulation chargée du matin, ils arrivèrent à 9 heures.

— Qui représentez-vous exactement, maître Quintana ? demanda l'inspecteur Evaristo Garcia à la porte.

— Il se trouve que par pure coïncidence je les représente tous les deux, répondit Anthony. Voici ma consœur, Me Connor. Nous aimerions entrer. Nos clients nous attendent.

Il y avait un autre inspecteur à l'intérieur. Harry et Jamie étaient assis sur le canapé. Anthony leur fit un signe de tête et sourit.

— Bonjour, madame Sweet. Monsieur Lasko.

Anthony tendit la main à Jamie.

— Allons bavarder un peu.

Jamie lança un coup d'œil à Gail et emmena Anthony à la cuisine. Gail entendit une porte se refermer. Les inspecteurs la dévisagèrent.

— Harry ?

Gail l'entraîna dans l'entrée, loin des oreilles indiscrètes.

— Où sont les enfants ?

— En haut. Ils dorment encore.

Harry avait le visage mangé par une barbe grisonnante, les cheveux ébouriffés qui se dressaient d'un côté, et les yeux écarquillés.

— Wendell était un dealer, nom de Dieu ! s'exclama-t-il. Vous vous rendez compte ?

— Vous le connaissiez plutôt bien. Vous n'avez jamais rien soupçonné ?

— Non, rien du tout.

— Qui l'a tué, à votre avis ?

— C'est évident ! Il est tombé dans un piège. Ils ont pris la coke et gardé le fric. Wendell n'aurait jamais dû fréquenter ces types-là.

— Vous avez bien vendu votre casino à l'un d'eux.

— C'est différent.

— Que faisiez-vous ici cette nuit, Harry ?

— Ce n'est pas ce que vous croyez. Jamie m'a appelé, elle se sentait déprimée, alors je suis venu. On a discuté, j'ai joué avec les gosses… Ce Bobby ne m'a pas laissé tranquille avant 2 heures du matin ! Je me suis endormi sur le sofa, dans la salle de jeux. Mon dos me fait un mal de chien. Au fait, Anthony vous a parlé de ce que je voulais faire pour Jamie ?

— Ce matin.

— Quelle chance !

Une lueur d'amusement dansa dans ses yeux.

— J'essaye de ne pas sourire, à cause des flics, mais ce n'est pas évident.

Gail le dévisageait toujours.

— Oh, oh ! Je sais ce que vous pensez, ma jolie. (Harry pointa un doigt sur elle.) Je me souviens de ce que j'ai dit quand vous êtes passée chez moi, mais je vous jure sur la tête de mes petits-enfants que ce n'est pas moi qui ai fait le coup.

Entendant la voix d'Anthony, ils allèrent le retrouver. Harry s'éloigna avec lui, et Gail alla rejoindre Jamie. Visiblement, elle s'était habillée en toute hâte, enfilant un vieux jean et un grand tee-shirt taché de jus de fruits.

— Bonjour, Gail.

Elle l'étreignit et demanda aux inspecteurs s'ils voulaient du café.

— J'aurais déjà dû en préparer.

Consultant leur montre, ils répondirent que c'était une bonne idée.

La cuisine était tellement étincelante que Gail fut éblouie. Le sol avait été lavé, la vaisselle rangée et les placards nettoyés.

Jamie sourit et ramena ses cheveux indisciplinés derrière une oreille.

— C'est Harry qui a fait ça hier soir pendant que je donnais le bain aux enfants. C'est un amour, pas vrai ?

— Dommage qu'il n'ait pas trente ans de moins.

— Hum, il est très important pour moi, et il le sait.

Jamie fit couler de l'eau dans la cafetière.

— Il va me manquer, ce vieux renard.

Gail tira un tabouret de sous le comptoir.

— Harry pense que Wendell revendait de la cocaïne. La police vous a interrogée à ce sujet ?

— Oui, mais je n'y crois pas. Wendell avait des amis là-dedans, mais il m'a juré qu'il n'y toucherait pas.

— Même s'il avait désespérément besoin d'argent ?

Concentrée sur le dosage du café, Jamie secoua la tête.

— Quand Wendell me mentait, je le devinais.

— Que vous a dit Anthony ?

— Il voulait surtout savoir où se trouvait Harry hier soir. Et si Harry avait quelque chose à voir avec cette histoire.

Elle appuya sur un interrupteur pour mettre la cafetière en route.

— Il l'a pas dit comme ça, évidemment, mais c'est là qu'il voulait en venir. Il est assez cool. Du style : « Je ne vais pas vous dicter ce qu'il faut dire à la police, mais ils vont chercher Harry là-dessus. » Alors je lui ai répondu : « Harry n'a rien fait. On a passé la nuit ici à discuter et à jouer avec les gosses. Vous avez qu'à demander à mon aîné. »

Jamie sortit des tasses du lave-vaisselle, qui n'avait pas été vidé.

— Et il n'a engagé personne pour le faire, ajouta-t-elle en alignant fermement cinq tasses sur le comptoir.

Puis elle regarda Gail, la mettant au défi de dire le contraire.

— C'est lui qui vous l'a dit ?

— Harry ? Non, il m'a rien dit. Il a pas eu besoin. Je *sais* quel genre d'homme il est. Il ferait jamais ça aux enfants. Wendell était leur papa. Harry ne leur aurait pas pris leur papa. Ils aimaient Wendell. Ils ne voyaient que ses bons côtés, et Harry sait que les enfants n'ont plus grand-chose à quoi se raccrocher en ce moment, et s'ils n'ont pas leur papa…

Jamie fixa le café qui coulait en crachotant dans le pot.

— Ils vont bientôt se réveiller. Je ne sais pas quoi leur dire.

Elle ferma les yeux et se détourna vivement. Ses épaules se mirent à tressauter et elle attrapa une serviette en papier.

Gail s'approcha et la prit dans ses bras. Jamie s'essuya les yeux.

— Wendell n'était pas quelqu'un de méchant, il n'avait pas un mauvais fond. Je suis triste qu'il soit parti. J'ai souvent souhaité sa mort, mais elle ne me fait pas plaisir.

20

Il était presque 11 heures quand Gail arriva au cabinet. Lâchant son sac, elle récupéra le numéro de Jeff Barlow dans son dossier sur Dave. L'avocat était absent, mais sa secrétaire lui répondit que, pour autant qu'elle sache, les papiers devaient être signés et le paiement effectué à 14 heures. M. Metzger avait appelé pour confirmer sa présence.

Gail la remercia et raccrocha.

— Loué soit le Seigneur et tous les saints, soufflat-elle.

Par l'interphone, elle appela Miriam. Que Dave signe ou non son contrat avec le groupe Marriott, il fallait réduire les dépenses. Sa secrétaire prit place, et, ensemble, elles discutèrent des différentes solutions pour le cabinet : rendre l'équipement informatique sophistiqué, rompre le bail et louer des bureaux plus petits, se séparer de Lynn.

— Anthony m'a proposé une place dans son cabinet. Avec vous, bien sûr. C'est une possibilité.

— Mais vous vouliez votre propre cabinet ! s'écria Miriam, bouleversée.

— N'en parlez pas au passé, pas encore.

Avec un soupir, Miriam s'enfonça dans le fauteuil.

— Ça fait plus de trois ans qu'on collabore. Si vous allez ailleurs, je vous suivrai. Mais je veux continuer à travailler pour vous.

On frappa à la porte ouverte, et Gail invita Lynn à entrer.

— Theresa Zimmerman vient d'appeler. Elle voulait passer prendre son chèque cet après-midi, alors j'ai dit OK. J'espère que j'ai bien fait.

— Vous avez *quoi* ?

— Eh bien... Je vous ai entendue lui dire que vous alliez l'envoyer cet après-midi, alors... Ce serait plus simple si elle venait le chercher.

— Vous lui avez dit de venir ici ? (Gail se leva.) Ne dites *jamais* à un client de passer prendre un chèque si vous n'avez pas mon feu vert.

— Mais puisque vous alliez le poster...

— Rappelez-la et dites-lui que vous vous êtes trompée. Dites-lui que vous deviez me demander et que j'étais au tribunal.

Lynn s'assombrit.

— Je n'aime pas mentir.

Gail explosa.

— Espèce d'idiote !

Elle se frappa le front.

— Désolée, ce n'est pas ce que je voulais...

— Vous n'avez pas à me traiter d'idiote ! Je fais de mon mieux, et vous me criez dessus tout le temps !

— Moi ? Je suis d'une patience remarquable, vous voulez dire !

— C'est affreux, de travailler pour vous !

Miriam courait de l'une à l'autre comme un chien affolé.

— Calmez-vous ! Je vais m'en occuper ! C'est bon, Lynn. Gail est très stressée à cause de Karen, en ce moment.

Une fois le calme revenu, Gail coupa un Xanax en deux avec son coupe-papier et l'avala sans eau. Son cœur faisait des bonds incontrôlés dans sa poitrine. Elle s'aperçut que les stores dessinaient des rayures de lumière sur la moquette. En ce moment, elle les gardait baissés pour éviter de prendre une balle à travers la vitre. Ils lui faisaient penser aux barreaux d'une cellule.

Elle tira sa pile de dossiers au milieu du bureau et attrapa un stylo. La ligne interne sonna. Gail poussa un soupir las.

— Oui, Lynn ?

C'était Me Ferrer, de Ferrer & Quintana.

— Raul ?

— Oui, il veut vous parler.

Gail serra les dents.

— Je vous l'ai dit, je ne suis là pour personne.

— Oh ! Eh bien, il a dit que c'était important, et j'ai pensé…

— C'est bon, je vais le prendre. (Elle décrocha.) Raul ? Ici Gail.

Son cerveau mit quelques secondes à saisir ce qui lui parvenait : une voix, un bégaiement, un murmure suraigu pareil au rire dément d'un enfant enfermé dans une salle pleine d'échos.

Gai-ai-ail Connor-or-or. Ça faisai-ai-ait longtem-em-emps.

Lentement, elle se leva de son fauteuil.

— Que voulez-vous ? Pourquoi faites-vous ça ?

Tu-u-u a-a-as aimé-é-é les choco-o-o-lats ?

— Vous voulez de l'argent, c'est ça ? Pas de chance ! Je n'en ai pas. Ma fille ? Hors de question. Elle est partie. Vous ne la trouverez jamais. C'est moi que vous voulez ? Je suis là. Allez, sale lâche, montre-toi un peu.

Ce que je veu-eu-eux, salo-o-ope, c'est toi-oi-oi... mo-o-orte. Comme le cha-a-a-t. Je veu-eu-eux que tu meu-eu-eu-res. Couper-er-er ta tê-ê-ê-te de menteu-eu-euse, espè-è-èce de salo-o-ope.

— J'en ai autant à ton service. Dis-moi, comment tu t'appelles ? Tu as un autre nom que Bozo le Clown ?

Le silence lui répondit.

— Donald, peut-être ? Simplet ? Grincheux ? Atchoum ? Ne fais pas le timide, je suis en train d'enregistrer. Allez, continue, s'il te plaît.

Je sui-i-is la Mo-o-ort.

— Ah oui ? Très original. Il faut t'appeler monsieur Lamort ? Tu te promènes en cape noire avec une faux ?

Fai-ai-ais ta priè-è-ère. L'enfe-e-er t'atten-en-end.

Il y eut un petit déclic.

Gail raccrocha violemment avant de se mettre à hurler :

— Espèce de salopard ! Je vais te choper et t'arracher le cœur !

Elle entendit des pas précipités. Miriam s'arrêta sur le seuil.

— Gail ! Qu'est-ce qui s'est passé ?

D'autres pas se rapprochèrent et Lynn arriva à son tour, bouche bée, les yeux écarquillés.

— Lynn ! cria Gail en contournant son bureau. Qui était au bout du fil ?

— Je... Vous savez bien... Je... C'était... c'était l'associé de M. Quintana.

— Non, ce n'était pas lui. C'était notre psychopathe préféré, Bozo le Clown, alias M. Lamort. Il m'a demandé si j'avais aimé les chocolats !

Les yeux de Lynn se transformèrent en soucoupes grises au milieu de son visage blanc.

— Mais il a dit... il a dit...

Gail posa son front sur ses mains.

— Je suis désolée d'avoir crié, Lynn. Ce n'est pas votre faute. Écoutez-moi. Quel genre de voix avait-il ? Quand vous avez décroché, qu'est-ce qu'il a dit ?

— Il... Il...

— Qu'est-ce qu'il a *dit* ?

— Euh... « Bonjour, ici Raul Ferrer, du cabinet Ferrer & Quintana. Je suis l'associé d'Anthony Quintana. Pourrais-je parler à Me Connor, je vous prie ? C'est important. » Enfin, quelque chose comme ça. (Lynn inspira.) Je ne me rappelle pas précisément.

— Est-ce qu'il avait un léger accent espagnol ?

— Non... Je ne crois pas.

— Eh bien, le véritable Raul Ferrer en a un, lui.

Gail se mit à arpenter la pièce.

— Très bien. Réfléchissez, Lynn. Vous connaissez la voix de Charlie Jenkins, n'est-ce pas ?

— De qui ? Ah oui, l'homme qui est venu faire des réparations chez vous. (Lynn secoua la tête.) Non, je ne pense pas que c'était lui. La voix au téléphone était plutôt... euh... grave ? Oh, mademoiselle Connor, je n'en sais rien !

— C'est bon, dit Gail en lui tapotant l'épaule. À partir de maintenant, même si c'est Dieu en personne, vous prenez son numéro et je le rappelle. Je ne prends plus aucun coup de fil.

— Mais, et Karen, et Anthony, et votre mère ?

— Bien sûr qu'il faut me les passer ! Je voulais dire, je ne prends plus les appels des gens que vous ne connaissez pas personnellement. D'accord ?

Lynn acquiesça.

— Miriam, allez acheter un magnétophone pour le téléphone, et commandez un boîtier d'identification.

— Vous avez bien fait d'éloigner Karen, commenta Lynn.

— Elle ne reviendra que lorsqu'on aura attrapé ce dingue.

— Mais si on ne l'attrape jamais et qu'il ne s'arrête pas ? (Lynn déglutit.) Il pourrait s'en prendre à Miriam et à moi. Ou à nos enfants. Notre chatte tigrée, ça fait dix ans qu'on l'a, et les enfants en seraient malades si elle mourait.

Gail la dévisagea avant de hocher la tête.

— Bon, eh bien au travail. Je le signalerai à la police, ça ne peut pas faire de mal.

Gail travailla sans interruption sur son ordinateur : elle rédigea six lettres, deux projets de plaintes pour préjudice dans des affaires commerciales, et prépara des interrogatoires en souffrance depuis des semaines. Vers midi, Miriam revint avec un magnétophone qu'elle raccorda à son téléphone.

Juste après 13 heures, Gail donna dix dollars à Lynn et lui demanda d'aller lui acheter un sandwich au poulet. La réceptionniste fourra le billet dans sa poche de pantalon et fit rouler sa chaise sous le bureau.

C'est alors que Gail remarqua le message.

11 h 35. De : Me Jeff Barlow. À : Me Connor. Signature annulée pour aujourd'hui. Merci de rappeler.

— Oh, mon Dieu !

— Qu'y a-t-il, mademoiselle Connor ?

— Pourquoi ne m'avez-vous pas donné ça ?

— Vous ne vouliez pas d'appels.

— Je parle du message ! Pourquoi ne m'avez-vous pas donné ce foutu message ?

Gail s'adossa à la cloison qui séparait les bureaux des deux employées. Lynn la fixa d'un air vide.

— OK, ça va comme ça. Vous partez.

— Quoi ?

— Je suis désolée, mais c'est la goutte d'eau qui fait déborder le vase.

— Vous me virez ?

— Oui. Je n'en peux plus.

— Pourquoi ? Qu'est-ce que j'ai fait ?

— Écoutez, pour commencer, je n'ai plus les moyens de vous garder.

— Mais vous me payez au lance-pierres !

— Vous étiez d'accord. « Pour l'expérience », vous vous souvenez ?

Lynn plissa les yeux.

— De toute façon, ça ne m'étonne pas. Tout ce qui vous intéresse, vous et votre bêcheur de fiancé plein de fric, c'est l'argent ! Je sais ce que vous avez fait. Vous avez dépensé l'argent de Mme Zimmerman pour vous, et maintenant vous ne pouvez plus la rembourser.

Gail appela Miriam, qui s'était installée dans le bureau inoccupé pour tenir la comptabilité.

— Je veux que vous fassiez un chèque à Lynn pour lui régler sa semaine plus un demi-mois d'indemnités.

Miriam écarquilla les yeux.

— Elle me met dehors, annonça Lynn avec un sourire crispé.

Son regard hostile demeura fixé sur Gail tandis qu'elle suivait Miriam dans le bureau. Elle en ressortit une minute plus tard en repliant un chèque. En passant devant Gail, elle lui lança :

— Vous allez avoir des nouvelles de mon mari. On vous fera peut-être un procès.

Installée au bureau de Miriam, la main en visière, Gail l'observa par-dessous. Lynn décrocha les dessins de ses enfants, les photos, les articles, vida les tiroirs de son bureau, et mit le tout dans un carton. Ses lèvres remuaient, mais Gail n'entendait pas ce qu'elle disait.

— Je suis désolée, Lynn.

— C'est faux. Vous êtes une garce, une vraie. Vous vous moquez pas mal des autres. J'ai deux gosses à nourrir et à habiller, et vous n'en avez rien à foutre.

La porte claqua derrière elle.

— Oh là là ! fit Miriam.

— Miriam, il faut que je passe un coup de fil. Ensuite, je devrai peut-être m'absenter pour la journée. Vous pouvez assurer ?

— Bien sûr. Hé, Gail !

Elle la rattrapa dans le couloir.

— Je n'étais pas au courant, pour le message de Me Barlow. Mauvaise nouvelle, hein ?

Gail hocha la tête et sentit la petite main de Miriam sur son poignet.

— J'appelle Mme Zimmerman pour lui dire que ce ne sera pas pour aujourd'hui ou… j'attends son coup de fil ?

Gail ouvrit la bouche.

— Je n'en sais rien. Si elle téléphone, ce qui va de toute façon arriver, dites-lui qu'elle l'aura demain.

Gail arriva à Coconut Grove sous un crachin qui se transforma en grosses gouttes intermittentes quand elle se gara sur le parking de l'Old Island Club. Il était presque 14 heures, et la foule du déjeuner était partie, mais les gens du coin s'attardaient sous les parasols avec leur bière, ignorant la pluie.

Gail entra et frissonna sous la gifle d'air glacé qui l'accueillit. Les serveurs étaient en train de débarrasser les tables en bois, et du reggae faisait vibrer les haut-parleurs. Des perroquets en peluche perchés sur de faux bananiers tournaient la tête et poussaient des cris rauques de temps à autre. Gail repéra quelqu'un qu'elle connaissait derrière la caisse : Vicki, dans sa tenue habituelle, petit short et chemise à fleurs. Elle pianotait sur les carrés multicolores d'un écran tactile.

— Bonjour. Il faut que je parle à Dave. Où est-ce que je peux le trouver ?

Vicki leva ses yeux soulignés de noir et la toisa d'un air dédaigneux.

— Et vous êtes… Oh, bonjour ! Il vous attend ?

Gail aurait voulu la gifler, mais lui sourit.

— Dites-lui simplement que je suis ici. Merci.

— Je suis à vous tout de suite.

La serveuse termina ce qu'elle était en train de faire.

— Ça vous ennuie d'attendre par là ? Je vais voir s'il est disponible.

Et elle s'éloigna, les muscles de ses mollets saillant sous son bronzage parfait. Gail patienta quelques instants avant d'entendre son nom. Elle se retourna. Dave se tenait devant une porte cachée par une fausse devanture d'épicerie caraïbe. Lorsqu'elle le rejoignit, il déclara :

— Je viens d'essayer de te joindre. Miriam m'a dit que tu étais sortie.

— Il faut qu'on parle.

Son expression sinistre fit disparaître le sourire de Dave.

— Bien sûr. Suis-moi.

S'engageant dans un petit passage encombré de cartons contenant serviettes, gobelets et papier-toilette, il la conduisit dans son bureau, une petite pièce tout aussi bourrée. Il ferma la porte derrière elle.

— Je sais ce que tu vas dire, et je suis désolé, je ne sais pas trop ce qui se passe, mais d'après Jeff Barlow ce n'est qu'une question de jours. L'avocat du siège veut revoir tous les papiers.

D'un geste, il l'invita à s'asseoir.

— Tu veux boire quelque chose ?

— Non. J'ai parlé à Jeff. Il n'avait pas l'air aussi optimiste que toi.

— Moi aussi, j'ai discuté avec lui. Tout va bien. Détends-toi un peu.

— Où est l'argent que je t'ai donné ?

— Où ? Je l'ai viré vendredi sur le compte d'Armand Dubois, Gail.

Il lui tira sur le bras.

— Allez, chérie, assieds-toi. On dirait que tu vas t'effondrer.

— Ne m'appelle pas chérie.

— D'accord. Pardon.

— Qu'est-ce qui se passe, Dave ? Jeff était en pleine réunion, et il ne pouvait pas parler.

— C'est juste… une embrouille à propos du nom. Ils veulent s'assurer qu'Armand avait bien le droit de me le vendre, quelque chose dans ce goût-là. Mais y a pas de lézard. On a signé un contrat.

Frappant dans sa paume, il accentua ses paroles.

— L'avocat d'Armand l'a rédigé, Armand l'a signé, j'ai payé et je possède le nom, le logo, l'identité visuelle, tout. C'est comme posséder le nom « Hard Rock Café ».

Gail avait la bouche sèche.

— Mais… Personne ne connaît l'Old Island Club.

— Détrompe-toi. C'est un endroit mythique.

— Pour ceux qui font de la plaisance dans les Caraïbes peut-être, mais moi je n'en ai jamais entendu parler. Marriott ne se battra pas pour un nom. Ils… laisseront tomber, c'est tout.

— Ils m'ont déjà donné quatre-vingt mille dollars, quand même !

— Une goutte d'eau, pour eux.

Dave se mit à arpenter son petit bureau.

— S'ils essayent de se retirer, on leur fera un procès.

Gail éclata de rire.

— Tu peux être sûr qu'ils ont mis une clause de retrait dans leur contrat avec toi. Je n'ai même pas pensé à en demander une copie à Jeff Barlow avant de te donner le chèque. Il y avait *urgence*. Je me faisais tellement de souci pour Karen que je n'ai même pas réfléchi. J'ai vraiment dû perdre les pédales.

— Tu as tort d'en faire toute une montagne.

— Ils vont se décider dans combien de temps, selon Barlow ?

— Deux ou trois semaines, peut-être un peu plus. Il faut qu'ils contactent Armand, et il est souvent en mer à cette époque de l'année.

Gail s'enfonça dans son siège ; Dave s'accroupit à côté d'elle.

— Gail ? Ça va, chérie ? Tu es glacée. Tiens, mets la tête entre les jambes et respire à fond. Allez !

Elle releva la tête.

— L'argent, je l'ai pris sur mon compte clients.

— Ton compte clients, répéta-t-il en la dévisageant sans réagir. Eh bien, tu ne peux pas l'approvisionner par virement ?

— Avec *quel argent* ? Je n'ai rien pour combler le découvert ! Mes chèques vont bientôt être refusés. Le procès me pend au nez. Je pourrais être radiée du barreau. *Tu comprends ?*

— Calme-toi, Gail.

— Comment ai-je pu faire une chose pareille ?

— Ne rejette pas la faute sur moi, je t'en prie.

— Non, c'est *ma* faute. J'ai oublié que toutes les entreprises que tu as touchées ont fini par merder !

— Je… je vais te donner ce que j'ai sous la main.

— J'ai besoin de quarante mille dollars.

Il se leva et se tourna vers le mur.

— Je suis loin de les avoir.

— Combien tu as ?

— Cinq mille à peu près.

— Je les veux !

— Mais Gail, c'est pour les salaires et le loyer !

— Je m'en contrefous.

— Je peux te donner mille. Demande à ta mère de te dépanner pendant deux semaines. Demande à Quintana.

Elle le regarda en face.

— Ça, je l'ai bien mérité. C'est ma punition. J'ai dû faire un truc dégueulasse, et maintenant, ça me revient en pleine gueule.

— Ne raconte pas n'importe quoi, Gail.

Quelqu'un frappa à la porte, qui s'ouvrit doucement. Vicki passa la tête et sourit à Gail.

— Rebonjour. Monsieur Metzger ? dit-elle en se tournant vers Dave. On vous réclame, dehors.

— Qui ça ?

— Quelqu'un de chez le traiteur.

C'était un mensonge, bien sûr, et Dave le savait. Elle était en train de tirer son patron des griffes de son ex-femme, la garce hystérique.

— Dites-lui que j'arrive.

Après le départ de Vicki, il fit face à Gail. La panique montait sans bruit en lui, comme l'eau dans la coque endommagée d'un bateau trop loin du rivage.

— Barlow a dit qu'il fallait attendre, il n'a pas dit que c'était cuit. Il se passe quelque chose. Armand est en train de faire des entourloupes. Je vais y mettre bon ordre. Tout va s'arranger.

Il lui tendit les billets qu'il avait sortis de son portefeuille.

— Voilà cinq cents dollars. Prends-les. *Prends-les !*

Il déverrouilla un tiroir et en tira une lourde boîte en métal.

— J'ai deux mille en liquide. Je te les donne.

Gail reposa les billets sur le bureau.

— Ça ne sert à rien, dit-elle. Cinq cents, cinq mille…

— Je te jure que ce n'est pas ma faute. Je t'en prie ! Tout va s'arranger, je t'assure. D'ici deux ou trois semaines… Ne pars pas comme ça. Ma chérie, s'il te plaît.

Dave la suivit quand elle quitta son bureau. À la porte du restaurant, elle jeta un regard en arrière et l'aperçut sous le toit en fer-blanc du faux magasin caraïbe. Mettant sa veste au-dessus de sa tête, elle se rua vers sa voiture.

21

Irene sortit de chez elle avec un parapluie jaune vif, tache de couleur dansant vers la Chrysler garée dans l'allée. Quand les phares de Gail balayèrent le jardin, la tache s'arrêta net avant de se diriger de son côté. Gail sortit et se réfugia sous le parapluie auprès de sa mère.

— Bonjour, ma chérie. J'attendais ta visite ?

— Non, j'aurais dû t'appeler.

— J'ai juste une petite réunion avec les Amis de l'Opéra, mais il faut que j'y aille, parce que je présente…

Irene examina sa fille de plus près et prit une inspiration.

— Mon Dieu ! Il s'est passé quelque chose. Qu'est-ce qu'il y a ? Tu me fais peur !

— Je suis dans la panade, maman. Si tu as un peu de temps à me consacrer, même cinq minutes…

— Viens, rentrons.

Sa mère laissa son parapluie dans l'entrée et demanda à Gail d'aller préparer du thé pendant qu'elle passait un coup de fil. (« Evelyn, je suis vraiment désolée, mais j'ai un petit problème. »)

Elles emportèrent leur tasse dans le séjour ; Irene se pelotonna au bout du canapé, et Gail dans une bergère au tissu fleuri. Aussi loin qu'elle se souvenait, rien n'avait jamais changé dans cette pièce. Sa mère repeignait régulièrement les murs et recouvrait de temps en temps les sièges, mais les meubles étaient toujours à la même place. Des baies vitrées coulissantes donnaient sur la véranda et la piscine. Tandis qu'elle parlait, Gail vit la pluie cesser progressivement.

— C'est la première fois que je fais une chose pareille. Je n'ai aucune excuse.

— Tu n'as pas agi par intérêt.

— Mais ça ne justifie rien.

— Tu n'as donc jamais fait de bêtise ?

— Je me sens tellement gênée de te demander de l'argent.

— Ne dis pas ça, Gail, c'est blessant ! (Irene sourit.) De toute façon, cet argent vous reviendra un jour, à Karen et à toi. Voyons, laisse-moi réfléchir. Quarante mille. J'ai environ dix mille sur mon compte d'épargne. Si je te donnais un chèque sur mon fonds de placement monétaire, tu ne serais pas créditée avant plusieurs jours. Je parie que je pourrais récolter au moins dix-huit mille pour Mme Zimmerman rien qu'en passant quelques coups de fil ce soir. C'est ça ! Je n'ai qu'à leur faire des chèques en échange d'espèces. Ça irait ?

— Je ne veux pas que ça se sache.

— Bien sûr que non ! Je dirai que c'est pour une urgence. Personne ne me posera de question.

— Je suis vraiment désolée, maman.

Irene lui prit la main.

— Je peux te faire une suggestion ? Et ne crois pas que c'est parce que je ne veux pas t'aider. Parles-en à Anthony.

— Oh, Seigneur, sûrement pas !

— Tu ne crois pas que tu le sous-estimes ?

— On a eu une énorme engueulade à propos de l'envoi de Karen chez Nonna et Poppa. Il s'imagine que Dave a des idées derrière la tête. S'il savait que je lui ai prêté cent vingt-cinq mille dollars…

— Écoute-moi. Disons qu'il se mette effectivement en colère et qu'il devienne désagréable. Disons qu'il te punisse en te refusant son amour, ou même qu'il rompe vos fiançailles. Moi, je dis : très bien ! Oui. Parfait. Tu devrais te réjouir de découvrir à temps quelque chose que la plupart des femmes apprennent trop tard.

— Les choses ne sont pas si simples, maman !

— Excuse-moi, mais si, elles le sont. S'il n'en faut pas plus pour perdre un homme qui est censé t'aimer, tu penses qu'il en valait la peine ? (Irene se redressa.) Tu veux vraiment d'une relation où tu ne peux pas avouer tes erreurs ? Crois-moi, ma chérie, des bêtises, il en fera autant que toi, et tu devras te montrer tout aussi indulgente. Dieu sait que ton père avait ses défauts, mais sur ce chapitre, j'avais une confiance absolue en lui. Je pouvais lui avouer le pire, lui demander pardon, et il me pardonnait.

Gail se mit à rire doucement.

— Tu es bourrée de contradictions, maman ! Une fois, tu as affirmé qu'on ne pouvait pas tout dire aux hommes.

— Je parlais des trucs mineurs, des petites contrariétés. Là, c'est complètement différent. Ça touche aux racines de la relation. Je ne refuse pas de t'aider. Je ne te mettrai pas au pied du mur avec Anthony, parce que je vois bien que tu n'es pas en état de réfléchir à tout ça. Je vais aller trouver mes amis, rassembler ce que je peux, et demain, sauf si tu me dis que ce n'est plus la peine, je viendrai de bonne heure à ton cabinet, avec un gâteau pour les filles.

— Il n'y a plus que Miriam. J'ai viré Lynn, aujourd'hui. Je crois que j'ai pété les plombs. Je venais d'avoir un coup de fil de Bozo.

— Au bureau ?

— Il a raconté à Lynn qu'il était l'associé d'Anthony. J'ai eu droit à : « L'enfer t'attend. » Je ne vois pas bien comment l'enfer pourrait être pire que ça, pas toi ?

— Oh si, chérie. Ça pourrait être bien pire. Au moins, Karen est en sécurité.

Incapable de parler, Gail alla s'asseoir auprès de sa mère et posa la tête sur son épaule.

Le lendemain matin, Anthony devait exposer sa version des faits au tribunal dans une affaire de tentative de meurtre. Il resterait donc tard au cabinet avec son associé et son client. Gail était plus ou moins attendue chez les Pedrosa pour le dîner, mais elle avait appelé pour prévenir qu'elle avait des choses à régler : Karen avait besoin d'affaires restées à Clematis Street, et elle devait également y récupérer quelques vêtements pour elle.

Gail le savait : en laissant la majeure partie de sa garde-robe là-bas, elle s'obstinait à nier l'inéluctable. Bientôt la maison serait vendue et son contenu déménagé à Malagueña Avenue, derrière les grilles de la *casa* Pedrosa. En dehors de son cabinet, pour l'heure modeste et mal en point, la maison de Clematis Street recelait les derniers vestiges de celle qu'elle avait été.

Elle arriva juste avant le coucher du soleil et trouva la rue envahie par la végétation : le feuillage frôlait sa voiture, l'arrosant de gouttes d'eau.

En s'engageant dans son allée, Gail aperçut la nouvelle allamanda que sa mère et elle avaient plantée deux semaines plus tôt. Elle descendit et alla y jeter un œil : une branche était cassée, et il y avait des traces de pneus dans l'herbe trempée.

— C'est pas moi qui ai roulé dessus, lança une voix.

Elle leva la tête. Payton Cunningham décrivait des cercles sur son vélo.

— Bonjour, Payton. Je sais bien que ce n'est pas toi. C'est une voiture.

— Une camionnette, plutôt, dit-il en se rapprochant. Elle était dans votre allée.

— Et tu as vu qui c'était ?

— La camionnette, c'était celle de l'homme qui travaille pour vous. Je l'ai repérée en passant.

Les yeux fixés sur la maison, Gail précisa :

— Charlie Jenkins. Il était là quand ?

— Je ne sais pas… Vers 18 heures, peut-être. Je suis allé au parc à vélo, et quand je suis revenu, il était parti.

Payton s'arrêta, posa ses grosses baskets dans l'allée et repoussa sa frange blonde et bouclée.

— Tu es là depuis longtemps ? l'interrogea Gail.

— Je suis revenu il y a un quart d'heure, à peu près.

Elle consulta sa montre : 19 h 35. Pourquoi Charlie Jenkins serait-il passé vers 18 heures ?

— Tu lui as parlé ?

— Je ne l'ai pas vu, lui. Juste sa camionnette.

— Mais il n'était pas dedans ?

— J'en sais rien.

Payton fit tourner sa pédale du bout de sa basket.

— Bon, il faut que j'y aille. Maman m'a dit de rentrer dîner.

— Je suis désolée de t'avoir engueulé dans le jardin, tu sais.

— Ouais, ouais. Je ne fume pas tellement. Je veux dire, j'ai essayé, c'est tout. C'est moche, pour le chat de Karen. Ils ont trouvé celui qui a fait ça ?

— Pas encore.

— Vous ne vivez plus ici, hein ?

— On est chez les grands-parents de mon fiancé, en ce moment.

— Vous allez revenir ?

Elle sourit et secoua la tête.

— Je ne crois pas.

— Dites bonjour à Karen de ma part. C'est une fille sympa.

— Je lui dirai. Au revoir, Payton.

Chemise ouverte claquant derrière lui, l'adolescent fit une acrobatie sur sa roue avant au milieu de la rue. Le vélo dérapa, dévia pour s'engager dans l'allée des Cunningham, et disparut derrière les haies.

Gail sortit une housse à vêtements et une valise vide du coffre et les posa sur la véranda. La logique voulait que Charlie Jenkins ait frappé à la porte, attendu une minute ou deux qu'on vienne lui ouvrir, et soit remonté dans sa camionnette, abîmant l'allamanda en reculant pour sortir. Le fait qu'il soit venu en plein jour, à une heure où les occupants étaient susceptibles d'être chez eux, l'inclinait à penser que les soupçons de la police étaient infondés.

Dans la boîte aux lettres, elle trouva le lot habituel de publicités et de factures. Il n'y avait pas de mot sur la porte, et la clé tourna sans difficulté dans la serrure. Après avoir ouvert, elle attendit sur le seuil, à l'affût du moindre bruit. Puis elle appuya sur l'interrupteur pour allumer la lampe de l'autre côté du canapé.

— Trouillarde, fit-elle à voix basse.

Abandonnant les bagages dans l'entrée, elle alla vérifier la porte de derrière : tout était normal. Le soleil était descendu derrière les arbres, laissant le jardin dans l'ombre. Le portique était toujours là, mais la police avait emporté la corde.

À la cuisine, les vieux néons du plafond s'allumèrent avec leur bourdonnement habituel. Lâchant ses clés dans son sac à main, Gail retourna dans le vestibule. La lumière jaunâtre des vieilles appliques éclaira sa montée.

Lorsqu'elle s'arrêta en haut des marches, elle vit, comme pour la première fois, à quel point la maison était exiguë et mal fichue. Anthony avait raison : de petites améliorations n'auraient pas suffi.

Elle fit rouler la valise sur la moquette, passant devant la chambre de Karen sans s'arrêter. Celle-ci avait demandé ses raquettes, plus de shorts et de tee-shirts, une autre paire de tennis, et toutes ses peluches. Elle avait aussi réclamé son journal, et Gail avait promis de ne pas le lire, alors que quelqu'un avait pénétré dans cette pièce, photographié un morceau de la vie de sa fille, et tout ça le plus facilement du monde... Clic-clac.

Une fois dans sa chambre, Gail lâcha les bagages vides sur la moquette, écrasée par une fatigue telle qu'elle l'empêchait de respirer. Elle avait besoin de se reposer, de rentrer à la maison. En appelant Anthony un peu plus tôt, elle avait prononcé les mots sans effort : « Tu seras *à la maison* vers quelle heure ? » Chez les Pedrosa, on devait être en train de régler les derniers détails de la réception annuelle du 4 Juillet.

Gail défit la fermeture Éclair de la housse sur le lit, pressée de partir avant la nuit. Elle avait beau savoir sa peur absurde, tous ses sens étaient en alerte. Dans sa penderie, elle prit une petite robe de cocktail noire, deux robes ajustées pour le bureau, une veste en lin beige et deux paires de chaussures. Elle suspendit la housse à la porte, traversa le couloir avec la valise et appuya sur l'un des interrupteurs placés à l'entrée de la chambre de Karen.

Le ventilateur s'éclaira, et ses pales en bois se mirent à tourner, d'abord lentement puis plus vite.

Gail fit quelques pas avant de se figer, les yeux rivés à l'homme étendu sur le lit de sa fille. Il avait la bouche ouverte et la barbe rouge.

Tombant à genoux, elle poussa un gémissement étranglé. La pièce se mit à tourner avec le ventilateur, et sa vision s'obscurcit. Mains appuyées sur le sol, elle releva la tête : l'homme n'avait pas bougé.

Elle vit des chaussures de chantier, un jean, un gros ventre. L'homme était adossé à la tête de lit, à moitié avachi sur un oreiller orné d'un volant froncé jaune. Le sang qui lui sortait du nez et de la bouche avait rougi sa barbe et inondé le devant de son tee-shirt blanc. Sa braguette était ouverte.

Gail recula en rampant et s'accrocha à l'encadrement de la porte pour se relever avant de prendre ses jambes à son cou.

La police avait trouvé un .38 Smith & Wesson par terre, des traces de poudre sur la main de Charlie Jenkins, ainsi que du sang provenant de sa blessure. Apparemment, il s'était enfoncé le .38 dans la bouche avant d'appuyer sur la détente.

Gail était assise à la cuisine, le plus loin possible de toute l'agitation. Pour l'instant, les reporters étaient tenus à distance, et les voisins massés de l'autre côté de la bande jaune. Aucun d'eux n'avait entendu de détonation, ce qui n'était pas surprenant car, à cette période de l'année, les climatiseurs fonctionnaient à plein régime, fenêtres fermées. De toute façon, les coups de feu venant du mauvais côté du Grove étaient si fréquents que personne n'y faisait plus tellement attention.

Gail n'avait pas voulu déranger Anthony en pleine préparation de son procès, néanmoins elle avait appelé Digna afin d'expliquer pourquoi elle risquait de rentrer tard, et pour demander qu'Anthony la rejoigne s'il revenait plus tôt que prévu.

L'inspecteur Michael Novick posa une tasse de café devant elle. Gail lui avait raconté tout ce dont elle se souvenait pendant qu'un autre inspecteur allait chercher Payton Cunningham.

Les pieds d'une chaise en bois raclèrent le sol. Novick s'installa et se pencha en avant, coudes sur les cuisses.

— Nous avons trouvé trois photos sur le lit de Karen : une de la cour de récréation, et deux autres des balançoires qui sont dans votre jardin. Visiblement, elles ont été prises depuis la porte qui donne sur votre terrasse. Il s'est sûrement servi d'un zoom pour faire un gros plan.

Novick hésita avant de poursuivre :

— Il a sorti une culotte de votre fille d'un tiroir et en a enveloppé ses organes génitaux.

— Mon Dieu !

Gail plaqua une main sur sa bouche ; ses doigts étaient glacés. Tandis qu'elle reprenait son souffle, l'inspecteur lui apprit qu'ils avaient trouvé une clé de la maison dans la poche arrière de Jenkins ; Novick l'avait essayée sur la porte d'entrée avant de l'ensacher comme preuve. Il lui demanda comment Jenkins avait pu se la procurer.

— Aucune idée.

— Vous avez peut-être une clé supplémentaire accrochée à un tableau, comme certaines personnes ?

Elle secoua la tête.

— Non. Mais… il a très bien pu prendre celle de Karen dans son sac à dos. Elle le laissait souvent en bas. La dernière fois que je suis tombée dessus, je l'ai rangé dans son placard.

Novick se pencha en arrière sur sa chaise et demanda à l'agent qui se tenait devant la porte d'aller chercher un sac à dos dans le placard de la petite fille et de le lui rapporter.

— Vous ne deviez pas changer vos serrures ? demanda-t-il à Gail.

— J'en avais l'intention, mais… (Elle leva les mains.) La semaine n'a pas très bien commencé.

L'inspecteur lui annonça qu'ils avaient également trouvé un message sur une feuille arrachée au carnet à spirale posé sur le bureau de Karen : *L'ENFER M'ATTEND* était inscrit en majuscules d'imprimerie, et le papier portait la signature de Jenkins en bas.

— On demandera aux graphologues de la comparer avec une autre.

— Pourquoi ? Vous n'êtes pas sûr que c'est la sienne ?

— Je n'aime pas affirmer sans preuve. Admettons que Charlie Jenkins ait été pédophile. Dans ce cas, que faisons-nous des menaces à votre égard ? Je peux comprendre qu'il ait harcelé Karen et pris des photos d'elle, ça cadre. Mais pourquoi a-t-il écrit *À mort* sur votre voiture à la peinture rouge, et pourquoi vous a-t-il envoyé la tête du chat ?

— Je me fous du pourquoi ! Dites-moi simplement que c'est lui, que je puisse ramener ma fille à la maison.

Son collègue entra dans la cuisine avec un sac à dos rouge et jaune se balançant au bout d'un doigt.

— C'est pour toi, Mike ? Un agent m'a dit que tu l'avais demandé.

— C'est pour moi, intervint Gail. La clé que vous avez découverte vient peut-être de là.

Le sac sur les genoux, elle ouvrit toutes les poches avant de regarder Novick.

— Elle n'y est plus ! Il a dû la prendre.

L'inspecteur Ladue prit une tasse sur l'égouttoir.

— Je peux ?

Gail l'invita à se servir.

Novick lui demanda si Karen lui avait signalé la disparition de sa clé.

— Non, mais elle ne s'en est pas forcément aperçue, si c'est moi qui lui ai ouvert.

— Où emportait-elle ce sac, à part au centre aéré ?

— Chez son père ou chez ma mère quand ils passaient la chercher, mais sinon, il ne bougeait pas d'ici. Il a très bien pu prendre la clé le jour où il a réparé l'électricité dans la cuisine.

— Est-ce qu'il s'intéressait particulièrement à Karen ?

— Eh bien… pas devant moi.

— Vous l'avez entendu faire des réflexions comme quoi c'était une jolie fille, ou quelque chose de ce genre ?

— Je ne m'en souviens pas.

— Laisse tomber, Mike. Le mec a avalé une balle, déclara Ladue en mettant du café lyophilisé dans sa tasse.

Novick leva les yeux vers lui.

— Je ne dis pas le contraire. Mais où est sa camionnette, alors ?

Ladue remplit sa tasse d'eau chaude.

— Au bout de la rue.

— Ils l'ont retrouvée ?

— À l'instant. Selon moi, Jenkins l'a garée ailleurs pour que Karen tombe d'abord sur lui. S'il l'avait abandonnée dans l'allée, Mlle Connor aurait pu appeler la police et interdire à sa fille d'entrer dans la maison. Mais si elles étaient rentrées comme d'habitude, et que Karen était montée dans sa chambre…

— Elles ne vivent pas ici en ce moment, objecta Novick.

— Mais lui ne le savait pas, si ?

— Il savait que Karen était partie, intervint Gail. Lorsqu'il a appelé en déguisant sa voix tout à l'heure, je lui ai dit qu'elle n'était plus à Miami.

— Il a cru que vous lui mentiez, nota Ladue en sirotant son café.

— Apparemment.

— À part quelques infractions au code de la route et une arrestation pour un vol sans gravité qui n'a donné lieu à aucune poursuite judiciaire, son casier est net. Ça m'étonne qu'on n'y ait pas trouvé d'antécédents violents, du genre cruauté envers les animaux, coups et blessures, harcèlement…

— Tu sais très bien à quoi on a affaire.

Ladue donna un léger coup de poing sur l'épaule de son collègue.

— Dix dollars qu'il a de la pornographie enfantine plein sa chambre.

Après son départ, Gail se tourna vers Novick.

— Quel est le problème, inspecteur ? Charlie Jenkins s'est suicidé sur le lit de ma fille en regardant ses photos et en se masturbant dans une de ses culottes, et il avait la clé de ma maison dans sa poche.

Sa voix trembla.

— Si ce n'est pas lui, alors qui ? Vous pensez qu'il y a quelqu'un d'autre dans la nature, ou je peux ramener ma fille à Miami ?

Tapotant ses deux pouces l'un contre l'autre, Novick examina ses mains jointes. Puis il leva la tête vers elle et sourit.

— La vie est compliquée. Il n'y a pas grand-chose qui cadre. Bien sûr. Ramenez-la chez vous.

Anthony arriva au moment où Gail s'apprêtait à confier la maison à la police. Il lui demanda si elle allait bien, lui reprocha de ne pas l'avoir appelé, et eut un entretien avec Novick et Ladue. La fouille de la camionnette était terminée, et les techniciens avaient retrouvé un appareil photo muni d'un zoom dans le compartiment entre les sièges. Dans un coffre en bois à l'arrière, ils avaient découvert un couteau de chasse enveloppé dans une vieille serviette, avec des poils noirs pris dans les dents de la lame.

Muni d'une liste des affaires à mettre dans la valise pour Karen, Anthony monta s'en occuper et chercher les vêtements que Gail avait laissés dans leur chambre.

Quand il redescendit cinq minutes plus tard, il raconta à Gail que le corps de Jenkins avait été placé sur un brancard et enfermé dans une housse.

L'horloge indiquait 00 h 45.

— Anthony, tu dors ?

— Hum.

— Réveille-toi, Anthony.

— Je suis réveillé. Qu'est-ce qu'il y a ?

— Il faut que je t'avoue quelque chose. Ce n'est pas facile. Essaye de comprendre, je t'en prie. J'ai fait un truc stupide, et si je l'ai fait, c'est surtout parce que je ne voulais pas que Karen soit déçue par son père, tu vois ?

Elle se tut un instant pour préparer la façon dont elle allait formuler les choses.

— Qu'est-ce que tu essayes de me dire ?

Gail inspira.

— Je t'ai parlé du contrat de Dave avec le groupe Marriott, tu te souviens ? La semaine dernière, il est venu me trouver devant l'école de Karen. C'est le jour où Hector Mesa nous a vus ensemble. Il était désespéré. S'il n'effectuait pas le dernier versement pour acheter le nom Old Island Club, il allait tout perdre. La signature avec Marriott était fixée au lundi, et il devait me rembourser à ce moment-là. Alors... je lui ai avancé l'argent.

— Combien ?

— Cent vingt-cinq mille dollars.

— *Ay, mi Dios.*

— J'ai pris cet argent sur mon compte clients, mais Marriott a suspendu la signature, du coup il ne peut pas me payer, la banque commence à rejeter mes chèques, et une cliente menace de me dénoncer au barreau de Floride si je ne lui donne pas son argent demain.

Gail sentit la tension dans le corps d'Anthony.

— Je sais très bien ce que tu penses. Comment a-t-elle pu faire une connerie pareille ? Et dans mon dos, en plus ? C'est surtout ça qui me désole, de ne pas t'en avoir parlé. J'avais peur. Plus maintenant. Après avoir vu Charlie Jenkins... Pour le moment, je n'ai plus peur de grand-chose... sinon de te perdre. J'ai peur que tu oublies que je t'aime.

Elle s'arrêta, ne sachant trop comment poursuivre, et attendit une réponse. En vain. Les grillons stridulaient devant la fenêtre.

— S'il te plaît, Anthony, dis quelque chose.

Elle se tourna pour le regarder : il avait les yeux grands ouverts.

— Anthony...

Dans un bruissement de draps, il s'assit lentement. Pleine d'attente, Gail s'assit à son tour en tremblant.

— Combien il te faut ? demanda-t-il à voix basse.

Incapable de répondre, elle le dévisagea.

— Pour demain. Tu as besoin de combien ?

Elle retrouva sa voix.

— Vingt-huit mille pour ma cliente, et douze mille pour mon compte. Je suis à moins douze mille.

— Ce qui ramènera ton solde à zéro. Ça ne va pas. Très bien. Quarante mille dollars en espèces à ton cabinet, et quatre-vingt-cinq mille sur ton compte. Un chèque, ça irait non ? Ou un virement. Comme ça, l'argent serait sur ton compte le jour même.

Il hocha la tête.

— On va faire comme ça.

— Tu es si... si calme. Je croyais... que tu...

Il attendit, puis lui demanda ce qu'elle croyait.

— Que tu allais crier, menacer de tuer Dave, me frapper, me flanquer dehors, je ne sais pas, moi. Je te rembourserai, ajouta-t-elle après un silence.

— Non. Je ne te demande rien.

— Si je récupère quelque chose de Dave, ce sera pour toi. Je te céderai ma part de la maison...

— Je t'ai dit que je n'en voulais pas !

Sa colère se répercuta dans la pièce. Il ferma les yeux un moment.

— Tu crois que tu pourras me pardonner, Anthony ? demanda Gail, la gorge serrée.

— Te pardonner. Je crois que... le mieux à faire... c'est d'oublier cette histoire.

— Comment est-ce possible ? Tu ne vas pas y penser sans arrêt ?

— Non. C'est fait. Point final. Dans moins d'un mois, nous serons mariés, et il n'y aura aucune raison de revenir là-dessus.

Lorsqu'il passa le bras autour de son cou, elle se blottit contre sa poitrine et sentit la chaleur de sa peau.

— Écoute-moi. Je veux que tu fermes ton cabinet. C'est trop pour toi.

Il l'embrassa tendrement sur les lèvres.

— Tu veux bien faire ça pour moi ?

Tremblante de soulagement, elle ne put qu'acquiescer.

— Bien. On en reparlera plus tard. Il faut que tu dormes, maintenant. Moi, je vais prendre certaines dispositions.

Anthony rejeta la couette et se leva. Gail enfouit son visage dans l'oreiller. Nouant son peignoir, il vint de son côté du lit.

— Gail ? Ma chérie.

Il se pencha pour l'embrasser et lui caresser les cheveux murmurant en espagnol que tout allait bien, qu'elle devait cesser de pleurer, et qu'il l'aimait.

— *Olvídate de eso, cielito. Tú sabes que te amo.*

22

Le lendemain matin, Theresa Zimmerman arriva au cabinet de Gail à 9 h 05 et signa un reçu contre la remise de vingt-huit mille six cent cinquante dollars et vingt-sept cents en espèces, avant d'annoncer qu'elle avait quand même l'intention d'écrire au barreau de Floride. Dès qu'elle fut partie, Gail prit l'ascenseur et alla raconter toute l'histoire à Charlene Marks. « Inutile de t'inquiéter », répondit celle-ci. Après ce que Gail venait de vivre, elle recevrait des témoignages de sympathie, pas des reproches. Qui ne lui pardonnerait pas cette faute, dans de telles circonstances ? Charlene l'avait alors serrée dans ses bras. « Karen et toi, vous avez de la chance d'être en vie. »

Gail avait appelé sa mère le mercredi soir, après la découverte du corps de Charlie Jenkins, puis le jeudi matin à propos de l'argent. Anthony et elle avaient discuté, tout allait bien. C'était merveilleux, vraiment : il s'était montré d'une indulgence incroyable. Irene avait été heureuse de l'apprendre, et encore plus heureuse de savoir que Karen allait pouvoir rentrer.

Entre le jeudi et le vendredi, l'enquête révéla des faits nouveaux sur Charlie Jenkins. La pellicule retrouvée dans son appareil contenait d'autres photos de Karen en train de jouer. En perquisitionnant son appartement, la police avait découvert des feutres de couleur, des copies de photos et le gadget électronique dont il s'était servi pour effrayer Gail au téléphone. La signature sur son petit mot d'adieu correspondait à celle figurant sur des chèques annulés.

Jenkins avait bien une amie avec qui il sortait de temps en temps, mais celle-ci ne l'avait pas vu depuis deux ou trois semaines. Cette femme, les amis et la famille de Charlie Jenkins avaient tous découvert avec stupéfaction la vie secrète de celui-ci. Vers la fin, sa honte avait peut-être été trop lourde à porter.

Le vendredi, Gail lut les derniers détails de l'affaire dans le journal au petit déjeuner. Après avoir avalé son café d'un trait, Anthony l'embrassa et partit assister à une réunion chez le maire avec un groupe de *políticos* de Little Havana. Ernesto avait demandé à Anthony de le remplacer. Un jour férié !

Encore épuisée, Gail alla se remettre au lit, espérant dormir jusqu'à midi, mais elle se retrouva à fixer les portes-fenêtres et à observer le rayon de soleil qui se déplaçait sur la moquette. Elle songea à Karen, qui devait rentrer le lendemain. Ce soir, à Delray Beach, elle verrait les feux d'artifice avec son père et ses grands-parents, et samedi, Dave la ramènerait. Mais plus qu'au retour de sa fille, Gail pensait à Charlie Jenkins : il n'avait rien d'un homme qui s'intéressait d'un peu trop près aux gamines. D'un autre côté, elle le voyait mal se faire imprimer des tee-shirts avec « Pédophile » dessus.

Bien sûr que c'était lui, le coupable. Mais l'inspecteur Novick avait demandé *pourquoi*. Pourquoi avait-il écrit *À mort* sur sa voiture ? Pourquoi lui avait-il envoyé la tête du chat ? Pourquoi la haïssait-il ? Pas parce qu'elle avait fait des histoires pour le régler en liquide le jour où il s'était occupé de l'électricité, quand même ! Il était venu chez elle environ un mois avant le premier coup de fil. L'avait-elle blessé sans le vouloir, à ce moment-là ? Et comment avait-il su, pour sa sœur ?

Gail était en train de passer un bain de soleil quand une voix grincheuse s'éleva du dehors. Boutonnant rapidement sa robe, elle alla jeter un œil par les portes-fenêtres. La voix devint plus audible : un homme criait en espagnol. Elle s'avança sur la terrasse étroite et, se tenant à la rambarde en fer forgé, regarda par-dessus. De là, elle aperçut un chapeau de paille et les épaules d'un homme grand et maigre qui portait une *guayabera* blanche à manches courtes : Ernesto Pedrosa. Les buissons remuèrent, elle entendit un claquement métallique et découvrit le jardinier en train de manier les cisailles. De sa canne, Pedrosa désigna quelque chose en hurlant :

— *¿ Mir'allí. No tiene ojos ?*

Il demandait à l'homme s'il était aveugle.

L'infirmière se tenait non loin de là, à côté du fauteuil roulant, mais Pedrosa n'était visiblement pas d'humeur à se faire dorloter.

— Que se passe-t-il ? demanda Gail.

Le chapeau pivota puis se releva. Ernesto se découvrit vivement et plaça son couvre-chef sur son cœur.

— *Buenos días, mi niña.*

— *Buenos días, señor.*

— Il faut tailler les buissons autour de la maison à ras. Les gens peuvent s'y cacher pour nous épier.

Il jeta un coup d'œil au jardinier, qui s'était arrêté de travailler.

— *Córtalo al suelo.*

Le jardinier murmura quelque chose et désigna le buisson en secouant la tête.

— *¡ Al suelo, te digo !*

Pedrosa leva sa canne et se mit à rire lorsque le jardinier se précipita pour lui obéir.

Les cisailles lancèrent des éclairs à travers le feuillage tandis que les branchages tombaient sur le sol.

Pedrosa se recula pour mieux voir Gail.

— Manolo n'écoute rien ! Je veux qu'on enlève ces buissons, et il refuse. Qu'est-ce que vous voulez faire avec un homme pareil ?

— Pourquoi voulez-vous les couper ? demanda Gail.

— Pour que personne n'aille s'y cacher, répéta-t-il.

— Mais qui irait se fourrer là-dedans ?

— Les communistes, tiens ! Ici, à Miami, le FBI a arrêté dix espions du régime, mais il y en a d'autres, beaucoup d'autres. Où est mon petit-fils ?

— Il est… à un petit déjeuner de travail, chez le maire.

Gail lança un regard à l'infirmière, qui haussa une épaule.

— Ah oui, je m'en souviens. (Pedrosa lui sourit.) *Que linda eres. Mi nieta.* Tu permets que je t'appelle ma petite-fille ? Tu es très jolie là-haut, sur le *balcón.*

Il fit un nouveau pas en arrière et trébucha. Gail poussa un petit cri. Pedrosa chancela, tendit le bras pour se rétablir, et se rattrapa grâce à sa canne. S'appuyant dessus, il se pencha lentement pour récupérer son chapeau.

— Vous devriez vous asseoir sur le fauteuil, je vous assure.

— Au diable le fauteuil ! Les briques sont descellées. Manolo !

Il lui cria d'oublier le buisson et de venir s'occuper du chemin pavé. Le jardinier lâcha les cisailles pour aller examiner les briques.

Pedrosa s'éventa avec son chapeau.

— *¿ Dónde está Anthony ?* Ah oui ! Il est à une réunion avec le maire.

Il adressa un sourire d'excuse à Gail et remit son chapeau.

— Je suis désolé de t'abandonner, mais j'ai beaucoup de travail.

Et il se posta au-dessus de Manolo pour superviser la remise en place de la brique incriminée.

Gail se demanda si elle devait aller trouver Nena ou la tante Graciela pour leur dire qu'Ernesto n'était pas lui-même aujourd'hui. Mais l'infirmière était là, et ce n'était pas la première fois que le vieil homme divaguait de la sorte. De toute façon, les femmes étaient occupées à décorer la maison avec des bannières et des ballons aux couleurs du drapeau américain avant l'arrivée du reste de la famille.

Quand le téléphone sonna dans la chambre, elle rentra pour décrocher. À l'autre bout du fil, une voix masculine s'éleva.

— Mademoiselle Connor ? Ici Michael Novick. Je pensais bien vous trouver chez vous, aujourd'hui. J'espère que je ne vous dérange pas.

— Non, pas du tout. Il y a un problème ?

— Vous pourriez passer me voir au commissariat, lundi matin ? J'aimerais discuter un peu avec vous.

— C'est à propos de Charlie Jenkins ? De quoi s'agit-il ?

— De deux ou trois détails qui me tracassent. Je ne peux pas en parler maintenant. J'allais sortir.

— Vous n'allez pas me faire attendre jusqu'à lundi après m'avoir dit ça ! En principe, Karen doit revenir demain. Je la laisse chez ses grands-parents ou quoi ?

— Vous avez le temps de prendre un café ?

En bordure ouest de Coral Gables, là où les rues résidentielles et ombragées cédaient la place à un alignement de maisonnettes en stuc et de petits centres commerciaux exposés au soleil, se trouvait un drugstore datant des années cinquante, dont les tabourets pivotants étaient encore recouverts de vinyle rouge. La radio était branchée sur une station qui diffusait de vieux tubes ; sur un mur, une peinture au pistolet représentait un coupé Chevrolet rutilant de 1957, et les portraits d'Elvis étaient bien en évidence.

Arrivée la première, Gail commanda un thé glacé. L'inspecteur Novick débarqua dix minutes plus tard en short, baskets et tee-shirt. Elle ne le reconnut que lorsqu'il se dirigea vers son box et décrocha les faces solaires de ses lunettes. Il ne portait pas d'arme, mais ses cheveux courts trahissaient sa profession. Il prit place en face d'elle et commanda un petit déjeuner quand la serveuse arriva avec un pot de café.

— Merci d'être venu, dit Gail après son départ.

— Pas de problème. J'habite au bout de la rue.

Tout en buvant son café, Novick récapitula tous les éléments dont ils disposaient à ce jour avant de déclarer :

— Laissez-moi vous dire tout de suite que nous n'avons rien trouvé qui puisse contredire a priori la thèse du suicide. Néanmoins, toute mort violente et sans témoin est suspecte, sinon les avocats pénalistes seraient au chômage. Prenez l'affaire O.J. Simpson, par exemple. On commence à s'intéresser aux petites incohérences et on se pose des questions, même si la réponse tombe sous le sens. Dans cette affaire, on peut répondre que c'est Jenkins qui vous harcelait, et qu'il s'est suicidé. Si vous dressez une liste de tout ce qui fait pencher la balance de ce côté, continua Novick en mimant un grand poids dans la main gauche, et que vous mettez ce que vous ne parvenez pas à résoudre de l'autre, il est évident qu'il y a plus de preuves que d'anomalies.

— Je connais les preuves. Mais les anomalies ?

— Premièrement, et je vous livre ça dans le désordre, est-ce que la manière dont il a mis sa mort en scène cadre avec la façon dont il vous harcelait ? Deuxièmement, les connotations sexuelles. Elles sont évidentes dans son suicide, mais absentes des coups de fil, des actes de vandalisme, et surtout de ce qu'il a fait avec les photos de Karen.

— Vous aviez déjà soulevé ce point, nota Gail. Quand j'ai regardé les photos, vous m'aviez demandé si j'avais repéré des allusions à caractère sexuel, et j'avais répondu que non.

— Le médecin légiste n'a pas trouvé de sperme sur la culotte de votre fille, mais il se peut que Jenkins n'ait pas cherché ou pas réussi à jouir. On peut l'expliquer, tout comme on pourrait sans doute expliquer pourquoi il vous a envoyé la tête du chat. Rien ne vous empêche d'imaginer une théorie qui démontre comment il a trouvé le nom de l'associé de votre fiancé et comment il connaissait celui de votre sœur décédée. Mais il reste la question du fleuriste. Mon collègue leur a repassé un coup de fil pour savoir qui avait fait livrer les roses à votre cabinet. Le gérant a rappelé hier. Ils n'ont trouvé aucune trace de livraison à cette adresse.

Gail fronça les sourcils.

— Parce qu'il n'y en a pas eu ou parce qu'ils ne remettent pas la main dessus ?

— Eh bien, de deux, et même de trois choses l'une, répondit Novick en sirotant son café. Leur carnet de livraisons est mal tenu, quelqu'un leur a volé une carte avec enveloppe, ou Jenkins s'est fait livrer les fleurs chez lui sous un autre nom.

Gail secoua la tête.

— C'est à moi qu'on les a livrées.

— Mais vous avez vu qui les a apportées ?

— Moi non, mais ma réceptionniste si.

— Peut-être qu'elle pourrait nous décrire la personne qui s'est présentée.

— Si ç'avait été Charlie Jenkins, objecta Gail, elle l'aurait reconnu.

— Une supposition : c'était un ami de Jenkins qui lui rendait service.

— Eh bien, c'est une possibilité, en effet.

La serveuse revint, et Novick ôta ses bras de la table pour lui faire de la place.

— Voilà, mon cœur, deux œufs au plat avec des pommes rissolées et du bacon. Vous êtes sûre que vous ne voulez rien, mademoiselle ?

— Non merci. Ou alors un autre thé.

Novick s'empara du sel et du poivre.

— J'ai une question qui n'a rien à voir, si ça ne vous ennuie pas.

Gail lui demanda à quel sujet.

— C'est à propos de Wendell Sweet.

— C'est vous qui vous occupez de cette affaire, maintenant ?

— On se tient au courant les uns les autres autant que possible, et cette affaire m'intéresse parce que sa femme est votre cliente.

Il saupoudra ses œufs de poivre, et Gail détourna la tête des jaunes luisants qui lui faisaient de l'œil.

— Que voulez-vous savoir ?

— Le nom de Ricardo Molina a été prononcé chez Mme Sweet. Garcia, l'inspecteur chargé de l'enquête, m'a dit que M. Quintana avait cité ce nom comme celui d'un suspect potentiel. Vous vous en souvenez ?

— Non, j'étais peut-être dans la cuisine avec Jamie, à ce moment-là.

Novick sauça le jaune avec un morceau de toast piqué au bout de sa fourchette. L'estomac retourné, Gail se concentra sur les petits boomerangs qui ornaient le plateau de table.

— Pour nous, l'organisation de Molina n'est pas derrière ce meurtre. Ça ne lui ressemble pas : il fait dans les centaines de kilos, pas dans les petites livraisons planquées dans un sac de sport à l'arrière d'une voiture. On ne sait pas qui a tué Wendell Sweet. En fait, on n'arrive pas à établir de lien entre lui et les milieux de la drogue. Il n'était même pas sous surveillance.

— C'était peut-être une mise en scène, suggéra Gail.

— On a envisagé cette possibilité. Le jour où vous êtes passée au commissariat pour cette histoire de fleurs, vous m'avez demandé si j'avais entendu parler de Wendell Sweet. Puis vous m'avez questionné sur Hector Mesa, et la semaine dernière sur Ricardo Molina.

Novick la regardait à travers ses lunettes.

— Et ?

— Et vous pourriez peut-être me dire si on est passés à côté de quelque chose.

— Je n'en sais rien.

« Il a une façon étrange d'observer les gens », songea Gail. Il ne les fixait pas et ne battait pas non plus des paupières. Ses yeux marron n'étaient ni accusateurs ni méfiants, mais patients.

— D'après l'inspecteur Garcia, M. Quintana s'est rendu chez Mme Sweet après un appel d'Harry Lasko, qui avait passé la nuit…

— Ils n'ont pas de liaison, l'interrompit Gail. Jamie et Harry sont des amis proches.

— Des amis, si vous voulez. Et si je ne m'abuse, M. Quintana fréquente Hector Mesa…

— Non, Mesa est un collaborateur, ou employé, ou ami, d'Ernesto Pedrosa, le grand-père d'Anthony.

Cette réponse amena un léger hochement de tête.

— J'ai entendu dire que Mesa était employé par le cabinet de M. Quintana.

— C'est vrai, admit Gail à contrecœur. Il est coursier. Où voulez-vous en venir ?

— Nulle part. Simplement, j'ai ces noms, Lasko, Quintana, Sweet, Mesa, Molina, je les additionne, je les retourne d'un côté ou de l'autre pour voir ce qui cadre.

— L'autre soir, vous avez dit qu'il n'y avait pas grand-chose qui cadrait.

— Mais ça arrive parfois. Garcia, mon collègue chargé de l'enquête, est allé voir Hector Mesa, mais il a quitté le pays. Sa femme lui a dit qu'il était parti le lundi, mais selon les voisins, Hector était encore là mardi. Et Wendell Sweet a été tué mardi soir.

— Pourquoi me dites-vous ça ?

— Pourquoi ? Parce que je pensais que vous étiez le genre de personne intriguée par les anomalies.

— C'est vrai.

Gail le dévisagea à son tour.

— Vous m'avez invitée à venir pour qu'on discute de Charlie Jenkins ou pour m'interroger sur Wendell Sweet ?

Il sourit.

— Les deux, peut-être.

— Vous ne croyez tout de même pas que je vais spéculer sur quelque chose qui touche mon fiancé, ses clients, ou ses connaissances ?

— Non. Je comprends. Ce n'est pas un crime d'être loyale.

« L'inspecteur Novick s'imagine sans doute que je protège quelqu'un », songea-t-elle soudain.

— Je ne suis pas certaine d'apprécier la façon dont vous formulez les choses.

En guise d'excuse, il écarta les mains.

— Bon. Je fais revenir Karen ou pas ?

Comme la fois précédente, il ne répondit pas tout de suite.

— Si j'étais vous... Oui, sûrement. Mais je ferais attention à mes clés, cette fois.

Les musiciens jamaïcains, trois hommes en chemise rose vif, étaient en train d'installer leurs steel drums sous l'auvent en feuilles de palmier qui tenait lieu de scène. À l'entrée du parking, Gail était passée sous une bannière indiquant qu'ils joueraient à l'Old Island Club pendant les festivités. Le restaurant n'était pas encore ouvert, mais l'un des cuisiniers était en train de remplir de charbon de bois le demi-tonneau qui servait de barbecue.

Gail aperçut Dave qui transportait une longue table de pique-nique avec un serveur. Lorsqu'ils l'eurent installée à l'ombre d'un cocotier, son ex-mari se frotta les mains et lui adressa un signe de tête.

— Je suis venue réclamer le reste de ma bière, lança-t-elle.

Dave envoya le serveur chercher une Red Stripe et deux chopes avant d'aller s'attabler à l'ombre d'un parasol avec Gail. Ils assistèrent à un défilé de voiliers et de yachts sortant de la marina. Sur l'eau, le soleil faisait étinceler les vagues comme autant d'éclats de verre.

— Ça va être une sacrée fête, observa-t-elle.

— Tu vois le barbecue, là-bas ? Et les tonnelets de bière ? C'est complètement illégal. Pas d'autorisation de la ville.

Dave se mit à rire.

— Tant pis ! Il faut bien que le personnel s'éclate une dernière fois. Ils le méritent. Ils ont travaillé dur pour moi. Mais... c'est fini. La semaine prochaine, je donnerai les clés à la banque.

Son sourire s'effaça quand il regarda Gail sur le banc à côté de lui.

— Le deal avec Marriott est tombé à l'eau.

— Je n'y croyais plus tellement, de toute façon.

— Leur avocat me l'a appris hier. Je ne sais pas comment je vais te rembourser.

— Ne t'inquiète pas de ça pour le moment. Les choses se sont arrangées pour moi.

Gail replia ses lunettes de soleil et les posa sur la table.

— Tu as une idée de ce qui s'est passé ?

— Aucune. Ils étaient super chauds la semaine dernière, et brusquement ils ont fait machine arrière. Barlow a reconnu qu'il n'avait pas obtenu de réponse claire. J'ai envisagé de leur faire un procès, mais je n'ai pas de quoi me payer un avocat, et comme tu l'as dit, il y a tous ces petits caractères dans le contrat.

— Ils veulent récupérer les quatre-vingt mille qu'ils t'ont donnés ?

En riant, Dave fit un bras d'honneur.

— Bonne chance, les gars. Faites la queue.

Le serveur apporta la bière, et Dave la partagea entre lui et Gail.

— Santé.

Derrière eux, les Jamaïcains se mirent à jouer une douce mélodie carillonnante sur leurs steel drums.

— Je vais rester dans les parages jusqu'à 16 heures, puis je filerai à Delray Beach. Mon gérant s'occupera de la soirée. Je devrais faire acte de présence, mais, franchement, le cœur n'y est pas.

— Il faut que je te parle de l'entretien que je viens d'avoir avec Michael Novick. J'ai discuté avec lui pour savoir s'il n'était pas trop tôt pour ramener Karen. Mercredi soir, il m'a dit certaines choses qui m'ont perturbée, et je ne suis pas vraiment plus rassurée aujourd'hui.

Elle rapporta la conversation à Dave. Il l'écouta jusqu'au bout d'un air sceptique, et termina sa bière.

— Je ne sais pas quoi faire, Dave. Tout ça me rend nerveuse.

— Bien sûr, n'importe qui le serait avec ce que tu as vu l'autre soir. Mais Novick va chercher midi à quatorze heures. Karen va rentrer. Je ne la ramènerais pas si je la croyais en danger, je te le jure. Elle a envie de revenir, et moi, je veux passer un peu de temps avec elle. Je vais quitter Miami, ajouta-t-il.

— Vraiment ? Tu vas où ?

— J'ai un boulot qui m'attend à Saint John's, comme gérant de restaurant dans un complexe hôtelier de Cruz Bay. Ça paye plutôt bien. C'est un ami d'ami qui m'a appelé. Je ne le connais pas, mais il a entendu parler de moi. Ils avaient besoin de quelqu'un, et voilà.

— Saint John's. C'est tellement loin !

— Je n'ai rien ici, Gail. Je suis grillé. Là-bas, je serai logé et je n'aurai pas besoin de voiture. C'est une vie honnête, pas de stress, pas d'embouteillages, pas de problèmes. Le revers de la médaille, c'est que je ne verrai pas souvent Karen. Et ça, c'est dur, très dur. On avait ces grands projets, tous les deux, on devait faire le tour des Old Island Club. Elle était tellement excitée !

Je l'ai entendue s'en vanter à d'autres enfants de la résidence. Je ne sais vraiment pas quoi lui dire.

— Quand pars-tu ?

— D'ici deux ou trois semaines. À la fin de mon mois de loyer. Dis donc, ça ne te dirait pas, une super-affaire sur une grande télé ?

Percevant une présence, Gail se retourna. Vicki, la serveuse brune au minishort, l'ignora.

— Dave ? Le fournisseur voudrait vous voir, pour la commande d'alcool.

— Dis à Peter de s'en occuper.

— Il n'est pas arrivé.

— Eh bien, vas-y, toi.

Dave tendit le bras.

— Je t'autorise à signer pour moi, quel que soit le montant de la commande. Allez !

Les yeux de Vicki passèrent du restaurant à Dave.

— OK.

— Et rapporte-nous quelques bières. Tu en veux une, Gail ?

— Pourquoi pas ?

— Tout ce qui nous manque, c'est *Plus près de toi mon Dieu* version jamaïcaine en musique de fond.

Il tendit la bouteille de Red Stripe vide à Vicki.

— Va voir s'ils connaissent l'air.

— Dave, enfin !

Roulant des yeux, Vicki s'éloigna.

— Elle sait que tu t'en vas ?

— Non, personne n'est au courant, pour l'instant. Parce que je n'ai pas trop envie d'y croire moi-même, j'imagine. Si seulement vous veniez avec moi, Karen et toi ! Pourquoi ne pas faire ça ? On n'a qu'à s'enfuir à Saint John's tous les trois.

Il prit la main de Gail et la pressa contre sa joue.

— On n'est pas passés loin, tu sais. On a presque réussi, pas vrai ?

Le visage soudain dénué d'expression, il regarda la baie. Cherchant visiblement ses mots, il finit par dire :

— C'est très gonflé de ma part de te demander ça, mais j'aimerais faire venir Karen avant la rentrée scolaire, et je n'ai pas de quoi payer son billet d'avion. Tu crois que tu pourrais m'avancer l'argent ? Je te rembourserai. Trois ou quatre cents dollars, c'est jouable.

Il ferma les yeux.

— Je suis vraiment désolé, Gail, je t'assure.

Chez les Pedrosa, les réjouissances commencèrent à 15 heures. À 19 heures, elles se poursuivraient à l'hôtel Biltmore : on apporterait des chaises longues, des couvertures et des thermos de boissons fraîches, on écouterait de la musique militaire, après quoi, on assisterait au feu d'artifice organisé par la ville. Ensuite, retour à la *casa* Pedrosa avec reprise des agapes et orchestre de salsa.

Pendant qu'elles faisaient la queue pour un hamburger, Elena expliqua à Gail que chaque année les décorations étaient plus élaborées et la maison plus bondée. Tous les responsables politiques du comté venaient faire un tour. La famille et les amis se pressaient dans les couloirs et se déversaient dans le parc. Il y avait un manège pour les petits, et un spectacle de magie prévu à 16 heures dans le salon.

Vers 17 heures, Gail monta chercher quelque chose contre le mal de tête dans la chambre. Elle s'étendit sur le lit, mais des adolescents avec un ghetto-blaster écoutaient du rap espagnol sous ses fenêtres. Comme Ernesto avait fait la sieste tout l'après-midi ou presque, Anthony avait dû jouer les hôtes et Gail ne l'avait pas beaucoup vu, sauf lorsqu'il la présentait à tel ou tel : « *Mi novia.* » « *Encantada.* » « Où partez-vous, en voyage de noces ? » « Dans la région des lacs, en Italie. » « Oh, très romantique ! »

L'air conditionné arrivait sur la terrasse, rendant la chaleur plus supportable que dans le jardin. Les gens mangeaient sur des tables de pique-nique recouvertes de nappes à carreaux, et les traiteurs débarrassaient derrière eux. Un pétard éclata, effrayant les bébés. Une radio diffusait de vieilles ballades espagnoles, une autre du hip-hop.

Gail redescendit. Errant sans but sur la pelouse, elle repéra Ernesto Pedrosa dans son fauteuil roulant, près du bassin à poissons rouges. Avec quelques jeunes enfants, il lançait de la nourriture dans l'eau. Il avait troqué son chapeau de paille contre un superbe panama blanc.

Gail vint se poster à côté de lui.

— Vous vous amusez bien ?

— Je m'amuse toujours : j'aime les fêtes.

Il tendit un croûton à une petite fille en robe rouge vif. Elle tenta de s'en emparer, mais Pedrosa le mit hors de sa portée. Elle cria, trépigna, et le vieil homme finit par lui tendre le pain. Il gloussa lorsqu'elle le fourra dans sa bouche au lieu de le donner aux poissons.

Gail s'était assise sur le muret du bassin. Lorsqu'il fut à court de munitions, Pedrosa ouvrit les mains pour montrer aux enfants qu'il n'avait plus rien.

— *Más. Buscad más.*

Quand ils partirent en courant chercher du pain, Gail se releva et saisit les poignées de son fauteuil.

— Où allons-nous ?

— Faire un petit tour.

Elle le poussa sur le chemin pavé de briques. Les gens souriaient, disaient bonjour, et il les saluait comme un monarque du haut de son attelage. Gail s'arrêta au coin de la maison des invités et s'installa près de lui sur un banc à l'ombre.

— J'ai entendu une histoire à propos d'Hector Mesa et de son dévouement à la famille. Votre fils Tomás a été fait prisonnier en participant au débarquement de Playa Girón. Il a été interrogé, et comme il ne voulait rien dire d'autre que *Viva Cuba libre*, un soldat cubain lui a coupé la langue et l'a battu à mort. Des années plus tard, Hector Mesa vous a rapporté la langue de ce soldat dans une boîte. C'est vrai ?

Le vieil homme ne nia pas.

— C'était une période difficile.

— Wendell Sweet, ça vous dit quelque chose ?

Il pinça les lèvres. Il avait de la salive au coin de la bouche.

— Non, rien du tout.

— Il a été abattu, et on a retrouvé son corps dans la Miami River.

— Ah ! Oui, ça me revient. C'est passé aux infos. Il était trafiquant de drogue. Ces gens-là méritent leur sort.

— Hector Mesa a quitté la ville le lendemain de cet assassinat. Vous savez pourquoi ?

Ses grandes mains tachées s'ouvrirent pour manifester son ignorance.

— Mais il doit bien vous l'avoir dit. Vous êtes son *padrón*. Il travaille pour vous.

Les yeux d'Ernesto Pedrosa se posèrent lentement sur elle. D'un bleu très pâle, ils avaient la couleur de la glace. Ses paupières inférieures ourlées de rose semblaient tirées par les poches noirâtres et le poids de ce qu'il avait vu tout au long de son existence. Des pupilles noires fixèrent Gail et, à travers elles, comme par la fente d'un mur, passa un éclair de lucidité totale.

— *Olvídate de Hector. No me preguntes más.*

D'un signe de la main, il lui ordonna de le ramener auprès des autres, et elle s'exécuta.

Oublie Hector, avait-il dit. Ne me pose plus de questions.

Pourquoi s'était-il tenu le matin même sous son balcon avec le jardinier, à l'appeler sa petite-fille, sa jolie *nieta*, et à l'apitoyer sur ses infirmités de vieil homme ?

Elle le laissa avec d'autres anciens qui écoutaient des *boleros*, et il se leva avec difficulté de son fauteuil pour esquisser quelques pas de danse avec l'une des dames présentes. Gail se dirigea vers la maison. Sur la terrasse, au milieu d'un groupe d'hommes, se tenait Anthony, un cigare à la main. Comme il paraissait détendu, à rire avec eux !

Saoulée de chaleur et de bruit, Gail se sentit prise de vertige.

Quand Anthony l'aperçut, il lui sourit et l'invita d'un geste à se joindre à eux. Les hommes la regardèrent.

Gail recula, tourna les talons et se fraya rapidement un chemin dans la foule en jouant des coudes, puis elle passa en courant devant la maison des invités et accéléra encore jusqu'à ce qu'elle atteigne le bout de la propriété et la grille dans le mur. La voix d'Anthony s'éleva derrière elle. Elle souleva le lourd loquet en fer et poussa le portail. Le terrain de golf s'étendait devant elle, vallonné, s'enroulant autour de petits lacs bordés de sable blanc. Elle marcha droit devant elle, puis dut contourner un gros bosquet de figuiers. Au loin, elle vit la tour de l'hôtel Biltmore et entendit la fanfare. Après avoir franchi une butte, elle se retrouva devant un lac et ne put aller plus loin.

— Qu'est-ce que tu fabriques, Gail ? Pourquoi t'es-tu enfuie quand je t'ai appelée ? Tout le monde t'a vue.

Irrité, hors d'haleine, Anthony s'était arrêté au sommet du monticule.

Comme elle ne répondait pas, il poussa un soupir d'indulgence et la rejoignit au petit trot.

— Ça va ? Tu ne te sens pas bien ? Qu'est-ce qu'il y a ?

— Toi, et ces hommes… On aurait dit Ernesto. Le même.

— Rentre à la maison avec moi, Gail. Je vais appeler le docteur.

— Ne me touche pas !

Elle fit un écart pour échapper à son étreinte et il la dévisagea, stupéfait.

— Je vais te demander quelque chose, et j'attends la vérité.

Il soupira de nouveau, montrant sa patience.

— Très bien. Vas-y. Qu'est-ce que tu veux savoir ?

— Est-ce que tu as parlé de Wendell Sweet à Hector Mesa ?

— *Por Dios*, pourquoi cette question ?

— Est-ce qu'Hector connaissait l'existence du compte offshore dont tu t'occupes pour Harry Lasko ? Est-ce qu'il était au courant, pour la vente du casino à Ricardo Molina ? Il savait ?

— Non. Je ne discute pas de ce genre de choses avec lui. Pourquoi...

— Et ton grand-père ? Tu lui en as parlé ?

Anthony hésita.

— Oui. On en a discuté.

— Ton grand-père a-t-il demandé à Hector Mesa d'éliminer Wendell Sweet ?

Il ouvrit la bouche.

— Non. Qu'est-ce qui te fait croire une chose pareille, bon sang ? Wendell a été tué par des trafiquants de drogue.

— Vraiment ? Il savait des choses qui pouvaient te faire radier du barreau, et même poursuivre au pénal. Tu détiens la clé du compte offshore d'Harry Lasko, et cet argent, Harry l'a reçu d'un gros bonnet de la drogue. Tu as pris ce risque parce que Harry est ton ami, mais Wendell aurait pu te détruire. Hector pouvait résoudre ce problème, non ? Ton grand-père aurait pu le lui demander. Ernesto est vieux, et tu es sa vie.

— Tu viens d'accuser mon grand-père de meurtre. C'est du délire !

— Pourquoi ne pas lui poser directement la question ?

— Certainement pas !

— Bien sûr, tu ne peux pas. Que ferais-tu, s'il disait oui ? Tu le dénoncerais ? Tu ne peux même pas accuser Hector. Il va s'en tirer sans une égratignure.

— Rentrons, dit-il en lui saisissant le poignet. On ne va pas discuter de ça maintenant. On va accompagner la famille au Biltmore et tu te comporteras normalement. Si ce n'est pas possible, tu resteras dans notre chambre jusqu'à mon retour.

En riant, elle se dégagea.

— Mais écoute-toi, écoute-toi donc !

Mains sur les hanches, il demanda :

— Que veux-tu que je fasse ? Que je te laisse ici ? Tout le monde va se demander ce qui s'est passé. Qu'est-ce que je suis censé leur dire ?

— Je m'en fous complètement.

Des voix se rapprochèrent, et Gail se rendit compte que la famille Pedrosa et leurs amis étaient déjà en route pour l'hôtel. Elle les distingua à travers les arbres, et petit à petit ils firent leur apparition avec leurs chaises et leurs thermos. Ernesto n'était pas parmi eux. Il assisterait au spectacle depuis la terrasse du premier étage, en compagnie de sa femme et de ceux qui ne pouvaient pas faire le déplacement.

Quand Bernardo les aperçut, il leur adressa un haussement d'épaules exagéré pour demander ce qui se passait. Anthony le congédia d'un geste.

— Regarde. Ils savent qu'on est en train de s'engueuler. Allez, Gail, viens. J'en ai marre d'être ici.

— J'ai une dernière question.

— Ça suffit comme ça.

Il la prit par le bras.

— Tu veux que je te porte ? Je vais le faire, tu peux me croire.

Les pieds fermement plantés dans l'herbe, Gail demanda :

— Qu'est-ce que tu as fait à Dave ?

— Quoi ?

— C'est toi qui as fait échouer son contrat avec Marriott ? Tu as fait ça ?

— Non, répondit-il en riant. De quoi tu parles ?

— Tu mens. Quand je t'ai raconté que je lui avais prêté de l'argent, tu n'as pas piqué de crise. Tu as dit qu'on devait oublier, tu te rappelles ? Personne ne sait pourquoi l'affaire est tombée à l'eau et puis d'un coup, miracle, on lui propose du travail dans un complexe hôtelier à Saint John's. Harry Lasko est dans la partie. Il a très bien pu te rendre un service.

Le défi qu'elle lut dans ses yeux tandis qu'il la fixait confirma ses soupçons.

— Quelle ironie, mon Dieu ! J'ai vidé mon compte clients pour l'aider sur une affaire que tu avais déjà anéantie. Et quand je te l'ai avoué, que pouvais-tu faire, sinon me rembourser ?

Il lui lâcha le bras.

— Oui, et si c'était à refaire, je n'hésiterais pas. Dave voulait t'arracher à moi. C'est pour ça qu'il a réclamé la garde de Karen. Il s'est servi d'elle pour nous séparer. Tu m'as menti, à propos de tes sentiments pour lui. Chaque fois que j'en parlais avec toi, je découvrais quelque chose. Tu as même couché avec lui alors qu'on était déjà ensemble. Comment pouvais-je être sûr que ça ne se reproduirait pas ?

— Alors tu t'es arrangé pour qu'il ne lui reste plus rien à part un job de l'autre côté des Caraïbes.

— Tu l'aimes encore. Allez, avoue-le. (Il se mit à crier.) Tu lui as prêté cent vingt-cinq mille dollars ! Avoue-le !

— Oui, je l'avoue. Il fait partie de ma vie depuis que j'ai dix-huit ans, et c'est le père de Karen. On est différents tous les deux, mais il m'a toujours traitée avec respect. Il n'est pas aussi riche, élégant et intelligent que toi, il s'est déjà planté en affaires, et il aurait très bien pu se planter avec l'Old Island Club, mais il n'a jamais été cruel. Ce que tu lui as fait est d'une cruauté sans nom. C'est monstrueux.

— Tu vas te remettre avec lui ?

— Non, répondit-elle en fermant les yeux.

— *Que sí*. Tu devrais. Allez, va. Va retrouver Dave Metzger. Je ne te donne pas une semaine pour revenir !

Anthony se mit à marcher de long en large devant elle.

— Pourquoi on joue à ces jeux-là, toi et moi ?

— Je ne pensais qu'à toi, dit doucement Gail. Je te voulais tellement que le reste n'avait pas d'importance. On ne voulait pas vivre dans cette maison, et pourtant nous y sommes. Tu travailles pour ton grand-père alors que ce n'est pas ce que tu voulais, au départ. Et je n'aurai plus de clients, à part ceux que tu me confieras. J'ai été effacée.

— Très bien. Si tu veux ton propre cabinet, tu n'as qu'à le garder. Il te suffisait de dire non.

— Ça coûte trop cher, de se battre contre toi.

— C'est faible comme excuse, Gail. Faible et égoïste. Tu te bats pour Jamie Sweet et pour Karen, mais pas pour moi. Pas pour nous.

— À quoi bon ?

Elle leva la tête vers lui.

— Ce soir, j'emporte mes affaires.

— Quoi ? Non, c'est ridicule. Je ne te laisserai pas faire ça.

— Tu ne peux pas m'en empêcher.

— J'ai dit non !

Elle commença à remonter la pente.

— Gail !

Il l'obligea à se retourner.

— On va se marier dans trois semaines. Tu reviendras à la raison. Tu ne peux pas faire ça ! (Il respirait vite.) Tu ne peux pas. Je t'aime, tu le sais. Personne ne pourra jamais t'aimer autant que moi. *Corazón*, dit-il en l'enlaçant, nous sommes faits l'un pour l'autre.

Elle esquiva son baiser.

— Très bien. J'ai compris le message. J'ai eu tort. Je suis désolé. Qu'est-ce que tu attends de moi ? Je t'écoute. Il veut quoi, Dave ? Je peux arranger ça. Il veut de l'argent ? Un autre restaurant ici, à Miami ? Dis-moi !

— Je ne veux rien de toi.

Il lui prit le visage.

— Tu ne penses pas ce que tu dis. Je t'en prie, c'est complètement dingue ! Qu'est-ce que tu as, tu veux tout annuler ? Je ne te crois pas.

Elle repoussa ses mains et recula de quelques pas.

— Jamie Sweet m'a expliqué pourquoi elle était certaine qu'Harry Lasko n'avait pas assassiné Wendell. Tu sais ce qu'elle a dit ? Que c'était parce qu'Harry était un homme bien, qu'il était gentil, et qu'il aimait ses enfants. Harry savait à quel point ils tenaient à leur père, et il ne le leur aurait jamais pris. Il ne leur aurait jamais infligé une telle blessure. C'est ce que tu as fait, Anthony. Tu as blessé Karen en détruisant Dave, et personne, *personne* n'a le droit de faire ça à mon enfant !

— C'est faux ! C'est comme ça que tu vois les choses, mais rappelle-toi ce qu'il a fait, lui. Il l'a abandonnée pendant six mois ! Karen est en sécurité, ici. Elle a tout ce qu'elle veut. Je ne l'ai pas bien traitée, peut-être ?

Gail voulut avancer, mais il se mit en travers de son chemin.

— Toi et moi, on a été sous pression, ces derniers temps. Ma chérie, *por amor de Dios*. Tu veux que je te présente des excuses ? D'accord. Je me traînerai à tes genoux jusqu'à la fin de mes jours, mais je ne peux pas te perdre. Je ne veux même pas en parler. Ça n'arrivera pas.

— C'est trop tard. J'ai vu ton vrai visage.

Il tendit les mains comme pour se remettre d'aplomb.

— On va partir d'ici. On trouvera une autre maison. On ira où tu voudras.

— Tu ne peux pas partir. Tu as obtenu ce que tu désirais depuis qu'Ernesto t'a fait sortir de Cuba et que tes sales cousins te méprisaient parce que tu étais son préféré. Tu ne partiras jamais parce que tu tiens trop à tout ça. Ton grand-père le sait. Il n'est pas aussi faible que tu le crois. Il sait comment te manipuler, et tu suis le mouvement, parce que au fond tu es comme lui : autoritaire, manipulateur et impitoyable.

Quand Gail ôta la bague de son doigt et la lui fourra dans la main, il garda les yeux fixés dessus.

— Je n'en veux pas. Je ne veux pas de toi.

Lorsqu'il releva la tête, ses yeux avaient rougi, et ses lèvres étaient blanches de rage. Il la prit par les bras, et elle poussa un cri de douleur.

— *Puta mentirosa. Ingrata.*

Il la repoussa si brutalement qu'elle tomba mais réussit à amortir sa chute avec les mains. Son coude saignait, mais elle le sentait à peine. Elle le haïssait. Se relevant, elle repoussa les cheveux de ses yeux.

— Demande à ton grand-père. Vas-y, va lui poser la question. Pas maintenant, ce n'est pas la peine de gâcher la fête, mais un de ces jours, demande-lui si Hector Mesa a commis un crime pour te sauver. Que feras-tu lorsqu'il te dira oui ?

Bras tendu, la désignant du doigt, Anthony cria :

— *¡ Sepárate de mi !* Va-t'en ! Je ne veux plus te voir, je ne veux plus entendre parler de toi. Ne m'appelle plus. Ne remets plus les pieds ici.

Sa voix se brisa. Il inspira.

— Ne m'écris pas, ne demande à personne de me contacter. Je ne te connais plus.

— Tu es pitoyable. (Elle rit.) Si tu peux vivre avec ce qu'il a fait, vous allez bien ensemble.

Il fit sauter le diamant dans sa paume avant de se précipiter vers le lac.

— Anthony !

Mais il prit de l'élan et la bague s'envola, jetant un dernier éclat avant de disparaître dans l'eau.

En se retournant, il trébucha comme s'il était momentanément aveuglé. À ce moment-là, Gail aurait pu courir vers lui, tomber à ses pieds et implorer son pardon en expliquant qu'elle avait perdu la tête à cause de ce qui était arrivé à sa fille, et que ses peurs avaient chassé toute pensée rationnelle. Il aurait crié, l'aurait peut-être frappée, mais il l'aurait reprise.

Tandis qu'elle l'observait, son expression se durcit. Il lui tourna le dos et partit. Gail monta au sommet de la butte et le suivit des yeux, mais il ne lança pas un regard en arrière.

23

La décision fut facile à prendre : le cabinet de Gail A. Connor, Avocate, déménagerait dans des bureaux plus modestes. Après quelques marchandages, les gérants de l'immeuble acceptèrent de transférer le bail à des locaux situés à l'étage en dessous. Ceux-ci comprenaient un bureau, un petit espace dédié au secrétariat, mais pas de vue, et il faudrait renoncer au réseau informatique et à la photocopieuse supplémentaire. Miriam, avec l'optimisme qui la caractérisait, déclara que ce serait plus douillet.

Gail n'avait pas eu de nouvelles d'Anthony ni cherché à en avoir. Ses amies affirmaient qu'il valait mieux une rupture nette. En attendant, elle s'était installée chez sa mère avec Karen. Cette dernière n'y voyait pas d'inconvénient, car elle avait une copine juste en face. Elle avait plutôt bien pris le départ imminent de son père. Gail supposait que c'était parce qu'elle ne s'était jamais vraiment habituée à sa présence, ou peut-être parce qu'elle était obnubilée par son anniversaire : samedi, tous ses copains viendraient fêter ses onze ans chez sa grand-mère.

En cette fin de vendredi après-midi, Gail et Miriam avaient rassemblé la plupart des dossiers, documents, fournitures de bureau et autres dans des cartons pour le déménagement prévu le week-end suivant. Gail souhaitait reprendre le travail le plus vite possible.

— J'ai trouvé quelques petits trucs de Lynn en rangeant son bureau, lui expliqua Miriam en lui tendant une grande enveloppe marron. Elle a emporté la plupart de ses affaires, mais elle a oublié ça. Il y a du rouge à lèvres, un miroir, de la petite monnaie, des photos, un collant de rechange, des pastilles pour l'haleine…

— Je culpabilise encore de l'avoir renvoyée.

— Ah, il ne faut pas. (Miriam étreignit brièvement Gail.) Ne vous inquiétez pas. Elle trouvera bien autre chose.

— Pas facilement. Elle n'a pas beaucoup d'atouts. Bon, vous n'avez qu'à faire un paquet et l'envoyer lundi.

Miriam éteignit la lumière au-dessus de son bureau.

— J'ai discuté avec Danny, et il peut amener quelques amis pour nous aider à déménager le week-end prochain, si vous voulez.

Le mari de Miriam, qui était pompier à Hialeah, passait son temps libre sur des appareils de musculation.

— Ça m'arrangerait beaucoup, répondit Gail. Dites-leur que j'offre le déjeuner.

Elle éteignit la lumière du couloir.

— Ça vous ennuie beaucoup qu'on déménage, Miriam ? Les choses n'ont pas aussi bien marché que je l'espérais, et je ne pourrai pas vous augmenter avant un certain temps.

Les yeux marron s'écarquillèrent et la bouche fardée s'ouvrit sur un grand sourire.

— Pas de problème, Gail. Si vous ne pouvez pas me payer tout de suite, ne vous inquiétez pas, j'attendrai.

Gail se mit à rire.

— Non, je vous promets qu'on n'en arrivera pas là, mais merci.

Elle fit coulisser la vitre dépolie du guichet et recula pour la regarder.

— Miriam ? Vous vous souvenez du jour où j'ai reçu les fleurs ?

— Ah, vous voulez dire… Oui, je m'en souviens, pourquoi ?

— Où étiez-vous quand on les a livrées ?

La secrétaire haussa les épaules.

— Je ne sais plus. Dans le bureau libre à m'occuper de la compta, je crois.

— Vous n'avez pas vu le type qui les a livrées ? Ou même entr'aperçu ?

— Non. Mais c'était une femme, pas un homme.

— Une femme ? Je ne l'ai jamais su !

— Eh bien… personne n'a posé la question. J'ai entendu la porte s'ouvrir, Lynn demander : « Je peux vous aider ? », et puis la voix de cette femme, mais je ne sais pas trop ce qu'elle a dit, je n'écoutais pas vraiment

Miriam observa Gail avec attention.

— Vous y pensez encore ?

— Ça me tracasse que le fleuriste n'ait aucune trace de cette livraison. Qui était cette femme ? Une amie de Charlie Jenkins ? Lynn l'aurait reconnu, s'il avait apporté les fleurs en personne. Et comment savait-il, pour Renee ?

— Peut-être qu'il a regardé dans vos affaires, chez vous. Brrrrrr ! J'en ai la chair de poule rien que d'y penser ! Je suis contente qu'il soit mort, même si c'est vous qui l'avez découvert. Ça vous arrive, de rêver de lui ?

Elle s'arrêta soudain, mains levées.

— *Olvídelo*. Je suis désolée de vous l'avoir remis en tête. Ne parlons plus de ça.

Sac sur l'épaule, Gail trouva la clé qui fermait la porte du cabinet.

— Oui, répondit-elle doucement. Je rêve de lui, et j'aimerais bien pouvoir arrêter. Je rêve de beaucoup trop de choses.

Lynn Dobbert habitait à l'ouest de la ville, dans un quartier sans charme donnant sur la voie express, où des maisons étroites flanquées de jardins minuscules se serraient les unes contre les autres. Gail se gara entre deux véhicules qui avaient connu des jours meilleurs. Sa Mercedes, qu'elle avait récupérée chez le garagiste quelques jours plus tôt, semblait déplacée.

Une succession d'allées bétonnées strictement identiques menaient aux petits porches et aux portes d'entrée. Gail jeta un coup d'œil à l'adresse qu'elle avait inscrite sur l'enveloppe avant de quitter le bureau. Dans le jardin d'à côté, une femme aux cheveux grisonnants balayait les marches tout en surveillant cette grande blonde maigrichonne avec des lunettes de soleil qui s'avançait vers elle dans une robe trop courte.

— Excusez-moi. Vous parlez anglais ?

Comme la femme acquiesçait, Gail lui demanda si la maison voisine était bien celle de Lynn Dobbert.

— Pas chez elle.

Pensant qu'elle n'avait peut-être pas compris, Gail reformula sa question en espagnol :

— *¿ Es la casa de Tom y Lynn Dobbert ?*

— Moi parler anglais, répondit la femme, vexée.

— Oui, bien sûr. Pourriez-vous me dire…

Soupçonneuse, son interlocutrice plissa les yeux.

— C'est qui, vous ?

Âgée d'environ soixante ans, elle portait un chemisier écossais sans manches qui découvrait ses bretelles de soutien-gorge et la peau pâle et relâchée de ses bras.

— Je m'appelle Gail Connor. Lynn a travaillé pour moi. (Elle montra l'enveloppe.) Je veux lui parler.

— Ling pas chez elle.

— Si, elle doit y être, insista Gail. Je lui ai téléphoné il y a une demi-heure pour lui dire que j'allais passer.

— Elle pas ici.

— Et Tom, il est là ?

— Moi pas connaître de Tom.

— Son mari.

— Ling pas avoir de mari.

— Si. Tom. Elle est mariée à Tom Dobbert.

— Elle pas avoir d'homme ici.

— Elle a un mari et deux garçons.

— Garçons ?

— Oui, Joey et Tommy, des petits garçons, précisa Gail en plaçant la main au niveau de sa taille. Deux. *Dos niños*.

— Elle pas avoir d'enfants.

Se demandant si son interlocutrice avait bien toute sa tête, Gail examina le panneau vert indiquant le nom de la rue au coin. Toutes ces rues se ressemblaient.

— Merci quand même.

La femme se remit à balayer avec énergie. Gail hésita un moment avant de se diriger vers la porte qu'elle avait repérée plus tôt. Le numéro correspondait. Toujours dans l'incertitude, elle voulut regarder par la porte vitrée, mais un rideau l'en empêcha. Apercevant du courrier dans la boîte, elle souleva le couvercle après un rapide coup d'œil autour d'elle. Une facture d'électricité était adressée à R.L. Dobbert. Il y avait un prospectus de supermarché, et une proposition de carte de crédit pour Mme Lynn Dobbert.

— Hé !

Surprise, Gail lâcha le couvercle, qui retomba avec un bruit métallique. La femme agita son balai.

— Vous faire quoi ?

— Je vérifie que c'est la bonne maison.

— Moi vous dire, elle pas ici.

— Elle m'attend.

Avec détermination, Gail frappa à la porte et attendit. La femme ne bougea pas.

— Bon, eh bien je vais laisser un mot.

Sortant un carnet de son sac, elle griffonna un message bref : *Désolée de vous avoir ratée, merci de rappeler, important.* Elle ajouta le numéro de téléphone de sa mère.

— Lynn vit bien ici, déclara-t-elle en arrachant la page pour la glisser dans la boîte.

— Moi l'avoir dit déjà.

La femme secoua la tête et se détourna en maugréant ; Gail saisit le mot *imbécile*.

Ne retrouvant pas la route pour partir, Gail tourna plusieurs minutes dans le quartier, repassant devant la même maison avec la femme qui la suivait des yeux. Elle se demanda ce que sa voisine raconterait à Lynn. Elle était ennuyée de ne pas l'avoir trouvée chez elle, mais il y avait peut-être eu un malentendu. Plus que la perte de temps, c'était la question demeurée sans réponse qui la contrariait : qui était donc la femme qui avait livré les fleurs ?

Sur la voie express, il y avait encore quelques bouchons vers l'ouest, mais Gail ne rencontra pas de difficultés dans l'autre sens. Depuis sa voiture, elle téléphona à sa mère pour expliquer son retard, et Irene l'informa que le repas serait prêt quand elle arriverait. Karen était dans la piscine avec la petite voisine, mais Irene allait justement la renvoyer chez elle et dire à Karen de faire sa toilette avant le dîner.

— Si tu continues comme ça, maman, tu ne te débarrasseras jamais de nous.

En riant, Irene répliqua qu'elle était contente de les gâter.

Gail raccrocha et réfléchit un moment, mobile en main, avant d'appeler Dave chez lui. Elle l'avertit que sa question allait lui sembler bizarre.

— Cette serveuse qui travaillait pour toi, Vicki. Vous étiez ensemble, à un moment. C'était quand, votre dernière fois ? Et qui a rompu, toi ou elle ?

Dave lui demanda pourquoi diable elle voulait le savoir.

— Peu importe.

Il lui répondit que la dernière fois, c'était en mai. Il lui avait expliqué qu'il valait mieux arrêter : Vicki était trop jeune pour lui, et de toute façon, un patron ne devait pas coucher avec ses employées.

— Non, elle n'a pas piqué de crise. On est restés assez bons amis, en fait. Elle veut m'accompagner à Saint John's.

— C'est une mauvaise idée, Dave.

— Tu es jalouse ? demanda-t-il en riant.

— Elle a quel âge ?

— Vingt-trois ans.

— C'est bien ce que je disais, une très mauvaise idée.

Gail ralentit au péage et lança une pièce de vingt-cinq cents dans le panier. Lorsque la barrière se leva, elle appuya sur l'accélérateur.

— Tu as parlé de ma sœur à Vicki ? (Le silence lui répondit.) Ça m'est égal, que tu l'aies fait ou non, je veux juste savoir si elle a entendu parler de Renee.

— Il y a des chances, oui.

— Une dernière question. J'en aurai peut-être d'autres plus tard, mais là, je suis en train de rentrer. C'était quoi, ses jours de repos ?

— Tu vas enfin me dire ce qui se passe, oui ou non ?

— Plus tard.

Il soupira.

— Elle travaillait du jeudi au dimanche.

— Elle n'est pas avec toi en ce moment, si ?

— Non, Gail.

Malgré l'insistance de Dave pour savoir de quoi il retournait, Gail se contenta de répéter qu'elle lui en parlerait plus tard.

Elle rangea le téléphone dans son sac. La ville se rapprocha et se retrouva brusquement sur sa droite quand elle s'engagea sur l'échangeur de l'autoroute.

Mercredi. Charlie Jenkins s'était suicidé un mercredi soir. Le chaton de Karen avait été massacré un mercredi, et c'était également un mercredi qu'on avait livré des fleurs au cabinet de Gail.

La moustiquaire qui protégeait la véranda de sa mère avait l'âge de la maison, et cela se voyait notamment à la silhouette blanche du flamant qui la décorait, du plus pur style 1960. Elle se referma en claquant derrière Gail tandis que celle-ci ouvrait la porte d'entrée. Aussitôt cernée par l'arôme d'une tourte au poulet bien relevée, elle se rendit compte qu'elle avait très faim. Sa mère semblait déterminée à l'engraisser.

Au fond de la maison, la télé diffusait un jeu télévisé. *La Roue de la fortune*, sûrement. Karen aimait bien cette émission.

— Maman, Karen ! Je suis là !

Dans le salon, les lampes étaient éteintes, et les baies vitrées ne laissaient pénétrer que la lumière déclinante du crépuscule. Gail traversait la pièce pour se rendre dans la cuisine quand quelqu'un se leva du canapé : une femme aux cheveux blonds et raides.

— Bonjour, je vous attendais.

— Lynn ! (Gail reprit son souffle.) Vous m'avez fait peur ! Je reviens de chez vous.

— Je suis venue ici. Votre mère m'a donné l'adresse au téléphone.

— Bon, eh bien désolée pour la confusion. Où sont-elles, toutes les deux ?

— Je crois qu'elles s'habillent pour le dîner. Votre mère m'a dit que vous n'alliez pas tarder et que je pouvais attendre.

Lynn portait son inévitable pantalon foncé et un sweat-shirt. Les rayures vertes et bleues lui faisaient des épaules carrées et robustes. Ses yeux fixaient l'enveloppe.

— Il y a les photos de mes enfants, là-dedans ?

Gail lui tendit l'enveloppe ; Lynn l'ouvrit rapidement et la lâcha sur le canapé pour faire défiler les clichés.

— Ah, les voilà. Elles me manquaient, celles-là. Salut les enfants !

— Miriam les a retrouvées sous des papiers, dans un tiroir. Lynn, poursuivit Gail, vous vous souvenez du jour où j'ai reçu des fleurs au cabinet ? Vous savez, ces roses bon marché. Une femme les a apportées. Vous pourriez me la décrire ?

Lynn releva la tête. Gail avait déjà remarqué que lorsqu'elle ne comprenait pas une question, elle prenait l'air ahuri. Ses paupières pâles tombaient sur ses yeux gris, et sa bouche était entrouverte.

— Miriam m'a dit qu'elle avait entendu une voix de femme, mais elle ne l'a pas vue. Vous vous en souvenez ?

— Vous les avez jetées, dit Lynn. Les roses bon marché, c'est pas assez bien pour vous, c'est ça ?

Penchant la tête, Gail fronça les sourcils.

— Pardon ?

— Je les trouvais jolies, moi. Tom m'a offert les mêmes pour notre anniversaire de mariage.

— Une minute. C'est *vous* qui les avez apportées ? Mais… et la femme ? Miriam a entendu sa voix… (Gail commençait à comprendre.) C'était vous.

Lynn soutint son regard.

— Et vous… avez écrit le nom de ma sœur sur la carte ?

— Ça me semblait de circonstance.

— Mais pourquoi…

Gail avait du mal à garder la tête droite. Clignant des yeux, elle se tourna vers le couloir.

— Où sont-elles ? Karen, maman ?

Pas de réponse.

— Vous devriez aller les voir.

— Restez ici ! lança Gail en reculant.

Elle courut dans le couloir, et ses escarpins dérapèrent sur le parquet ciré quand elle s'arrêta pour regarder dans la chambre de Karen – vide – et dans la sienne – rien d'anormal.

Lynn l'avait suivie. La petite lumière du plafond se refléta sur son visage puis dessina des ombres tandis qu'elle passait en dessous.

— Je vous ai dit de rester au salon !

Le son du jeu télévisé, plus fort à présent, provenait de la chambre d'Irene. Les petits claquements de la roue furent suivis d'un tonnerre d'applaudissements. Gail se précipita dans la chambre et voulut claquer la porte derrière elle, mais elle la reçut en plein visage et s'étala sur la moquette. Son front et sa pommette lui faisaient mal.

Une lampe de chevet était allumée. Les couleurs criardes de la télé éblouirent Gail. Sonnée, elle roula sur elle-même et découvrit sa mère et Karen au pied du lit, ligotées par une corde blanche. Au-dessus du chiffon qui étouffait leurs cris, leurs yeux étaient implorants.

Lynn alla monter le volume de la télévision. La musique retentit, suivie des applaudissements. Sur la commode, elle prit un couteau avec une lame longue comme son avant-bras. En reculant pour se sauver, Gail heurta la table de nuit et fit vaciller la lampe. Sans lui laisser le temps de se remettre debout, Lynn l'attrapa par les cheveux et leva l'autre bras. Gail eut l'impression qu'on lui enfonçait une longue aiguille dans la nuque.

Ce fut une douleur intense dans la nuque et les épaules qui la fit revenir à elle. Entendant la voix joyeuse d'une femme dans une publicité, Gail s'obligea à ouvrir les yeux. Lynn était assise au bord du lit, avachie, mâchoire pendante. À ses pieds, Irene et Karen étaient toujours prisonnières et bâillonnées ; elles respiraient mais ne bougeaient pas. Gail se trouvait dans le vieux fauteuil de sa mère, les poignets attachés aux accoudoirs recourbés et les chevilles aux pieds du fauteuil. Quand elle poussa un gémissement d'horreur et de douleur, Lynn se retourna.

— Si vous criez, je tranche la gorge de Karen.

Gail réprima un sanglot.

— Pourquoi, Lynn ? demanda-t-elle d'une voix tremblante.

Lynn se leva pour poser une assiette de tourte à moitié dévorée sur la commode. Elle ramassa des photos, et Gail constata que c'étaient celles qu'elle lui avait rapportées.

Venant se poster devant Gail, Lynn fit défiler les photos.

— Voilà pourquoi.

La lampe éclairait suffisamment pour que Gail voie le plus jeune fils de Lynn sur un poney, puis l'aîné devant un gâteau d'anniversaire, et les deux sur une plage avec Lynn. Gail ferma les yeux.

— Regardez !

Lynn lui donna un méchant coup de pied dans la jambe, et Gail cria.

— Regardez-les, ordonna Lynn.

Malgré sa vision brouillée, Gail distingua un bambin pieds nus.

— Voici Jason. Et voici Timmy, ajouta Lynn en lui montrant une autre photo.

Ses ongles étaient tellement rongés que la peau les recouvrait partiellement. Un mot vint aux lèvres de Gail.

— Yancey.

La lumière se fit brutalement dans son esprit. *Winter Springs, Floride. Tragédie familiale : un homme tire sur sa femme et ses enfants avant de retourner l'arme contre lui.* Simon Yancey s'était saoulé après avoir perdu son travail. Il y avait eu trois morts : Jason, Timothy et lui. Mais sa femme avait survécu.

Elle inspira.

— Rita Yancey.

Un sourire lui répondit.

— Rita Lynn Dobbert avant mon mariage avec Simon.

Gail se rappela la facture adressée à R.L. Dobbert qui se trouvait dans la boîte aux lettres.

— Vous les avez inventés, les garçons.

Gail fit un effort pour se redresser.

— Votre voisine m'a dit que vous n'aviez ni mari ni enfants. Vous les avez inventés.

— Non, je les ai gardés en vie.

Secouant Gail par les cheveux, Lynn l'obligea à regarder le cliché suivant.

— Qui est-ce ? (Ses doigts tirèrent plus fort.) Alors, qui ?

Un homme costaud, souriant, qui perdait ses cheveux sur le dessus.

La voix de Gail ressembla à un couinement essoufflé.

— Tom ? Simon ? Je n'en sais rien !

Lynn la repoussa violemment, et sa tête heurta le dossier du fauteuil.

— Simon. Il n'était rien pour vous. Vous vouliez nous prendre notre maison pour la vendre. Il n'y a que l'argent qui vous intéresse, sale garce.

Chère Madame Gail Connor,

Cela vous amuse, de voir une famille d'Américains honnêtes et travailleurs à la rue ? Mon épouse est sous traitement à cause du stress...

Au bureau, Gail avait fait une remarque sur l'absence de photos récentes. « Je n'ai pas pris de photos, dernièrement. Notre appareil est fichu. » Mensonge.

— C'est vous qui avez pris les photos de Karen ! C'est vous ! Et la voix, c'était la vôtre. Et la peinture !

Oubliant ses poignets entravés, Gail leva brusquement les bras. Folle de rage, elle se jeta en avant, ruant aveuglément, et le fauteuil bascula avant de se rétablir. Gail glissa du siège et se retrouva à genoux par terre. La corde lui sciait les chevilles, et ses bras étaient tordus derrière elle.

— Vous avez tué son chat et vous m'avez envoyé la tête. Vous êtes complètement tordue ! Karen ne vous a rien fait !

— Mais vous, si.

Croisant les bras, Lynn retira son sweat-shirt d'un seul mouvement. Les cheveux dans la figure, elle attendit silencieusement en soutien-gorge, taille épaisse pincée par le pantalon bleu foncé, puis elle désigna deux cicatrices sur sa peau blanche, l'une près de l'épaule droite, l'autre sous le sein gauche.

— Voilà ce que vous avez fait. Ça fait longtemps que je prépare tout ça, chuchota Lynn. Revenir dans cette horrible ville. Retrouver votre trace. Décrocher un job dans votre cabinet. Me retenir de crier chaque fois que je vous voyais…

— Ce n'est pas moi qui vous ai tiré dessus, Lynn. Ni sur les enfants. C'est Simon. Et ensuite, il s'est suicidé. C'est lui qui vous a fait ça. Je suis innocente. Je vous jure que je ne vous ai jamais fait de mal, ni à vous ni à vos fils.

Gail tira sur la corde qui immobilisait ses poignets, et sentit le bois fragile des accoudoirs plier. Si seulement elle pouvait se lever… se mettre dans la bonne position…

Lynn remit son haut rayé.

— Simon m'a dit que c'était pas ma faute si j'étais tombée malade et que j'avais pas envoyé les règlements. Il était sûr que la société d'hypothèques nous laisserait rattraper. C'est vous qui leur avez dit de ne pas le faire. Simon disait que le juge nous aiderait, mais *vous* l'en avez empêché !

Lynn eut un mouvement des hanches.

— Vous êtes allée au tribunal dans votre petit tailleur de pimbêche, pour raconter des mensonges et faire l'importante. Ordure !

— Qu'est-ce que vous voulez ?

Tournant les poignets, Gail parvint à saisir l'extrémité arrondie des bras du fauteuil.

— Je vous donnerai tout ce que vous voulez, mais laissez-les partir. Lynn, je vous en prie ! Je peux vous procurer de l'argent. Vous pourriez vous enfuir…

— Non. C'est moi le juge et vous l'accusée, alors fermez-la. Vous ne méritez pas que je vous raconte, mais il faut respecter la procédure, pas vrai ?

Lynn lui envoya un coup de pied dans la cuisse et tourna autour d'elle. Repartant en sens inverse, elle lui donna un coup dans l'autre jambe. Gail serra les dents : il ne fallait pas que Karen l'entende crier. Lynn la foudroya du regard.

— Vous m'avez flanquée à la porte parce que j'ai découvert que vous voliez vos clients. C'est pour ça que vous m'avez virée, espèce de salope !

Après un dernier coup de pied à Gail, elle ouvrit la porte et sortit.

Gail poussa sur les accoudoirs puis tira jusqu'à ce que ses muscles tremblent avant d'exercer une nouvelle pression ; le bois craqua. Les rideaux étaient tirés. Comme la chambre d'Irene donnait sur la mer, on ne l'entendrait pas crier. Elle vit les boucles rousses de sa mère et les longs cheveux châtains de Karen. Elles étaient blotties l'une contre l'autre, et Irene semblait bercer Karen tout en fredonnant à voix basse.

— Maman, Karen ! Je suis là ! On va s'en sortir !

Lynn revint avec un bidon d'essence en plastique rouge et un allume-barbecue dont la poignée ressemblait à une crosse de pistolet.

— Qu'est-ce que vous allez faire ?

— À votre avis ?

— Oh, mon Dieu ! Lynn, je vous en supplie !

— J'aurais pu vous tuer à n'importe quel moment, miss l'avocate, mais vous allez assister au spectacle, tout comme je l'ai fait. Vous êtes assise au premier rang de ce tribunal. Mes gamins dormaient quand c'est arrivé, alors ils n'ont jamais su. Mais moi, si. J'ai vu Simon les abattre, et ensuite il a mis le flingue dans sa bouche et ça lui a arraché l'arrière de la tête.

— C'est comme ça que Charlie est mort. C'est vous qui l'avez tué !

— Pour que vous rameniez Karen. La police soupçonnait Charlie. Je les ai entendus, dans votre bureau. Ensuite, quand vous m'avez demandé si j'avais reconnu Charlie Jenkins au téléphone, je me suis dit, tiens, pourquoi pas ?

— C'était vous, au téléphone. Cette voix…

Lynn se mit à rire.

— Les chocolats vous ont plu ? Les chocolats au chat ?

Gail poussa lentement sur les bras du fauteuil et les sentit céder.

— J'ai appelé pendant que Miriam était dans la salle de conférences, poursuivit Lynn. Vous êtes tellement stupide que vous n'avez même pas deviné que c'était moi.

Elle dévissa le bouchon jaune du jerrican et le jeta. Faisant le tour de la chambre, elle arrosa d'essence la moquette, le bas des rideaux, la commode, le secrétaire.

S'arrêtant devant la télévision, elle l'éteignit avant de reprendre sa tâche.

— J'ai raconté à Charlie que vous aviez une prise électrique qui posait problème dans la chambre de Karen. Je l'ai retrouvé là-bas, et quand il s'est penché pour voir, je lui ai planté un pic à glace dans la nuque. Avec les dégâts de la balle, ça ne s'est pas vu. Ensuite, j'ai mis une culotte de Karen autour de son engin, j'ai déplacé sa camionnette et j'ai déposé des indices chez lui avant de rapporter ses clés.

Le bidon fit un gros bruit de déglutition, et la puanteur de l'essence envahit la pièce. Lynn en répandit sur le lit, inondant la couette. Tortillant des épaules et des hanches, Irene avançait en rampant sur le sol. Comme elle frottait sa joue contre la moquette, son bâillon se déplaça.

Gail tira sur les accoudoirs, méprisant sa faiblesse.

— Comment êtes-vous entrée chez moi ?

— Avec la clé de Karen. Je voulais faire reproduire la clé que Miriam m'avait prêtée, mais c'était plus simple comme ça. Pour la signature sur le mot, je me suis servie du reçu que vous aviez mis dans un tiroir de la cuisine. C'était comme si Dieu m'avait préparé le terrain.

— Dieu n'a rien à voir avec ça ! Vous êtes malade et mauvaise.

Lynn secoua le bidon avant de le poser sur la commode.

— Ça ira comme ça, je crois.

S'essuyant les mains sur le ventre, elle baissa les yeux.

— C'est l'heure.

Elle alla chercher Karen et la traîna par le bras. Mains et chevilles liées, cette dernière se débattait et roulait des yeux.

— Laissez-la ! Ne lui faites pas de mal ! Pour l'amour de Dieu, Lynn, je vous en supplie ! Tuez-moi tant que vous voulez, mais ne faites pas de mal à ma fille !

— La ferme ! hurla Lynn.

Tirant Karen jusqu'à la commode, elle saisit le couteau et appuya la pointe sur le cou de la fillette.

— Je lui tranche la gorge si vous ne la bouclez pas.

La poitrine de Gail se souleva, agitée de sanglots silencieux.

Lynn rejeta le couteau sur la commode. Elle porta Karen et la lâcha sur le lit avant de placer sa tête sur un oreiller. Mécontente du résultat, elle fit rouler la fillette sur le côté pour soulever la couette.

Gail entendit le bois craquer ; ça venait.

Lynn borda Karen.

— Voilà. C'est bien. (Elle se tourna.) À toi, mamie.

Le bâillon d'Irene avait glissé autour de son cou. Roulant vers la cheville de Lynn, elle y planta les dents. Lynn dégagea son pied, mais Irene la retint par le revers du pantalon. Lynn chancela.

L'un des bras du fauteuil céda avec un craquement spectaculaire. Gail fit coulisser la corde avant de reporter tout son poids de l'autre côté. Elle s'attaqua alors aux liens de ses chevilles avec l'énergie du désespoir.

— Tiens bon, maman !

Lâchant une bordée d'injures, Lynn balança l'autre pied vers Irene, puis sautilla et trébucha sur elle. En tombant, elle heurta la commode de l'épaule et fit basculer le jerrican. Le liquide se déversa en glougloutant sur Lynn, arrosant ses cheveux et son sweat-shirt. Elle battit l'air des mains et se rassit, clignant des yeux et crachant.

Gail bondit sur elle et tenta de l'étrangler, mais Lynn se libéra sans difficulté, la repoussant comme une vulgaire poupée de chiffon avant de se relever vivement. Tant bien que mal, Gail fit de même, songeant qu'elles n'avaient aucune chance de l'emporter. La force déjà considérable de Lynn était décuplée par sa folie furieuse. Gail la contourna, attrapa les photos sur la commode et pointa l'allume-barbecue sur elles.

Les yeux gris se plissèrent.

— Donnez-moi ces photos.

Gail recula vers la porte sans lâcher le briquet, mais ses doigts dérapèrent sur la poignée. Frénétiquement, elle chercha une meilleure prise. Lynn s'empara du couteau posé sur la commode.

— Donnez-moi ces photos !

La poignée tourna enfin.

— Venez les chercher !

Lynn brandit le couteau, et Gail s'enfuit en courant dans le couloir. Elle essaya l'allume-barbecue – qui cliqueta dans le vide – et se rua dans le salon.

— Arrêtez, sinon je les brûle ! Jason et Timothy vont partir en fumée. Dites-leur au revoir, Rita Lynn.

— Rendez-moi mes enfants !

Gail se déplaça en crabe jusqu'aux baies vitrées, la sortie la plus proche. La nuit était tombée sans qu'elle s'en aperçoive. Elle déverrouilla l'une des baies et la fit coulisser. Son cœur cognait violemment dans sa poitrine.

Le briquet fonctionna enfin, et Gail approcha les photos de la flamme.

— L'enfer t'attend, sale garce !

— Non !

Lynn se précipita sur elle pour lui arracher les photos. L'essence qui imbibait son sweat-shirt s'enflamma avec un souffle grondant, les rayures vertes et bleues se tordirent, et des langues orange lui léchèrent le corps. Ses yeux s'écarquillèrent, pleins de terreur et de souffrance, et un hurlement lui échappa. Ses cheveux brûlaient en crépitant.

Horrifiée, Gail demeura figée sur place.

Le couteau heurta la terrasse avec un bruit métallique.

Le brasier vivant bondit, illuminant le cadre métallique de la moustiquaire avant de dévorer l'obscurité ; puis il virevolta, bouche béante sur un cri muet. Il se refléta un instant dans l'eau avant de fusionner avec elle. Il y eut un sifflement de chair grillée. Une gerbe d'eau jaillit et retomba.

24

Irene se plaignait du jasmin, qui avait débordé des treillages pour envahir le cassia. Elle était déterminée à le tailler, mais son tour de reins avait été long à passer. De retour du travail, Gail regarda par la fenêtre de la cuisine et aperçut sa mère dans le jardin avec une paire de cisailles. Ses mouvements étaient encore raides, mais un tas de vrilles vertes chargées de feuilles jonchaient à présent l'herbe à côté de la pergola.

Elle ouvrit la moustiquaire de la véranda.

— Maman, tu veux boire quelque chose ?

Le chapeau de paille d'Irene se tourna vers la maison et elle agita le bras.

— J'ai de l'eau fraîche ! Rappelle Karen.

— Elle va bien ?

— Très bien. Elle voulait juste dire bonjour.

Gail rentra, abandonna son sac à main sur son lit et s'assit pour composer le numéro de Dave à Cruz Bay. Karen passait le reste des vacances avec lui dans les îles.

À des milliers de kilomètres, la fillette décrocha le téléphone.

— Salut ma puce, c'est moi. Comment ça va ?

— Bien. On a pris le ferry pour l'île de Tortola, aujourd'hui.

De sa voix aiguë et chantante, Karen lui décrivit le voyage. La mer avait été tellement forte que les vagues s'écrasaient contre l'étrave, et les embruns avaient mouillé tout le monde.

— Tu n'as pas eu peur ?

— Non, c'était marrant.

Karen lui raconta que la plupart des passagers s'étaient réfugiés sur le pont inférieur, alors que son père et elle étaient allés en haut, à l'avant, et s'étaient accrochés au bastingage en hurlant comme des cow-boys de rodéo.

— J'aurais bien aimé voir ça !

— Tu pourrais venir. J'ai demandé à papa, et il a dit qu'il était d'accord. Tu crois que tu pourrais, maman ? Tu dormirais dans ma chambre.

— Eh bien…

— Allez, dis oui. S'il te plaît.

— Je vais y penser.

— Tu dis toujours ça.

— Karen, je suis complètement débordée en ce moment. Et puis tu rentres dans un mois. Écoute, pourquoi on ne fêterait pas ton anniversaire à ton retour ?

— Mais j'ai déjà onze ans.

— Hum. À mon avis, tu ne peux pas avoir officiellement onze ans sans une fête.

— Oh, maman !

— On pourrait inviter tous tes copains. Allez, ce serait chouette.

Il y eut un silence au bout de la ligne.

— On est obligées de fêter mon anniversaire chez mamie ? demanda enfin Karen.

— La maison a complètement changé, tu sais.

La chambre d'Irene avait été repeinte, la moquette imbibée d'essence arrachée, et tous les meubles remplacés. Karen ne reconnaîtrait rien à son retour.

— Je sais, mais… je n'ai pas envie, d'accord ?

Les souvenirs. Ils perdaient du terrain, mais des courants de terreur traversaient encore leurs rêves.

— Pas de problème. Et chez Molly, alors ? Je parie que sa mère serait ravie de recevoir en ton honneur. Ensuite, on pourrait emmener tout le monde à la plage ou au ciné. Qu'est-ce que tu en dis ?

— OK. Ce serait super.

Gail entendit la voix de Dave en fond. Karen dit qu'elle allait bientôt raccrocher, car elle devait se coucher tôt : son père l'emmenait pêcher avec des clients de l'hôtel.

— Il a dit que je pourrais les aider à accrocher leurs appâts. Tu sais, ils sont bêtes, mais bêtes ! Les femmes font « berk » avec des tas de grimaces ! Maman ?

Karen hésita.

— Vous allez bien, mamie et toi ? Je me fais du souci.

— Ne t'inquiète pas. On va bien.

— Tu ne fais pas de cauchemars ?

— Moi ? Non.

— Tu le jures ?

— Bon d'accord, ça m'arrive. Mais ce n'est pas si terrible que ça.

— Moi aussi, j'en rêve, des fois. Tu sais ce qui marche ? Tu fais semblant d'être dans un film d'horreur vraiment affreux. Moi, c'est ce que je fais. Essaye.

Gail en resta muette de surprise. Karen n'avait jamais fait preuve d'un tel sens pratique ni d'une telle maturité. Elle aurait voulu la serrer dans ses bras.

— C'est une bonne idée. Très bien, j'essayerai, mais je t'assure que tout va bien. Et toi aussi ? Vraiment vraiment ?

— Vraiment vraiment. Il faut que j'y aille, maman. Appelle-moi demain si tu veux.

— OK, à demain. Je t'aime, Karen.

— Je t'aime, moi aussi. Ciao.

Karen fit un bruit de baiser dans le téléphone et raccrocha.

Gail ferma les yeux un moment puis reposa le combiné et laissa la main dessus tant elle répugnait à rompre ce simple contact. Karen avait raison. À son retour, Gail aurait une discussion avec elle. Enfin, peut-être. Tout dépendait. En tout cas, elle ne pourrait pas repousser la décision indéfiniment : bientôt, il serait trop tard.

Lorsqu'elle enleva sa veste de tailleur, Gail sentit un poids dans sa poche et découvrit la petite boîte qu'elle y avait lâchée en quittant Ferrer & Quintana. La boîte était recouverte de velours noir et bordée d'or. Quand elle l'ouvrit, les boucles d'oreilles, de grosses aigues-marines taillées comme des émeraudes et entourées de diamants, scintillèrent sur le satin blanc. « Elles ont la couleur de l'eau de Varadero », avait-il affirmé en les lui offrant. Puis il avait déposé un baiser sur chacune de ses oreilles. « Je t'emmènerai là-bas, un jour. »

Cet après-midi, Gail avait tenté de les rendre. Elle s'était tout d'abord présentée à Malagueña Avenue à une heure où elle ne risquait guère de tomber sur lui. La dernière fois qu'elle l'avait vu, c'était une semaine plus tôt, en photo dans le journal avec Harry Lasko. *Accusé de fraude fiscale et de blanchiment d'argent, un propriétaire d'hôtels plaide coupable.*

Chez les Pedrosa, *tía* Fermina l'avait introduite dans le salon avec réticence. Gail lui avait demandé si Digna était là, mais c'était Elena Godoy qui avait débarqué quelques minutes plus tard. Gail lui avait exposé le motif de sa visite ; Elena avait refusé de prendre les boucles d'oreilles pour Anthony. Il n'était plus à Miami, et personne ne savait où il était allé, peut-être tout droit en enfer, avait-elle ajouté avec un sourire crispé. Quelques jours après la fête nationale, on avait entendu des éclats de voix dans le bureau d'Ernesto. Anthony était parti le soir même. Depuis, le vieil homme s'alimentait à peine et ne parlait plus à personne, ou presque. Anthony risquait bien d'avoir sa mort sur la conscience.

En remontant dans sa voiture, Gail avait jeté un coup d'œil au premier étage. Côté sud-ouest, au coin de la demeure, la chambre principale donnait sur la fontaine de l'allée circulaire. Gail avait aperçu les hautes fenêtres, les lourds rideaux de brocart, et le visage pâle et inexpressif d'un vieil homme affalé dans un fauteuil. D'un geste vif, une femme avait tiré le rideau.

Gail s'était ensuite rendue chez Ferrer & Quintana. À 16 heures, elle devait rencontrer Raul Ferrer pour signer des papiers concernant la maison de Clematis Street. Raul agissait comme fidéicommissaire, il s'occupait de la vente et devait en répartir le produit. Même si elle savait qu'elle ne verrait pas Anthony, Gail avait retenu son souffle en franchissant la porte. Après avoir signé les documents, elle s'était enquise d'Ernesto Pedrosa. Raul lui avait appris que les petits-enfants, menés par Elena Pedrosa Godoy, avaient intenté une action au tribunal pour faire mettre le vieil homme sous tutelle. Anthony était-il au courant ? Raul s'était contenté de répondre qu'il n'était pas aux États-Unis pour le moment.

La *casa* Pedrosa avait amorcé sa chute.

Gail avait alors posé la boîte sur le bureau de Raul et lui avait demandé s'il pouvait expédier les boucles à Anthony, ou du moins les garder jusqu'à son retour. Raul était demeuré silencieux avant de faire non de la tête. On lui avait donné l'ordre de ne rien accepter d'elle. Ni lettres, ni effets, ni messages. Rien. Puis il s'était levé et l'avait raccompagnée à la porte. Gail avait vu son expression navrée.

Elle referma la boîte. Elle avait envisagé d'envoyer les bijoux à la fille d'Anthony, d'en faire don à une œuvre caritative, ou même de les jeter à la mer. Mais ç'aurait été stupide, et Gail avait décidé de ne plus se comporter comme une idiote. En faisant attention, elle pourrait vivre plusieurs mois avec ce que les boucles avaient coûté. Elle rangea la boîte dans un tiroir et se changea.

Un verre de limonade dans chaque main, Gail passa devant la piscine, sentant les carreaux frais sous ses pieds nus. La terrasse avait été récurée et javellisée, et la piscine vidée et nettoyée. Le nouveau mobilier donnait l'impression que tout avait changé.

Elle fit bien attention à marcher sur les pierres de l'allée : il avait plu, et la pelouse était trempée.

Irene se retourna et lui sourit.

— Ah ! te voilà. Avec de la limonade, en plus ! Tu lis dans mes pensées.

La pergola ménageait un espace ombragé dans le jardin. Le sol était pavé de pierres irrégulières et il y avait un banc en bois.

Le soleil leur envoyait des clins d'œil orange à travers les branches du chêne. Le jour se laissait aller, comme une respiration trop longtemps retenue.

— Tu as pu joindre Karen ?

— Elle va pêcher avec Dave demain. Elle a l'air tellement heureuse. Que demander de plus ?

— Nous avons vraiment eu de la chance.

Irene ôta son chapeau : elle n'en avait plus besoin, maintenant que le soleil déclinait. Quand elle le posa sur le banc avec son verre, son visage se crispa.

— Maman ? Tu en as peut-être fait assez pour aujourd'hui.

— Non, ça me fait du bien. Ça chasse les idées noires.

Elle ramassa ses cisailles et se remit au travail. Les joues et le front luisant de sueur, elle coula un regard à Gail avant de reporter son attention sur les treillages.

— Comment ça s'est passé, chez Me Ferrer ?

— Les papiers sont signés. Je n'ai plus qu'à attendre que la maison soit vendue.

Irene serra les cisailles des deux mains pour venir à bout d'une liane particulièrement grosse. Les feuilles du jasmin étaient fines et pointues, et les fleurs en forme d'étoile diffusaient une douce fragrance.

— Tu sais bien ce que je veux dire.

— Non, je n'ai pas laissé de lettre pour Anthony. Raul n'a pas le droit de les prendre.

— Tu ne lui as rien dit ?

Comme Gail faisait un signe de dénégation, Irene reprit :

— Mais Anthony a le droit de savoir. C'est sa décision, à lui aussi.

— Non, c'est la mienne. Je suis tombée amoureuse, je n'ai pas fait attention, et maintenant, je dois en assumer les conséquences. Ne me regarde pas comme ça, maman. Je ne suis pas la première femme à qui ça arrive.

— Tu as peur qu'il ne prenne pas ses responsabilités ? Ou qu'il te rejette…

— C'est fini. Il n'y a plus rien entre nous, et pour la première fois de mon existence, je suis vraiment libre. Ça paraît peut-être bizarre, compte tenu des circonstances, mais je me sens libre, vivante, et pleine de courage. Et je sais où j'en suis, pour une fois !

Irene la considérait toujours intensément.

— Mais il a quand même le droit de savoir.

Gail lui embrassa la joue.

— Je t'adore, mais qu'est-ce que tu t'imagines, maman ? Que ça arrangerait tout entre nous ? Ça n'arrivera pas. Plus jamais.

— Oh, ma chérie. Tout le monde a des ennuis. Une vie parfaite, ça n'existe pas.

— Mais est-ce que je ne peux pas vivre *ma* vie, si imparfaite qu'elle soit ? Je n'en demande pas plus.

— Que vas-tu faire ? demanda doucement Irene.

Gail haussa les épaules.

— Surtout, ne fais rien… d'irréversible. Je veux dire, sans y avoir bien réfléchi.

— Je n'ai fait que ça, ces derniers temps. Y réfléchir.

Gail ramassa le sac de toile.

— Je vais t'aider à finir avant qu'il fasse nuit. Tiens-moi ça ouvert.

— Chérie…

Gail lâcha une brassée de vrilles coupées dans le sac.

— Je ne sais pas ce que je vais faire, maman. C'est la pure vérité. Mais ce que je sais, c'est que tout ira bien. Quoi qu'il arrive, je m'en sortirai. Jamais je n'avais éprouvé ça avant, pas à ce point en tout cas.

Elle sourit à sa mère, et celle-ci devina peut-être l'effort que ça lui demandait, mais pas forcément. Les yeux bleus d'Irene l'observèrent attentivement.

— Très bien. Je ne te comprends pas, mais tant que tu es heureuse…

Elle recula et contempla les treillages, passant une main sur ce qu'elle venait de tailler.

— C'est mieux, non ? Je pense que ça va bien pousser, comme ça.

Une petite brise venue de la baie parcourut la pergola, remplissant l'air du soir des doux effluves du jasmin.

THRILLER

AU-DELÀ DU MIROIR

Barbara PARKER

Procès d'intention

Fraude à l'héritage

Avocate dans un prestigieux cabinet de Miami, Gail Connor pense avoir enfin décroché l'affaire de sa vie. Son vieil ami Patrick Norris soupçonne en effet la falsification du testament de sa richissime tante, morte récemment dans d'obscures circonstances. La somme en jeu ? Quinze millions de dollars… Violence, corruption, disparitions inexpliquées : très vite, la jeune femme comprend que cette enquête risque de lui coûter bien plus que sa carrière…

Pocket n° 12214

Nicci FRENCH

Aide-moi…

La femme aux deux visages

Un mari attentif, un travail passionnant, des amis fidèles… Holly est parfaitement épanouie. Pourtant, des incidents se multiplient au cours desquels la jeune femme devient cassante, parfois violente, infidèle, irresponsable. Au point que ses amis, inquiets puis agacés, se demandent s'il ne faudrait pas l'interner, pour la protéger d'elle-même, comme le suggère son mari. Mais, au plus profond de son abîme intérieur, Holly est persuadée d'être manipulée…

Pocket n° 13455

Achevé d'imprimer sur les presses de

BUSSIÈRE

GROUPE CPI

à Saint-Amand-Montrond (Cher)
en juin 2008

Composé par Nord Compo
à Villeneuve-d'Ascq

POCKET - 12, avenue d'Italie - 75627 Paris Cedex 13

— N° d'imp. : 81075. —
Dépôt légal : juillet 2008.

Imprimé en France